DÜRNSTEINER HIMMELFAHRT

CPI
Mehr Bäume.
Weniger CO_2.
www.cpi-print.de/umwelt

FSC
www.fsc.org
MIX
Papier aus verantwortungsvollen Quellen
FSC® C083411

Bernhard Görg:
Dürnsteiner Himmelfahrt

www.edition-a.at

Cover: Isabella Starowicz
Satz: Sophia Stemshorn
Lektorat: Andreas Görg

Gesetzt in der Premiera
Gedruckt in Deutschland

1 2 3 4 5 — 23 22 21 20

ISBN 978-3-99001-448-6

BERNHARD GÖRG

DÜRNSTEINER HIMMELFAHRT

Ein Wachau-Krimi

edition a

Samstag, 18. Juni
10 Uhr 27

Als er auf dem Pfarrplatz aus seinem Dienstwagen stieg, fiel sein erster Blick auf die breite Front der Pfarrkirche und dann auf den Turm der Piaristenkirche.

Keine zweihundert Meter voneinander entfernt. Aber welch ein Höhenunterschied! Die eine Kirche hoch oben auf dem Berg, die andere fast auf Höhe der Donau. Was für eine tolle Komposition den Kremser Stadtvätern da vor langer Zeit doch eingefallen war. Würde wahrscheinlich sogar seine Frau begeistern, die sich in letzter Zeit immer mehr über St. Pölten und die Aussicht beklagte, dort wegen ihm und seiner Stellung als Landespolizeidirektor versauern zu müssen. Eigentlich schade, dass sie nicht mit ihm mitgekommen war. Aber heute ging es wirklich nicht.

Der Platz war gerammelt voll. Kein Wunder an einem Samstagvormittag. Bei Kaiserwetter noch dazu.

Sein Chauffeur, der keinen freien Parkplatz fand, stellte den Wagen vor die Einfahrt eines der Kirche gegenüberliegenden, ockerfarbenen Hauses, was eine vorbeigehende ältere Dame, so viel konnte Wolfgang Marbolt sofort sehen, nach der Nummerntafel schielen und dann verärgert den Kopf schütteln ließ. Offensichtlich auch jemand, der die Landeshauptstadt nicht mochte.

Keine zwanzig Meter von seinem Auto entfernt sah er eine Reihe von im Freien aufgestellten Tischen, die offensichtlich zu einer Café-Konditorei gehörten. Dort hätte er noch gern einen schnellen Kaffee getrunken und sich dabei die Sonne auf sein Haupt scheinen lassen. Aber alle Tische waren besetzt.

Seinen Chauffeur ließ er beim Auto zurück. Er hätte sich auch direkt über den Stadtgraben auf den Hohen Markt und dann ein paar Meter die Wegscheid hinunter zu seinem Ziel, einer Kunst- und Antiquitätenhandlung, chauffieren lassen können. Aber er wollte den knapp zehnminütigen Fußweg über den Pfarrplatz hinauf zum Hohen Markt an so einem herrlichen Tag ganz bewusst auf sich nehmen. Er nahm sein leichtes, erdfarbenes Sommersakko, das auf einem Kleiderhaken im Fond des Wagens hing, schwang es sich mit einer betont lässigen Bewegung über seine Schulter und schlenderte los über den Platz. Samstag war Markttag. Nicht, dass ihn Obst und Gemüse besonders interessiert hätten, aber die Kombination der Farben sprach selbst ihn an. Er musste aufpassen, nicht mit einer der vielen Frauen zusammenzustoßen, die nur Augen für die an den Marktständen präsentierten Paradeiser, Gurken und Äpfel und nicht für entgegenkommende Passanten zu haben schienen.

Die ganz dunkelroten Kirschen, die eine der Standlerinnen in einer lichtbraunen, geflochtenen Steige präsentierte, erinnerten ihn an die Ferien seiner Kindheit auf dem großelterlichen Bauernhof im Weinviertel und ließen sogar ihm das Wasser im Mund zusammenlaufen. Auf seinem Rückweg würde er ein halbes Kilo davon für seine Frau kaufen.

Kurz nach dem Pfarrplatz warf er einen Blick auf seine Armbanduhr, merkte sich die Uhrzeit und beschleunigte seinen Schritt. Schon eine tolle Atmosphäre, die das Zentrum der Kremser Altstadt ausstrahlte. An den Gebäuden gab es überall Details zu entdecken, die vom Stolz der Bauherren aus vergangenen Tagen zeugten. Warum musste ausgerechnet St. Pölten die niederösterreichische Hauptstadt und damit sein Dienstort sein?

Krems spielte sogar in Sachen Wasser in einer anderen Liga. Großer Strom gegen mickriges Flüsschen. Er war überzeugt, dass seine Wien-närrische Britta, deren Laune von Tag zu Tag schlimmer wurde, ein Exil in der Stadt an der Donau eher ertragen hätte als in der Stadt an der Traisen.

Umso mehr wollte er ihr zu ihrem morgigen Geburtstag eine Überraschung bereiten.

In den letzten Monaten hatte er an ihr ein zunehmendes Interesse für Malerei bemerkt. Er war nicht ganz sicher, ob dieses Interesse nur ein vorübergehender Spleen oder nachhaltiger Begeisterung geschuldet war. Ihre Schwärmerei für Theaterstücke, in denen die Schauspieler entweder in erster Linie stumm vor sich hin starren oder sich gegenseitig anschreien oder gar handgreiflich werden mussten, war jedenfalls nur eine zeitweilige gewesen. Unlängst war er auf ihr Drängen hin mit ihr in einem neuen Museum gewesen, nicht weit vom Bauernhof seiner Großeltern entfernt. In dem gab es nur riesige abstrakte Bilder, viele ganz in blutigem Rot oder glänzendem Schwarz gehalten, mit unförmigen Farbbatzen auf den Leinwänden. Diese Bilder hatten Britta eines wie das andere zu Schreien des Entzückens veranlasst, während er nur kopfschüttelnd und verständnislos neben ihr her trotten konnte. Solche Bilder zu malen, würde er sich selbst auch zutrauen. Das konnte er natürlich nicht laut sagen, weil er sonst als Kunst-Banause dagestanden wäre, was er sich in seiner Position nicht leisten konnte. Später hatte er im Internet recherchiert, dass der Erwerb eines solchen Bildes die finanziellen Möglichkeiten eines Landespolizeidirektors bei Weitem überstieg, was selbst seiner Frau klar sein musste. Gott sei Dank. Er selbst hätte so ein Bild gar nicht in seiner Wohnung haben wollen.

Wieder blickte er auf seine Armbanduhr. Gut trainiert wie er war, hatte es kaum mehr als sechs Minuten gedauert, bis er auf dem Hohen Markt stand. Nun musste er Richtung Untere Landstraße nur noch ein paar Schritte auf dem altehrwürdigen Kopfsteinpflaster die steile Wegscheid hinunter.

Anfang der Woche hatte er begonnen, sich nach Namen von Kunsthändlern zu erkundigen. Mehrfach war ihm ein Dr. Haberl aus Krems empfohlen worden. Sogar mit dem Herrn Landeshauptmann als Kunden. Nicht, dass das der Hauptgrund gewesen wäre, dieser Empfehlung Folge zu leisten. Aber schaden konnte es auf keinen Fall, bei einem Gespräch mit dem Landeskaiser ganz beiläufig einfließen zu lassen, dass sich die Marbolts bei einem Dr. Haberl in Krems mit Kunst und Antiquitäten eindecken würden.

Das Geschäft fand er auf Anhieb. Auch, weil vor dem Antiquitätenladen gerade ein Mann damit beschäftigt war, einen alten Schrank von einem Lieferwagen abzuladen.

Da er über seine Sekretärin seinen Besuch hatte ankündigen lassen, begrüßte ihn der Kunsthändler sofort mit Namen, ohne dass er sich erst hätte vorstellen müssen.

Zunächst plauderte er mit dem Geschäftsinhaber über die Unterschiede zwischen Krems und St. Pölten, ohne seine wahre Meinung über die Landeshauptstadt zu verraten. Selbstverständlich vergaß er nicht darauf hinzuweisen, dass er seinen heutigen Besuch einem Tipp des Herrn Landeshauptmanns verdanken würde. Schien bei Dr. Haberl, dessen Aufmerksamkeit mit einem Schlag spürbar zunahm, die erwünschte Wirkung nicht zu verfehlen. Das war der richtige Moment, um zu seinem Anliegen zu kommen: Dem Erwerb eines kleinen Geburtstagsgeschenks für seine Frau, die seit ihrer Kindheit an Malerei ernsthaft interessiert war. Von der Renaissance bis zur Moderne. Er nahm dabei einen Katalog in die Hand, der auf dem Verkaufspult lag, im Glauben, dort all die Bilder abgebildet zu finden, die der Händler im Angebot hatte. Aber noch bevor er den Katalog aufschlug, merkte er, dass er sich getäuscht haben musste. Wegen des Titelblatts in italienischer Sprache.

»Das ist ein Mitbringsel von meiner jüngsten Reise nach Florenz. Laufende Ausstellung in den Uffizien. Renaissance-Kunst vom Feinsten, kann ich Ihnen sagen.«

Wolfgang Marbolt tat so, als müsse er kurz überlegen. »Richtig, davon hat mir meine Frau erst gestern erzählt. Will unbedingt, dass ich mit ihr hinfliege.«

Er schlug den Katalog auf und blätterte ein bisschen, bis sein Blick an einer Seite hängenblieb.

Der Händler folgte seinem Blick. »Sie scheinen ja einen sehr exquisiten Geschmack zu haben. Eine wunderbare Zeichnung von Raffael, von der man bis vor acht Jahren gar nicht gewusst hat, dass sie überhaupt existiert.«

Wolfgang Marbolt war geschmeichelt. »Und was kostet so eine Zeichnung?«

»Ist vor drei Jahren bei Sotheby's in London von einem anonymen Privatsammler um circa acht Millionen Euro ersteigert worden. Trotz des recht großen Brandflecks da am linken oberen Bildrand.« Der Händler zeigte mit einer recht beiläufigen Geste auf den Fleck. »Heute sicher noch einmal um einiges mehr wert. Aber unverkäuflich.«

»Donnerwetter!« Der Polizeidirektor legte den Katalog schnell wieder auf das Verkaufspult. »Schade, dass ich nicht über die Mittel des anonymen Privatsammlers verfüge. Für mich müsste es schon etwas Preiswerteres sein.«

Samstag, 18. Juni
16 Uhr 58

Den Teller mit den frischen Blätterteigbrezeln, die ihre Haushälterin vor ihrem Abgang ins Wochenende noch ins Rohr geschoben hatte, stellte Franziska Schremser auf den Terrassentisch neben den Wasserkrug, in dem sich die großen Limettenstücke zwischen den Eiswürfeln drängten. Mit dieser Mischung aus Askese und Luxus würde sie ihre Gäste passend bewirten. Zufrieden ließ sie den Blick schweifen. Teuer war es gewesen, den Gärtner aus Holland zu engagieren. In den letzten Jahren hatte dessen Eingriff noch nicht die volle Wirkung erzielt. Aber in diesem Jahr konnte sie endlich zufrieden mit ihrer Investition sein. Die Kletterrosen, die mittlerweile die gesamten zwei Meter Höhe der alten Gartenmauer überwucherten, waren jeden Cent wert. Der vom Gärtner geplante farbliche Verlauf der Blüten von Dunkelrot rechts der Terrasse über Hellrot beim Swimmingpool, Orange und Gelb rund um den Pavillon bis zu Weiß als Umrahmung des alten Nussbaumes links der Terrasse versetzte Gäste regelmäßig ins Staunen.

Sie nahm das leichte blassgrüne Sommerkleid, das über dem Sessel vor ihr hing, und streifte es sich über ihren trockenen Badeanzug. »Julia!«, rief sie zum Pool hinüber. »Komm endlich aus dem Wasser und zieh dir was an.«

Ihre Vierzehnjährige maulte. »Warum? Es ist doch noch urwarm in der Sonne. Und das Wasser hat sechsundzwanzig Grad. Habe ich gerade kontrolliert.«

Sie war nicht in der Stimmung, sich mit ihrer Tochter auf eine lange Diskussion einzulassen. »Darum geht es nicht. Wir bekommen hohen Besuch. Deshalb.«

»Den Besuch kriegst sicher nur du, nicht wir.« Julias vergnügt lachendes Gesicht, das von dichtem und, obwohl es klatschnass war, erkennbar hellblondem Haar eingerahmt wurde, tauchte über dem Beckenrand auf.

Was für eine schon jetzt zum Anbeißen süße Tochter sie doch hatte, der die Männer bald zu Füßen liegen würden. Der Apfel fiel halt auch in ihrem Fall nicht weit vom Stamm. Sie bemühte sich um einen strengen Ton in ihrer Stimme. »Natürlich kommen die Herren zu mir. Aber ich will nicht, dass sie dich im Bikini herumlaufen sehen. Es sind nämlich zwei geistliche Herren. Den Dürnsteiner Pfarrer kennst du ja. Der zweite ist sein Chef, der Propst von Herzogenburg.«

Mit einem Satz war ihre Tochter aus dem Wasser, streifte sich den Bikini ab, nahm ein neben dem Beckenrand liegendes Handtuch und begann, sich damit zügig abzutrocknen. »Geht es um das Theaterstück? Ehrlich gesagt würde es mich gar nicht mehr stören, wenn sie die Aufführung im Stift doch nicht erlauben. Diese Frau Machherndl ist sowas von lähmend, das kannst du dir gar nicht vorstellen. Verdirbt einem völlig die Freude.«

»Das Stück wird nicht abgesetzt, Liebling. Spätestens bei der Premiere wird deine Freude umso größer sein. Weil du frenetischen Applaus bekommen wirst. Was heißt Applaus. Standing Ovations.«

»Wenn die Herren nicht wegen des Stückes kommen, warum kommen sie dann?« Julia stibitzte sich zwei Blätterteigbrezeln und huschte an ihr vorbei ins Haus. »Priester geben sich bei uns ja nicht gerade die Klinke in die Hand. War überhaupt schon einmal einer von denen da?«

»Natürlich!«, rief sie der jungen Dame in gespielter Entrüstung nach. »Und überhaupt: Für ein Mädchen, das in sieben Wochen, wenn auch nur auf der Bühne, in den Himmel auffährt, könntest du für die Vertreter dieses Himmels auf Erden schon etwas mehr Respekt aufbringen.« Sie fuhr lauter fort, weil ihre Tochter im Inneren des Hauses verschwunden war. »Und wenn es dich beruhigt. Die Herren sind nicht wegen meines Seelenheils hier, sondern wegen des schnöden Mammons.«

Die Antwort ihrer Tochter kam aus einem der Zimmer neben der Terrasse. »Sollst du etwas spenden?« Julia streckte ihren Kopf samt ihren nackten Schultern beim Fenster heraus und biss genüsslich in eine Blätterteigbrezel.

»An der Außenfassade der Stiftskirche muss dringend ein völlig verwitterter Heiliger Nikolaus restauriert werden. Und da die Kirche dafür kein Geld hat, kommen sie halt zu mir. Offensichtlich hat sich herumgesprochen, dass ich ab und zu für Restaurierungen spende.«

»Mein Okay hast du«, meinte Julia mit vollem Mund. »Auch wenn es mein Erbe mindert. Vielleicht werde ich auch einmal Kunstgeschichte studieren.«

Franziska Schremser strahlte ihre Tochter mit der ganzen Liebe, die sie aufbringen konnte, an: »Keine Sorge. Es sollte so viel für dich und deine Schwester übrigbleiben, dass du dich einer brotlosen Kunst widmen kannst. Vorsichtshalber werde ich mich allerdings nach einem seriöseren Verwalter meiner Finanzen umschauen.« Sie merkte, dass ihrer Tochter eine Frage auf der Zunge lag. Die konnte sie allerdings nicht mehr stellen, weil es an der Eingangstür läutete. Vor drei Jahren hatte sie sich eine Vorrichtung einbauen lassen, die den Klingelton auch in den Garten übertrug. Sie blickte auf ihre Uhr. »Pünktlich ist die Kirche immer.« Mit raschem Schritt ging sie ins Haus in Richtung Eingangstür und rief laut: »Ich komme!«

Im Flur huschte ihr Julia, immer noch in das Handtuch gehüllt, entgegen. »Ich verzieh mich jetzt besser. Legst du Wert darauf, dass ich mich später zeige? Angezogen natürlich.«

»Für dein Alter bist du schon ganz schön frech.« Im Vorbeigehen gab sie ihr einen Klaps auf den Popo. »Ja, ich bestehe darauf, dass du den Herren zumindest ›Guten Tag‹ sagst. Nein, sag lieber ›Grüß Gott‹. Das gefällt ihnen sicher besser.«

Samstag, 18. Juni
19 Uhr 10

Der Polizeidirektor hatte sich den Empfang des Landeshauptmanns viel exklusiver vorgestellt. Und exquisiter. Ein kurzer

Rundblick zeigte ihm, dass sich auf dem Schiff mindestens fünfhundert Personen befinden mussten. Der Missmut im Gesicht seiner Britta war ihm schon beim Boarding in Krems aufgefallen. Weil sie sich wie die anderen Gäste auch der Prozedur der Abgleichung ihrer Namen mit der elendslangen Liste der Eingeladenen durch zwei überfordert wirkende Securitys unterziehen mussten. Ihr Unmut steigerte sich noch deutlich, als ihr die Gattin des Landeshauptmanns, die nebst Ehemann an der Reling stand, zur Begrüßung nur höchst beiläufig und ohne Blickkontakt die Hand gab, weil ihre Aufmerksamkeit bereits dem dahinter anrauschenden Paar galt. Offensichtlich wichtigere Leute als die Marbolts. Wenigstens war er froh, dass Britta noch keinen Tropfen Alkohol getrunken hatte. So konnte er sicher sein, dass sie keine Szene machen würde.

Das Schiff legte ab und steuerte stromaufwärts. Es war ein wunderbar lauer Abend an einem der längsten Tage des Jahres. Noch stand die Sonne über den Weinbergen der Wachau. Untergehen würde sie erst in rund zwei Stunden.

Den Nachmittag hatte er gemeinsam mit Britta dazu verwendet, sich über die Abendgarderobe klar zu werden. Ursprünglich wollte er seine Uniform anziehen. Nicht, weil er sich darin besonders gut gefiel, sondern weil er wusste, dass der Innenminister, der als Niederösterreicher sicher auch an der Sonnwendfeier seines Parteifreunds teilnahm, ein Faible für Uniformen hatte. Außerdem würde der Minister zumindest mittelfristig für die Karriere des Landespolizeidirektors wichtiger sein als der Landeshauptmann. Letztendlich hatte er sich aber doch für den Niederösterreich-Anzug samt Krawatte in den Landesfarben entschieden. Weil seine Frau darauf bestand, sich an Bord in ihrem neuen Dirndl zu zeigen, das sie sich zu ihrem morgigen Geburtstag gekauft hatte. Und das würde nach ihrer Meinung, deren Deutlichkeit er wohlweislich nicht zu überhören wagte, nicht zu einer Uniform passen. Obwohl sie schon öfter ohne das geringste Problem ein Dirndl zu seiner Uniform getragen hatte. Einen Krieg mit der Ehefrau – noch dazu am Vorabend ihres Geburtstags – war die Sache jedenfalls nicht wert. Ihm war gleich klar gewesen, dass ihr ›Nein‹ zur Uniform keine modisch-ästhetischen Gründe hatte. Sondern den, dem Minister auch durch die Wahl der Kleidung den Unmut darüber zu zeigen, dass er ihn bei der Besetzung des Postens des Generalsekretärs des Innenministeriums übergangen hatte.

Nachdem sich seine Frau und er je ein Glas Weißwein von einem Tablett, das ihnen ein freundlicher junger Kellner entgegenhielt, genommen hatten, versuchte er sich mit ihr im Schlepptau, einen Weg durch die Massen zu bahnen, um den ihm zugewiesenen Tisch zu finden. Höchstwahrscheinlich nicht der Ehrentisch, wie er argwöhnte. Da spürte er den Griff einer kräftigen Hand auf seiner Schulter. Gleich darauf vernahm er eine laute, etwas raue Stimme, die er auf Anhieb erkannte.

»Was für ein schöner Anblick für meine an Schönheit gar nicht mehr gewohnten Augen! Mein Lieblings-Polizeidirektor und seine wie immer strahlende Britta, die, wenn es nach mir geht, zur Königin des Abends gekrönt werden müsste.«

Noch bevor sich Wolfgang Marbolt umdrehte, antwortete er. »So charmant kann nur mein Lieblingsminister sein!« Sodann machte er auf dem Absatz kehrt, während sich seine Frau, die die Stimme des Ministers bestimmt auch erkannt hatte, sichtlich mehr Zeit mit dem Umdrehen ließ.

Was der jedoch nicht zu registrieren schien. Jedenfalls umarmte er sie und küsste sie auf beide Wangen, bevor er ihm mit einem strahlenden Lächeln beide Hände drückte. »Der Abend ist ja noch lang und von Bord könnt ihr nicht so schnell, außer ihr schwimmt an Land. Wenn der erste Trubel vorbei ist, finden wir sicher Gelegenheit, auf gemeinsame alte Zeiten anzustoßen.

Und hoffentlich auch auf gemeinsame neue.« Der Minister gab ihm einen Klaps auf den Oberarm. »Aber jetzt müsst ihr mich entschuldigen. Ich muss ja noch Hunderte von Händen schütteln. Politiker-Schicksal. Dass ihr mir aber ja nicht in die Donau springt!« Sein ehemaliger Chef drohte noch spielerisch mit seinem Zeigefinger und weg war er.

»So ein Arschloch!«, grummelte Britta und leerte ihr Glas in einem Zug. Wenigstens hatte sie so viel Taktgefühl, mit ihrem Kommentar so lange zu warten, bis der Minister außer Hörweite war. »Hast du bemerkt, wie kalt sein Lächeln gewesen ist?«

»Jetzt siehst du aber Gespenster, meine Liebe!« Er sagte es nur halblaut, damit ihn die Leute nicht hörten, die ihnen – offensichtlich wesentlich besser gelaunt als seine Frau – auf dem engen Gang entgegenkamen. »Außerdem bleibt uns nicht viel anderes übrig, als auf sein Pferd zu setzen. Nur durch ihn kommen wir aus dieser scheußlichen Provinz weg und wieder nach Wien zurück. Also möchte ich dich bitten, wenigstens gute Miene zum bösen Spiel zu machen, wenn wir uns mit ihm nachher auf ein Glas Wein treffen.«

»Ja, wenn.« Seine Frau stellte ihr leeres Glas auf den Buffettisch, an dem sie gerade vorbeikamen, und schnappte sich ein volles von dem Tablett, das ein Ober zwei Meter von ihr entfernt kunstvoll durch das Gedränge schaukelte. Dass sie dafür eine ältere Dame ziemlich unsanft zur Seite schieben musste, schien sie gar nicht zu merken.

Er wollte sie schon ganz dezent bitten, ihren Trink-Rhythmus wenigstens etwas zu verlangsamen, als sein Blick auf jemanden fiel, der ihn große Lust verspüren ließ, auch gleich mindestens zwei Gläser auf einmal hinunterzuspülen. Doris Lenhart. Was für ein Affront des feinen Herrn Landeshauptmanns ihm gegenüber, eine Subaltern-Charge aus den Kreisen der Polizei ebenfalls zu diesem Fest einzuladen. Die Aufklärungsquote der Leiterin der niederösterreichischen Mordkommission in allen Ehren. Aber bei einer Veranstaltung, zu der angeblich die Crème de la Crème des Landes geladen war, hatte sie wirklich nichts zu suchen. Er blickte seine Frau an, deren Empfindlichkeit, wenn es ums Prestige ging, er nur allzu gut kannte. Gott sei Dank blickte sie nicht in Richtung Chefinspektorin und schien sie deshalb noch nicht bemerkt zu haben. Wenigstens etwas. Er musste dringend dafür sorgen, dass das auch den ganzen Abend so blieb. Deshalb umschlang er sie mit seiner Rechten und riss sie herum; unglücklicherweise derart unvermittelt, dass ein guter Schluck des Weins aus ihrem Glas auf ihren Dirndlrock schwappte.

Sie erstarrte. Offenbar kurz vor dem Explodieren.

Da erklang – für ihn buchstäblich wie eine Rettung – die Stimme des Landeshauptmanns über Bord-Lautsprecher. Wie immer in der ölig-pathetischen Tonlage, die er so hasste, die aber die meisten Leute offensichtlich mochten. »Meine sehr verehrten Damen und Herren! Ich darf Sie hier an Bord der MS Austria auf das Herzlichste begrüßen. Ich werde mich etwas später noch ausführlicher an Sie wenden, möchte aber schon jetzt Ihre Aufmerksamkeit für eine Minute in Anspruch nehmen. Auf spezielles Ersuchen meines guten Freundes, des Herrn Innenministers, der schon in Dürnstein wegen einer dringenden dienstlichen Verpflichtung wieder von Bord gehen muss. Wir haben nämlich ein Geburtstagskind unter uns, dem sowohl der Herr Minister als auch ich als Landeshauptmann zu großem Dank verpflichtet sind.«

Wolfgang Marbolt sah seine Frau an, die schlagartig errötete, hektisch die kaum sichtbaren Spuren des Weißweins auf ihrem Dirndlrock prüfte und sich rasch ihre Haare mit beiden Händen zurechtmachte.

»Ich will es noch ein bisschen spannend machen und zunächst einmal nur sagen, dass das Geburtstagskind eine Frau ist. Und zwar eine besonders attraktive Frau. Herr Kapellmeister, ich bitte um einen Tusch!«

Als die Musik einsetzte, spürte Wolfgang Marbolt den Druck der Hand seiner Frau auf seinem Oberarm. Gleichzeitig sah er ein seliges Lächeln auf ihrem Gesicht. Er flüsterte zärtlich in ihr Ohr: »Ich hoffe, spätestens jetzt begreifst auch du, dass der Minister unser Freund ist.«

Während der Polizeidirektor ganz leise sprach, setzte der Landeshauptmann, nachdem die Musik verklungen war, seine Rede mit lautem Tonfall fort. »Ich möchte Doris Lenhart, die Chefin der niederösterreichischen Mordkommission, bitten, zu uns auf die Bühne zu kommen. Es ist nämlich sie, die heute Geburtstag feiert. Ich darf Sie alle um einen Applaus bitten, wie er diesem Stern am Polizei-Himmel unseres Landes gebührt.«

In diesem Moment wusste der Polizeidirektor, dass die 380 Euro, die er heute Vormittag bei dem Kremser Kunsthändler für die Hundertwasser-Lithografie bezahlt hatte, hinausgeschmissenes Geld waren. Trotz Originalsignatur.

Sonntag, 19. Juni
11 Uhr 03

Die pensionierte Dürnsteiner Gemeindesekretärin hatte die Theaterprobe zeitlich so angesetzt, dass ihre jungen Schauspieler die Sonntagmesse in der Stiftskirche locker hätten besuchen können. Deshalb war sie heute in der Kirche auch nicht an ihrem Stammplatz in der zweiten, sondern in der letzten Bank gesessen. Um zu überprüfen, ob wenigstens eines ihrer Schäfchen die Freundlichkeit aufbringen würde, zur Messe zu erscheinen und damit ihren Wunsch zu erfüllen, den sie seit Beginn der Probenzeit mehrmals deutlich deponiert hatte. Wenn schon nicht um des eigenen Seelenheils willen, so doch wenigstens ihr, der Regisseurin, zuliebe. Aber weder das eine noch das andere.

Die goldenen Heiligenfiguren lächelten sanftmütig auf sie herunter und mahnten sie zur Güte. Anstatt sich über die Jugend von heute zu ärgern, sollte sie an einem so erhebenden Ort lieber voller Inbrunst beten. Sie richtete ihren Blick auf den prachtvollen goldenen Altar, konnte sich jedoch nicht konzentrieren. Sie war nicht mehr sicher, ob es eine so glänzende Idee von ihr gewesen war, in nicht einmal mehr zwei Monaten zu Maria Himmelfahrt im Innenhof des Stifts ›Hanneles Himmelfahrt‹ aufführen zu wollen. Ihr Lieblingsstück seit Jugendtagen. Geschrieben von einem Dichter, von dem sie sonst nur scheußliche Stücke kannte. In denen wimmelte es nur so von armen Leuten und Trunkenbolden. Natürlich keiner selbst schuld an seinem Elend. Ja, selbst in ihrem Lieblingsstück war der Vater der jungen Hannele ein gewalttätiger Taugenichts, aber dafür war die Figur des jungen Mädchens einmalig gezeichnet. Ein Geniestreich. Eindeutig ihre Lieblingsfigur in der weiten Welt des Theaters, seit sie selbst die große Ehre und Freude gehabt hatte, bei einer Schulaufführung der vierten Klasse der Hauptschule Stein diese Rolle zu spielen. Vor fünfzig Jahren. Das Publikum war damals hingerissen von ihrer keuschen Schwärmerei für den jungen Lehrer – einen keuschen Ausdruck hatte der Autor ausdrücklich vorgeschrieben. Begeistert war das Publikum auch von der wunderbaren Darstellung ihrer Bereitschaft, das Kreuz des Herrn in Gestalt ihres brutalen Vaters geduldigst auf sich zu nehmen; und von ihrer Fähigkeit, die Sehnsucht nach den ewigen Freuden des Himmelreichs glaubhaft zu machen. Die Himmelfahrt selbst war dann zu einem Triumphzug für sie geworden. Wie in Trance war sie damals gewesen. Toll, wie sie ihren Klassenkameraden aus der letzten Reihe, der schon im Stimmbruch war und den jungen Lehrer spielte, dazu animieren konnte, ganz zärtlich über die beiden Warzen unter ihrem Kinn zu streichen. Große Schauspielkunst. Die Warzen zeichneten sich damals schon als Erhebungen auf ihrer sonst so makellosen Haut ab, waren aber viel kleiner als heute. Außerdem wuchsen aus ihnen damals noch keine Haare.

Jedenfalls hatte sie seit vielen Jahren davon geträumt, dieses Stück in Dürnstein auf die Bühne zu bringen. Als Gegenentwurf zu dem seichten oder gar ordinären Sommertheater, das man landauf, landab zum Besten gab. Man musste einfach etwas tun. Das Himmelreich kam ja nicht von allein.

Daher war sie seit ihrer Pensionierung dem Pfarrer in den Ohren gelegen, bei seinen Ordensoberen in Herzogenburg oder noch höheren Orts Geld für eine solche Aufführung lockerzumachen. Ohnehin nur ein paar lumpige Tausend Euro für Beleuchtung, Plakate und dergleichen. Die Schauspieler sollten natürlich alle junge Amateure sein, die nichts kosteten; und sie als Regisseurin würde selbstverständlich auch um Gottes Lohn arbeiten. Aber da hätte sie gleich gegen eine Wand reden können. Sie musste froh sein, dass ihr überhaupt gestattet wurde, im Hof des Stifts zu spielen. Also hatte sie sich an die Kulturabteilung des Landes gewandt, einer Sekretärin ihr Anliegen erklärt und um Rückruf des Chefs gebeten. Der hatte sich aber bis heute nicht gemeldet. Sicher ein Schwarzer, der Herr Hofrat, weil es ja im Amt der Landesregierung nur Schwarze gab, wie sie wusste. Aber wohl einer von der sogenannten liberalen Sorte oder gar schon ein Türkiser, der Gott den Herrn einfach einen guten Mann sein ließ.

So war ihr nichts anderes übriggeblieben, als in der ganzen Wachau um Geld zu betteln. Bei den Hotels und Gasthäusern, denen sie für eine kleine Spende große Werbung auf Plakaten und in Broschüren versprach. Aber nur ausgelacht hatte man sie. Sie, die ehemalige Dürnsteiner Gemeindesekretärin und heimliche Bürgermeisterin, der sich die Leute früher nur unter Bezeugungen von Respekt und Hochachtung näherten.

Selbst sie hatte da schon ans Aufgeben gedacht. Aber dann war ihr ausgerechnet vor ihrem Haus in Oberloiben eine Frau über den Weg gelaufen, die auch im Ort wohnte. Eine an sich unsympathische und nichtsnutzige Person, die schon zweimal verheiratet und wieder geschieden war. Diese Frau hatte sich spontan bereit erklärt, ihr Projekt mit dreitausend Euro zu unterstützen. Allerdings mit einem Haken an der Sache. Das Geld würde nur fließen, wenn die Tochter der edlen Spenderin die Hauptrolle spielte. Josefa Machherndl kannte das junge Ding. Wie man sich eben unter Nachbarn kennt. Schon mit vierzehn genau so hinter den Männern her wie ihre Mutter. Der Dürnsteiner Pfarrer bestätigte zu allem Überfluss auch noch, was die pensionierte Gemeindesekretärin ohnehin geahnt hatte. Julia Schremser war zwar in der Stiftskirche getauft worden, hatte aber danach die Kirche nie mehr von innen gesehen.

Aber was hätte sie machen sollen? Ohne das in Aussicht gestellte Geld hätte sie ihr Projekt aufgeben müssen. So akzeptierte sie den Tauschhandel, nicht ohne ihren Pakt mit dem Teufel bei der nächsten sich bietenden Gelegenheit zu beichten.

Wenigstens stellte sich die junge Dame als schauspielerisch durchaus talentiert dar, wie Josefa Machherndl fast widerwillig zugeben musste. Natürlich hatte sie selbst seinerzeit der Figur der kleinen Hannele deutlich mehr psychologischen Tiefgang verliehen, aber Julia war auch nicht schlecht. Sagten zumindest die Eltern der anderen jungen Schauspieler, von denen viele bei den Proben anwesend waren.

Aber den keuschen Blick, der ihr selbst schon als Vierzehnjährige zur zweiten Natur geworden war, den brachte die junge Schremser halt nicht zusammen.

Der Pfarrer hatte der Truppe einen kleinen Raum im Stift als Probebühne zur Verfügung gestellt. Mit zwei Sitzreihen und knapp zwanzig Sitzplätzen, die fast alle mit Eltern, Großeltern, Tanten und Onkeln besetzt waren.

Letzthin bei der Probe wollte sie der jungen Schauspielerin den gewünschten Gesichtsausdruck vorzeigen. Dazu war sie vor all den Angehörigen auf die behelfsmäßige Bühne gestiegen. »Pass auf, Julia. Wenn du zu Clemens aufschaust, musst du genau so schauen. Da muss dein Gesicht einen ganz reinen Ausdruck haben. So wie meines. Schau her.«

Da hatte sie es gehört. Sie irrte sich bestimmt nicht. Es war nicht nur ein vereinzeltes Kichern aus den Zuschauerreihen gewesen. Gleich mehrere Leute hatten gekichert. Was für eine Frechheit. Die Leute sahen offensichtlich alle nur mehr Pornos. Wenn das so weiterging, würde sie die Proben für Zuschauer sperren müssen. An ein seriöses Arbeiten wäre ja sonst gar nicht mehr zu denken.

Sonntag, 19. Juni
16 Uhr 11

Felix Frisch saß am Beifahrersitz und fuhr mit seiner jungen Kollegin Kathi am Steuer ganz gemächlich über die Mauterner Brücke. Dabei warf er einen sehnsüchtigen Blick hinunter auf den Strom. Am meisten liebte er dienstliche Einsätze im Polizeiboot. Vor allem stromaufwärts. Einfach herrlich, den Druck der Strömung auf das Boot zu spüren und mit Vollgas von Welle zu Welle zu springen. Einsätze per Funkstreife rangierten auf seiner Beliebtheitsskala deutlich dahinter, sofern sie ohne Blaulicht und Folgetonhorn erfolgen mussten. Er war jetzt schon weit mehr als zwanzig Jahre bei der Polizei, aber diese beiden Insignien seiner

Amtsgewalt bedeuteten ihm noch immer viel. Fast so viel wie seine drei Sterne. Er konnte sich daran weder satthören noch sattsehen. Wenn dann auch noch das faszinierende Geräusch von quietschenden Reifen kombiniert mit einem sichtbar ausbrechenden Heck dazu kam, dann war sein Glück perfekt.

Hingegen hasste er alle Einsätze, die einen längeren Fußmarsch erforderten. Nicht so sehr, weil ihm da seine zwanzig Kilo Übergewicht etwas im Weg waren. Das behauptete nur seine Frau mit der ihr eigenen Hartnäckigkeit, an die er sich in 22 Ehejahren noch immer nicht gewöhnt hatte. Sondern, weil ein zu Fuß auf der Bildfläche auftauchender Polizist halt keine besondere Autorität ausstrahlte und nicht den Respekt einflößte, der einer Amtsperson in Uniform und in offizieller Mission zustand. Da halfen ihm auch die drei Sterne am Kragen nicht, wie er immer wieder betrübt zur Kenntnis nehmen musste. Er hatte noch nie erlebt, dass ihn ein an einem Unfall Beteiligter, ein Passant oder ein Zeuge mit ›Herr Gruppeninspektor‹ angesprochen hätte. Wie es ihm zugestanden wäre. Sondern immer nur mit ›Herr Inspektor‹. Auch schon in seiner Zeit als Polizeischüler. Ein Polizist war offensichtlich für die Masse der Leute immer ein ›Herr Inspektor‹. Ungebildetes Pack.

Ein Piepen riss ihn aus seinen Gedanken.

Karl von der Leitstelle meldete sich via Funk. »Felix, ein Weinbauer aus Weißenkirchen hat eben den Fund einer schwer verletzten oder gar toten männlichen Person gemeldet. Im Weinbaugebiet zwischen Dürnstein und Weißenkirchen. Oberhalb der Bahntrasse. Dürfte über eine Mauer gestürzt sein. Notarzt und Rettung sind bereits verständigt. Bitte bestätigen.«

»Verstanden. Fahren gerade von der Brücke Richtung Wachau ab. Sind in spätestens zehn Minuten vor Ort. Ende.«

»Übernimm dich nicht, Felix«, schallte Karls Stimme höhnisch aus dem Gerät. »Ich kenne die Gegend. Ganz schön steil.

Schafft vielleicht die Kathi in zehn Minuten. Du schleppst dafür zwanzig Kilo zu viel herum. Ende.«

Der Gruppeninspektor bildete sich ein, noch ein wieherndes Gelächter seines Kollegen am Funk gehört zu haben. Arschloch. Während er das Blaulicht einschaltete, spürte er die tätschelnde Hand seiner Kollegin auf seinem Oberschenkel.

»Kränk dich nicht. Der Karl ist dir ja nur deine Erfahrung neidig.«

Felix Frisch wusste nicht recht, ob er sich über den Trost freuen oder sich über das Mitleid ärgern sollte. Auch, weil sein Gehirn gerade ganz von der Vorstellung in Anspruch genommen wurde, keuchend und schwitzend einen Weinberg hinaufklettern zu müssen. Oberhalb der Bahntrasse. Da wusste er schon, was ihn erwartete. Und das alles, weil wahrscheinlich irgendein dahergelaufener Blödel über seine Füße gestolpert war. Ein für einen Polizisten seines Kalibers völlig uninteressanter Fall.

Wenn er es genau überlegte, so war die Beschreibung »in den Weinbergen zwischen Dürnstein und Weißenkirchen oberhalb der Bahntrasse« eine Frechheit. Das war ein großes Gebiet und er hätte ja auch ortsunkundig sein können. Typisch Karl. Wenn es nach ihm, Felix, ging, würde der nie Gruppeninspektor werden. Kathi hatte schon recht. Der Kerl gönnte ihm einfach seinen Rang nicht.

Vor dem Dürnsteiner Tunnel entschloss er sich, auch das Folgetonhorn aufzudrehen. Machte sich gerade im Tunnel durch den Widerhall fantastisch. Insgeheim hoffte er, dass der Notarztwagen schon vor dem Streifenwagen vor Ort war. Das würde ihm die Mühe ersparen, die richtige Einstiegsstelle in den Weinberg zu finden.

Kaum hatte der Polizeiwagen den Tunnel und die West-Auffahrt nach Dürnstein passiert, drosselte seine Kollegin das Tempo, ohne dass er sie dazu aufgefordert hätte. Keine zwanzig Sekunden später neigte sie den Kopf nach vorne und deutete mit ihrer Rechten unter dem Rückspiegel durch.

»Schau, da oben. Da schwenkt jemand ein Hemd oder so etwas Ähnliches.«

Felix starrte durch die Windschutzscheibe. Es dauerte einige Zeit, bis auch er das Schwenken eines Stücks weißen oder gelben Stoffs wahrnahm. War ja auch im dichten Grün der Blätter der Weinreben schwierig zu erkennen.

»Dann bleib da vorne stehen. Du wartest hier, bis der Notarzt kommt. Vielleicht findet er den Unfallort nicht. Nicht jeder hat solche Adleraugen wie wir beide.«

Felix Frisch hoffte, seine junge Kollegin würde nicht merken, dass er unbedingt als Erster am Ort des Geschehens sein wollte.

»Aber er sieht doch unser Auto.«

»Glaub mir, Kathi. Ich weiß, wovon ich rede.« Er stieg aus dem Wagen und schätzte die Höhenmeter von der Straße bis zu der Person ab, die noch immer ihr Hemd oder etwas Ähnliches schwenkte. Fünfzig bis sechzig Meter, steil bergauf. Mit einem Seufzer machte er sich auf den Weg. Zunächst kämpfte er sich die Böschung zur Bahntrasse hinauf. Wie ein Eiskletterer hieb er bei jedem Schritt seinen Schuh in die Grasbüschel, um festen Halt zu finden. Eigentlich eine Frechheit. Die Bundesbahnen hätten hier aus Sicherheitsgründen längst Stufen in die Böschung bauen sollen. Was, wenn ein Zug ausgerechnet auf diesem Streckenabschnitt steckenblieb und die Menschen hier aussteigen mussten. Nirgends konnte man sich anhalten. Diese Böschung war die reinste Todesfalle. Als er endlich auf der Bahntrasse ankam, ging er ein paar Schritte, sodass Kathi ihn nicht mehr sehen konnte, und legte erst einmal eine Verschnaufpause ein. Immerhin ein Fünftel des Weges war geschafft. Nun ging es darum, einen Durchgang zu finden, um weiter hinaufzugelangen. Der Weinberg war in Geländestufen angelegt, jede mit einer Mauer aus unbehauenen Steinen befestigt. Da es hier sehr steil war, waren die Mauern mannshoch. Vier Geländestufen waren es von der Bahntrasse bis zu dem Mann da oben, der mit dem Schwenken des Hemds aufgehört hatte und stattdessen mit gestrecktem Arm deutete. Messerscharfe Schlussfolgerung: Da vorne musste irgendwo ein Durchgang sein. Tatsächlich. Da war eine Lücke in der Mauer und dahinter ein sandiger Pfad mit ein paar Stufen an den steilsten Stellen. Weinbauern waren eben vernünftige Leute. Auf der zweiten Geländestufe hörte er und sah dann auch schon den Rettungswagen, der keine zehn Sekunden später hinter dem Polizeiauto einparkte. Der Notarzt, den er mit seinen Adleraugen sofort erkannte, und die beiden Sanitäter stiegen mit einem Tempo den Bahndamm hinauf, dass er sich würde sputen müssen, wenn er wirklich vor ihnen an der Unfallstelle sein wollte. Er hörte sich keuchen. Elende Schinderei. Dabei lud der Ausblick an dieser Stelle zum Aufstellen eines Liegestuhls ein. Am anderen Donauufer lag eine der größeren bewaldeten Inseln, die kaum jemand betrat, obwohl der schmale Kanal hinter ihr leicht zu überqueren war. Von Rossatz und Weißenkirchen sah man von hier oben auch ein gutes Stück. Warum hatte er dieses Motiv noch nie auf einer Postkarte gesehen? Wahrscheinlich, weil sich kein Fotograf die Mühe machte, hier heraufzuklettern. Unten schlängelte sich gerade ein Zug der Wachaubahn vorbei. Wirklich malerisch hier zwischen den saftig-grünen Weinreben. Nur die Trauben fehlten noch. Die waren erst Ende August so weit.

Er hörte den Notarzt und die Sanitäter hinter sich, ebenfalls schnaufend, schaffte es jedoch noch vor ihnen. Sehr ausgepumpt zwar, aber immerhin.

»Da sind Sie ja endlich. Wir warten hier schon geschlagene zwanzig Minuten.« Der ältere Mann, der gewunken hatte, deutete auf einen verschwitzten jüngeren, der neben einer ungefähr zwei Meter von der oberen Stützmauer entfernt liegenden Person kniete und mit Herzdruckmassage beschäftigt war. »Seitdem hat sich der Mann da nicht bewegt«, fuhr der ältere fort. »Wenn Sie mich fragen, ist er tot.«

Mit dem geschulten Augenmaß eines Gruppeninspektors schätzte er zunächst die Höhe der Stützmauer ab – gute drei Meter – und beugte sich dann über den leblosen Körper. Er erschrak. Das Gesicht kannte er. Es gehörte einem Kremser Antiquitätenhändler. Vor ein paar Wochen hatte er einen Einbruch in sein Haus angezeigt. Wie war doch gleich sein Name?

Sonntag, 19. Juni
16 Uhr 52

Eigentlich wäre das sein letzter Einsatz für heute gewesen. Er hatte sich schon aufs Heimkommen und auf sein hoch verdientes Bier gefreut. Serviert von seiner Elfriede, der er nach dem ersten Schluck davon erzählen wollte, wie schnell er den Weinberg hinaufgesprintet war und wie er dabei sowohl seine junge Kollegin als auch den kaum älteren Notarzt hinter sich gelassen hatte.

Aber als Gruppeninspektor wusste er, was er seinem Rang schuldig war. Er hätte es sich nie verziehen, Kathi zur Witwe des Kunsthändlers zu schicken, um die Todesnachricht zu überbringen. Das würde er übernehmen müssen, hoch verdientes Bier hin oder her. Seinerzeit als noch junger Polizist hatte er sich um solche undankbaren Aufgaben immer gedrückt. Weil er zugeben musste, für solche Einsätze noch nicht das nötige Fingerspitzengefühl aufzubringen. Obwohl er sich schon damals auch in dieser Hinsicht seinen Kollegen turmhoch überlegen fühlte. Dazu kam noch, dass es natürlich nie angenehm war, Angehörige mit schlimmen Nachrichten konfrontieren zu müssen. Was er da schon alles erlebt hatte. Schon vor längerer Zeit hatte er sich vorgenommen, nach seiner Pensionierung einmal alle seine Erfahrungen zu Papier zu bringen. Er war sich selbst gegenüber ja der strengste Kritiker. Daher versagte er sich die Illusion, damit einen Bestseller zu schreiben. Aber als Trainingsunterlage für Polizei-Schulungen würden seine Memoiren sicher Gold wert sein.

Er setzte seine Kollegin an der Dienststelle ab und fuhr zum Haus auf dem Wachtberg, um die traurige Polizisten-Pflicht zu erfüllen. An die Villa mit dem prachtvollen Blick über Krems erinnerte er sich gut. Nicht, dass er sich aus Kirchen viel machte. Aber gleich auf vier oder fünf alte Kirchtürme hinabschauen zu können, hatte doch etwas Erhebendes. Als er vor vier Wochen zum ersten Mal vor dem Haus gestanden war, war er tatsächlich ein bisschen unglücklich darüber gewesen, kein Geschäftsmann, sondern Polizist zu sein. Damals, als er einen von dem Kunsthändler gemeldeten Einbruch aufnehmen musste. Es waren zwar eindeutige Spuren von einem gewaltsamen Eindringen zu sehen gewesen, aber keine Hinweise darauf, dass mit Ausnahme einer angeblich mehr als fünfhundert Jahre alten, kleinen Heiligenfigur etwas gestohlen worden war. Dabei wäre das Wohnzimmer ein Paradies für einen Dieb gewesen. Er würde zwar nie verstehen, was Leute an alten, wurmstichigen Holzstatuen und riesigen Ölschinken fanden. Aber er wusste, dass es für solche Sachen Sammler gab, die viel mehr für ein einziges Bild auszugeben bereit waren als er für hundert seltene Bierdeckel, denen seine ganze Sammelleidenschaft galt; wahrscheinlich sogar mehr, als er für seinen Škoda Octavia hatte hinblättern müssen. Verrückte Welt.

Jedenfalls hatte er damals festgestellt, dass keine Kinder mehr im Haus lebten. Was auch gar nicht verwunderlich war, weil er den Händler auf Anfang sechzig schätzte. Dessen Frau, die bei der Untersuchung des Tatorts auch dabei war, schätzte er auf vielleicht sechs oder sieben Jahre jünger. Dass keine Kinder da waren, würde seine Aufgabe ungemein erleichtern.

Auf dem fein ziselierten Namensschild unterhalb der Klingel, an das er sich ebenfalls gut erinnerte, las er den Namen, der ihm entfallen war: Haberl. Die Witwe mit ihrem Namen ansprechen zu können, war gerade in dieser heiklen Situation sehr wichtig. Er klingelte.

Es brauchte keine fünf Sekunden, bis sich mit einem geradezu zarten Summton, den er auch schon kannte, das gusseiserne Tor öffnete, das in einen kleinen und gepflegten Vorgarten führte.

Kurz darauf öffnete sich die Haustür, in der auch schon die Dame des Hauses stand. »Herr Inspektor! Das ist aber eine Überraschung. Dass Sie sogar an einem Sonntag kommen, kann nur bedeuten, dass Sie die Heiligenfigur wiedergefunden haben. Da wird sich mein Mann aber freuen. Leider ist er noch nicht zu Hause. Ich erwarte ihn aber jede Minute. Wenn Sie solange auf ihn warten wollen, biete ich Ihnen gern einen Kaffee an.«

Der Gruppeninspektor unterdrückte seinen Impuls, sich über die Anrede zu ärgern. Die gute Frau hätte sich doch erinnern müssen, dass sie es mit einem Gruppeninspektor zu tun hatte. Gleichzeitig war er durch ihre Eröffnung etwas aus dem Konzept gebracht. »Vielen Dank, Frau Haberl! Aber ich möchte gar nicht mit Ihrem Mann, sondern mit Ihnen sprechen. Aber ein Kaffee könnte auf keinen Fall schaden. Da redet es sich leichter.« So einen tollen Einstieg in ein derart heikles Gespräch würde ihm nicht so bald jemand nachmachen. Einerseits ganz locker und andererseits schon einen sehr ernsten Hintergrund für sein Kommen signalisierend.

»Sie machen mich ja richtig neugierig. Aber kommen Sie doch bitte herein. Wenn Sie bitte für einen Augenblick im Wohnzimmer, das Sie ja kennen, Platz nehmen wollen. Ich mache schnell Kaffee.«

Jetzt war guter Rat teuer. Frau Haberl zunächst nichtsahnend Kaffee machen zu lassen und ihr dann erst zu sagen, dass der Ehemann bei Weißenkirchen durch einen fatalen Sturz zu Tode gekommen war, schien ihm irgendwie unpassend. Aber was sollte er tun? Nach kurzem Zögern, aber noch bevor er Platz in einem der höchst bequem wirkenden Fauteuils nahm, entschied er sich, den Stier bei den Hörnern zu packen, ohne gleich mit der Tür ins Haus zu fallen. Nebenbei eine geradezu geniale Kombination von Sprichwörtern, wie er fand. »Ich glaube, es ist besser, mit dem Kaffee noch eine Minute zu warten. Ich muss Ihnen vorher noch etwas sagen, von dem ich hoffe, dass es Sie nicht zu schwer treffen wird.«

Jetzt sah er so etwas wie Überraschung in den Augen seiner Gesprächspartnerin. Gemischt mit einer Spur von Entsetzen, wie seinem geschulten Blick nicht verborgen blieb.

»Aber vielleicht setzen wir uns erst einmal«, fuhr er fort. Er wusste, dass er sich nicht einfach in den Sessel plumpsen lassen durfte, wie er es bei sich zu Hause gern tat. Aber setzen wollte er sich, um die Witwe dazu zu animieren, es ihm gleichzutun. So nahm er vorsichtig am Rand des Fauteuils Platz.

Auch Frau Haberl setzte sich; und zwar so beunruhigt, dass es sicher auch einer so unroutinierten Kollegin wie Kathi aufgefallen wäre.

Jetzt kam für ihn natürlich der schwerste Teil des Gesprächs. Aber da musste er durch. »Zunächst habe ich eine durchaus erfreuliche Nachricht für Sie. Ich weiß natürlich, dass alles relativ ist, aber immerhin.« Wie er schnell sehen konnte, erzielte seine Eröffnung nicht die gewünschte Wirkung.

Der Gesichtsausdruck von Frau Haberl wechselte von Beunruhigung zu Verärgerung. »Herr Frisch, würden Sie jetzt endlich die Güte haben, mir zu sagen, was los ist.«

Aha, jetzt war er nicht einmal mehr der Herr Inspektor, sondern nur ein ganz gewöhnlicher Herr Frisch. »Dazu komme ich ja gerade. Die positive Nachricht ist, dass Ihr Mann überhaupt nicht hat leiden müssen.«

Im Gesicht der Witwe machte sich blankes Entsetzen breit. »Wollen Sie mir sagen, dass mein Mann tot ist?«

Es war endlich ausgestanden. »Ja, leider. Ich wollte es Ihnen nur so schonend wie möglich beibringen.«

»Das ist Ihnen ja toll gelungen!« Frau Haberl schwieg für eine Weile, um dann ganz ungläubig den Kopf zu schütteln, ohne den Gruppeninspektor anzusehen. »Ich habe immer gewusst, dass ihn seine Raserei noch einmal ins Grab bringen wird. Ist es auf der Wachaustraße passiert?« Ohne eine Antwort abzuwarten, begann sie zu weinen.

Felix Frisch nahm ganz sacht ihre Hand. »Es war kein Autounfall. Ihr Mann ist in einem Weingarten zwischen Weißenkirchen und Dürnstein über eine Mauer gestürzt und hat sich dabei das Genick gebrochen. Der Arzt ist sicher, dass er sofort tot gewesen ist.«

Felix Frisch sah, dass sich im Gesicht der Frau trotz ihres Schmerzes ein ganz leichtes Lächeln zeigte. »Es platzen ja im Laufe eines Lebens viele Träume. Aber sicher wenige so tragisch. Mein Mann hat nämlich seit einiger Zeit vom Kauf eines Weingartens geträumt. Für die Pension.« Das Lächeln verschwand so schnell, wie es gekommen war, um einem Strom von Tränen Platz zu machen.

Er wusste, dass er jetzt nichts sagen durfte.

Nach einer Weile zog Frau Haberl aus einer Tasche ihrer Hose ein Taschentuch und wischte sich damit die Tränen ab. Dann gab sie sich einen Ruck und hob den Blick. »Halten Sie es für möglich, dass der Tod mit dem Einbruch vor vier Wochen zu tun hat?«

Der Gruppeninspektor war über die Frage verblüfft, fing sich aber schnell. »Völlig ausgeschlossen. Ist ein stinknormaler Unfall gewesen.« Ihm war sofort klar, dass er den Begriff »stinknormal« besser nicht verwendet hätte. Um seinen Fehler zu überspielen, fügte er gleich hinzu: »Der Arzt will zwar noch mit dem Staatsanwalt reden. Vielleicht möchte der, um auf der ganz sicheren Seite zu sein, eine Obduktion veranlassen. Aber den Aufwand können sich die Herren meiner Meinung nach sparen. Hinausgeschmissenes Geld des Steuerzahlers. Das ist ein reiner Unfall gewesen, so wahr ich Gruppeninspektor bin. Ein höchst bedauerlicher zwar«, – er gratulierte sich, dass er nicht ein zweites Mal von einem ›stinknormalen‹ Unfall gesprochen hatte – »aber eben ein Unfall. Da fährt die Eisenbahn drüber.«

Montag, 20. Juni
08 Uhr 31

Erich hatte ihr einen mehr als üppigen Geburtstagsstrauß geschenkt. Lilien und zart duftende rot-orange-gelbe Tulpen. ›Feuertulpen‹ hatte Erich sie genannt. Eine traumhafte Kombination. Umso leichter war es ihr gefallen, die lachsfarbenen und gelben Rosen, die ihr der Landeshauptmann am Schiff überreicht hatte, übers Wochenende im Kühlschrank zu lagern, um sie halbwegs frisch zu halten. Heute schmückte sie mit den Rosen den Schreibtisch in ihrem Büro. Allerdings war es im Kühlschrank möglicherweise zu kalt gewesen. Die Rosen neigten bereits sanft die Köpfe. Spätestens am Mittwoch würde es mit ihrer Pracht und Herrlichkeit vorbei sein. Aber sich noch zwei Tage an schönen Rosen erfreuen zu können, war ja auch nicht zu verachten.

Vor ihr lag die Montag-Ausgabe des Niederösterreichischen Tagblatts, das natürlich eine ausführliche Reportage über die Sonnwendfeier des Herrn Landeshauptmanns brachte. Zwei Seiten. Garniert mit vielen Fotos. Davon eines besonders groß, das den Innenminister und den Landeshauptmann zeigte, die gerade dabei waren, ihr zum Geburtstag zu gratulieren. Doris Lenhart hielt sich nicht für besonders fotogen, auch wenn ihr Mann, seitdem sie ihn kannte, sich immer bemühte, sie vom Gegenteil zu überzeugen. Aber selbst sie hielt dieses Foto für sehr gelungen. Und dann noch der Text! Stern am niederösterreichischen Polizeihimmel. Das hatte ganz sicher nicht ihr Chef dem Landeshauptmann souffliert. Sie stellte sich vor, dass auch Wolfgang Marbolt jetzt an seinem Schreibtisch saß und das Tagblatt las. Ganz sicher deutlich weniger entspannt als sie. Kurz überflog sie die in der Reportage angeführten Namen der Gäste. Fast alle Mitglieder der Landesregierung, mehrere Schauspieler, zwei Opernstars und ein weltbekannter Pianist. Den Namen ›Marbolt‹ fand sie nicht. Obwohl sie das Ehepaar, da war sie sicher, kurz vor dem Ablegen der MS Austria in Krems an Bord gesehen hatte. Diese Nicht-Erwähnung würde der Herr Landespolizeidirektor nur schwer verkraften.

Die Art, wie ihr Stellvertreter die Türklinke drückte, hätte sie unter hundert anderen Klinkendrückern erkannt. Nicht deswegen, weil er niemals anklopfte. Obwohl ihn das auch auszeichnete. Sondern weil er die Klinke nach dem Drücken einfach aus seiner Hand rutschen ließ, was stets ein unverwechselbares metallisches Schnalzen zur Folge hatte. Heute war es nicht anders. Allerdings kam er ihr, als er mit seinem im ganzen Büro berühmten Grinser im Gesicht hereinkam, irgendwie verändert vor.

Er winkte mit dem Niederösterreichischen Tagblatt.

Das entlockte auch ihrem Gesicht ein Grinsen und hinderte sie daran, weiter darüber nachzudenken, was heute an Gerhard Malzacher anders war.

»Ich war fast versucht anzuklopfen. Einem Stern am Himmel der niederösterreichischen Polizei würde das zustehen. Dann habe ich es aber doch bleiben lassen.«

»Und warum, wenn ich fragen darf?« Die Frage sollte streng klingen, aber sie wusste, dass sie ihr Gesicht Lügen strafen würde.

»Weil du dich sonst daran gewöhnen würdest.« Er kam drei Schritte näher – mehr hätte ihr kleines und enges Büro auch gar nicht zugelassen – und fläzte seine 120 Kilo in den vor ihrem Schreibtisch stehenden Sessel, ohne ihre Einladung dazu abzuwarten.

Sie fixierte seinen Bauch, was sie in ähnlichen Situationen schon Hunderte Male getan hatte. Da fiel es ihr wie Schuppen von den Augen. »Wie lange bin ich jetzt deine Chefin?«

»Mindestens fünf Jahre.«

»Und in diesen fünf Jahren habe ich noch nie erlebt, dass dein unterster Hemdknopf über dem Bauch zugeknöpft gewesen wäre. Ist heute eine echte Premiere.«

Gerhard Malzacher, den im Büro alle wegen seiner Ähnlichkeit mit der Filmfigur Bud Spencer nur ›Spencer‹ nannten, beugte sich vor, um sein über dem Bauch straff gespanntes Hemd inspizieren zu können.

»Tatsächlich. Wahrscheinlich doch eine Verbeugung vor dem Stern am Polizeihimmel.«

»Wer's glaubt, wird selig. Aber die Hauptsache ist, dass ich nicht deinen Bauchnabel anstarren muss.«

»Dem ich aber nur wegen dir regelmäßige Pflege angedeihen lasse.«

»Jetzt reicht's aber, mein Freund. Hat es über das Wochenende etwas gegeben, das ich wissen müsste?«

»Abgesehen von einem Haufen Schlägereien, wie es bei Sonnwendfeiern leider üblich ist, mit insgesamt drei Schwerverletzten, nur einen Mordversuch in der Nähe von Gänserndorf. Messerattacke aus Eifersucht. Der Täter hat bereits gestanden. Und bei Weißenkirchen hat sich ein Kremser Kunsthändler bei einem Sturz über eine Weingarten-Mauer das Genick gebrochen. Steht auch im Tagblatt.« Er blätterte in seiner Ausgabe zur entsprechenden Seite und zeigte ihr die kurze Notiz. »Der Staatsanwalt hat vorsichtshalber eine Obduktion angeordnet, wie ich höre. Wird aber nichts herauskommen.«

Doris streckte sich in ihrem Sessel. »So ruhig wie jetzt ist es schon lang nicht gewesen.«

»Unsere potenziellen Mörder lesen eben alle das Niederösterreichische Tagblatt. Wollen sich nicht mit dem neuen Stern am Polizeihimmel anlegen.«

»Aber du, wie mir scheint. Du gehst mir jetzt besser aus den Augen.«

Spencer stand auf. Ziemlich schwerfällig, wie ihr vorkam. War aber bei seinem Gewicht nichts Neues. »Ich gehe schon. Und ich entsorge auch gleich die Rosen da auf deinem Schreibtisch. Sind ja nicht mehr zum Anschauen.« Er griff mit seiner Rechten nach den Blumen.

Bevor er sie an sich nehmen konnte, gab sie ihm einen Klaps auf die Finger. »Das wirst du schön bleiben lassen. Die halten noch mindestens zwei Tage. Seit wann interessierst du dich überhaupt für meine Blumen?«

Mittwoch, 22. Juni
09 Uhr 14

Pünktlich betrat Wolfgang Marbolt das Vorzimmer. In einer Minute, um exakt 9 Uhr 15, hatte er beim Herrn Landeshauptmann zu erscheinen. Gestern am späteren Nachmittag war er davon von einer Mitarbeiterin aus diesem Büro telefonisch verständigt worden. Ohne dass ihm die Dame einen Grund für die Vorladung genannt hätte. Seinen Einwand, dass er eigentlich zu dieser Zeit nach Gmünd zu einem lang vereinbarten Besuch der dortigen Dienststelle hätte fahren wollen, hatte die Dame gestern nur mit der Bemerkung quittiert, dass man von einem Landespolizeidirektor schon erwarten könne, seine Prioritäten zu kennen. Er war nicht besonders besorgt gewesen, weil er die rauen Sitten, die im Umfeld des Landeshauptmanns herrschten, in der Zwischenzeit gut kannte. Wie hatte sein Vater doch immer gesagt? Wie der Herr, so das G'scherr. Er war aber dann doch froh, den hohen Herrn in guter Laune anzutreffen. Fast leutselig.

»Mein lieber Freund! Ich muss mich bei dir entschuldigen, dass ich dich am Samstag nicht auf die Bühne gerufen habe, als der Minister und ich deiner Mitarbeiterin zu ihrem Geburtstag gratuliert haben. Aber der Minister wollte es so. Da konnte ich natürlich schwer Nein sagen. Auch diese Phrase vom Stern am Polizeihimmel unseres Landes ist auf seinem Mist gewachsen. Ich hätte lieber vom Stern am Marboltschen Polizeihimmel gesprochen. So ist es auch in meinem Manuskript gestanden. Aber auch das wollte er nicht. Keine Ahnung, warum. Es ist doch zwischen euch beiden alles in Ordnung?«

Wolfgang Marbolt kannte sein Gegenüber gut genug, um zu wissen, dass man ihm besser nicht traute. Der Landeshauptmann pfiff eben immer die Melodie, von der er glaubte, dass sie seinen Zuhörern ins Ohr ging. Das Geheimnis seines Erfolgs. Daher wollte er sich nicht aus der Deckung wagen und nicht das sagen, was ihm auf der Zunge lag. Stattdessen gab er sich ganz entspannt. »Kein Grund zur Sorge, Herr Landeshauptmann. Zwischen dem Minister und mir ist alles bestens. Und die gute Doris hat sich diese Auszeichnung wirklich verdient. Hätte ich an deiner Stelle genau so formuliert.«

»Ich sehe schon, wir verstehen uns. Aber wegen der Fahrt auf dem Schinakel will ich gar nicht mit dir reden. Unter uns gesagt muss ich mir gut überlegen, ob ich mir das nächstes Jahr überhaupt noch einmal antue. Nur Leute an Bord, die etwas von mir wollen. Oder weil sie glauben, damit in die Zeitung zu kommen. Ich kann dir gar nicht sagen, wie sehr mich diese Gesellschaft anekelt. Aber das muss wirklich unter uns bleiben. Nein, es geht um etwas anderes. Du hast vielleicht gelesen, dass ein Kremser Antiquitätenhändler am Wochenende tragisch verunglückt ist.«

Der Polizeidirektor hatte den Mut, dem Landeshauptmann ins Wort zu fallen. »Natürlich. Dabei habe ich noch am Samstag bei ihm ein schönes Bild gekauft. Als Geburtstagsgeschenk für meine Frau.« Er hoffte, damit gleich zwei Botschaften senden zu können.

Aber den Landeshauptmann schien keine von beiden zu interessieren. Er fuhr fort, als hätte der oberste Polizist des Landes gar nichts gesagt. »Den kenne ich schon seit fast dreißig Jahren. Immer wieder habe ich bei ihm gekauft. Nie ein wirkliches Schnäppchen, aber immer Topqualität. Jedenfalls hat mich gestern Nachmittag seine Frau angerufen. Ziemlich verzweifelt, muss ich sagen. Angesichts der Umstände verständlich. Außerdem ist die Dame in einem kritischen Alter. Hormone und so. Du verstehst.«

Der Polizeidirektor nickte.

»Sie hat mich gebeten, alles in meiner Macht Stehende zu tun, damit der Fall nicht einfach zu den Akten gelegt wird. Sie hält es nämlich für möglich, dass jemand bei dem Unglück nachgeholfen hat. Dieser Jemand soll schon vor vier Wochen in ihr Haus eingebrochen sein. Den Einbrecher hat man allerdings bis jetzt nicht gefunden. Ich kann natürlich der Witwe, die ich auch schon sehr lange kenne, schlecht sagen, dass mich die Sache nichts angeht. Stattdessen habe ich ihr versprechen müssen, mich darum zu kümmern. Vielleicht kannst du Frau Lenhart bitten, sich einmal den Bericht des Arztes und den lokalen Polizeibericht zu Gemüte zu führen. Nicht dass ich glaube, dass an der Vermutung von Frau Haberl etwas dran ist. War ja schließlich nicht mehr der Jüngste, der gute Mann. So jemand kann schon einmal einen falschen Schritt machen. Aber ich will ihr guten Gewissens sagen können, dass sich unsere Top-Expertin den Fall angesehen hat.«

Wolfgang Marbolt war jetzt sicher, wer der Urheber der Phrase vom Stern am Polizeihimmel war. »Herr Landeshauptmann, ich bin dir sehr dankbar, dass du mich in dieser heiklen Angelegenheit ins Vertrauen ziehst. Wenn es dir recht ist, werde ich mich selbst um die Sache kümmern. Weil ich dafür einen persönlichen, wenn auch privaten Grund habe. Ich bin so wie du bei Doktor Haberl regelmäßiger Kunde gewesen.«

Wolfgang Marbolt merkte gleich, dass der Landeshauptmann diesmal aufhorchte. Endlich.

»Was, du auch? Warum sagst du mir das nicht gleich? Da sind wir zwei ja sozusagen Seelenverwandte. Mit dem gleichen guten Geschmack. Habe ich ja schon immer gewusst. Es wäre mir unter diesen Umständen sogar mehr als recht, wenn du diesem Fall – oder besser gesagt Nicht-Fall – deine überragende Erfahrung angedeihen lassen könntest.«

»Soll ich dir persönlich Bericht erstatten?«

»Unbedingt.«

Mittwoch, 22. Juni
10 Uhr 03

Missmutig las Felix Frisch den Bericht des Pathologen. Seit dem Fund der Leiche Sonntagnachmittag waren dreieinhalb Tage vergangen. Was hatte der Herr Dozent in diesen dreieinhalb Tagen gemacht, außer sich wie ein großer Star zu benehmen und sich auf seinen weißen Kittel weiß Gott was einzubilden. Stinkfaul und maßlos überbezahlt war er, der feine Herr von der Gerichtsmedizin. Felix fand in dem Bericht nur das bestätigt, was ihm selbst schon zu dem Zeitpunkt klar gewesen war, als er den Antiquitätenhändler im Weingarten liegen sah. An das Honorar für den Herrn Dozenten wollte er gar nicht denken. Damit der zu einem Ergebnis kam, zu dem er als kleiner Gruppeninspektor mit einem einzigen Blick gekommen war. Ohne dafür auch nur einen müden zusätzlichen Cent zu verdienen. Warum hatten ihn seine Eltern nicht Medizin studieren lassen?

Jedenfalls bestätigte der Pathologe, dass der Kunsthändler an einem durch den Sturz verursachten Genickbruch verstorben war. Es gäbe weder Hinweise auf eine vorherige Gewaltanwendung noch darauf, dass der Tod schon vor dem Sturz eingetreten war.

Obwohl er als Gruppeninspektor so gut wie immer im Stress war, wollte er die Witwe nicht telefonisch von dem Befund informieren, sondern die Nachricht persönlich überbringen. Gehörte sich einfach. Außerdem war ein Vormittags-Kaffee auf der von der Sonne sicher schon wohlig gewärmten Terrasse nicht zu verachten. Er hatte kurz überlegt, auf der Fahrt auf den Wachtberg beim ›Raimitz‹ eine kleine, süße Aufmerksamkeit zu besorgen. Wäre ja nur ein kleiner Umweg gewesen. Schien ihm aber dann doch zu aufdringlich. Abgesehen von den Kosten, die er ja nicht verrechnen können würde.

Jedenfalls hatte er Frau Haberl angerufen, um sie zu fragen, ob er persönlich vorbeikommen könne, um sie über den Befund des Pathologen in Kenntnis zu setzen. Ganz bewusst hatte er nichts über den Inhalt des Befunds verraten. Weil der das Interesse der Witwe an einem persönlichen Besuch hätte dramatisch reduzieren können.

Am Telefon wirkte sie auf ihn irgendwie abwesend. Nicht abweisend, aber abwesend.

Immerhin war er nach dem kurzen Telefonat sicher, dass sie ihn nicht abwimmeln wollte. Er gab in der Dienststelle Bescheid, nahm sich den Schlüssel für einen Streifenwagen und machte sich auf den Weg.

Er war dann doch angenehm überrascht, dass sich Frau Haberl um einen freundlichen Empfang bemühte. Aber gleichzeitig enttäuscht, dass ihre Freundlichkeit offensichtlich nicht ausreichte, ihn zu einem Kaffee auf die Terrasse zu bitten. Auch seine ohnehin ganz vorsichtig deponierte Bemerkung, dass man von der Terrasse einen unbeschreiblich schönen Blick über Krems haben müsse, bewirkte nichts. Sie bot ihm den Fauteuil im Wohnzimmer an, in dem er schon vor drei Tagen gesessen war, an dessen Beistelltisch schon ein Glas gefüllt mit Mineralwasser stand. Knapp vor seinem Kommen eingeschenkt, weil man die Perlen noch aufsteigen sah. Immerhin.

Er kam erst jetzt dazu, sich die Witwe etwas genauer anzusehen. Hätte er sie nicht schon vor vier Wochen gesehen, hätte er sie auf eine Endsechzigerin geschätzt. Mit einem Mal viele und tiefe Falten im Gesicht. Und sehr traurige Augen. Er hätte nicht sagen können, wodurch sich traurige von fröhlichen Augen unterschieden, aber er war hundertprozentig sicher, in sehr traurige Augen zu blicken. »Es ist noch immer schlimm, gell?« Seine Frage überraschte ihn selbst. Aber sie war ihm ein echtes menschliches Bedürfnis, das spürte er sofort.

Frau Haberl kämpfte mit ihren Tränen. »Wissen Sie, wir sind ein sehr glückliches Paar gewesen. Auch wenn wir leider keine Kinder gehabt haben. Haben Sie Kinder?«

»Ja, zwei.«

»Dann danken Sie dem Herrgott jeden Tag dafür. Mit Kindern wäre es nicht so schlimm. Weil sie mir jetzt sicher eine Stütze wären. Und auch, weil wir das weitergeben könnten, was mein Mann aufgebaut hat. Sie haben ja bemerkt, dass mein Mann nicht nur eine große Liebe zu seinem Beruf gehabt hat, sondern dass er damit auch geschäftlich sehr erfolgreich gewesen ist. Wer soll das jetzt alles übernehmen?« Sie blickte ihn an.

Er war nicht sicher, ob sie von ihm eine Antwort erwartete.

Zum Glück erlöste sie ihn umgehend aus dieser Unsicherheit, indem sie fortfuhr. »Aber jetzt bin ich doch neugierig, was die Obduktion ergeben hat?«

Der Gruppeninspektor trank noch rasch einen Schluck, wischte dann den Boden des Glases sorgfältig mit der Handfläche seiner Rechten ab und stellte es vorsichtig auf den Beistelltisch zurück. Nur keine Wasserflecken. Vielleicht war das Tischchen ja auch ein kleines Vermögen wert. »Die Obduktion hat nur ergeben, was ich Ihnen schon vor drei Tagen gesagt habe. Ihr Mann muss so unglücklich über die Stützmauer gefallen sein, dass er sich dabei das Genick gebrochen hat. Wahrscheinlich kopfüber gestürzt. Ist zwar ungewöhnlich, kommt aber nach der Feststellung des Pathologen gar nicht so selten vor.«

Die Skepsis im Gesicht der Witwe war nicht zu übersehen. »Und wenn er von jemandem gestoßen worden ist?«

»Frau Haberl, das ist natürlich theoretisch möglich. Aber dafür gibt es keinen Hinweis. Natürlich habe ich auch oben auf der Mauer nachgeschaut. Da stehen knorrige Wurzeln von den Weinstöcken aus der Erde, überall Unebenheiten, aber keine Kampfspuren. Ihr Mann hat doch keine Feinde gehabt, oder?

Seine Geldbörse war auch gut gefüllt. Beraubt hat ihn also niemand. Glauben Sie mir. Ich habe in Mordermittlungen eine gewisse Erfahrung. Für Mord braucht es ein Motiv. Warum sollte jemand Ihrem Mann an einem schönen Sonntagnachmittag in einem Weingarten einen Stoß versetzen? Nur weil Ihnen jemand vor ein paar Wochen eine kleine Statue gestohlen hat, kann man doch nicht gleich annehmen, dass aus dem Einbrecher ein Mörder geworden ist.«

»Ach wissen Sie, Herr Gruppeninspektor. Um diese Plastik geht es gar nicht. Auch wenn er sie sehr geliebt hat. Die war, wenn es hoch kommt, vielleicht zehntausend Euro wert. Wobei ich zugebe, dass ich nichts von Antiquitäten verstehe. Mich beschäftigt etwas anderes. Mein Mann ist nach dem Einbruch irgendwie anders geworden. Nervöser und vorsichtiger. Hat gar nicht zu ihm gepasst. Er ist immer ein so lebensfroher Mensch gewesen.«

In diesem Moment hatte Felix Frisch einen Geistesblitz. So fühlte es sich zumindest an. Er wusste nur nicht so recht, wie er ihn formulieren sollte, ohne die Witwe zu verletzen. »Wenn ich Ihnen so zuhöre, Frau Haberl, kommt mir eine Idee. Ich könnte mir vorstellen, dass es Sie nicht begeistern wird, was ich Ihnen jetzt sage. Aber als einer der erfahrensten Polizisten der Kremser Polizei kann ich aus dem, was Sie mir da erzählen, nur einen Schluss ziehen.«

Die traurigen Augen von Frau Haberl, die schon die ganze Zeit auf den Gruppeninspektor gerichtet waren, wurden plötzlich ganz groß.

»Ihr Mann war gar nicht so lebensfroh, wie Sie annehmen. Im Gegenteil. Deshalb hat er für sich keinen Ausweg mehr gesehen und ist freiwillig aus dem Leben geschieden. Dazu passt auch der Genickbruch, der ja an sich bei Unfällen aus dieser Höhe selten ist. Ihr Mann hat sich kopfüber über die Stützmauer gestürzt. An Ihrer Stelle würde ich das aber nicht an die große Glocke hängen. Sie wissen ja, wegen kirchlichem Begräbnis und so.«

Natürlich war ihm klar gewesen, dass Frau Haberl über seine messerscharfe Schlussfolgerung, was den Tod ihres Mannes betraf, nicht glücklich sein würde. Hatte er ihr ja auch schon gesagt. Es war gar nicht auszuschließen, dass sie sich selbst Vorwürfe machte. Hätte er deswegen besser schweigen sollen? Nein. Dazu war die Wahrheit ein zu kostbares Gut. Und auch einer trauernden Witwe zumutbar. Aber ihre Reaktion! Unfassbar.

Gerlinde Haberl sprang auf. »Herr Frisch, Sie sind ein Idiot der Sonderklasse. Ich muss Sie dringend ersuchen, mein Haus zu verlassen. Auf der Stelle! Und eines kann ich Ihnen sagen. Diese Unverschämtheit wird noch ein Nachspiel haben.«

Gerade, dass sie ihm nicht die Mineralwasserflasche auf den Kopf schlug. So schnell er konnte, stand er auf und setzte seine Kappe auf. Da sah er durch die Glasscheibe der Terrassentür einen Streifenwagen. Mit rotierendem Blaulicht. Der unmittelbar vor dem Haberlschen Haus abrupt bremste.

Frau Haberl musste den Wagen ebenfalls bemerkt haben.

Nur Sekunden später läutete es an der Tür.

Ohne sich weiter um ihn zu kümmern, verließ sie den Raum in Richtung Tür.

Kurz darauf hörte er eine vertraute Stimme. Die seiner jungen Kollegin Kathi, die auch gleich ins Zimmer stürzte. »Wieso hast du denn dein Handy ausgeschaltet? Du sollst sofort zu der Stelle kommen, an der wir Herrn Haberl gefunden haben. Der Herr Landespolizeidirektor erwartet dich dort in einer Viertelstunde. Und nimm den Pathologie-Befund mit.«

Täuschte er sich oder sah er im Gesicht der Witwe so etwas wie den Ausdruck eines Triumphs? Egal. Letztlich würde er triumphieren. Gruppeninspektor Felix Frisch und der Herr Landespolizeidirektor Dr. Wolfgang Marbolt. Von einem solchen Gespann hatte er nie zu träumen gewagt. In fünfzehn Minuten würde seine große Stunde beginnen. Das spürte er ganz deutlich.

»Und noch einen schönen Gruß vom Chef. Du sollst ihm keine Schande machen!«

Er hoffte, dass Kathi den vernichtenden Blick, den er ihr zuwarf, auch richtig zu deuten wusste.

Mittwoch, 22. Juni
10 Uhr 35

Jetzt wartete er schon seit sechs Minuten an der Stelle zwischen Dürnstein und Weißenkirchen, an der er am vergangenen Sonntag gemeinsam mit Kathi den Streifenwagen abgestellt hatte. Aber vom Landespolizeidirektor noch immer keine Spur. Hatte er ja schon des Öfteren gehört, dass es in St. Pölten mit der Genauigkeit nicht so weit her war. Wobei er selbst sich gar nicht so nobel ausdrücken würde. Einfach Schlendrian, wohin er auch schaute.

Die Verspätung seines obersten Chefs hatte allerdings auch sein Gutes. Er konnte sich endlich mit der Frage befassen, wieso sich Wolfgang Marbolt überhaupt für den Kremser Antiquitätenhändler interessierte. Hatte nicht die Witwe von einem Nachspiel gesprochen? War damit der Polizeidirektor gemeint?

Er war so in seine Gedanken vertieft, dass er den Audi, der hinter ihm bremste, gar nicht hörte. Erst ein kurzes Hupen ließ ihn herumfahren. Schnell setzte er seine Kappe, die er wegen der Hitze abgenommen hatte, wieder auf und nahm Haltung an.

Der Polizeidirektor stieg aus seinem Wagen. Mit seinem Handy am Ohr. Keine Begrüßung. Nicht einmal ein freundliches

Nicken in seine Richtung. Nur Konzentration auf das Telefon. Endlich war das Gespräch vorbei.

»So mag ich es. Dass der Polizeidirektor von seinen Beamten bereits erwartet wird. Ein Gutpunkt für Sie, Herr Kollege!«

Kein wirklicher Sympathieträger, dachte Felix Frisch. Aber immerhin hatte er ihn mit ›Herr Kollege‹ angesprochen. In der Tonart konnte es ruhig weitergehen.

»Sie haben die Unterlagen da?«

»Selbstverständlich, Herr Dr. Marbolt.« Die kleine Vertraulichkeit konnte er sich wohl von Kollege zu Kollege leisten. Er reichte ihm die Unterlagen.

»In diesem Land werde ich mit ›Herr Landespolizeidirektor‹ angesprochen. Ist das klar?«

»Sehr wohl, Herr Landespolizeidirektor!«

Marbolt überflog die Unterlagen. Dauerte kaum zwei Minuten. Dann sah er den Gruppeninspektor an.

»Scheint ja ziemlich eindeutig zu sein. Unser guter Herr Haberl hat wahrscheinlich in einem der Wachauer Weinkeller zu viel gebechert. Kann man ja verstehen. Und ist dann unglücklich gestürzt. Eigentlich ein schöner Tod. Können wir uns beide auch wünschen, wenn unsere Zeit einmal gekommen ist.«

Was für ein unangenehmes Meckern, dachte sich Felix. Sollte wohl ein Lachen sein.

Der Polizeidirektor nahm den Bericht des Pathologen wieder in die Hand.

»Kommando retour. Der Mann hat ja kaum Alkohol im Blut gehabt. Sie sehen, Herr Kollege, auch einem Landespolizeidirektor fällt kein Stein aus der Krone, wenn er sich korrigiert. Gehört zu den zehn Geboten der Polizeiarbeit.«

»Jawohl, Herr Landespolizeidirektor.«

»Ihr Vorgesetzter hat mir am Telefon gesagt, dass Sie heute Vormittag bei der Witwe waren, um sie über das Ergebnis der Obduktion zu informieren. Die gute Dame dürfte sich da ja was zusammenspintisiert haben. Von wegen Fremdeinwirkung und so. Wissen Sie, Frauen haben ja manche Vorzüge. Aber die Fähigkeit, Tatsachen unvoreingenommen ins Auge zu blicken, gehört nicht dazu. Außerdem scheint sie auch schon in dem Alter zu sein, in dem die Hormone verrückt spielen. Sie verstehen?«

›Genau wie bei meiner Elfriede‹, wollte der Gruppeninspektor schon sagen, beschränkte sich aber dann auf ein »Sehr wohl, Herr Polizeidirektor!«

»Ist es von hier weit bis zur Unfallstelle?«

»Sechs bis acht Minuten. Je nachdem, wie schnell wir gehen.«

Er sah einen sehr taxierenden und gleichzeitig abschätzigen Blick in den Augen von Dr. Marbolt. »Na, das wird wohl eher acht Minuten dauern. Ist zu Ihnen eigentlich schon durchgedrungen, dass ich mir als oberster Chef lauter durchtrainierte Mitarbeiter wünsche? Ich hoffe, dass Ihr Grips wenigstens mit Ihren Kilos mithalten kann. Also dann los.« Der Polizeidirektor legte ein Tempo vor, mit dem Felix Frisch nur mit größter Mühe Schritt halten konnte. Marbolt traf auch keine Anstalten, sich bei seinen Fragen umzudrehen, sondern redete die vor ihm liegenden Weingärten an. »Haben Sie überhaupt herausbekommen, wieso die Frau glaubt, dass es beim Tod ihres Mannes nicht mit rechten Dingen zugeht?«

Felix Frisch fühlte seine große Stunde nahen. Die er bis zum Äußersten auskosten wollte. Nur zu blöd, dass der Polizeidirektor ihn dabei keuchen hören musste.

»Natürlich, Herr Landespolizeidirektor. Gehört ja zum kriminalistischen Einmaleins eines Gruppeninspektors. Vor vier Wochen ist im Haus der Haberls auf dem Kremser Wachtberg – tolle Villa, kann ich Ihnen sagen, von der ein Polizeibeamter nur träumen kann – eingebrochen worden. Dabei hat der

Dieb nur eine kleine, sicher schon ganz wurmstichige Plastik entwendet.«

»Sonst nichts?« Jetzt blieb Wolfgang Marbolt stehen, drehte sich um und fixierte ihn mit forschendem Blick.

»Absolut nichts. Und ich bin gleich nach der Einbruchsmeldung am Tatort gewesen.

Da stehen die Kunstgegenstände haufenweise herum.«

»Und hat Doktor Haberl eine Angabe über den Wert der gestohlenen Plastik gemacht?«

Felix Frisch war dankbar für die kurze Rast. »Selbstverständlich habe ich ihn danach gefragt. Höchstens fünfzehntausend, hat er gemeint.«

»Wissen Sie was?« Der Landespolizeidirektor hob das Kinn. »Ich glaube, die Plastik war in Wahrheit viel teurer und der Einbrecher hat um ihren wahren Wert gewusst. Sie würden ja nicht glauben, Herr Kollege, was diese alten Sachen heute kosten. Je wurmstichiger, umso teurer. Da gibt es jetzt in einer Ausstellung in Florenz eine alte Zeichnung von Raffael – schon einmal von dem Namen gehört?«

Der Gruppeninspektor bemühte sich um einen Gesichtsausdruck, der ihn von der Peinlichkeit einer ehrlichen Antwort bewahren sollte. Vergebens.

»Na, macht nichts. Woher soll ein kleiner Streifenpolizist auch einen Raffael kennen. Jedenfalls hat mir der Chef der Ausstellung in Florenz – tolle Stadt, kann ich Ihnen sagen – erzählt, dass er diese Zeichnung auf mindestens zehn Millionen schätzt. Und das, obwohl sie einen großen Brandfleck hat. Brandflecken sind bei Papier das, was Wurmstiche bei Holz sind, müssen Sie wissen.«

Kleiner Streifenpolizist. Das wurde ja immer schöner. »Das ist ja hochinteressant, Herr Landespolizeidirektor.« Er sah sofort, dass diese Bemerkung dem hohen Herrn gut gefiel. Aus dem forschenden Blick wurde ein freundlicher. Allerdings ein bisschen sehr gönnerhaft, wie es dem Gruppeninspektor schien.

»Ja. Bei mir kann man immer etwas lernen.«

»Davon bin ich überzeugt, Herr Landespolizeidirektor. Zu Ihrer Theorie vom hohen Wert der Plastik ...«

Der Polizeidirektor unterbrach. Mit erhobenem Zeigefinger. »Nicht Theorie, mein Lieber. Sondern knallharte Tatsache.«

Felix Frisch begann, sich unwohl zu fühlen. Er ertappte sich bei der Hoffnung, der Polizeidirektor würde sich wieder bergwärts drehen und den Aufstieg fortsetzen.

»Jedenfalls würde dazu passen, was Frau Haberl gesagt hat. Dass ihr Mann seit dem Einbruch ein anderer Mensch gewesen ist. Ganz deprimiert.«

Wolfgang Marbolt drehte sich abrupt um und sprintete los. »Was sage ich die ganze Zeit. Da habe ich wieder einmal den Nagel auf den Kopf getroffen. Ohne die Dame je gesehen zu haben. Die Sache ist so klar wie Quellwasser. Wenn Menschen deprimiert sind, machen sie leicht einen falschen Schritt. Wie weit ist es noch?«

»Wir sind gleich da. In maximal zwei Minuten.« Dem Gruppeninspektor war in der Zwischenzeit klar geworden, dass er sein Atout besonders vorsichtig ausspielen musste. Die letzten fünf Minuten hatten ihm genügt, um sich darüber klar zu werden, dass sein oberster Chef nicht jemand war, der sich gern von anderen die Show stehlen lassen würde. Er war froh, dass Dr. Marbolt schwieg, bis er die Stelle erreichte, die mit einem Band aus roter Folie umfriedet war.

Der Landespolizeidirektor begutachtete den Platz.

Jetzt schien Felix Frisch die Gelegenheit günstig zu sein. Aber er würde es sehr geschickt einfädeln müssen. Der Chef musste quasi selbst darauf kommen. »Der Pathologe hat angemerkt, dass ein Genickbruch bei solchen Stürzen doch ungewöhnlich ist«, begann er vorsichtig. »Weil der Herr Haberl mit dem Kopf voran … verstehen Sie?« Er machte mit der flachen Hand eine kippende Bewegung, als würde jemand einen Kopfsprung ins Wasser machen.

Der Landespolizeidirektor runzelte die Stirn und besah sich die drei Meter hohe Mauer, von der Herr Haberl heruntergestürzt war.

»Herr Haberl war laut seiner Frau nach dem Einbruch sehr deprimiert«, setzte Felix Frisch fort.

»Mit dem Kopf voran, sagen Sie?« Der Landespolizeidirektor ahmte mit seiner Hand die Kopfsprunggeste nach.

»Der Ausblick von da oben ist noch grandioser. Wirklich ein schöner Platz zum Sterben.« Er wusste, dass er die Selbstmordthese nicht aussprechen durfte. Aber nun hatte er keine Idee mehr, wie er dem eitlen Herrn noch weiter auf die Sprünge helfen konnte. Der brauchte doch jetzt wirklich nur mehr eins und eins zusammenzuzählen.

Da ging ein sichtbarer Ruck durch den Landespolizeidirektor. Offenbar ein Geistesblitz.

Felix Frisch drückte sich die Daumen, dass es derselbe Geistesblitz war, den er vorhin bei Frau Haberl gehabt hatte.

»Herr Kollege«, hob der Polizeidirektor an. »Ich bin der festen Überzeugung: Das Rätsel rund um diesen Todesfall ist gelöst. Herr Haberl hat sich offensichtlich das Leben genommen.«

Felix Frisch versuchte, erstaunt zu schauen.

»Eigentlich braucht man nur eins und eins zusammenzuzählen«, fuhr der Landespolizeidirektor fort. »Haberl ist zutiefst deprimiert wegen des Diebstahls der wertvollen Statue, steigt hier herauf an diesen wunderschönen Ort abseits aller Spazierwege und springt mit dem Kopf voran in den sicheren Tod.«

Felix Frisch schaute noch leicht zweifelnd, während er innerlich jubilierte. »Sie könnten tatsächlich recht haben«, formulierte er vorsichtig und dachte an Frau Haberl, die ihm wegen der Selbstmordthese ein Nachspiel angedroht hatte. Dieses Nachspiel entschied er gerade für sich. »Ja, wenn ich es recht überlege, ist das die einzig logische Schlussfolgerung.«

Der Landespolizeidirektor strahlte. »Es tut gut, dass meine Idee von einem Mann aus dem Fußvolk geteilt wird. Da fühlt man sich gleich besser. Aber natürlich auch nur, wenn man so wie ich Wert auf die Meinung der unteren Schichten legt.«

Felix Frisch bemühte sich, sich seinen Ärger nicht ansehen zu lassen. Dass der feine Herr einen Gruppeninspektor zum sogenannten Fußvolk zählte, war schon heftig. Aber ›untere Schichten‹ war eine echte Frechheit. Der hielt sich offensichtlich für etwas Besseres. Vielleicht hätte er ihm die Idee vom Selbstmord doch nicht eingeben sollen.

»Wissen Sie, ich komme vor lauter Gesprächen mit Landeshauptleuten und Ministern überhaupt nicht dazu, mit einfachen Inspektoren zu reden. Dabei wäre das so wichtig. Man soll gerade die sogenannten kleinen Leute nicht unterschätzen, sage ich immer zu meiner Frau. Gehört zu meinen persönlichen zehn Geboten.« Der Polizeidirektor streckte die Brust heraus, stemmte die Arme in die Hüften wie ein Feldherr und blickte auf das Donautal hinunter. »Wirklich schöne Gegend hier. Dürfte eine ideale Lage für Riesling sein.« Noch einen Moment genoss er in dieser Pose die Aussicht. Dann warf er einen Blick auf seine Uhr. »Ich glaube, ich habe genug gesehen. Sie sind ein guter Mann. Ich werde Sie in meinem Bericht an den Landeshauptmann lobend erwähnen. Wie war doch gleich Ihr Name?«

Mittwoch, 22. Juni
12 Uhr 48

Selbstverständlich war auf der Terrasse des Schlosshotels ihr Lieblingsplatz reserviert. Ohne dass Franziska Schremser bei ihrem Anruf extra darauf hätte hinweisen müssen. Im Schatten des Blutahorn-Baumes an der Brüstung mit dem besten Blick donauaufwärts. Warum sie lieber die Donau hinauf als hinunter schaute, konnte sie schwer fassen. Vielleicht waren es die Schiffe. Die einen kamen ihr stromabwärts schnell entgegen, während die anderen stromaufwärts nur mit Mühe entschwanden. Der Strom verstärkte gleichsam ihre magnetische Wirkung, die sie ihr ganzes Leben lang zu nutzen gewusst hatte. Auch jetzt registrierte sie die verstohlenen Blicke so mancher Herren. Ihr wurde bewusst, wie gut das kräftige, samtene Grün ihres neuen Kleides mit den roten Blättern des Baumes über ihr harmonierte; und mit dem rötlichen Klinker-Fußboden. Inszenierung war ihr eben zur zweiten Natur geworden. Wahrscheinlich mochte sie diesen Platz auch deshalb, weil er von zwei großen Steinschalen, die mit prächtigen, rosa blühenden Hortensien gefüllt waren, umrahmt war.

Aber sie war nicht hier, um bewundernde Blicke der männlichen und neidvolle Blicke der weiblichen Gäste auf sich zu ziehen. Sie war hier, um mit Jennifer und ihrem Verlobten noch einmal das Programm für die Hochzeitsfeierlichkeiten durchzugehen. Damit alles wie am Schnürchen klappen würde. Die Ausrichtung der Hochzeit auf Burg Aggstein war ihr Hochzeitsgeschenk an ihre Tochter aus erster Ehe.

Sie hatte sich vorgenommen, diesmal besonders großzügig zu sein. Auch wenn sie sonst auf ihr Geld schaute. Denn gegenüber Jennifer hatte sie schon lange so etwas wie ein schlechtes Gewissen. Erstens wegen des Vornamens. Sie selbst war als junges Mädchen über ihren eigenen Vornamen höchst unglücklich gewesen. ›Franziska‹ erschien ihr höchst altmodisch. Ihr Unglück wurde noch dadurch verstärkt, dass ihre Eltern sie immer ›Franzi‹ riefen. Damals hatte sie sich geschworen, ihren eigenen Kindern nur moderne Vornamen zu geben. Als ihre Tochter vor vierundzwanzig Jahren auf die Welt kam, war Jennifer ein sehr angesagter Vorname. Heute allerdings gefiel ihr ihr eigener Vorname besser als der ihrer Tochter.

Entscheidender für ihr schlechtes Gewissen war jedoch das eindeutige Gefühl, dass ihre jüngere Tochter ihrem Herzen näherstand. Natürlich bemühte sie sich nach Kräften, diesen Umstand vor ihrer älteren zu verbergen. Sie hatte auch ihre Töchter niemals wissentlich ungleich behandelt. Allerdings gab es diese für sie spürbare emotionale Distanz. Die mochte mit dem Vater von Jennifer, ihrem ersten Ehemann, zusammenhängen. Manuel Kohout. Ein Windbeutel der Sonderklasse. Inhaber einer Werbefirma. Dass sie nicht lachte. Die einzige Werbung, die er jemals auf die Beine stellen konnte, war die für sich selbst. Ungemein charmant. Aber in Wahrheit nur auf ihr damals noch recht mühsam verdientes Geld aus. Bis sie ihn auf zugegeben etwas rüde Art vor die Tür gesetzt hatte. Seitdem hatte sie von diesem Blender nichts mehr gehört. Das war ihr nur recht. Als Jennifer vor ein paar Jahren einmal angedeutet hatte, dass sie Kontakt zu ihrem Vater habe, hatte sie auch sofort abgewunken. Von Manuel Kohout wollte sie einfach nichts mehr wissen.

Zum Glück war Jennifer genau das Gegenteil ihres Vaters geworden: sehr solide. Lehrerin für Deutsch und Geschichte. Vor mehr als fünfundzwanzig Jahren wollte sie selbst Lehrerin werden. Bis zu dem Tag, an dem sich plötzlich eine Möglichkeit aufgetan hatte, viel Geld zu verdienen. Aus dieser Möglichkeit hatte sie mit der ihr angeborenen Energie und Schläue schöne Wirklichkeit gemacht. Das Studium hatte sie damals geschmissen. Trotz fast fertiger Dissertation. Einen Titel hatte sie bis heute nie mehr gebraucht. Dazu war sie zu reich und zu attraktiv.

Mit dem jungen Paar war sie für zwölf Uhr fünfundvierzig verabredet. Jennifer unterrichtete bis zwölf Uhr dreißig. Sie selbst war pünktlich, Tochter und zukünftiger Schwiegersohn, ein ihr sehr sympathischer junger Anästhesist aus dem Landesklinikum Krems, nicht. Sie wollte nicht länger warten und gab dem Ober, der gerade zwei Tische weiter einem älteren Ehepaar die Vorspeisen servierte und dabei, einen freundlichen Gruß andeutend, zu ihr blickte, mit Daumen und Zeigefinger ein Zeichen, das er offensichtlich sofort verstand.

Keine Minute später brachte er ihr ein Glas. »Einen wunderschönen guten Tag, Frau Schremser! Hier Ihr gewünschter Riesling, bitte. Wie immer vom Pichler.« Wie üblich stellte er ihr auch gleich ein volles, mit blütenweißer Stoffserviette bedecktes Brotkörbchen auf den Tisch. »Soll ich Ihnen schon die Karte bringen, oder wollen Sie noch etwas warten?«

»Sie können sie mir ruhig schon bringen. Und für meine Kinder gleich dazu. Die werden ja gleich da sein.«

Sie nahm das Glas in die Hand, führte es zu ihrer Nase, um den Geruch des Weins auf sich wirken zu lassen, trank einen Schluck und blickte dann über die Donau nach Rossatz. Was war das hier doch für ein prachtvoller Platz! Selbst in der mit vielen wunderschönen Plätzen verwöhnten Wachau war keiner zu finden, der es mit dieser Terrasse hätte aufnehmen können, davon war sie überzeugt. Auch wenn sie die Stiftskirche in ihrem Rücken gar nicht sehen konnte, und auch nicht die Burgruine, die auf den Ort herabblickte, so war es so, als würden diese beiden Dürnsteiner Wahrzeichen einem beim Essen über die Schulter schauen. An einem Tag wie diesem mit seinen neunundzwanzig Grad im Schatten und einem wolkenlosen Himmel nicht zu schlagen. Sie würde nie verstehen, warum die Bald-Eheleute nicht das Schlosshotel als Ort für die Hochzeitsfeier ausgesucht hatten. Auf den Geldbeutel der Brautmutter hätten sie wirklich keine Rücksicht zu nehmen brauchen.

Die beiden hatten sich zu ihrer Überraschung auch für eine kirchliche Trauung entschieden. Da wäre doch die Stiftskirche ein idealer Ort gewesen. Aber nein, das junge Paar hatte sich auf einen weit ungewöhnlicheren Ort für die Trauung und die anschließende Feier versteift. Wie hieß es doch so schön? Des Menschen Wille ist sein Himmelreich. Sie glaubte zu wissen, dass die Tochter gern sie als Trauzeugin gehabt hätte. Hätte sie auch gern gemacht. Schon allein wegen ihres schlechten Gewissens. Allerdings war ihr als zweifach geschiedene Frau diese Rolle verwehrt.

Der Wein tat ihrem Magen gut. Sie schlug die über dem Brotkörbchen gefaltete Serviette zurück. Der Duft, der ihr entgegenströmte, regte ihren Magen gleich noch mehr an. Helles und dunkles Brot sowie zwei Wachauer Laberln vom Schmidl. Frisch aus der Backstube, die keine dreihundert Meter von der Hotel-Terrasse entfernt lag. Andere Frauen mussten sich an dieser Stelle in Zurückhaltung üben. Sie jedoch hatte – in gewissem Rahmen – schon immer nach Herzenslust essen können, ohne ihre Taille zu gefährden. Dementsprechend griff sie nach einem Laberl und biss herzhaft hinein. So konnte nur Gebäck vom Schmidl schmecken. Einfach herrlich.

Der Kellner kam mit den Speisekarten.

Sie bedeutete ihm mit vollem Mund, die Karten einfach auf den Tisch zu legen, anstatt ihr wie üblich auch gleich mündliche Informationen zum heutigen Menü zu servieren. Als er wieder davongetrabt war, schlug sie die in Weinrot gehaltene Speisekarte auf. Auf eine Vorspeise wollte sie eher verzichten. Obwohl sie die kleinen Lammfilets auf Blattsalaten schon sehr anlachten. Sollten die Brautleute eine Vorspeise bestellen, würde sie selbst wohl schwerlich Nein sagen können. Ihr angeregter

Magen wollte sich allerdings gerade nicht mit den Vorspeisen aufhalten. So wandte sie ihre Aufmerksamkeit den Hauptspeisen zu. Die hausgemachten Nudeln mit Wildschweinsugo und Vogelbeeren hatte sie schon einmal gegessen. Köstlich. Aber sie wollte noch ein bisschen gustieren.

Sie war so vertieft in die Karte, dass sie den zarten Kuss auf ihren Kopf zunächst gar nicht spürte.

Donnerstag, 23. Juni
13 Uhr 05

Was für eine Frechheit von ihrem Mann. Da stand sie nach der Morgendusche vor dem Badezimmerspiegel, den sie kurz davor mit einem trockenen Handtuch von Wasserdampf befreit hatte, um ihre Figur einer kritischen Kontrolle zu unterziehen. Mit dem, was sie sah, war sie durchaus zufrieden.

Dass ihr Erich – selbstverständlich erst nach vorherigem Klopfen – hereingekommen war, störte sie nicht; genauso wenig, dass er ihr, wie sie im Spiegel sehen konnte, interessiert zusah, wie sie dieses ohnehin winzig kleine Röllchen über ihrer linken Hüfte zwischen Daumen und Zeigefinger nahm, um den Durchmesser zu kontrollieren. Aber dann setzte er sein ihr zur Genüge bekanntes Grinsen auf, das an den Gesichtsausdruck eines Fauns erinnerte, und kommentierte diese Röllchen-Prüfung mit der Bemerkung, dass er auf ihren Hüften schon immer ein paar Dekagramm mehr gemocht hätte, als eigentlich erlaubt waren. Da wusste sie, dass ihr der ganze Tag gründlich versaut sein würde. Und womöglich sogar Ungemach bereithielt.

Die Szene vor dem Spiegel hatte Doris Lenhart immer noch im Hinterkopf, während sie als Ersatz für das Mittagessen missmutig an einer Karotte kaute und in einem Akt las. Da klingelte ihr Telefon. Das Büro des Landeshauptmanns war am Apparat. Das musste das Ungemach sein, das sich in der Früh angekündigt hatte. Ob sie um dreizehn Uhr zum Herrn Landeshauptmann kommen könne? Auf ihre Frage nach dem Gesprächsthema, ob sie Unterlagen mitbringen oder sich anderweitig vorbereiten sollte, war nur ein kurzes, aber klares »Nein« gekommen.

Sie hatte im Vorzimmer nicht einmal eine Minute warten müssen, da war er schon aus seinem Büro herausgekommen. Mit genau dem Lächeln, das sie schon vom vorigen Samstag kannte. »Welche Freude, den Stern am niederösterreichischen Polizeihimmel so schnell wiederzusehen. Entschuldigen Sie bitte den Überfall, Frau Chefinspektorin, aber ich brauche Ihre Hilfe. Dringend. Kaffee?«

Als sie nickte, nickte er seinerseits seiner Sekretärin zu: »Zwei Mal, bitte.«

Doris nahm auf einem Sessel der Sitzgarnitur, die sie schon von ihrem ersten und bisher einzigen Besuch in diesem Büro vor fünf Jahren kannte, Platz. An der erstaunlich spartanischen Einrichtung hatte sich seither nichts verändert. Diese Einrichtung war auch der Grund, warum dieser Raum trotz seiner Größe ihrer Vorstellung vom Büro eines Landeshauptmanns nicht entsprach.

»Wissen Sie, Frau Lenhart, Ihr Boss treibt mich manchmal zur Weißglut. Ich habe gute Lust, dem Innenminister klar und deutlich zu sagen, dass er sich den Marbolt weiß Gott wohin stecken soll. Hauptsache, er zieht ihn aus Sankt Pölten ab.«

Sie dachte bei sich, dass sie dafür gern die Umzugskosten übernehmen würde, bemühte sich aber, keinerlei Gemütsregung erkennen zu lassen.

Der Landeshauptmann senkte seine Stimme. »Im Vertrauen sage ich Ihnen, dass er sich sogar aufgeregt hat, dass ich Sie auf dem Schiff als Stern am Polizeihimmel bezeichnet habe. Weil er als Ihr Chef ein größeres Recht darauf gehabt hätte, auf der Bühne zu stehen. Tolles Foto übrigens im Niederösterreichischen Tagblatt. Gratuliere. Dabei gibt es in der ganzen Polizei niemanden, der auch nur im Ansatz Ihre Fähigkeiten hätte. Hat es nie gegeben und wird es auch nie mehr geben. Der Innenminister hat zwar auch gefunden, dass ich da ein bisschen übertrieben habe, aber ich wäre ein schlechter Landeshauptmann, wenn ich mich durch so etwas beeindrucken ließe.«

Schön langsam wurde ihr unbehaglich. Wie es immer passierte, wenn sie keine Ahnung hatte, worauf ihr Gegenüber hinauswollte.

Der Landeshauptmann blickte sie an. Ganz sicher genau kalkulierend, wie weit seine Eröffnung ihr Ziel erreicht hatte.

Wenn sie dieses Ziel nur hätte erraten können! Der in dem Moment servierte Kaffee verschaffte ihr wenigstens eine kleine Atempause.

»Aber ich habe Sie jetzt lang genug an meinen Sorgen teilhaben lassen und will jetzt zur Sache kommen«, fuhr der Landeshauptmann fort, als seine Sekretärin die Tür von außen schloss. »Vielleicht haben Sie gelesen, dass voriges Wochenende ein recht bekannter Kremser Kunst- und Antiquitätenhändler bei einem Sturz in einem Weingarten ums Leben gekommen ist. Den Doktor Haberl habe ich seit dreißig Jahren gekannt. Leider glaubt seine Witwe, die ich natürlich auch gut kenne, dass jemand bei dem Tod etwas nachgeholfen hat. Weil im Privathaus der Haberls vier Wochen vorher eingebrochen worden ist.«

Spätestens jetzt drängte es sie, seinen Redefluss zu unterbrechen. »Und was ist gestohlen worden?«

»Dazu komme ich gleich. Jedenfalls habe ich, weil ich mir eingebildet habe, den Dienstweg einhalten zu müssen, den Marbolt ersucht, der Sache nachzugehen. Und zwar durch Sie. Dass er Sie einschalten soll, habe ich ihm ausdrücklich gesagt. Aber was macht der komische Vogel? Bildet sich offensichtlich ein, selbst der große Stern am Polizeihimmel zu sein. Fährt da gestern in die Wachau, kraxelt dort in den Weingärten herum und kommt dann mit einer wilden Theorie nach Hause. Jetzt komme ich zu Ihrer Frage. Im Polizeibericht, der dort drüben liegt« – er deutete mit einer Hand auf seinen Schreibtisch – »samt Obduktionsergebnis und dem Bericht des wirklich grenzgenialen Herrn Polizeidirektors – bekommen Sie selbstverständlich alles mit – ist vom Diebstahl einer kleinen Heiligenfigur aus dem Mittelalter die Rede. Wert nach damaligen Angaben von Doktor Haberl zehn- bis fünfzehntausend Euro. Doktor Marbolt glaubt aber, dass die Figur in Wirklichkeit viel mehr wert war. Er will nicht ausschließen, dass der Kunsthändler wegen dieses Verlustes so untröstlich gewesen ist, dass er sich das Leben genommen hat. Hätte er von einem Spitzenpsychologen, der viel zum Thema Selbstmord geforscht hat.«

Doris Lenhart stand auf und ging zum Schreibtisch. »Darf ich mir einmal den Obduktionsbericht ansehen?«

»Schauen Sie sich an, was immer Sie wollen.«

Die Chefinspektorin kam mit dem Akt in der Hand zur Sitzgarnitur zurück, blieb aber stehen und begann, in den Unterlagen zu blättern. »Weiß man übrigens, wer der Spitzenpsychologe gewesen ist?«

Der Landeshauptmann schüttelte den Kopf. »Ein Name ist nicht erwähnt.«

Sie merkte, dass der Landeshauptmann sie aufmerksam ansah. Sie setzte sich wieder, weil sie gefunden hatte, wonach sie suchte.

»Also, der Obduktionsbericht ist eindeutig. Der Genickbruch ist durch den Sturz entstanden. Allerdings kann natürlich auch der beste Gerichtsmediziner nicht feststellen, ob der Mann vor seinem Sturz gestoßen worden ist. Es sei denn, der Stoß ist so heftig gewesen, dass er Spuren auf dem Körper hinterlassen hat. Wenn dieser Herr Haberl aber knapp am Rand der Stützmauer gestanden ist, dann reicht ein Schubs mit einem Finger. Oder ein kurzes Nach-hinten-Ziehen an den unteren Extremitäten, was eher für einen Genickbruch sprechen würde. So etwas lässt sich aber beim besten Willen nicht nachweisen.«

»So etwas Ähnliches habe ich mir schon gedacht.« Wenn der Landeshauptmann enttäuscht war, dann ließ er es sich nicht anmerken.

»Gibt es im Polizeibericht eine Angabe über die Höhe der Stützmauer?«, fragte sie.

»An der Stelle ist die Stützmauer angeblich fast drei Meter hoch. Sehr ungewöhnlich für einen Weingarten. Was halten Sie von der Selbstmordtheorie?«

Sie nahm einen Schluck von ihrem Kaffee, der in der Zwischenzeit ein wenig zu kühl geworden war. »Auch sehr schwer zu sagen. Es sind Fälle bekannt, da haben Dinge, die Sie oder ich als nicht der Rede werte Kleinigkeiten betrachten würden, Menschen so aus der Bahn geworfen, dass sie keinen anderen Ausweg als den Tod gesehen haben. Da macht es keinen Unterschied, ob eine Plastik zehntausend oder fünfhunderttausend Euro wert ist.« Sie blickte den Landeshauptmann an. »Ich nehme aber nicht an, dass Sie das der Witwe so sagen wollen.«

Der Landeshauptmann grinste. »Ich sehe, Sie verstehen meine Lage.«

»Das Einzige, was wir tun können, ist mit Frau Haberl noch einmal zu reden. Damit geben wir ihr zumindest das Gefühl, dass Sie sich um ihren Verdacht gekümmert haben. Vielleicht kommt sie sogar selbst zu dem Schluss, die Ergebnisse der Gerichtsmedizin nicht weiter infrage stellen zu müssen.«

Im Gesicht des Landeshauptmanns zeigte sich Erleichterung. Er stand auf. »Wenn es überhaupt noch eines Beweises bedurft hätte, dass Sie ein Fixstern auf dem kriminalistischen Firmament sind, dann haben Sie ihn jetzt geliefert. Ich bin Ihnen überaus verbunden. Wenn es Ihnen recht ist, dann rufe ich bei nächster Gelegenheit den Herrn Innenminister an, um ihm zu sagen, wie begeistert ich von Ihnen bin. Ich werde Frau Haberl gleich davon informieren, dass sich das beste Pferd im Stall der österreichischen Kriminalpolizei Ihres Falles annehmen wird.« Er beugte sich vor, um die Unterlagen, die zwischen den beiden Kaffeetassen lagen, aufzunehmen. »Da bitte. Gehört jetzt Ihnen. Lassen Sie sich ruhig etwas Zeit mit Ihren Ermittlungen. Ich bin nämlich ab dem Wochenende zwei Tage in Brüssel. Außerdem wirkt eine Untersuchung, die eine gewisse Zeit in Anspruch nimmt, einfach gründlicher und seriöser.«

Donnerstag, 23. Juni
14 Uhr 11

Auf der Fahrt in ihr Büro gratulierte sie sich, bei ihrer Zusage an den Landeshauptmann, mit der Witwe zu reden, immer in der Wir-Form und nie in der Ich-Form gesprochen zu haben. Sie hatte nämlich wenig Lust, das Gespräch selbst zu führen. Das war ein klarer Fall für Spencer. Ihr Stellvertreter legte zwar manchmal einen erstaunlichen Mangel an Taktgefühl an den Tag, aber wenn es darauf ankam, konnte er sehr feinfühlig sein. Dass es diesmal darauf ankam, das würde sie ihm schon klarmachen. In den letzten Tagen war er irgendwie anders gewesen. Nicht nur, dass sein Hemd immer akkurat zugeknöpft gewesen war. Er schien es jetzt auch öfter zu wechseln. Die Krägen wirkten sauberer als bisher üblich. Wahrscheinlich hätte sie heute bei der täglichen Vormittagsbesprechung sogar eine entsprechende Bemerkung gemacht, wäre sie in der Früh wegen dieser völlig deplatzierten badezimmerlichen Gemeinheit ihres Mannes nicht in so schlechter Stimmung gewesen.

Sie stutzte. Hätte es in St. Pölten den um diese Zeit bereits heftigen Nachmittagsverkehr nicht gegeben, dann hätte sie eine Hand vom Lenkrad genommen und sich damit auf die Stirn geschlagen. Wieso war sie nicht schon früher draufgekommen? Wo war nur ihr kriminalistischer Instinkt geblieben? Diese für den jahrelangen Malzacher-Standard geradezu erstaunliche Reinlichkeit – allerdings noch immer auf bescheidenem Niveau – konnte nur eines bedeuten: Er musste eine Flamme haben. War ja auch höchste Zeit. Ihr fiel die kleine Episode von vorgestern mit ihren Blumen wieder ein. Die wollte er sich offensichtlich unter den Nagel reißen, um sie jemandem zu schenken. Konnte das bedeuten, dass die Dame aus dem Büro stammte? Sie ging schnell alle Frauen in ihrer Abteilung durch. Da war niemand, dem sie zugetraut hätte, auf ihren treuen Stellvertreter ein wohlgefälliges Auge geworfen zu haben. Eine aus einer anderen Abteilung? Schwer zu sagen, weil sie die Mitarbeiterinnen vom Einbruch oder gar vom Verkehr nicht wirklich kannte. Und was, wenn die Zuneigung ihres Stellvertreters gar nicht erwidert wurde? Armer Spencer. Hätte er nicht verdient. Aber sie würde es ja bald herausfinden. Sie musste ohnehin mit ihm reden.

Donnerstag, 23. Juni
14 Uhr 32

Den Besuch eines teuren Haubenrestaurants hatte sie sich verbeten. Stattdessen hatte sie sich gewünscht, zu einem netten Heurigen in der Wachau ausgeführt zu werden. Nach ein paar

Telefonaten auf der Suche nach einem echten Geheimtipp hatte er den gestrigen Abend damit zugebracht, die glänzendsten Stellen seiner schönsten Hose mit einer Haarbürste aus Draht etwas aufzurauen. An den Oberschenkeln war ihm das für seinen Geschmack recht gut gelungen, an der Sitzfläche leider nicht. Er hatte sich auch an den alten Trick aus Jugendtagen erinnert, die Hose über Nacht unter das Leintuch zu legen, um am nächsten Tag eine messerscharfe Bügelfalte zu haben. Die hatte seine Hose heute zwar, aber nicht genau an der Stelle, an der sie eigentlich hingehört hätte.

Jetzt aber waren all diese Kalamitäten vergessen. Jetzt stand er mit ihr in der Schlange vor dem kleinen Buffet, das ihm ein Schiedsrichterkollege gestern so genau beschrieben hatte, dass ihm dabei schon das Wasser im Mund zusammengelaufen war. An dem Paar vor ihnen vorbei deutete er auf den Schopfbraten in der Vitrine und flüsterte Walpurga ins Ohr: »Den machen sie hier nicht mit Kümmel, sondern mit zerstoßenem Koriander. Die Kruste knirscht, wenn du reinbeißt, dann schmilzt sie in deinem Mund.«

Sie kicherte und bekam rote Wangen.

Was für ein Glück, dass sein Schiedsrichterkollege gestern so ins Schwärmen gekommen war. Nun konnte er so tun, als sei er hier Stammgast. »Ganz rechts, der Erdbeerkuchen«, flüsterte er weiter, »den gibt es nur im Juni und auch nicht jeden Tag. Sie ernten die Erdbeeren von ihrem eigenen Feld. Eine alte Sorte. Schmecken so intensiv wie Walderdbeeren, wenn sie am richtigen Tag geerntet werden. Angeblich ein gut gehütetes Familiengeheimnis.«

Nun waren sie an der Reihe. Er drückte ihr ein Tablett in die Hand, nahm sich auch eines und ließ die Wirtin aufladen, bis sich die Köstlichkeiten beinahe stapelten. Sein Schiedsrichterkollege hatte ihm erklärt, dass ein Profi beim Heurigenbuffet mit den kalten Speisen, also mit dem Gebäck, den Salaten, dem obligaten Liptauer, aber auch Ei- und Krenaufstrich begann und erst am Ende die warmen Speisen orderte. So blieben die warmen Speisen länger warm.

Der reservierte kleine Tisch stand etwas wackelig auf dem Schotter. Walpurga – patent, wie sie war – sorgte mit ein paar Bierdeckeln für einen festeren Stand. Hier in diesem Innenhof gab es keinen schönen Ausblick auf die Donau. Draußen ragte ein zerzauster staubiger Buschen auf einem derben Stock auf die Gasse. Sonst ließ von außen nichts erkennen, welches Kleinod sich hinter dem schweren Tor verbarg. Der Gastgarten hatte wahrscheinlich vor einem halben Jahrhundert schon genauso ausgesehen. Weiß gekalkte Steinmauern, dunkelgrüne Fensterläden, altes, fast schwarzes Holz und knorriges Weinlaub, das sich an Stangen über den Hof rankte und an diesem sonnigen Nachmittag angenehmen Schatten spendete. Sogar der Schotter am Boden wirkte alt, rundgewetzt und stellenweise in die dunkle Erde getreten. Es gab keinen einzigen leeren Tisch in diesem kleinen Gastgarten. Dennoch herrschte eine eigentümliche Ruhe, als seien die Menschen darum bemüht, kein Aufsehen zu erregen und diesen Ort geheim zu halten.

Walpurgas Wangen glühten immer noch. Sie deutete auf die beiden Tabletts zwischen ihnen. »Ist das nicht viel zu viel?«

Er schüttelte nur den Kopf. »Komm, sonst wird das Fleisch kalt.« Schnell drückte er ihr ein Besteck in die Hand. »Du beginnst mit dem Schopfbraten, ich mit dem Kräuterbackhendel. Dann tauschen wir.« Mit diesen Worten senkte er seinen Blick in Richtung der Köstlichkeiten vor ihm und sog vernehmbar den Bratenduft ein. Er ließ sich nicht einmal von der Kellnerin stören, die den vorhin bestellten Grünen Veltliner und eine Karaffe mit Wasser zwischen die Tabletts zwängte. Dass er seine Aufmerksamkeit so demonstrativ dem Essen zuwandte, war Absicht. Er wollte, dass

Walpurga sich unbeobachtet fühlte. Er brauchte sie gar nicht direkt anzuschauen. Es genügte vollauf, das Geschehen auf ihrem Teller zu beobachten, zu sehen, wie sie zögerlich ein Stück von der Kruste vom Fettrand abschnitt und zum Mund führte. Er konnte hören, wie sie auf die Kruste des Bratens biss, und hörte auch ihren leisen Ausruf des Entzückens. Er kannte Walpurga nun schon seit fast drei Wochen, als er ihrem alten VW kurzerhand mit dem Kabel, das er immer dabeihatte, Starthilfe geleistet hatte. Da sie als Hebamme gerade zu einer Geburt gerufen worden war, konnte sie nicht auf den Pannendienst warten. Zum Dank hatte sie es sich nicht nehmen lassen, ihn zum Essen einzuladen. Schon damals und seither jedes Mal, wenn sie sich getroffen hatten, hatte sie gegessen wie ein Spatz, dabei jedoch sehnsüchtig auf die Portionen geschaut, die er verdrückt hatte. Es brauchte keinen Kriminalisten, um zu erkennen, dass sie mit ihrer leicht molligen Figur haderte. Dass sie sich in seiner Gegenwart nicht wohl in ihrer Haut fühlte, musste er ihr austreiben. Beim zweiten Bissen nahm sie noch mal Kruste, dazu das magerste Stück Fleisch aus dem durchzogenen Braten und ein kleines Stück Waldviertler Knödel. Diesmal war ihr Entzücken noch deutlicher zu hören. Es musste die reinste Folter für sie sein, sich zurückzuhalten. Davon musste er sie jetzt erlösen. »Findest du mich zu dick?«, fragte er und schaute ihr unvermittelt in die Augen.

Im ersten Moment schaute sie nur verdutzt.

»Du siehst, ich esse gerne«, legte er nach. »Aber vielleicht findest du meinen Appetit ja ungesund.«

Sie lachte auf und schüttelte energisch den Kopf. »Du bist ein stattliches Mannsbild, genau richtig für meinen Geschmack.« Sie errötete.

Nun kam es drauf an. »Du hingegen«, um seinen Worten Nachdruck zu verleihen, hob er mahnend die gebackene Hühnerkeule, »bist für meinen Geschmack zu schlank.«

Sie war so verblüfft über diese Ansage, dass ihr der Mund offenstand.

Er schaute ihr noch immer geradewegs in die Augen und zuckte mit keiner Wimper. »Das ist mein Ernst. Zu mir passt nur eine Frau, die genauso gerne isst wie ich.« Er nahm einen Bissen Huhn, ohne seinen Blick von ihr abzuwenden.

Einige Sekunden lang saß sie nur da und erwiderte prüfend seinen Blick. Schließlich lächelte sie, steckte sich ein ordentliches Stück Schweinsbraten samt Knödel auf die Gabel und hob sie mahnend wie er vorhin die Hühnerkeule. »Du bist ein kluger Mann, Herr Chefinspektor. Okay, ich esse auch gerne. Und gerne zu zweit. Nur eines musst du mir versprechen.« Sie schob sich den Braten in den Mund und ließ ihn warten, bis sie genüsslich gekaut und runtergeschluckt hatte. Währenddessen füllte sie die Gläser mit Wein und reichte ihm eines. »Du musst mir hoch und heilig versprechen, dass du den Mut haben wirst, mir ganz ehrlich zu sagen, wenn du mich zu dick findest.«

Er zuckte lässig mit den Achseln. »Wenn's weiter nichts ist. Das verspreche ich dir.« Zur Bekräftigung hob er das Glas und stieß mit ihr an.

In diesem Moment läutete sein Handy. Seine Chefin.

»Schönen Nachmittag! Gibt es etwas, was nicht bis morgen warten könnte? Ich bin nämlich gerade dabei, Überstunden abzubauen.«

»Seit wann kümmerst du dich um Überstunden?«, fragte Doris. »Wo bist du überhaupt?«

»Beim Heurigen. Die haben hier ein mit Wiesenkräutern gespicktes Backhendel. Halleluja.«

»Bist du allein?«

»Wo denkst du hin? Der Heurige ist bummvoll.«

»Na dann viel Vergnügen beim Überstundenabbau. Ich komme gerade vom Landeshauptmann. Fürchte, es kommt Ärger auf uns zu. Wir sehen uns morgen früh. Einen schönen Gruß auch an deine Begleitung.«

Donnerstag, 23. Juni
14 Uhr 40

Am Vormittag war Josefa Machherndl ihrer Lieblingsbeschäftigung nachgegangen. In der Stiftskirche. Unter den gütigen Augen der goldenen Heiligen. Heute mit besonderer Hingabe. Stand doch bald wieder einmal eine Halbjahresbilanz an. Noch sieben Tage. Da sie es nicht erwarten konnte, hatte sie gestern Abend eine Vor-Halbjahresbilanz gezogen. Bisher von Jänner bis Juni 440 Beichten in der Dürnsteiner Stiftskirche, 49 weniger als im Vorjahr. Das war in der letzten Woche bestimmt nicht aufzuholen. Das Volk wurde immer ungläubiger. Gleichzeitig, und das war noch wesentlich bedenklicher, um 24 mehr Beichten, die über sechs Minuten dauerten, und die sie immer in der Alarmfarbe Rot protokollierte. Beichten dieser Länge konnten nur das Bekennen von besonders verabscheuungswürdigen Todsünden bedeuten, deretwegen einem der Beichtvater lang ins Gewissen reden musste. Auch wenn Josefa Machherndl die absolute Genauigkeit ihrer Aufzeichnungen nicht beschwören mochte, weil sie Zahl und Dauer der Beichten ja nur im Geheimen und während ihrer Arbeit am Blumenschmuck der Kirche notieren konnte, so war der Trend doch deutlich und ein Beweis dafür, dass die Dürnsteinerinnen und Dürnsteiner immer mehr zum willigen Opfer des Satans wurden. Ihre Zahlen logen nicht.

Sie erstellte diese Aufzeichnungen jetzt seit mehr als vier Jahren. Seit sie als Gemeindesekretärin vom Dürnsteiner Bürgermeister gegen ihren Willen in Pension geschickt worden war. Wenn sie schon nicht mehr im Dienst der Gemeinde tätig sein durfte, dann wollte sie im Dienst einer höheren Instanz arbeiten. Für den Herrn und Erlöser. Eine ungemein befriedigende Aufgabe. Ärgerlich nur, dass daran niemand in der ganzen kirchlichen Hierarchie ein Interesse zu haben schien. Offensichtlich stand der Kirche das Wasser noch immer nicht bis zum Hals.

Nach dem Ende der Beichtzeiten in der Stiftskirche war sie mit ihrem Fahrrad von Dürnstein heim nach Oberloiben gefahren und hatte sich zur Feier des Tages zwei Stamperln von ihrem heiß geliebten Marillenschnaps gegönnt. In den Tiefen ihrer Kühltruhe entdeckte sie eine große Portion Rostbraten mit Serviettenknödeln. Nach diesem ausgiebigen Mittagessen gönnte sie sich noch einmal zwei Stamperln. Zur Verdauung.

Jetzt saß sie am Fenster ihres von den Eltern gemeinsam mit ihrem Bruder geerbten Hauses und blickte auf die Straße. Wenig los um diese Zeit. Kein Wunder bei der Affenhitze. Eigentlich wäre ja jetzt ein kleines Mittagsschläfchen ideal. Aber dafür spürte sie einfach eine zu große Rastlosigkeit in sich. Sie fand auch bald den Grund dafür. Ihr machte die Aufführung von ›Hanneles Himmelfahrt‹ große Sorgen. Sie hatte in den letzten Wochen neben dem Feilen an ihrem Regie-Konzept viel Energie darauf verwendet, die Medien für ihr Projekt zu interessieren. Aber weder Briefe an die Redaktionen noch Telefonate mit lokalen Journalisten, die sie aus ihrer Zeit als Gemeindesekretärin kannte, hatten bis jetzt ein brauchbares Resultat gebracht. Sogar den Propst von Herzogenburg hatte sie einzuschalten versucht. Aber der wollte sich auch nicht vor ihren Karren spannen lassen. Diese Damen und Herren Redakteure, die sich alle für weiß Gott wie bedeutend hielten, obwohl sie nur für Provinzblätter arbeiteten, waren halt alle das gleiche Pack. Mussten mit mehr oder weniger prickelnden Informationen gefüttert werden, bevor sie sich herbeiließen, über das wirklich Wahre und Schöne zu schreiben. Sie überlegte. Mit prickelnden Informationen, und wie man sich ihrer für eigene Zwecke bediente, kannte sie sich an sich aus. Allerdings bestand die einzige halbwegs prickelnde Information, die sie im Ärmel hatte, aus ihrer gestrigen Begegnung mit dem Chauffeur eines großen Wagens, den sie gestern um diese Zeit auf einer Fahrt nach Weißenkirchen am Rand der Wachaustraße bemerkt hatte. Laut Auskunft des Fahrers, den sie in ein Gespräch verwickelt hatte, war es der Dienstwagen des Landespolizeidirektors. Mehr war aus ihm nicht herauszukriegen. Aber so leicht abwimmeln ließ sich eine Josefa Machherndl nicht. Sie war ein Stück weitergeradelt und hatte sich hinter einem dicht belaubten Weinstock auf die Lauer gelegt. Sie hatte nicht lange warten müssen.

Bald war der ihr aus dem Fernsehen bekannte hohe Herr aufgetaucht, und zwar nicht etwa vom Donauufer oder über den Radweg, sondern von oberhalb des Bahndamms kommend. Mit diesem unmöglichen dicken Kremser Polizisten im Schlepptau. Diese Information war nicht besonders prickelnd, solange sie nicht herausfinden konnte, was die beiden da oben in den Weingärten zu suchen hatten. Seit gestern hatte sie sich darüber den Kopf zerbrochen. Sie hielt sich ja immer auf dem Laufenden über alles, was in ihrer Gemeinde geschah. Sie kannte die Gegend wie ihre Westentasche. Wenn dort oben etwas vorgefallen wäre, das einen Landespolizeidirektor interessieren konnte, dann hätte sie das eigentlich wissen müssen. Das Einzige, was ihr einfiel, war, dass in diesen Weingärten erst vor ein paar Tagen ein Kremser Antiquitätenhändler verunglückt war. Aber was kümmerte das den obersten Polizisten des Landes? Zu blöd, dass sich der Chauffeur von ihrer Überredungskunst nicht hatte bezirzen lassen. Sie musste sich eingestehen, in den letzten Tagen vom Glück nicht gerade begünstigt gewesen zu sein. Aber sie wollte unter keinen Umständen Trübsal blasen. Das Glück würde schon noch zu ihr zurückkommen. Vielleicht war der Tod des Antiquitätenhändlers doch die richtige Fährte. Jedenfalls hatte ihr das Schicksal etwas in die Hände gespielt: einen wirklich guten Ansatzpunkt. Dieser Ansatzpunkt war übergewichtig und nicht der Hellste im Kopf. Sie musste Felix Frisch nur finden und in ein Gespräch verwickeln. Aus ihrer Zeit als Gemeindesekretärin von Dürnstein kannte sie in Krems genügend ältere Herrschaften, die zum Wohl ihrer Gemeinde die Augen offenhielten. Ein öffentliches Ärgernis wie dieser Inspektor stand sicher unter strenger Beobachtung. Sie griff zum Telefon. Es würde nicht so schwer sein, herauszufinden, wie sie an diesen unsäglichen Frisch herankommen konnte.

Donnerstag, 23. Juni
16 Uhr 16

Felix Frisch war bester Laune. Der gestrige gemeinsame Nachmittag mit dem obersten Polizeibeamten des Bundeslandes hatte für ihn geradezu traumhaft geendet.

Im Wachzimmer war er natürlich mit Fragen bombardiert worden. Aber er hatte sich wohlweislich zurückgehalten. Er hatte gerade nur so viel erzählt, dass den Kollegen der Mund offenblieb.

Dafür erzählte er am Abend seiner Elfriede alles umso ausführlicher. Wie es ihm gelungen war, den hohen Herrn von seiner Selbstmordtheorie zu überzeugen. Wie alle seine Kritiker ganz kleinlaut geworden waren. Welch ein Triumph! Schade nur, dass er seiner Frau nicht auch den Bericht des Landespolizeidirektors an den Herrn Landeshauptmann zeigen können würde, in dem der Name Felix Frisch besonders lobend erwähnt war. Da er aber sicher war, bald ein allerhöchstes Dankschreiben in Händen zu halten, nicht weiter schlimm. Ein paar Tage würde sich seine Elfriede halt noch gedulden müssen.

Heute war sein freier Tag. Da war der Tagesablauf streng geregelt. Den Vormittag verbrachte er nach wohlverdient spätem Aufstehen auf der Couch vor dem Fernseher in Erwartung des Schweinsbratens, den er sich zur Feier des Tages von Elfriede gewünscht hatte. Außerdem kredenzte sie ihm zum Nachtisch als Überraschung einen Apfelstrudel. Sie war eine Meisterin darin, dem Boden des Apfelstrudels genau die richtige knusprige Festigkeit zu geben, wenn sie sich bemühte. Diesmal hatte sie sich bemüht. Beim Test der Konsistenz konnte er den Boden des Apfelstrudels unter dem Druck seiner Gabel knistern hören. Offenbar war sie diesmal wirklich stolz auf ihn.

Nach der Mittagsruhe fuhr er dann wie immer zur Autowäsche am öffentlichen Waschplatz in der Kremser Au. Sein Skoda Octavia, der jetzt schon einige Jahre auf dem Buckel hatte, glänzte noch immer wie neu. Das verdankte das Auto der vorbildhaften wöchentlichen Pflege durch seinen Besitzer, die sich unter anderem dadurch auszeichnete, dass er dabei nur ausgesuchte Markenprodukte verwendete. Obwohl ihm seine Elfriede ständig in den Ohren lag, auf billigeren Schaum und preiswerteres Wachs umzusteigen. Natürlich ließ er am Waschplatz die ein oder andere Bemerkung über seine Rolle bei der Entdeckung der wahren Todesursache des Kunsthändlers fallen. Aber selbstverständlich so diskret, dass ihm nur bösartige und neidische Zeitgenossen den Vorwurf der Übertreibung hätten machen können. Was ohnehin nie seine Sache gewesen war.

Als er gerade seine Kühlerhaube polierte, sah er eine Person daher radeln, mit der er schon seine Erfahrungen gemacht hatte. Jedenfalls war er keinesfalls erpicht darauf, mit der Dame ins Gespräch zu kommen.

Was Josefa Machherndl, die ihn offensichtlich ebenfalls erspäht hatte, nicht daran hinderte, auf ihn zuzusteuern.

»Herr Gruppeninspektor, welche Freude, Sie zu sehen. Meine Spione haben mir berichtet, dass Sie gestern in ganz geheimer Mission in einem Weingarten auf meinem Gemeindegebiet unterwegs gewesen sind. Darf man fragen, was der Gegenstand dieser Geheimmission gewesen ist?«

Felix Frisch konnte nicht umhin, höchst angetan zu sein. Eigentlich gegen seinen Willen. Aber erstens hatte ihn die pensionierte Gemeindesekretärin ganz korrekt als Gruppeninspektor angesprochen, was leider allzu selten vorkam. Zweitens merkte er, dass sich die anderen Autobesitzer, die hier eine eingeschworene Gemeinschaft bildeten, neugierig nach ihm umdrehten. Und drittens war er angetan, weil die Formulierung ›geheime Mission‹ fast nach James Bond klang. Daher wollte er gegenüber Frau Machherndl nicht unhöflich sein. Aber er würde ihr nicht so viel verraten wie seinen Freunden hier vorhin. Denen zwinkerte er jetzt zu, bevor er sich an die ehemalige Gemeindesekretärin wandte: »Sie sind ja erstaunlich gut informiert. Allerdings bin ich wirklich in geheimer Mission unterwegs gewesen. Daher sind meine Lippen verschlossen wie ein Grab.« Ein paar Momente ließ er Frau Machherndl zappeln und genoss das wissende Grinsen seiner Freunde. Dann beugte er sich zu ihrem Ohr und flüsterte: »Ich sage nur … Selbstmord.« Mit dieser Information würde sie ohnehin nichts anfangen können.

Donnerstag, 23. Juni
19 Uhr 14

Nach dem Heurigenbesuch hatten Walpurga und er noch einen ausgedehnten Verdauungsspaziergang durch die Weinberge gemacht. Er konnte sich nicht erinnern, sich je mit einer Frau so lange und so gut unterhalten zu haben. Dabei war die Zeit wie im Nu verflogen. Aber je mehr es gegen Abend ging, desto unruhiger wurde er. Denn das hier wurde ernst. Viel schneller, als er erwartet hatte. Auf dem Weg zurück zum Wagen hatte sie sich bei ihm eingehängt. Das war ihm sehr angenehm, aber gleichzeitig war er etwas überrumpelt. Er wusste nicht, wie der Abend noch enden würde. Als sie dann zum Auto kamen, war aus der Unruhe bereits ein mulmiges Gefühl geworden.

Vor der Abfahrt aus St. Pölten hatte er vorsichtshalber das kleine, graue Wollknäuel aus seinem Nabel herausgefischt, das sich dort alle paar Tage bildete. Ohne dass er eine Ahnung hatte, woher es kam. Da war er sich noch wie ein junger Draufgänger vorgekommen. Bereit, seine Flamme im Sturm zu erobern.

Auf der Rückfahrt hingegen war er gar nicht mehr in Draufgänger-Stimmung; im Vergleich zum Nachmittag ziemlich wortkarg. Als sie ihm dann kurz vor St. Pölten ihre Adresse nannte, bekam er einen richtigen Bammel. Fieberhaft dachte er darüber nach, wie er dem offensichtlich Unvermeidlichen doch noch entgehen konnte. Zwar hatte er sich beim Trinken zurückgehalten. Aber fit fühlte er sich keineswegs. Der Abend würde in einer Blamage für ihn enden. Ein Königreich für einen Anruf seiner Chefin, mit dem sie ihn dringend aufforderte, sofort noch einmal ins Büro zu kommen. Leider kam kein Anruf.

Noch fünfhundert Meter bis zu ihrer Wohnung. Spencer verlangsamte die Geschwindigkeit fast bis zum Schritttempo. Hinter ihm hupte jemand. Der Chefinspektor verspürte gute Lust anzuhalten und den Drängler zur Rede zu stellen. Um sich dabei so in Rage zu reden, dass auch die liebestollste Frau Verständnis dafür haben würde, dass heute nichts mehr ging. Er verwarf den Gedanken aber gleich wieder und mahnte sich zur Gelassenheit. Irgendwann würde dieser entscheidende Moment so oder so kommen. Noch vierhundert Meter. Noch dreihundert. Noch zweihundert. Er tat so, als ob er die Parklücke hundertfünfzig Meter vor dem Ziel übersehen hätte. Er hätte sich aber lächerlich gemacht, wenn er die nächste, zweihundert Meter dahinter, wieder nicht bemerkt hätte. Jetzt musste er wenigstens ein perfektes Einpark-Manöver hinkriegen. Aber auch das misslang.

Da spürte er ihre Hand auf seinem Oberschenkel. »Du brauchst gar nicht einzuparken. Ich kann gleich hier rausspringen. Es war ein großartiger Nachmittag. Danke.« Sie küsste ihn auf die Wange. »Wenn du willst, kannst du übermorgen zum Frühstück vorbeikommen. Morgen geht es leider nicht.«

Spencer hoffte inständig, dass sie seine Erleichterung nicht mitbekam. Stattdessen mimte er verständnisvolle Enttäuschung. »Aufgeschoben ist nicht aufgehoben. Zum Frühstück komm ich gern. Wann ist es dir denn recht?«

Freitag, 24. Juni
14 Uhr 04

Nach seinem Gespräch mit Frau Haberl in Krems, das ihm Doris aufgetragen hatte, war er wieder zurück in St. Pölten und steuerte von roter Ampel zu roter Ampel auf das Präsidium zu. Eilig hatte er es nicht. Heute spielte es keine Rolle, ob er ein paar Minuten früher oder später im Büro seiner Chefin erschien. Heute brauchte er ohnehin Zeit für sich, um sich zu sammeln. Ob sie die Sache mit Walpurga wohl jetzt ansprechen würde? Heute früh war er deswegen schon um halb acht ins Büro gekommen, um vor ihr da zu sein. Er wollte keine Zeit verlieren und ihre Fragen zu Walpurga sofort beantworten. Er hatte sich sogar ans Fenster gestellt, um ihre Ankunft nicht zu übersehen. Keine drei

Minuten, nachdem sie ihren Wagen abgestellt hatte, war er wie immer unaufgefordert in ihr Büro gegangen. Er hatte fest damit gerechnet, dass sie entweder direkt oder zumindest indirekt auf seinen gestrigen Besuch beim Heurigen zu sprechen kommen würde, und war dann doch enttäuscht, dass sie es nicht tat. Sie hatte so getan, als sei gar nichts. Ohne sich lange mit Small Talk aufzuhalten, hatte sie ihn über ihr Gespräch mit dem Landeshauptmann informiert, verbunden mit der Bitte, sich noch im Lauf des Vormittags mit Frau Haberl in Verbindung zu setzen und wenn möglich gleich zu ihr nach Krems zu fahren. Zu diesem Gespräch hatte sie ihn genau instruiert und ihn auch gebeten, den Akt samt Obduktionsbericht noch einmal selbst genau zu studieren. Das hatte er selbstverständlich getan. Die Witwe hatte er um halb elf in ihrem Haus besucht und mit ihr ein ebenso langes wie intensives Gespräch geführt. Fast eine ganze Stunde lang. Da war er auch ganz konzentriert gewesen und hatte nicht an Walpurga gedacht. Erst auf der Rückfahrt waren die Gedanken an sie und an das Frühstück, das ihm am morgigen Samstag bevorstand, wiedergekommen. Er würde ausgiebig duschen und frische Semmeln mitbringen, so viel wusste er schon. Aber sonst wusste er nichts. Das machte ihn leicht nervös. Gerne hätte er seiner Nervosität in einem Gespräch mit Doris Luft gemacht. Schließlich hatte er sonst niemanden, mit dem er über solche Dinge reden konnte. Andererseits ging es da um höchst private Angelegenheiten, von denen seine Chefin vielleicht gar nichts wissen wollte. Daher wollte er die Sache mit Walpurga nicht von sich aus ansprechen. Früher oder später würde Doris schon auf den Busch klopfen, da war er sicher.

Bevor er ins Büro seiner Chefin ging, holte er sich noch einen Becher Kaffee. Er wusste überhaupt nicht, warum er ihn eigentlich trank. Ungenießbares Gesöff. Das sagte er sich schon seit Jahren. Vielleicht war es an der Zeit, auch entsprechend zu handeln. Kurzentschlossen ging er mit dem Becher aufs WC und schüttete dessen braunen Inhalt, der die Bezeichnung Kaffee gar nicht verdiente, ins Waschbecken.

Dann ging er zu Doris und erstattete Bericht. »Diese Frau Haberl ist eine ausgesprochen sympathische, aber auch resolute Frau, die sehr um ihren Mann zu trauern scheint. Nebenbei bemerkt muss der Kunsthandel eine Goldgrube sein. Die Dame wohnt in einem der schönsten Häuser, die ich je gesehen habe. Tolle Lage mit einem großartigen Blick über Krems. Mit dem Stift Göttweig genau gegenüber. Erstens einmal hält sie die Behauptung, dass der gestohlene Heilige aus Lindenholz viel mehr als zehntausend Euro wert sein soll, für einen ausgemachten Blödsinn. Gibt aber zu, von Antiquitäten wenig zu verstehen. Ihrer Überzeugung nach muss es einen triftigen Grund dafür gegeben haben, dass ihr Mann nach dem Einbruch wie ausgewechselt gewesen ist. Ihr habe er nichts vormachen können, obwohl er alles getan hat, um seine Nervosität zu verbergen. Deshalb hat er auch seine gewohnte Routine sowohl geschäftlich als auch privat beibehalten. Daher auch die Besichtigung von Weingärten am vergangenen Wochenende. Weil er in seiner Pension Weinhauer sein wollte. Sie hat außerdem gesagt, dass auch ein Mitarbeiter der Kunsthandlung die Veränderung im Wesen ihres Mannes bemerkt hat. Mit dem habe ich allerdings noch nicht gesprochen.«

Doris Lenhart, die einen Pappbecher mit der braunen Flüssigkeit vor sich stehen hatte, unterbrach ihn. »Also ist ein Selbstmord tatsächlich nicht auszuschließen. Die psychische Veränderung muss gar nicht in einem direkten Zusammenhang mit dem Einbruch stehen. Vielleicht ist das nur ein zeitlicher Zufall und er hat geschäftliche Sorgen oder gesundheitliche Ängste gehabt. Jedenfalls sehe ich weiterhin absolut nichts, das auf einen Mord hindeutet.«

»Außer der Aussage der Ehefrau, dass es bestimmt kein Selbstmord gewesen sein kann«, gab er zu bedenken.

»Die aber gleichzeitig eine deutliche psychische Veränderung und Verunsicherung bei ihrem Mann bemerkt hat«, konterte seine Chefin.

Er nickte. »Ich bin ganz bei dir. Nur sollte ich noch erwähnen, dass unser spezieller Freund und Unglücksrabe Gruppeninspektor Frisch als Erster bei der Leiche im Weingarten gewesen ist. Er hat laut Frau Haberl auch von Selbstmord gefaselt.«

»Das ist ja interessant. Unser hochverehrter Herr Chef wird doch seine Weisheit nicht vom Frisch haben?«

»Zuzutrauen wäre es ihm zwar. Kann ich mir aber trotzdem nicht vorstellen. Der redet doch nicht mit einem kleinen Gruppeninspektor.«

Seine Chefin zog die Stirn in Falten. »Das mit dem Frisch hättest du mir besser nicht gesagt. Bis jetzt ist immer das exakte Gegenteil von dem eingetroffen, was er behauptet hat.«

Samstag, 25. Juni
07 Uhr 19

Die Wetternachrichten hatten es gestern angekündigt. Durchzug einer Kaltfront am Wochenende. Abkühlung um acht bis zehn Grad. Das östliche Niederösterreich etwas wetterbegünstigt. Aber die Burg Aggstein lag halt leider nicht im östlichen Niederösterreich.

Ihre Nacht wäre allerdings auch ohne den angekündigten Wettersturz beim Teufel gewesen. Wegen des Streits mit Jennifer, die ihr beim Mittagessen im Schlosshotel Dürnstein vor zwei Tagen eröffnet hatte, dass sie seit Jahren Kontakt zu ihrem Vater hatte und sich unbedingt von ihm zum Traualtar führen lassen wollte.

Dazu hatte sie sehr deutlich Stellung bezogen: nur über ihre Leiche! Leider hatte sie aber nach dem köstlichen Kalbsfilet und dem Schokoparfait mit Mandelkrokant in einem Moment der Schwäche zugestimmt, diesen Nichtsnutz wenigstens als Gast bei der Hochzeitstafel zu akzeptieren.

Und dann gestern Abend der Anruf, mit dem Jennifer sie noch einmal umzustimmen versuchte. Geschlagene fünfundzwanzig Minuten. Bis sie keinen anderen Ausweg mehr sah, als ihrer Tochter zu drohen, sie beim Erbe nur aufs Pflichtteil zu setzen. Kaum ausgesprochen, hatte sie sich auch schon über ihre Drohung geärgert. So wie sie Jennifer einschätzte, war es aber nicht die Drohung, sondern der Wunsch, mit der Mutter Frieden zu machen, der sie letztlich nachgeben ließ. Trotzdem war der Abend verdorben. Die Nacht ebenfalls. Höchstens drei Stunden Schlaf. Sie hätte sich für aus härterem Holz geschnitzt gehalten.

Um dreiviertel sechs war sie schließlich aufgestanden. Mindestens so müde wie acht Stunden zuvor. Wenigstens hatte die Morgenroutine mit der heißen und nachfolgenden eiskalten Dusche geholfen. Und auch die Vorstellung, dass es höchste Zeit für einen neuen Mann in ihrem Haus war.

Im champagnerfarbenen Morgenrock hatte sie zunächst die Uhr für den heutigen Tag aus dem Safe geholt. Jaeger-LeCoultre. Mehr opulentes Schmuckstück als Zeitmesser, wie sie sich eingestand. Aber am heutigen Tag musste es schon etwas Besonderes sein. In ihrer fast fünfundzwanzig Quadratmeter großen Küche, die abgesehen von der vorwiegend stählernen Herdinsel ganz in Hellgrau gehalten war, was ihr zum Zeitpunkt des Kaufs vor dreizehn Jahren ungemein zugesagt hatte, standen vier Kaffeemaschinen. Drei davon geschenkt von Jennifer. Sie brachte es nicht übers Herz, diese Geschenke wegzuräumen. Benutzt wurden sie allerdings so gut wie nie. Denn sie bereitete Kaffee am liebsten mit dem einfachen Espressokocher zu, den sie auf den Herd stellen konnte. Das kleine Gerät ganz aus Stahl stammte aus Zeiten, in denen Jennifer noch in den Kindergarten gegangen war.

Sie liebte ihren täglichen Morgenkaffee. Ganz schwarz, sehr stark und ohne Zucker. Aber heute genoss sie ihn noch mehr als üblich. Gleich drei Tassen. Danach eine kurze nochmalige Inspektion ihres klassischen dunkelblauen Kleides mit den großen weißen Punkten, das sie schon gestern aus dem zweiten ihrer drei Kleiderkästen herausgenommen und im Ankleideraum aufgehängt hatte. Die passende weiße Handtasche lag auch schon bereit. Da ihr Haar in der Zwischenzeit trocken war, probierte sie auch noch einmal den Hut mit der breiten Krempe, der exakt die gleiche Farbe hatte wie ihr Kleid. Sie sah aus wie eine Lady aus der englischen Aristokratie. Wann hatte sie zum letzten Mal so etwas getragen? Musste schon ewig her sein. Dabei stand ihr die Kopfbedeckung durchaus, wie sie vor dem Spiegel feststellte. Fast schon ein Hutgesicht!

Sie blickte auf die Uhr. Sie konnte Julia noch eine halbe Stunde schlafen lassen. Genug Zeit, um noch einen kurzen Blick in die Zeitung zu werfen, die ein Bote ziemlich zuverlässig und ohne besonderen Lärm zu machen immer schon gegen fünf Uhr dreißig durch den Briefschlitz warf.

Sie setzte sich wieder an den Frühstückstisch, hob und kippte den Espressokocher. Leider nur mehr ein paar Tropfen, die kaum den Boden der Tasse bedeckten. Dann schlug sie die Zeitung auf. Wenig, was sie interessiert hätte. Bis ihr Blick an einer Überschrift hängen blieb.

›Selbstmord eines bekannten Kremser Kunsthändlers?‹

Sie las den Artikel. Kein Name angegeben. Es war nur von einem ›Dr. H.‹ die Rede. Lächerlich. Da hätte die Zeitung den Namen gleich ganz ausschreiben können. Armer Dr. Haberl! Er war ihr jetzt schon längere Zeit nicht mehr über den Weg gelaufen. Jedenfalls war er, als sie ihn in der Kremser Landstraße das letzte Mal getroffen hatte, gut drauf gewesen. Musste ungefähr ein Jahr her sein. Wieso hätte ein so lebensfroher Mensch Selbstmord begehen sollen? Auch privat schien doch bei ihm alles gestimmt zu haben. Geschäftlich sicher auch. Konnte sich nur um die Flucht vor einer tödlichen Krankheit handeln. Oder um eine totale Sinnesverwirrung. Jedenfalls kein gutes Omen für den heutigen Tag.

Samstag, 25. Juni
09 Uhr 10

Auch Doris Lenhart hatte schon geduscht und dabei vorsorglich die Badezimmertür versperrt. Kommentare ihres Mannes zu ihrer Figur wollte sie sich in der nächsten Zeit ersparen. Sie hätte nicht behaupten können, schlecht geschlafen zu haben. Aber schon unmittelbar nach dem Aufwachen war ihr wieder diese Geschichte mit dem Einbruch bei dem Kunsthändler in den Sinn gekommen. Das Obduktionsergebnis war eindeutig. Wenn sich nicht bald ein Zeuge meldete, der eine Person gesehen haben wollte, die Dr. Haberl einen Stoß versetzt hatte, waren der Kriminalpolizei die Hände gebunden. Eine beobachtete Attacke wäre natürlich zu schön gewesen. Aber es hätte schon geholfen, wenn der Zeuge wenigstens so etwas wie einen Streit des Opfers mit einer unbekannten Person im Weingarten oder in der Nähe des Weingartens bemerkt hätte. Konnte die Geschichte von der gestohlenen Plastik überhaupt ein Indiz für eine spätere Bluttat sein? Und war das Ersuchen des Landeshauptmanns der Grund dafür, dass ihr die Sache nicht aus dem Kopf ging? Hätte sie den Fall sonst ohne großes Nachdenken ad acta gelegt oder an das Einbruchsdezernat zurückverwiesen? Sollte sie selbst auch mit der Witwe reden? Würde sie damit nicht ihren Stellvertreter vor den Kopf stoßen?

Ihr Erich war schon zu seinem Samstagsvormittags-Tennis verschwunden. Ohne auf die Zubereitung des Frühstücks, die am Samstag seine Sache war, zu vergessen. Im Brotkorb lag noch ein Croissant. Sie überlegte kurz und griff dann zu. Schnell einen Batzen Butter auf ihren Teller und zwei Löffel Marillenmarmelade. Als krönender Abschluss eines Frühstücks schwer zu schlagen.

Eher lustlos griff sie sich das Niederösterreichische Tagblatt, das von ihrem Mann in Einzelteile zerlegt auf dem Frühstückstisch zurückgelassen worden war. Der Chronik-Teil lag ihr am nächsten. Nach einem herzhaften Biss in das Croissant überflog sie die Überschriften. Eine ließ sie erschrecken.

›Selbstmord eines bekannten Kremser Kunsthändlers?‹

Das durfte doch nicht wahr sein! Wie idiotisch durfte denn ein Landespolizeidirektor sein? Wenigstens war die Redaktion klug genug gewesen, hinter den Text ein Fragezeichen zu setzen. Machte die Katastrophe aber nicht viel kleiner. Der Landeshauptmann, der ja bekannt dafür war, dass er Zeitungen geradezu fraß, würde bestimmt schon durch die Decke gegangen sein. In Marbolts Haut würde sie jetzt unter keinen Umständen stecken wollen. Aber das war ihr geringstes Problem. Wichtiger war Frau Haberl. Die würde den Artikel sicher nicht kommentarlos zur Kenntnis nehmen. Würde sie jetzt mit ihrer Theorie von der Ermordung ihres Mannes an die Öffentlichkeit gehen? Das musste die Kripo unter allen Umständen verhindern. Sie holte ihr Handy, das noch auf dem Nachtkästchen neben ihrem Bett lag und rief ihren Stellvertreter an. »Spencer, guten Morgen. Ich hoffe, ich störe nicht. Hast du schon das Tagblatt gelesen?«

»Nein«, brummte er.

Sie hörte im Hintergrund Geräusche. Sieh an, sieh an. Frühstück zu zweit. Was für ein toller und vor allem schneller Hecht. Hätte sie ihm gar nicht zugetraut. Aber darauf konnte sie jetzt keine Rücksicht nehmen.

»Dann sage ich dir, was drinsteht. Offensichtlich hat unser hochverehrter Herr Chef seine Selbstmordtheorie der Zeitung mitgeteilt. Wette, das Tagblatt revanchiert sich, und er wird in den nächsten Tagen in Überlebensgröße aus der Zeitung grinsen. Soll mir recht sein. Aber auf keinen Fall darf Frau Haberl darauf reagieren, indem sie ihre Mord-Theorie öffentlich macht. Auch wenn ich eure traute Zweisamkeit nur ungern unterbreche, bitte ich dich, sie so rasch wie möglich anzurufen und dringend zu ersuchen, den Artikel zu ignorieren. Ich werde dafür sorgen, dass es ein offizielles Dementi der Staatsanwaltschaft gibt. Sag ihr bitte, dass wir unsere Ermittlungen noch nicht abgeschlossen haben.«

Samstag, 25. Juni
10 Uhr 11

Ihren Hut nahm Franziska Schremser ab, damit der Wind ihn nicht forttrug. Die vielen Stufen des Aufgangs zum Bürgel raubten ihr den Atem, zumal ihr Kleid etwas eng saß. War Aggstein eigentlich jemals eingenommen worden? Die Burgherren von einst hatten jedenfalls ihr Bestes getan, um diese Festung so uneinnehmbar wie möglich zu machen. Die Natur hatte ihnen aber auch einen besonders geeigneten Platz dafür geschenkt. Ein langgestreckter Felsen, der nach Norden in Richtung Fluss ragte. Auf diesem Felsen stießen Eindringlinge auf eine dicke graue Mauer nach der anderen, bevor sie überhaupt in den langgestreckten Burghof kamen, um dann noch mal vor einer hohen

Wand zu stehen, die das Innerste der Burg auf dem nördlichsten Zipfel des Felsens vom übrigen Bauwerk trennte.

Ziemlich erschöpft erreichte sie den nach allen Seiten offenen Wehrgang über dem Burghof. Von hier hatten die Raubritter im wahrsten Sinne des Wortes den Überblick. Gute zehn Kilometer stromauf- und stromabwärts lag das Donautal zu ihren Füßen. Eine Aussicht, wie es in der Wachau keine zweite gab. Hier würde der Fotograf später die Fotos vom Brautpaar schießen. Sofern es nicht wieder zu regnen begann. Würde der Wettergott dieser Hochzeit gnädig sein? Um diese Frage zu klären, hatte sie sich hier heraufgekämpft. Vor zwanzig Minuten hatte ein Platzregen die alten Mauern gründlich abgewaschen. Die dunklen Wolken zogen entlang der Donau weiter nach Osten über das Tullnerfeld. Die Wolken im Westen waren von einem deutlich helleren Grau. Vereinzelt zeigten sich sogar blaue Streifen am Himmel. Sollte sie es wagen, den Empfang wie geplant unter freiem Himmel im Burghof auszurichten? Oder sollte sie die verbleibende halbe Stunde bis zum Eintreffen der Gäste nutzen, um den Rittersaal für den Empfang vorzubereiten. Dort war schon die Tafel für den Hochzeitsschmaus gedeckt. Noch konnte sie alles umbauen lassen. Allerdings war es ein Husarenstück, die Hochzeitstafel binnen einer halben Stunde verschwinden zu lassen und stattdessen Stehtische aufzustellen. Nach dem Empfang musste dann die Tafel wiederaufgebaut werden. Sie würde dem Personal ordentlich Trinkgeld geben müssen, damit das klappte. Diese Hochzeit war ohnehin schon teuer genug. Aber ihre ältere Tochter heiratete schließlich nur einmal. Bei Jennifer war sie in dieser Hinsicht ziemlich sicher. Bei Sonnenschein wäre der langgezogene und etwas verwinkelte Burghof der ideale Ort für den Empfang. Sie würde gemeinsam mit dem Bräutigam am inneren Tor unter dem Bürgel stehen und die Gäste begrüßen, die sich ganz natürlich zu den im Hof verteilten Stehtischen begeben würden. Bei grauem Himmel erschien der graue Hof allerdings weit weniger attraktiv. Da bekam dieser Ort eine mittelalterliche Schwere, wirkte womöglich sogar trist und beschränkt. Wenn es dann auch nur leicht zu regnen begann, fiel der Empfang tatsächlich ins Wasser. Was sollte sie also tun? Skeptisch blickte sie zu den Wolken im Westen und zog ihr Handy aus der Handtasche. Die Wetter-App prophezeite für die nächsten beiden Stunden eine Regenwahrscheinlichkeit von vierzig Prozent. Das konnte aller Erfahrung nach von Platzregen bis Sonnenschein alles bedeuten. Warum musste es ausgerechnet heute ein solches Aprilwetter geben?! Ihr Gefühl und die Farbe der Wolken deuteten eher darauf hin, dass es trocken bleiben würde. Wäre es ihre eigene Hochzeit, würde sie den Empfang im Burghof riskieren. Aber es war nicht ihre Hochzeit. Also rief sie Jennifer an, die sich mit ihrem Brautkleid und ihren Brautjungfern irgendwo versteckt hatte, damit sie der Bräutigam vor der Hochzeit ja nicht zu Gesicht bekam. Jennifer hob nicht ab. Dieser alte Brauch war nervig. Jennifer war doch eine überaus emanzipierte Frau. Sie sollte eigentlich selbst am Tor stehen und die Hochzeitsgäste in Empfang nehmen.

Da kam ihr Rückruf. »Was gibt's?«, fragte sie kurz angebunden.

Ihre Tochter war immer kurz angebunden, wenn sie nervös war. Vielleicht war es auch eine Nachwirkung ihres Streits. Darüber sah Franziska am heutigen Tag in mütterlicher Güte hinweg. »Der Himmel im Westen sieht nicht ganz schlecht aus, grau mit ein paar Sonnenfenstern«, meldete sie.

»Aber es könnte nochmal regnen?«, fragte Jennifer nach.

»Ja.«

»Dann machen wir den Empfang im Rittersaal«, entschied die Braut knapp. »Du bist ein Schatz, dass du mir hier den Rücken freihältst«, fügte sie versöhnlich hinzu und beendete das Gespräch.

Franziska seufzte und verstaute ihr Handy. Den Anruf hätte sie sich eigentlich sparen können. Jennifer war nicht die Person, die gerne ein Risiko einging. Jennifer brauchte Sicherheit. Kein Wunder, dass sie nicht in Dürnstein, sondern unbedingt hier im Schutz dieser alten Burg heiraten wollte, deren nackte Steinmauern nach Ewigkeit rochen.

Unten im Hof schickten sich der Restaurantbetreiber und sein Team gerade an, die Stehtische aufzustellen.

»Wir machen den Empfang im Rittersaal«, rief sie hinunter.

»Im Ernst?«, fragte der Mann.

Alle Blicke wandten sich zu ihr nach oben.

Sie seufzte erneut. »Ein zusätzlicher Hunderter für jeden von euch, wenn das reibungslos klappt.«

Samstag, 25. Juni
11 Uhr 32

Die Stimmung im Rittersaal war ausgezeichnet, beinahe ausgelassen. Das lag wahrscheinlich nicht nur an der guten Laune der Gäste, sondern auch an diesem Raum. In den Ecken standen die Ritterrüstungen gleichsam Wache. Die grauen steinernen Wände waren vom warmen Licht der drei großen Luster so ausgeleuchtet, als würde ein Feuer im Kaminofen brennen. Der glatte Beton des Kamins passte eigentlich nicht ins Bild, aber der Schlot war so massiv, dass er sich in das Bild der Ewigkeit einfügte. Diverse Jagdtrophäen und Wappen an den Wänden taten ihr Übriges, um dem festlichen Rahmen hier die derb fröhliche Note eines Ritterfestes zu verleihen. Auch ein paar Kinder waren anwesend, die die hölzerne Treppe, die sich hinten um den Kamin wand, und den hölzernen Balkon im Halbstock fürs Piratenspielen erobert hatten. Es konnte nur an dieser Atmosphäre gelegen haben, dass sie sich sogar dazu hinreißen ließ, ihrem Ehemann Nummer eins einen Begrüßungskuss auf ihre beiden Wangen nicht zu verwehren. Er überhäufte sie natürlich mit Komplimenten. Wann hatte sie ihn davor zuletzt gesehen? Musste mindestens fünfzehn Jahre her sein. Immer noch der gleiche Charmeur. Nur das Gesicht teigiger, als sie es in Erinnerung hatte; und insgesamt wirkte er irgendwie ärmlicher. Aber das wäre er damals ohne sie auch schon gewesen.

Großartig, wie selbstverständlich sich ihre jüngere Tochter inmitten der knapp achtzig Personen, die sie zur Hochzeit geladen hatten, bewegte. Schon mehr junge Frau als kleines Mädchen. Aber genau in dem Zwischenstadium, das Vierzehnjährige so anziehend machte. Vor allem, wenn sie so aussahen wie Julia.

Der Priester, der die Trauung vornehmen sollte – seinem Akzent nach zu urteilen ein Pole oder ein Slowake und offensichtlich ein Bekannter des Vaters des Bräutigams – war auch erschienen, um sich aber bald wieder zu verabschieden. Sicher, um sich für die Messe vorzubereiten.

Jedenfalls waren die enervierenden Auseinandersetzungen, die sie mit Jennifer wegen ihres Vaters geführt hatte, vergessen. Die Brautleute hatten bezüglich des Brautführers eine Lösung gefunden, die ihr durchaus zusagte. Der Bruder des Bräutigams, ebenfalls Arzt, hatte sich bereit erklärt, den Part zu übernehmen.

Da in der Kapelle maximal die Hälfte der erschienenen Hochzeitsgäste Platz finden würden, war ihr die Aufgabe zugefallen, vor der Trauung auf diesen Umstand aufmerksam zu machen und die Gäste zu ersuchen, darauf Rücksicht zu nehmen. Die Zeremonie würde nur eine gute halbe Stunde in Anspruch nehmen. Wer bereit wäre, auf den Besuch der Kapelle zu verzichten, würde im Rittersaal vom Personal mit einem Glas besten

Champagners oder auch deren zwei belohnt. Diese Ansage trug ihr nicht nur einen Lacher ein, sondern sie erzielte auch das gewünschte Resultat. Knapp die Hälfte der Gäste entschied sich für den Champagner.

Als sie aus dem Rittersaal in den Burghof trat, stellte sie fest, dass alles trocken war. Es hatte also nicht nochmal geregnet. Auch der Wind hatte nachgelassen. Aber egal. Der Empfang im Rittersaal hatte wunderbar funktioniert, das war die Hauptsache.

Als sie gemeinsam mit Julia und den Eltern des Bräutigams die freie Treppe hinaufstieg und den oberen Hof vor der Kapelle betrat, kamen ihr – mitten im Juni – Weihnachtslieder in den Sinn. Wie kam sie jetzt auf ›Stille Nacht‹ und ›Es ist ein Ros' entsprungen‹? Da fiel ihr wieder ein, dass sie diese Lieder hier schon einmal gehört hatte. Während eines Weihnachtsmarkts auf der damals tiefverschneiten Burg. Mit in Ritterkostümen gekleideten Turmbläsern, die all die Weihnachtslieder ihrer Kindertage zum Besten gegeben hatten. Sie schüttelte den Gedanken daran so schnell ab, wie er gekommen war.

Die Kapelle war etwas ganz Besonderes. Eindeutig gotisch, wobei der den Raum dominierende Bogen, der den Altarraum vom übrigen Teil der Kapelle trennte, eher an einen romanischen Rundbogen als an einen gotischen Spitzbogen erinnerte. In der Kapelle hatte sich der weiße Kalkverputz an den Wänden ringsherum fast vollständig gehalten. Dafür war der Verputz zur Decke hin fast komplett abgebröckelt. Der dunkle Stein im oberen Teil bedeckte den Raum gleichsam mit Ewigkeit. Für sie als Kunsthistorikerin besonders spannend waren die kleinen Spuren von Fresken an den Grenzen von Verputz und nacktem Stein. Was auf diesen Fresken einst dargestellt war, war allerdings nicht mehr zu erahnen.

Sie hatte schon ihre erste Ehe gegen den heftigen Widerstand ihrer Eltern nur vor dem Standesamt geschlossen. Daher kannte sie sich beim Protokoll von kirchlichen Trauungen wenig aus. Markus, der Bräutigam, stand schon neben dem Betstuhl vor dem Altar. Die Gäste, die es in die Kapelle geschafft hatten, begrüßte er mit seinem Lächeln und einem Nicken seines Kopfes. Vor einem knappen Jahr hatte ihn Jennifer ihr vorgestellt. Sie war gleich von Beginn an von ihm angetan gewesen. Schien es wirklich ernst zu meinen. Hoffentlich würden die beiden mehr Glück miteinander haben als sie mit ihren Männern.

Nachdem sie ihren Platz in der ersten Reihe eingenommen hatte, dauerte es keine zwei Minuten mehr, bis Musik einsetzte. Sie hatte einen kleinen Chor und einen Instrumentalisten engagiert, dessen elektrisches Piano die Töne einer altehrwürdigen Orgel hervorbringen konnte. Musik aus der Konserve, die bei solchen Anlässen immer üblicher wurde, wie sie in letzter Zeit bei mehreren Gelegenheiten mit einigem Missmut festgestellt hatte, hatte bei einer von ihr organisierten Veranstaltung nichts verloren.

Als sie sah, dass ihr Schwiegersohn seinen Blick auf die Eingangstür richtete, drehte sie sich um. Genauso wie ihre Julia, ihre Eltern, die neben ihr saßen, und die Eltern des Bräutigams. Da sah sie Jennifer, das kastanienbraune Haar und das Gesicht durch eine große Kapuze fast verdeckt. Aber es war eindeutig ihre Tochter am Arm des Schwagers, der noch etwas größer war als sein ohnehin schon großer Bruder. Je näher die beiden kamen, umso mehr konnte sie von ihrer Tochter sehen. Zwei Dinge fielen ihr besonders auf: Wie selig Jennifer lächelte und wie geschmackvoll ihr Kleid war. Aus in mattem Weiß gehaltener Spitze, die schlanke Figur der Trägerin betonend, ohne einen auch nur ansatzweisen Ausschnitt. Passte zusammen mit der Kapuze hervorragend zu Jennifers scheuer und zurückhaltender Art. In diesem Moment wurde ihr bewusst, wie sehr sie sie liebte.

Samstag, 25. Juni
11 Uhr 34

Der Landeshauptmann, bei dem es gestern Abend noch später als ohnehin üblich geworden war, was bedeutete, dass er erst gegen ein Uhr früh todmüde ins Bett gefallen war, stand gegen seine übliche Gewohnheit, die er auch an den Wochenenden beibehielt, heute erst um viertel acht auf. Im Badezimmer ein kurzes Putzen der Zähne – auf dringenden Rat seines Zahnarztes seit mehr als drei Jahren vor dem Frühstück – mit den Fingern beider Hände schnell durch die stark verstrubbelten Haare gefahren, in den am Haken der Badezimmertür hängenden dunkelblauen Bademantel geschlüpft und dann einfach seiner Nase nach, die ihn schon durch zwei geschlossene Türen hindurch Kaffee riechen ließ. Zubereitet von seiner Frau, mit der er seit fünfunddreißig Jahren verheiratet war. Das Wochenend-Frühstücksritual war fast genauso alt. Allerdings hatte es sich über die Zeit leicht verändert.

Vor seiner Zeit als Landeshauptmann mussten die Frühstücks-Semmeln von einem Mitglied der Familie geholt werden. Seit seiner Kür zum Chef der Landesregierung wurden sie gebracht. Obwohl er sich dagegen gewehrt hatte. Von der einzigen Bäckerei, die es in Schönberg am Kamp noch gab. Auch nicht mehr lang, wie er von seiner Frau wusste.

Samstag- und Sonntagfrüh ergaben sich für ihn die einzigen Gelegenheiten, sich ausführlich mit seiner Frau zu unterhalten. Dabei war er immer wieder überrascht über ihr politisches Gespür. Es machte sich bezahlt, dass sie ständig unter Leute ging und dabei vieles ungefiltert aufschnappte, was ihm selbst nur gefiltert serviert wurde.

Aber sie war auch eine großartige Arrangeurin des Frühstückstisches. Am Wochenende musste es das Service von Augarten sein. Wiener Rose. Die Biedermeier-Ausführung, die er besonders mochte. Es durfte auch keine Butter aus dem Supermarktregal sein, sondern eine von einem Bauern aus Schiltern, der jeden Freitagnachmittag zwei Striezel davon lieferte.

Der Landeshauptmann brauchte kein großes Frühstücksbuffet. Heute gab es weiche Eier und dick aufgeschnittenen Beinschinken sowie ein Stück Ziegenkäse. Das reichte ihm vollauf. Wie gewöhnlich köpfte er sich zuallererst ein Frühstücksei, dessen besonders dunkler, geschmackvoller Dotter ihm Kraft für den Tag gab.

Knapp vor halb zehn hörte er den vertrauten Klang des Motors seines Dienstwagens. Er blickte durch die Vorhänge des Esszimmers. Seine beiden Sekretäre, die ihn nach Brüssel begleiten sollten, stiegen aus dem Auto und begannen, sich die Beine zu vertreten. Er hatte sich entschlossen, schon Samstagmittag zu fliegen, weil er endlich einmal Gent und Brügge sehen wollte. Er schob den Vorhang beiseite, öffnete das Fenster und rief hinaus: »Ich beeile mich. Bin in spätestens fünfzehn Minuten bei euch.«

Auf der Fahrt zum Flughafen, bei der sich der Chauffeur wie immer um keinerlei Geschwindigkeitsbegrenzungen kümmerte, wurde schon über die einzelnen Termine in Brüssel gesprochen. Auch über den Kurzbesuch beim Präsidenten der Kommission, der noch gestern von dessen Büro bestätigt worden war. Zur insgeheim großen Erleichterung des Landeshauptmanns, der sich, wie er wohl wusste, mit der Anfrage bezüglich des Kurzbesuchs etwas weit aus dem Fenster gelehnt hatte. Aber auch in Brüssel wusste man offensichtlich, wer er war. Mit dem Präsidenten selbst würde er nur ein paar Höflichkeiten austauschen. Aber dieses kurze Treffen würde ihm in Brüssel alle anderen Türen öffnen. Darauf kam es an. Als Landesvater musste er dafür sorgen, dass in seinem Land die Geschäfte blühten, dass es Förderungen für die strukturschwachen Regionen und für die Landwirtschaft gab und vieles mehr.

Im Auto blieb für das Lesen von Zeitungen keine Zeit. Die kam, als das Flugzeug abhob. Pünktlich. Zuerst waren, wie üblich, die großen österreichischen Tageszeitungen dran. Natürlich mit Konzentration auf die Innenpolitik-Teile. Die las der Landeshauptmann auf Reisen immer. Trotz des von seiner Presse-Abteilung vorbereiteten Presse-Spiegels, den ein Sekretär selbstverständlich in seiner Aktenmappe hatte. Am Schluss die regionalen Medien. Heute las er sie eher lustlos, weil sein gestriger Tag bis auf die letzte Minute vollgestopft gewesen war mit Terminen, die für eine mediale Verwertung, wie er sich selbst eingestehen musste, nichts hergaben. Trotz besten Willens der Redaktionen, den er bei den Chefredakteuren ohnehin regelmäßig einmahnte. Er wollte das Niederösterreichische Tagblatt schon zur Seite legen, da blieb sein Blick an einer Überschrift hängen.

›Selbstmord eines bekannten Kremser Kunsthändlers?‹

»Dieser vollidiotische Hurensohn«, entfuhr es ihm. »Sobald wir in Brüssel sind, möchte ich, dass einer von euch dem Marbolt ein SMS schickt mit der Botschaft, dass ich ihn nächsten Mittwoch um 7 Uhr 15 in meinem Büro sehen möchte. Dem reiße ich den Schädel ab.«

Samstag, 25. Juni
13 Uhr 41

Sie waren in den Rittersaal zurückgekehrt, in dem nun die Festtafel aufgestellt war. Franziska Schremser musste zugeben, dass die Rede des Vaters des Bräutigams noch pointierter und witziger war als die ihre. Sie hatte mit dem alten Herrn Lorenz im Vorfeld vereinbart, nicht länger als je fünf Minuten zu reden. Sie hielt sich an die Vorgabe, er nicht wirklich. Aber sie war sicher, dass niemand im Saal bedauert hatte, seinen Worten für etwas mehr als sieben Minuten lauschen zu müssen. Sie selbst auch nicht.

Sie war dennoch mit sich zufrieden. Weil sie überzeugt war, das oberste Ziel ihrer Rede erreicht zu haben: Zu zeigen, wie groß ihre Zuneigung zu Jennifer war. Ihrer Tochter Julia, die ihr gegenübersaß, sodass sie sie stets im Blickfeld hatte, waren während ihrer Ansprache die Tränen gekommen, was sie als großes Kompliment empfand. Dass ihr erster Ehemann dabei mehrmals für alle sichtbar den Daumen hochreckte, gefiel ihr weniger. Weil sie wusste, dass er das auch bei einer miserablen Rede getan hätte.

Die demonstrative Begeisterung ihres keine fünf Meter von ihr entfernt sitzenden Finanzberaters amüsierte sie. Der glaubte wohl, sich damit Nachsicht einhandeln zu können. Seit einigen Monaten hatte er ein denkbar unglückliches Händchen bei der Verwaltung ihres Aktiendepots gehabt. Sogar möglich, dass da mehr als nur Unglück im Spiel war. Wäre wohl gescheiter gewesen, ihn gar nicht einzuladen. Diese Einladung war wohl ihrer Sentimentalität gegenüber einem Mann geschuldet, der bis vor zwei Monaten auch ihr Liebhaber gewesen war. Sie würde einfach wieder härter werden müssen.

Während des Verzehrs der Hauptspeise, einem Stück von der Lende eines gebratenen Ochsens, den das Restaurant speziell für Hochzeitsgesellschaften auch im Hochsommer zubereitete, bemühte sie sich, sich einen Reim auf die Wappen zu machen, die die Wände des Rittersaals schmückten. Abgesehen vom rot-weiß-roten Österreich-Wappen erkannte sie nur die drei Wappen der Kuenringer. Da gab es das berühmte schwarzgelbe Balkenwappen und das ursprüngliche weiße Wappen der Familien mit dem roten Ring, dem Ring der Kühnen. Außerdem gab es das Aggstein-Wappen mit der schwarzen Axt über den dunklen Wellen. Angeblich hatten die Kuenringer in ihrer wildesten Raubritter-Periode dieses Wappen bevorzugt, um damit die Unbarmherzigkeit ihrer Herrschaft über das Donautal zu symbolisieren.

Das noch leicht rosafarbene, zarte Fleisch und der köstlich mundende Riesling ihres Wachauer Lieblingswinzers, auf dem sie bestanden hatte, und dem sie den Vorzug vor den ebenfalls angebotenen Rotweinen gab, hatten ihre Wirkung nicht verfehlt. Sie war hundemüde und gleichzeitig begierig nach Ruhe und frischer Luft. Außerdem wollte sie noch einmal zurück in die Kapelle, um eine Kerze zu entzünden. Das hatte sie hier als kleines Mädchen schon getan. Schon damals hatte sie gewusst, wie man andere Menschen für sich nutzen konnte. Sie spürte einen Anflug von Sentimentalität, wenn sie daran dachte. Und von Amüsement. Diese Durchtriebenheit war ihr geblieben und hatte ihr ein schönes Leben beschert. Ob Julia aus dem gleichen Holz geschnitzt war?

Sie wusste, dass die Kapelle wegen der Hochzeit noch bis 14 Uhr für den normalen Publikumsverkehr gesperrt war. Also stahl sie sich aus dem Rittersaal. Draußen im Hof war niemand. Trotzdem fühlte sie sich beobachtet, als sie die hölzerne Stiege in den oberen Burghof hinaufstieg. Normalerweise war ihr das Gefühl, beobachtet zu werden, durchaus angenehm. Wenn sie die Person, deren Augen auf sie gerichtet waren, umgehend ausmachen und einschätzen konnte. Diesmal konnte sie das nicht. Vielleicht waren es die Gespenster aus der Raubritterzeit. Sie wollte gar nicht wissen, was für Grausamkeiten sich an diesem Ort abgespielt hatten. Ohne sich umzudrehen, hastete sie in die Kapelle. Am Eingang stand wie eh und je der kleine Behälter mit den Teelichtern, die gegen freie Spende zu entnehmen waren. Kerzen im Blechmantel hatte sie sie als Kind genannt. Sie nahm eine Kerze – wie üblich, ohne zu spenden, das gehörte dazu –, zündete sie an, stellte sie jedoch nicht auf den dafür vorgesehenen Ständer aus schwarzem Eisen, sondern mitten auf den Altar. Ins Zentrum. Dorthin, wo ihr Licht immer schon gebrannt hatte. Einmal mehr versank sie in Gedanken an ihr wunderbares Leben und die Geschenke, die es für sie bereithielt. Bis sie hinter sich das Flüstern ihres Vornamens hörte.

Samstag, 25. Juni
14 Uhr 29

Ihr Mann war nicht zu bremsen. Am Vormittag fast zwei Stunden lang eine Partie Tennis, und jetzt wollte er sie überreden, mit ihm gemeinsam zu joggen. Für sie nur ein weiterer Beweis dafür, dass er mit ihrer Figur, von der er sich noch bis vor drei Wochen in schon fast peinlicher Weise begeistert gezeigt hatte, nicht zufrieden war. Aber er würde büßen müssen. Obwohl es längst aufgehört hatte zu regnen, und sie selbst auch der Meinung war, dass ihr eine halbe Stunde Laufen keinesfalls schaden würde. Machte sie ja sonst am Wochenende auch relativ regelmäßig. Aber heute Nachmittag ›nein‹ und noch einmal ›nein‹. Da würde ihr Erich Purzelbäume schlagen können, so viele er wollte.

Ihr Handy läutete. Spencer.

»Hast du schon wieder genug von der trauten Zweisamkeit? Ich warne dich. Pass auf, dass es dir nicht wieder so geht wie mit deiner Ex.«

Sie sah, dass ihr Mann, der missmutig vor sich hin gestarrt hatte, ein Lächeln aufsetzte.

»Ein SMS«, setzte Doris schnell fort, »dass du mit Frau Haberl gesprochen hast und alles paletti ist, hätte durchaus gereicht.«

»Tut mir leid. Ich rufe nicht wegen Frau Haberl an. Es ist nämlich nicht nur meine, sondern auch deine traute Zweisamkeit mit Erich zumindest für heute beim Teufel. Und paletti war bis vor einer Stunde. Wir haben eine Leiche. Auf der Ruine Aggstein. Eindeutig Fremdeinwirkung.«

Samstag, 25. Juni
15 Uhr 46

Was für ein Durcheinander. Besucher der Burg, die durcheinanderriefen und sich beschwerten, weil sie den Aufstieg offensichtlich umsonst unternommen hatten.

Polizeibeamte, die versuchten, die Menschen zu beruhigen und gleichzeitig dabei waren, den Tatort großräumig mit Seilen und Folien abzusichern.

Spencer, der schon vor Ort war, als Doris ankam, hatte fast die gesamte Burganlage zum Tatort erklärt. Trotz der heftigen Proteste des Geschäftsführers, der pausenlos drohte, die Polizei für den erlittenen finanziellen Schaden haftbar zu machen. Was ihren Stellvertreter aber nicht im Geringsten zu beeindrucken schien. Er war sichtlich in seinem Element. Mit der Linken dirigierte er Polizisten, mit der Rechten bedeutete er dem protestierenden Geschäftsführer, ihn nicht weiter zu belästigen und endlich zu verschwinden. Er steuerte auf sie zu. »Sorry. Offenbar gibt es jemanden, der nichts von dir als Stern am niederösterreichischen Polizeihimmel gelesen hat. Oder es hat ihn nicht beeindruckt. Die Tote heißt Franziska Schremser und liegt in der Burgkapelle. Ein Arzt ist schon da. Wie es aussieht, ein Stich mitten ins Herz. Frau Schremser ist die Mutter der Braut, die hier vor drei Stunden geheiratet hat. Hochzeitsgesellschaft im Rittersaal mit circa achtzig Personen. Ich habe bis jetzt nur ein paar Mütter mit den kleineren Kindern weggehen lassen.«

»Gut. Oder besser gesagt nicht gut. Gehst du bitte vor. Du kennst dich ja in der Zwischenzeit aus. Ich bin ein einziges Mal hier gewesen. Muss mehr als dreißig Jahre her sein.«

Kurze Zeit später gab sie dem Arzt, der sich als Gemeindearzt von Melk vorstellte, im oberen Burghof die Hand. »Ich bin schon einigermaßen informiert. Zeigen Sie mir bitte die Tote.«

Der Arzt ging mit ihr in die Kapelle, in der drei Mitarbeiter der Spurensicherung, die sie alle kannte, ihrer Arbeit nachgingen. Vor ihr lag der tote Körper einer, wie sie auf den ersten Blick feststellen konnte, attraktiven Frau. Kaum älter als sie selbst. Wahrscheinlich Designerkleid. Mit einem Ausschnitt, der den Blick auf den Ansatz eines vollen Busens frei gab. Die linke Seite voll Blut.

»Der Pathologe wird Ihnen mehr sagen können als ich«, sagte der Arzt. »Aber es sieht mir danach aus, als ob es der Täter auf das Herz abgesehen hatte. Jedenfalls scheint er es genau getroffen zu haben.«

»Interessant. Danke für den Hinweis. Irgendwelche Kampfspuren?«

Der Arzt ebenso wie die drei Männer von der Spurensicherung schüttelten einhellig die Köpfe.

»Haben wir schon eine Tatwaffe?«

Wieder allgemeines Kopfschütteln. Auch von Spencer, der mit dem Daumen andeutete, dass er sich auch schon draußen umgesehen hatte.

Sie nahm ihn beiseite. »Eines verstehe ich nicht. Hier müssen doch Massen von Leuten gewesen sein. Da ist es doch nicht möglich, dass jemand unbemerkt erstochen wird.«

»Sollte man meinen«, murrte er. »Aber die Kapelle war bis vierzehn Uhr für die regulären Burgbesucher wegen der Hochzeit gesperrt. Die Hochzeitsgäste sind angeblich alle noch im Rittersaal gesessen und haben sich den Bauch vollgeschlagen.«

Doris Lenhart wiegte ihren Kopf zweifelnd hin und her. »Trotzdem ist der Mörder ein verdammt hohes Risiko eingegangen.« Sie warf einen konzentrierten Blick ringsherum auf den Tatort, um alle Eindrücke in ihrem Gedächtnis zu speichern. »Wer hat die Tote gefunden?«

»Unglücklicherweise ihre jüngere Tochter. Ist erst vierzehn. Natürlich mit den Nerven völlig am Ende. Heute bestimmt nicht mehr vernehmungsfähig.«

»Armes Kind. Hier sind wir vorerst fertig. Auf in den Rittersaal.« Sie verabschiedete sich vom Arzt und den Kollegen von der Spurensicherung mit einem anerkennenden Kopfnicken.

Als sie mit Spencer im Schlepptau den Rittersaal betrat, bot sich ihr ein Bild kollektiver Trauer und Erschütterung. Manche der anwesenden Damen, die meisten zwischen fünfundzwanzig und fünfzig, weinten, ohne auf ihr Make-up Rücksicht zu nehmen. Die Herren standen in kleinen Runden mit gesenkten Köpfen beisammen. Unvorstellbar, dass hier noch zwei Stunden zuvor Jubel, Trubel und Heiterkeit geherrscht hatten.

Sie entschied sich schnell, auf der hölzernen Treppe um den Kamin herum auf den kleinen Balkon zu steigen, von wo sie den Saal und die Hochzeitsgesellschaft gut im Blick hatte. »Meine Damen und Herren! Darf ich Sie um Ihre Aufmerksamkeit bitten. Mein Name ist Doris Lenhart und ich leite gemeinsam mit meinem Kollegen Chefinspektor Malzacher die Ermittlungen. Bei einem Tötungsdelikt fällt es mir nie leicht, mit Angehörigen und Freunden zu sprechen. Heute fällt es besonders schwer. Weil die Umstände des Todes von Frau Schremser extrem tragisch sind. Trotzdem müssen wir mit unseren Untersuchungen so rasch wie möglich beginnen. Herr Malzacher«, sie deutete zu ihm hinunter, »wird sich jetzt beim Ausgang postieren und gemeinsam mit zwei Kollegen Ihre Personalien inklusive Ihrer Telefonnummer aufnehmen und Sie bitten, auf einer Skizze der Hochzeitstafel einzutragen, wo Sie gesessen sind und wer Ihre Tischnachbarn waren. Er wird Sie auch fragen, ob jemand von Ihnen eine Beobachtung gemacht hat, die uns weiterhelfen könnte. Sollte jemand von Ihnen die Absicht haben, in den nächsten zwei Tagen zu verreisen, so bitte ich Sie, ihm das ebenfalls zu sagen.«

Ein etwa Vierzigjähriger rief dazwischen. »Heißt das, dass Sie jemanden aus der Hochzeitsgesellschaft verdächtigen, der Mörder oder die Mörderin zu sein?«

»Im Moment verdächtigen wir überhaupt niemanden. Wir müssen erst einmal alle verfügbaren Informationen sammeln, um uns ein Bild zu machen. Das gehört einfach zu unserer Routine. Hat jemand von Ihnen zu der Zeit, als Frau Schremser den Saal verlassen hat, mit seinem Handy oder mit einer Kamera gefilmt?«

Sechs Personen zeigten auf.

»Gut. Ich bitte Sie, alle Ihre Handys zu kontrollieren und möglicherweise zweckdienliche Aufnahmen bitte beim Hinausgehen Herrn Malzacher zu zeigen. Wir können zwar nicht alles sofort im Detail sichten, aber wir haben die Kollegen von der Spurensicherung hier, die von Ihren Aufnahmen umgehend Kopien anfertigen können. Das wäre es fürs Erste, vielen Dank. Mit dem jungen Ehepaar, den Eltern von Frau Schremser und denen des Bräutigams, die, wie ich gehört habe, unter uns sind, möchte ich gleich sprechen. Sie ersuche ich, hier zu warten, bis sich der Saal geleert hat.«

Samstag, 25. Juni
17 Uhr 55

Gerade noch rechtzeitig verriss Wolfgang Marbolt sein Lenkrad nach links. Wegen der tief stehenden Sonne und der das Sonnenlicht stark reflektierenden Donau hätte er kurz vor seinem Ziel beinahe den Mopedfahrer übersehen, der so gemütlich, als ob ihm die Welt allein gehören würde, auf der Wachaustraße dahinzuckelte. Blöder Hund! Der Landespolizeidirektor war mit seiner Britta auf dem Weg zum Knoll in Loiben. Um ein Haar hätte er keinen Tisch mehr bekommen. Aber der dezente Hinweis auf seine Position im Zuge seines Anrufs vor sechs Stunden hatte es dann doch noch möglich gemacht.

Jetzt war er neugierig, wie weit sein mit Nachdruck deponierter Wunsch nach einem ›sehr guten‹ Tisch auch erfüllt wurde. Er wäre ja gern mit Chauffeur gefahren. Erstens aus Prinzip und zweitens, weil er den Abend gern ohne Promillegrenze im Hinterkopf verbracht hätte. Aber der gute Mann sollte auch einmal ein freies Wochenende haben.

Die Parkplatzsuche gestaltete sich schwierig. Für solche Fälle lag eine Tafel mit der Aufschrift ›Landespolizeidirektor Dr. Marbolt‹ im Handschuhfach parat. Zur Platzierung auf dem Armaturenbrett. Würde einen kontrollierenden Polizeibeamten von der Ausstellung eines Strafmandats abhalten und Autofahrern, denen er die Wegfahrt blockierte, die Möglichkeit geben, ihn ausrufen zu lassen. Machte meistens kolossalen Eindruck unter den Gästen. Hatte er schon getestet.

Als er mit seiner Frau den riesigen Gastgarten betrat, der wirklich voll besetzt war, war er etwas enttäuscht, weil ihm niemand vom Personal entgegenkam, um ihn zu begrüßen. Die Leute waren allerdings wirklich im Service-Stress, wie er sich eingestand.

Seine Frau hatte offensichtlich den einzigen noch freien Tisch erspäht.

Das musste seiner sein. Nicht genau im Zentrum des Gartens und auch nicht unter einem Apfelbaum mit besonders ausladender Krone, wie er es gerne gehabt hätte. Aber auch nicht am Rand. Er blickte Britta vorsichtig an, um in ihrem Gesicht zu lesen. War sie mit der Lage des Tisches zufrieden? Offensichtlich ja. Dann war er es auch.

Kaum hatten seine Frau und er sich gesetzt, steuerte eine Serviererin mit ausladendem Dekolleté, deren Haar zu blond war, um echt zu sein, auf sie zu. »Tut mir leid, meine Herrschaften, aber der Tisch ist besetzt.« Sie nahm den Zettel aus dem auf dem Tisch stehenden leeren Glas, auf dem ein Name geschrieben stand und hielt ihm den Zettel hin. »Für einen Herrn Marbolt.« Sie winkte in Richtung Haus. »Aber im Schankraum ist sicher noch etwas frei.«

Der Polizeidirektor war alles andere als amüsiert, dass die Frau offensichtlich nicht wusste, wen sie vor sich hatte. Deshalb rang er sich nicht einmal ein schiefes Lächeln ab. »Ich bin Doktor Marbolt.« Eigentlich hätte er jetzt so etwas wie eine kleine Entschuldigung erwartet.

Stattdessen sah ihn die Serviererin so skeptisch an, als würde sie gleich seinen Ausweis verlangen wollen. Offenbar besann sie sich eines Besseren. »Dann ist es ja gut«, sagte sie in einem Tonfall, als hätte er gerade noch mal Glück gehabt. »Die Speisekarte kommt sofort. Was wollen die Herrschaften trinken?«

Seine Frau, die sich um den kleinen Disput nicht zu kümmern schien, was er als gutes Zeichen wertete, bestellte eine Flasche Grünen Veltliner, ohne ihn um sein Einverständnis zu fragen.

Er war bemüht, sich seinen Ärger nicht anmerken zu lassen und richtete seinen Blick auf den Baum über ihnen. »Schau, lange kann es nicht mehr dauern, bis die Äpfel reif sind.«

»Seit wann interessierst du dich denn für den Reifegrad von Äpfeln?«

Wolfgang Marbolt wusste, dass er sich jetzt nicht provozieren lassen durfte. Sonst würde der heutige Samstagabend genau so enden wie der vor einer Woche auf dem Schiff.

»Habe ich heute im Tagblatt gelesen. Dass die Apfelernte wegen des Klimawandels so früh wie noch nie beginnen wird.«

Britta sah ihn an. Mit diesem beiläufig lauernden Gesichtsausdruck.

Den kannte er nur zu gut von ihr. Höchste Vorsicht war angesagt.

»Man kann heutzutage gar keine Zeitung mehr lesen«, seufzte sie, »ohne dass man über dieses Geschwafel vom Klimawandel stolpert. Kann ich schon nicht mehr hören. Apropos Tagblatt. Da habe ich doch heute davon gelesen, dass der Kremser Kunsthändler Selbstmord begangen haben soll. Hast du mir nicht erzählt, dass ihr diese These noch topsecret behandelt? Da wird der Landeshauptmann nicht entzückt sein, dass das schon die Runde macht.«

Er hatte diesen Artikel natürlich auch gelesen. Und nachgedacht, wer der Zeitung diese Information gesteckt haben konnte. Er selbst war es nicht. Dieser wichtigtuerische Streifenpolizist sicher auch nicht, weil der unmöglich Kontakt zu einer Redaktion haben konnte. Wenn doch, dann würde jede seriöse Zeitung bei der Spitze der Polizei die Korrektheit einer solchen Information prüfen. »Soll ich dir etwas sagen? Ist aber auch topsecret.« Er beugte sich ein wenig in Brittas Richtung und fuhr leiser fort: »Die Information ist sicher vom Landeshauptmann selbst gekommen. Der kann ja fast jeder Zeitung den genauen Wortlaut eines Artikels inklusive Überschrift diktieren.«

Britta Marbolt verzog ihr Gesicht. Darin lag ein Hauch von Abscheu. »Das glaubst du doch selbst nicht. Was hätte er denn von so einem Artikel?«

Wolfgang Marbolt war froh, seiner Frau wieder einmal die hohe Welt der Politik erklären zu können. Weil er hoffte, damit aus der Defensive, in der er seit Wochen steckte, herauszukommen. »Das ist ganz einfach, mein Schatz. So wie ich den hochverehrten Herrn Landeshauptmann einschätze, will er Frau Haberl nicht einfach sagen, dass ihre Theorie von der Ermordung ihres Mannes haltlos ist. Auch sie hat bei der nächsten Wahl eine Stimme und kennt dazu noch viele Leute. Daher greift er zu einem Zwei-Stufen-Plan. Zunächst versetzt er ihr mit der Meldung vom möglichen Selbstmord einen Schock. Mit dem hofft er, sie so weit zu bringen, den Unfall-Tod ihres Ehemanns zu akzeptieren und das Obduktionsergebnis mit Handkuss zu nehmen. Du wirst sehen, in spätestens drei Tagen werden wir lesen können, dass Doktor Haberl doch nicht Selbstmord begangen hat, sondern bei einem bedauerlichen Sturz ums Leben gekommen ist. Ist schon ein ganz raffinierter Hund, unser Herr Landeshauptmann. Wäre er das allerdings nicht, wäre er nicht so weit gekommen.«

»Dann wird es höchste Zeit«, kommentierte sie spitz, »dass du dir an ihm ein Beispiel nimmst.«

Samstag, 25. Juni
18 Uhr 08

Der Besuch der Sonntagsmesse gehörte seit mehr als fünfzig Jahren zu ihrer Routine; seit dem Tag, an dem ihr Vater ihr und ihrem Bruder den Sonntagsbraten verweigert hatte, weil sie, statt in die Kirche zu gehen, zur Ruine Dürnstein hinaufgestiegen waren. Natürlich war es die Schuld ihres Bruders gewesen, der, wie er damals sagte, »keinen Bock auf Kirche« hatte. Und den sie als ältere Schwester ja schließlich nicht allein hatte lassen können.

In den letzten Jahren war sie der Sonntagsmesse nur zweimal ferngeblieben. Beide Male aus Krankheitsgründen. Obwohl das natürlich eine Entschuldigung war, die auch vor den strengen Ohren ihres Beichtvaters Bestand hatte, hatte sie sich in Erinnerung an die seinerzeitige Strafe des Vaters an beiden Sonntagen ihren heiß geliebten Marillenschnaps versagt. Man konnte nie genug Buße tun.

Aber heute wollte Josefa Machherndl auch in die Vorabendmesse gehen. Um den Allmächtigen für seine Eingebung mit dem Niederösterreichischen Tagblatt zu preisen. Der Redakteur war auch gleich darauf angesprungen. Sein Versprechen, in vier Wochen einen mindestens halbseitigen Vorbericht über die Aufführung von Hanneles Himmelfahrt zu bringen, war da nur mehr Formsache gewesen.

Gestern war sie auf der Bank gewesen, um ihr Konto zu überprüfen. Leider waren die von Frau Schremser fix zugesagten dreitausend Euro noch nicht eingelangt. Das war ein kleiner Wermutstropfen, aber sie machte sich keine wirklichen Sorgen um den Betrag. Die Mutter ihrer Hauptdarstellerin war zwar wegen ihres höchst zweifelhaften Lebenswandels nicht ihr Fall, aber ihre Finanzzusagen hielt sie ein, wie Josefa Machherndl von vielen Seiten immer wieder gehört hatte. Vorsichtshalber wollte sie nach der morgigen Messe bei den Schremsers vorbeischauen, um an das Versprechen zu erinnern.

Jetzt noch schnell ein Stamperl als Wegzehrung und dann ab zur Kirche nach Dürnstein. Nüchtern würde sie ja erst morgen sein müssen, wenn sie die heilige Kommunion empfing. Obwohl auch das gar nicht mehr kirchliche Vorschrift war. Sie würde nie begreifen, was sich die Kirche von diesen ewigen Lockerungen religiöser Disziplin erwartete.

Sonntag, 26. Juni
08 Uhr 15

Die Chefinspektorin war schwer aus dem Bett gekommen. Nicht weil es gestern besonders spät geworden wäre. In der Nacht war sie allerdings selbst für ihre Verhältnisse extrem lang wach gelegen. Ihre ständige Konfrontation mit dem Tod, die in ihrem Fall meist unter schlimmen Begleitumständen geschah, hatte sie nicht gefühllos gemacht. Doch hatte sie sich im Lauf der Jahre einen Panzer zugelegt. Der war einfach notwendig, sonst hätte sie sich einen anderen Beruf suchen müssen. Aber bei ihrem gestrigen kurzen Gespräch mit der vierzehnjährigen Tochter des Mordopfers hatte auch der Panzer nicht geholfen. Weil sie unentwegt an ihre eigenen Töchter, Veronika und Sophie, denken musste. Als sie dann die von Weinkrämpfen geschüttelte Julia in ihren Armen hielt, da musste sie selbst mit den Tränen kämpfen. Hätte sie nur auf Spencer gehört, der gleich gemeint hatte, dass es sinnlos wäre, mit dem Mädchen zu reden. Da Julia aber die Mutter in der Kapelle gefunden und dabei vielleicht irgendetwas bemerkt hatte, das bei den Ermittlungen helfen würde, hatte sie das Gespräch doch geführt. Ohne das geringste brauchbare Resultat.

Die Befragung der älteren Tochter Jennifer war weit weniger emotional verlaufen, auch wenn sie sehen konnte, dass die junge Ehefrau – auf eine etwas spröde Art zwar – vom Tod der Mutter ebenfalls sehr mitgenommen war. Zwei Hinweise kamen dabei zutage, denen nachzugehen sich eventuell lohnen würde. Sie hatte auch mit den Schwiegereltern der jungen Ehefrau und den Eltern des Opfers kurz gesprochen. Aber das Gespräch nach kurzer Zeit abgebrochen, weil beide Paare nachvollziehbarerweise unter Schock standen.

Eigentlich hatten ihr Erich und sie gemeinsam mit einem befreundeten Paar für den heutigen Sonntag eine kleine Wanderung auf dem Jauerling mit abschließendem Heurigenbesuch entweder in Spitz oder Weißenkirchen vereinbart. Diesen Ausflug hatte sie schon gestern Abend abgesagt. Vielmehr ihr Mann. In einem war Erich großartig. Er jammerte nie, wenn sie am Wochenende arbeiten musste. Und nie versuchte er, sie davon abzuhalten. Selbstverständlich hatte sie ihm von dem Mord auf der Burg erzählt. Ebenso von ihrer fast traumatischen Begegnung mit der jüngeren Tochter des Mordopfers. Daraufhin hatte er, ohne auch nur ein Wort zu sagen, sein Handy aus der Hosentasche genommen und die Freunde angerufen. Um danach den Versuch zu machen, sie wieder etwas zu beruhigen.

Kurz vor der Wegfahrt vom Parkplatz der Burg hatte sie mit Spencer vereinbart, sich am Sonntag um halb neun im Büro zu treffen, um die weitere Vorgehensweise und die Aufteilung der Ermittlungsarbeit zu besprechen.

Sie hatte ihren Stellvertreter schon mehrmals in Freizeitkleidung erlebt. Oder vielmehr in dem, was er für Freizeitkleidung hielt. Eine Hose, die einmal dunkelgrau gewesen sein musste, nunmehr undefinierbar speckig, die er auch im Büro fast täglich trug, und ein schwarzes, sehr verwaschenes T-Shirt mit einer Art Wappen auf der rechten Brust, von dem sie stark annahm, dass es sich dabei um ein Hemd aus seinen glorreichen Zeiten als Schiedsrichter der niederösterreichischen Landesliga handeln musste. Das alles abgerundet durch ausgelatschte Schuhe, die wahrscheinlich zum letzten Mal vor Jahren in den Genuss einer Schuhcreme gekommen waren.

Als er jetzt bei der Tür hereinkam, traute sie ihren Augen nicht. Spencer in einer beigefarbenen Leinenhose, die über seinem Bauch von einem dunkelbraunen Ledergürtel gehalten wurde und mit einem frisch gebügelten, kurzärmeligen, lichtgrünen Hemd. Und als Krönung nigelnagelneue braune Sneakers.

»Wenn du so weitermachst, wirst du noch bei der Wahl zum Mister Universum antreten können. Oder zumindest bei den Dancing Stars.«

Gerhard Malzacher sah sie quietschvergnügt an. »Das mache ich aber nur, wenn du meine Tanzpartnerin wirst.« Um dann mit ernstem Gesicht hinzuzufügen: »Angesichts der gestrigen Ereignisse sind wir ganz schön frivol. Wahrscheinlich ist unser Job anders gar nicht durchzustehen. Fange ich an oder du?«

Doris stand auf. »Du. Ich besorge uns dafür einen Kaffee. Wobei ich gar nicht weiß, ob die Maschine am Sonntag überhaupt in Betrieb ist.«

»Für mich nicht, danke.«

Verwundert verließ sie den Raum. Ihr Stellvertreter war jetzt wohl Besseres gewohnt. Als sie zurückkam, sah sie, dass er sich zum geöffneten Fenster so gestellt hatte, dass er seine Silhouette darin sehen konnte. Was er da sah, schien ihm zu gefallen. Richtig stattlich sah er aus, wenn er ein wenig den Bauch einzog.

Als er sie bemerkte, wandte er sich sofort von seinem Spiegelbild ab und ließ sich in den vor ihrem Schreibtisch stehenden Sessel fallen. Was für ein Risiko sowohl für den Sessel als auch für ihn, dachte sie sich, als sie den heißen Pappbecher mit spitzen Fingern auf den Tisch stellte.

»Was machen wir übrigens jetzt mit Frau Haberl?«, fragte er.

Sie setzte sich. »Hast du keine leichtere Frage?«

»Schon, aber für die Beantwortung von leichten Fragen wirst du nicht bezahlt. Vergiss nicht, dass es mich gestern einige Mühe gekostet hat, Frau Haberl davon zu überzeugen, dass sie nicht auf den Blödsinn aus der Zeitung reagieren soll.«

»Ich will mich jetzt trotzdem mit dem Fall Schremser befassen. Über Frau Haberl reden wir nachher, versprochen. Also, wo stehen wir?« Kaum hatte sie sich gesetzt, stand sie schon wieder auf. »Warte einen Moment.« Sie spurtete hinüber in den Besprechungsraum und holte sich eine Pinnwand, die sie allerdings nur mit Mühe hinter ihren Schreibtisch zwängen konnte. »Bei der Menge an Personen, die wir befragen müssen, will ich nicht den Überblick verlieren«, kommentierte sie den Einzug der Pinnwand in ihr kleines Büro. Als sie sich zu ihrem Stellvertreter umdrehte, kam sie sich wie eine alte Lehrerin vor. »Also, leg los.«

»Wie verabredet habe ich gestern die Personalien aller Hochzeitsgäste aufgenommen. Er beugte sich vor und fischte ein kleines Heft aus der linken Gesäßtasche seiner neuen Hose. »Zeichnungen, wer wo an der Hochzeitstafel gesessen ist, habe ich auch anfertigen lassen. Leider ziemlich konfus, weil viele Leute nach dem Nachtisch die Plätze getauscht haben.«

Sie notierte ›Hochzeitsgäste‹ auf einem Notizblock auf ihrem Schreibtisch, riss das Blatt ab und nutzte eine der vielen Nadeln, die in der Pinnwand steckten, um das Blatt links oben anzuheften. »Sechzig Leute und niemand davon hat beobachtet, ob jemand mit oder nach Frau Schremser aus dem Rittersaal gegangen ist? Die können doch nicht alle sturzbesoffen gewesen sein.«

»Wir haben vier übereinstimmende Aussagen, dass Frau Schremser den Rittersaal alleine verlassen hat. Die vier haben geglaubt, sie will frische Luft schnappen, oder dass sie auf die Toilette muss. Das Handy von Frau Schremser haben wir sichergestellt. Hans von der Spurensicherung, den ich mit der Sichtung beauftragt habe, hat darauf nichts gefunden. Keine verdächtigen Anrufe kurz vor dem Mord und keine schriftlichen Verabredungen mit irgendjemandem in der

Kapelle, weder in den E-Mails noch in den Nachrichten der letzten vier Wochen. Gelöscht wurde am Handy bestimmt auch nichts.«

Sie nickte anerkennend. »Auf Hans ist Verlass.«

»Die vier Handyvideos habe ich mir selbst angeschaut.«

Sie notierte ›Handy Schremser‹ und ›Videos‹, während er weiterredete.

»Auf einem ist zu sehen, dass der Schwiegervater der Braut kurz nach dem Opfer den Rittersaal verlässt. Er taucht allerdings auf demselben Video 3 Minuten und 43 Sekunden später wieder auf. Den Weg hinauf in die Kapelle und wieder zurück hätte in dieser Zeit vielleicht ein junger Sprinter geschafft, aber ein alter Herr hätte da schon ordentlich geschnauft. War also wahrscheinlich nur pinkeln. Die zwei längeren Videos, die mit Videokamera gedreht wurden, werde ich morgen oder übermorgen sichten.«

Sie pinnte einen Zettel mit der Aufschrift ›Wegzeitkontrolle Saal-Kapelle‹ an die Pinnwand unter ›Videos‹.

»Jedenfalls werde ich mich ab morgen bemühen herauszufinden, wer von den Gästen des Brautpaares mit dem Opfer enger befreundet war. Heute fahre ich noch nach Aggstein, um noch einmal das Personal einzuvernehmen. Mehr habe ich nicht.«

Sie notierte noch ›Freunde‹ und ›Personal‹. »Also gut. Warte aber mit den Hochzeitsgästen, bis ich noch einmal mit dem Brautpaar gesprochen habe. Ich werde die beiden ersuchen, mit dir Kontakt aufzunehmen. Sie werden ja viele von den Gästen und deren Verhältnis zu Frau Schremser kennen. Da ersparst du dir eine Menge Arbeit.«

»Klingt gut. Von der Pathologie sollten wir morgen Endgültiges hören. Ich bezweifle aber, dass da noch viel Überraschendes dabei sein wird.«

Doris setzte sich wieder an ihren Schreibtisch, nahm einen Schluck Kaffee und musste prompt den Impuls unterdrücken, sich zu schütteln. Warum trank sie dieses Gebräu eigentlich? Sie stellte den Becher weit von sich weg. »Mein Gespräch mit der älteren Tochter war nicht uninteressant. Frau Schremser muss eine ausgesprochen tüchtige Frau gewesen sein. Ist mit Immobilien und Aktienspekulationen reich geworden. Soll auch die typischen Charaktereigenschaften von Erfolgsmenschen gehabt haben. Immer darauf aus, ihren Willen durchzusetzen und nicht sehr zimperlich, wenn es um ihre Interessen ging. Die Tochter hat das zwar freundlicher formuliert, aber darauf läuft es hinaus. Bei den Aktienspekulationen soll sich die Tote auf einen Kremser Finanzberater verlassen haben, der gestern auch Gast gewesen ist. Zwischen den beiden soll es aber in den letzten Monaten geknirscht haben, weil er ziemliche Miese gebaut hat. Der Mann heißt Glattauer. Den knöpfe ich mir morgen selbst vor.« Sie notierte ›Finanzberater Glattauer‹ und steckte den Zettel unter die ›Hochzeitsgäste‹.

Malzacher blätterte in seinem kleinen Heft. »Der Name sagt mir was. Da habe ich ihn schon. Peter Glattauer.« Er stutzte für einen Moment. »Wohnt auch auf dem Kremser Wachtberg. Hat dort auch sein Büro. Muss ganz in der Nähe von Frau Haberls Villa sein.«

Doris stand auf. »Dann kann ich ja zwei Fliegen mit einer Klappe schlagen. Ich rede zuerst mit Herrn Glattauer und schaue dann bei Frau Haberl vorbei. Damit ist auch deine Frage beantwortet, wie wir bei ihr weitermachen. Kannst du mich bitte bei beiden für morgen Vormittag avisieren? Außerdem möchte ich noch mit einem Herrn Kohout sprechen, dem ersten Mann von Frau Schremser. Müsstest du auch in deiner Kartei haben. Die Braut ist seine Tochter. Frau Schremser dürfte alles andere als gut auf ihn zu sprechen gewesen sein. Laut Tochter ist er nach den tragischen Ereignissen in einem kleinen Kremser Hotel abgestiegen, um in der Nähe zu bleiben. Schreib mir bitte seine Handynummer auf.«

Spencer blätterte wieder in seinem Büchlein. »Manuel Kohout. Wird erledigt.«

Sie pinnte den Namen ebenfalls an die Wand.

Er blickte auf seine Uhr. »So, ich muss mich sputen. Der Restaurantbetreiber hat mich gebeten, spätestens um zehn auf der Burg zu sein. Ab elf soll dort nämlich die Hölle los sein.«

Sonntag, 26. Juni
09 Uhr 54

Während der Fahrt nach Aggstein bedauerte der Chefinspektor immer mehr, Walpurga nicht dabei zu haben. Sie hätte ja während seiner Befragungen in irgendeiner Ecke des Restaurants einen Kaffee trinken können. Dann hätte er nachher mit ihr einen Spaziergang über einen der steilen Waldwege rund um die Burg machen können. Walpurga liebte solche kleinen Abenteuer in der Natur. Noch dazu an einem so strahlend schönen Sonntag. Aber er wollte aus Prinzip Berufliches nicht mit Privatem vermischen.

Als er den nur mit wenigen Autos besetzten Parkplatz unten an der Donau verließ und sich auf den Weg durch den Wald hinauf zur Burg machte, wurde aus dem Bedauern Sehnsucht. Walpurga war nicht nur eine überaus kluge Frau und angenehme Gesprächspartnerin. Sie war auch sehr belesen. Als Hebamme war sie an allem interessiert, was mit Natur zu tun hatte; besonders an Kräutern. Zweifellos würde sie ihm die Namen aller Bäume, die den Weg säumten, nennen und ihm erklären können, wie sich deren Blätter voneinander unterschieden. Nicht, dass ihn das im Geringsten interessiert hätte, wenn er dafür ein Lexikon hätte zurate ziehen müssen. Aber aus ihrem Mund würde die Beschreibung von Blättern und Knospen bestimmt wie ein süßes Versprechen klingen.

Beim Eingang zur Burgruine zeigte er seinen Dienstausweis vor, den die Kassiererin genau in Augenschein nahm und dann seine Kleidung musterte. Sah ihr offenbar zu sehr nach Freizeit aus.

»Gnädigste, ich bin nicht zu meinem Vergnügen hier und muss so wie Sie auch am Sonntag arbeiten. Also geben Sie mir meinen Ausweis wieder und lassen Sie mich durch.«

Er erntete etwas, das nach einem gnädigen Kopfnicken aussah, bekam seinen Ausweis und steuerte den Innenhof an.

Dort wartete bereits ein nervös hin- und hergehender Pächter des Restaurants.

»Guten Morgen. Ich sitze oder vielmehr gehe schon auf Nadeln. Heute wird nämlich der Andrang noch größer sein als an einem normalen Sommersonntag. Sie glauben gar nicht, wie viele Leute heute kommen werden, die sich überhaupt nicht für die Burg interessieren. Die wollen nur Tatort schauen.«

»Guten Morgen.« Spencer schüttelte ihm die Hand. »Für Ihr Geschäft wird es ja egal sein, warum die Menschen kommen. Die Hauptsache, sie essen alle. Sind die Herrschaften bereit?«

»Warten schon alle in der Küche. Wollen Sie mit jedem und jeder einzeln reden oder befragen Sie sie als Gruppe?«

»Einzeln natürlich.« Der Chefinspektor ging Richtung Rittersaal. Sorgfältig darauf achtend, dass er sich seine Schuhe an keinem der hier zahlreich herumliegenden spitzen Steine beschädigte. »Dafür hätte ich auch gern einen Raum, in dem ich meine Befragungen ungestört durchführen kann.«

»Im Restaurant haben wir so etwas nicht. Aber mir fällt da etwas anderes ein. Können Sie bitte einen Moment hier warten?«

Nach zwei Minuten kam der Restaurantbetreiber wieder. Mit einem zufriedenen Lächeln im Gesicht. »Der Verwalter der Burg kommt nicht vor elf Uhr. Bis dahin können Sie sein Büro benutzen. Wenn Sie mir bitte folgen wollen!« Er geleitete Spencer in ein Zimmer, dessen Größe sein Büro im Landeskriminalamt nur unwesentlich übertraf. Aber mit einer wesentlich schöneren Aussicht. Er stellte sich ans Fenster. Auch wenn die Donau von hier oben mehr grau als blau zu sein schien, war es ein herrlicher Ausblick. Er beschloss, seine Holde bei nächster Gelegenheit zu einer Fahrt mit einem Donaudampfer einzuladen.

Dass er nicht auf der Burg war, um seinen Träumen nachzuhängen, fiel ihm erst wieder ein, als es an der Tür klopfte. »Herein!«

Ein schlanker, recht großer Mann, den er auf Anfang dreißig schätzte, trat ein. In grauer Hose, weißem, langärmeligen Hemd und hellblauer Weste. »Guten Morgen. Ich stehe zu Ihrer Verfügung.«

Spencer war über die förmliche Eröffnung überrascht. »Guten Morgen. Sie haben gestern bei der Hochzeitstafel serviert?«

»Ja, das habe ich.«

»Kommen Sie, nehmen Sie Platz. Gestern sind Sie und Ihre Kolleginnen und Kollegen als Burgfräulein und Ritter aufgetreten.«

Der junge Mann lächelte. »Das tun wir nur bei besonderen Anlässen oder auf besonderen Wunsch. Kostet natürlich extra.«

»Fein.« Spencer setzte sich ebenfalls. »Sie können sich ja vorstellen, warum ich mit Ihnen reden möchte.«

»Kann ich. Aber ich bezweifle, dass ich Ihnen weiterhelfen kann.«

»Machen Sie sich deshalb keine Gedanken. Sagen Sie mir zunächst einmal Ihren Namen.«

»Knauf, Hannes.«

»Und wie lange arbeiten Sie schon hier?«

»Das ist jetzt meine vierte Saison. Im Winter arbeite ich in Tirol.«

Nach fünf Minuten wusste auch Spencer, dass ihm Hannes Knauf tatsächlich nicht weiterhelfen würde. So war es auch mit den nächsten vier Befragten.

Bis ihm eine Martha Grobtal etwas sagte, das ihn neugierig werden ließ. Sehr sogar.

Ihrer Überzeugung nach hätten gestern neun Personen serviert. Heute wären aber nur acht zur Befragung erschienen.

Spencer bedankte sich für die Information, ohne erkennen zu lassen, dass er alarmiert war, verabschiedete die junge Dame und bat sie, vor dem nächsten Mitglied des Service-Personals den Restaurantbetreiber zu bitten, zu ihm ins Büro zu kommen.

Der erschien umgehend.

»Ihre Mitarbeiterin, mit der ich gerade geredet habe, behauptet, dass gestern neun Personen serviert haben. Nach Ihren Angaben waren es aber nur acht. Wobei ich betonen möchte, dass ich nicht vom Arbeitsinspektorat bin und daher nicht die ordnungsgemäße Abrechnung fälliger Sozialversicherungsbeiträge kontrolliere.«

Der Pächter machte ein Gesicht, dem Spencer ansah, dass er sich keiner Schuld bewusst war. »Da muss sich Martha geirrt haben. Ich beschäftige auch an Tagen wie gestern nicht mehr als acht Leute im Service. Für die Leute zwar ganz schön stressig. Aber mehr trägt das Geschäft nicht.«

Spencer machte sich Notizen. »Glaube ich Ihnen. Aber Sie werden verstehen, dass das für unsere Untersuchungen ein ganz entscheidender Punkt sein könnte. Ich würde Sie daher bitten, mir jetzt doch alle Leute auf einmal zu schicken. Damit ich das klären kann. Wird zwar ganz schön eng hier drinnen. Aber wenn ich meinen Bauch einziehe, wird es schon klappen.«

Eine Minute später war das Büro gerammelt voll.

»Ihre Kollegin Martha meint, dass Sie gestern nicht zu acht, sondern zu neunt serviert haben. Ich würde Sie jetzt bitten, ganz konzentriert darüber nachzudenken, ob auch Sie eine neunte Person wahrgenommen haben.«

Er konnte den Leuten ansehen, dass sie wirklich nachdachten. Eine Weile sahen sie sich gegenseitig fragend an. Bis sich ein älterer Mann meldete. »Je länger ich nachdenke, umso mehr glaube ich, dass Martha recht hat. Da war noch jemand. Ein relativ junger Mann, ungefähr so groß wie ich. Aber näher könnte ich ihn nicht beschreiben, weil er so wie meine Kollegen und ich ein Barett aufgehabt hat. Ziemlich tief in die Stirn gezogen.«

Eine junge Serviererin, die er schon befragt hatte, schloss sich ihrem Kollegen an. Die anderen fünf hatten entweder keine Meinung dazu oder blieben dabei, keine neunte Person wahrgenommen zu haben.

Spencer bedankte sich, erklärte seine Befragung für beendet und entließ sie.

Er spürte Schweiß, der an der Rückseite seiner Oberschenkel hinabrann und war wegen seiner neuen Hose besorgt. Aber jetzt gab es Wichtigeres zu tun. Er nahm sein Handy.

»Doris, es gibt Neuigkeiten. Und zwar ziemlich sensationelle. Drei der acht Kellnerinnen und Kellner, die ich befragt habe, sind ziemlich sicher, dass gestern noch ein neunter, bis jetzt unbekannter Mann, serviert hat. Keine brauchbare Beschreibung, weil er eine Kopfbedeckung, wie sie früher auf Burgen üblich gewesen sind, getragen hat.«

»Klingt fast zu schön, um wahr zu sein. Ich nehme an, dass das Personal diese Kostüme nicht mit nach Hause nimmt. Die werden sicher irgendwo in einem Umkleideraum aufbewahrt. Erkläre alles, was du davon finden kannst, für beschlagnahmt. Und bereite das Personal auf einen DNA-Test vor.«

Montag, 27. Juni
09 Uhr 25

Ihr Stellvertreter hatte sie noch gestern informiert. Insgesamt zwölf mittelalterliche Kostüme. Natürlich keine originalen. Je sechs für Frauen und sechs für Männer. Aufbewahrt in einem kleinen Abstellraum des Restaurants in nichtversperrbaren Holztruhen. Spencer hatte die Spurensicherung beauftragt, die Gewänder, die er natürlich keine Sekunde aus den Augen gelassen hatte, abzuholen und bei der Gelegenheit auch Speichelproben vom Personal zu nehmen. Jedenfalls kein schlechter Beginn für ihre Ermittlungen.

Mit Herrn Kohout, der sie nicht in seinem Hotel treffen wollte, hatte sie ein Gespräch für halb zehn vereinbart. Im ›Wellenspiel‹. Sie war aber schon knapp nach halb acht von zu Hause weggefahren. Weil sie es sich auch diesmal nicht nehmen lassen wollte, in ihrer Geburtsstadt einen Kaffee zu trinken.

Beim Raimitz hatte sie Pech. Sie sah auf ihre Uhr. Viertel neun. Um diese Zeit war noch nicht geöffnet. Hätte sie zumindest ahnen können. Sie tröstete sich mit dem Gedanken, dass auch das Wellenspiel ein Raimitz-Betrieb war. Dort würde sie in einer guten halben Stunde nachholen können, was ihr jetzt verwehrt blieb.

Statt sich zu einem Kaffee zu setzen, spazierte sie durch die Stadt. Um diese Zeit waren die Straßen, Gassen und Plätze noch fast menschenleer. Die Ruhe tat ihr gut. Die düsteren Gedanken, die sie seit der Umarmung der jungen Julia plagten, waren noch immer nicht verflogen. Diese Umarmung des schluchzenden Mädchens hatte sie im wahrsten Sinne des Wortes nicht mehr losgelassen. Vor dem Haus in der Althangasse, in dem sie ihre Kindheit verbracht hatte, blieb sie stehen. Der Anstrich der Fassade musste mindestens fünfzig Jahre auf dem Buckel haben. Sie blickte zu dem Fenster hoch, aus dem sie zehn Jahre lang geschaut hatte. Zwei davon in der ständigen Hoffnung, ihre große Volksschulliebe vorbeiradeln zu sehen. Vor knapp fünf Jahren, im Rahmen ihres ersten Falls als Leiterin der niederösterreichischen Mordkommission, hatte sie ihn unter dramatischen Umständen wiedergetroffen. Der Schmerz, den sie damals empfand, weil er sich an sie gar nicht mehr erinnerte, wirkte ebenfalls bis heute nach. So war das offenbar mit den wenigen Dingen, die ihren Panzer durchdrangen. Sie hatte seitdem mehrmals überlegt, ihrem Mann von der Geschichte zu erzählen, aber letztlich immer wieder davon Abstand genommen. Das war gut so, wie sie sich in diesem Moment eingestand. Denn was sollte Erich mit der Information anfangen? Möglicherweise würde er selbst Schmerz darüber empfinden, dass sie für einen anderen Mann nach so vielen Jahren noch solche Gefühle hegte. Es gab eben manche Dinge, die musste jeder Mensch mit sich selbst ausmachen.

Knapp vor halb zehn erreichte sie das Lokal, in dem sie sich mit Manuel Kohout verabredet hatte. Noch wenig Betrieb. Ein kurzer Rundblick genügte, um zu sehen, dass er noch nicht da war. Sie suchte sich einen Tisch, der sowohl einen Blick auf die Tür als auch auf das über der Donau hoch aufragende Stift Göttweig erlaubte. Wäre sie nicht mit der Klärung eines schrecklichen Verbrechens beschäftigt gewesen, hätte sie von einem sehr passablen Start in die Woche sprechen können.

Aus Rücksicht auf ihre Linie versagte sie sich einen Topfenstrudel, obwohl der, den der Kellner an ihr vorbei zum Nachbartisch trug, noch ganz frisch dampfte und herrlich duftete. Während sie eine Melange bestellte, trat ein etwa fünfzigjähriger Mann ins Lokal, den sie sofort erkannte. So wie ihn die ältere Tochter von Frau Schremser beschrieben hatte, musste es sich um deren ersten Ehemann handeln.

Auch er steuerte direkt auf ihren Tisch zu. Nicht ohne dabei der Serviererin, die ihn anlächelte, ein abwehrendes Zeichen mit der Hand zu geben. Wollte offensichtlich nichts konsumieren. »Guten Morgen, Frau Chefinspektorin. Ich bin Manuel Kohout. Darf ich Ihnen sagen, dass Sie mir schon am Samstagnachmittag im Rittersaal ausgesprochen gut gefallen haben? Heute bin ich hingerissen.«

Sie traf keine Anstalten, ihm die Hand zu geben. Er war ihr auf Anhieb unsympathisch. Wie hatte eine Frau wie Franziska Schremser an so einen Mann geraten können? »Herr Kohout, ich bin nicht zum Süßholzraspeln da. Sondern, um einen Mord aufzuklären. Daher will ich auch gleich zum Punkt kommen. Ich habe mir sagen lassen, dass Ihr Verhältnis zu Ihrer früheren Frau nicht das beste gewesen sein soll.«

Er schien beleidigt zu sein und lächelte schief. »So kann man es auch bezeichnen. In Wahrheit hat mich Franziska gehasst. Deshalb bin ich auch überrascht gewesen, dass ich bei der Hochzeit unserer gemeinsamen Tochter überhaupt dabei sein durfte. Das habe ich ganz allein Jennifer zu verdanken.«

Wenigstens in dem Punkt war er ehrlich. »Hass kommt ja in gescheiterten Ehen manchmal vor. Ist aber doch die Ausnahme. Was war denn der Grund für die Aversion Ihrer Ex-Frau Ihnen gegenüber?«

Manuel Kohout, der sich in der Zwischenzeit gesetzt hatte, lehnte sich demonstrativ entspannt zurück. »Bei Franziska hat sich alles ums Geld gedreht. Sie ist drauf gesessen, als ob sie es mit ins Grab nehmen könnte. Als ich eine berufliche Pechsträhne gehabt habe, wie sie in den besten Familien vorkommt, und ich auf eine kleine Unterstützung von ihr angewiesen gewesen wäre, da hat sie mich kalt lächelnd abserviert. Seitdem habe ich auch keinen Kontakt mehr zu ihr gehabt. Sie hat sich übrigens schnell getröstet.«

Das erklärte eher seine Aversion ihr gegenüber. Was hatte dieser Mann Frau Schremser wohl angetan, dass sie ihn so gehasst hatte? »Frau Schremser ist offensichtlich wohlhabend gewesen. Sie stammt aber, wie ich in der Zwischenzeit herausgefunden habe, aus eher bescheidenen Verhältnissen. Können Sie mir sagen, wie sie so wohlhabend geworden ist?«

Wieder dieses schiefe Lächeln. Das diesmal den Blick auf Zähne freigab, die auf einen schlechten Zahnarzt schließen ließen. »Als ich sie kennengelernt habe, war sie ein ungeheuer fesches, aber wenig begütertes Mädchen. Als wir zwei Jahre später geheiratet haben, hat sie den Schilling schon nicht mehr zweimal umdrehen müssen. Woher sie das Geld gehabt hat, hat mich ehrlich gesagt nie besonders interessiert. Für mich war die Hauptsache, dass es da war.«

Als Ermittlerin waren ihr Menschen angenehm, die ihr Herz auf der Zunge trugen. Aber so mir nichts, dir nichts in die Welt hinauszuposaunen, dass man nur daran interessiert war, das Geld der Ehefrau zu verpulvern, woher es auch immer kommen mochte, war schon ein starkes Stück. Möglicherweise hatte Frau Schremser ihn gehasst, weil sie gedacht hatte, es sei eine Liebesheirat.

Während Doris so tat, als würde sie etwas in ihrem Handy checken, betrachtete sie ihn. Sicher war er einmal ein sehr attraktiver Mann gewesen. Aber sein Gesicht war teigig geworden. Fast schon aufgedunsen. Wahrscheinlich zu viel Alkohol. Kein wirklich ärmlicher Eindruck, aber ganz sicher in seiner jetzigen Verfassung auch optisch ein Mann deutlich unter dem Niveau des Mordopfers. Konnte er ein Mörder sein? Was hatte er vom Tod seiner Ex-Frau? Späte Rache? Selbst dafür hatte er wohl zu wenig Gefühl. »Ich komme jetzt auf die Ereignisse von Samstagmittag zurück. Haben Sie bemerkt, dass Frau Schremser den Rittersaal verlassen hat?«

»Nicht, dass sie aufgestanden ist, wenn Sie das meinen. Sie hat zunächst eine Rede gehalten, wie ich sie ihr gar nicht zugetraut hätte. Ein paar Minuten später habe ich dann den leeren Platz gesehen. Habe mir aber nichts dabei gedacht.«

Sie reichte ihm ein Blatt Papier und ihren Stift. »Können Sie mir die Anordnung der Festtafel in etwa aufzeichnen? Und wo Frau Schremser und Sie gesessen sind?«

Sie merkte sofort, dass Manuel Kohout ein Zeichentalent besaß. Im Nu hatte er den Rittersaal skizziert. Genauso, wie sie ihn in Erinnerung hatte. »Da ist Franziska gesessen.« Er machte einen Kreis auf dem Blatt. »Und hier ich. Wie Sie sehen, nicht gerade auf dem Ehrenplatz, sondern ganz auf den unteren Rängen.« Er drückte einen ganz dicken und kräftigen Punkt auf das Blatt. »Gute fünfzehn Meter von Franziska entfernt. Die mich natürlich keines einzigen Blickes gewürdigt hat. Und bevor Sie mich fragen, ob meine Tischnachbarn bezeugen können, dass ich die ganze Zeit an meinem Platz gesessen bin, sage ich Ihnen eines: Ich habe nicht den Eindruck gehabt, dass sich einer von ihnen dafür interessiert hätte, ob ich an meinem Platz sitze oder nicht.«

Montag, 27. Juni
10 Uhr 30

Schon als sie Peter Glattauer die Hand gab, war ihr klar, dass sie es mit einem anderen Kaliber zu tun hatte als gerade eben. Nicht wegen des Händedrucks, den sie ja nicht mit dem von Manuel Kohout vergleichen konnte. Sondern wegen des äußeren Eindrucks. Eine tiefe Bräune im Gesicht, die einen reizvollen Kontrast zu dem über den Ohren bereits grauen, fast weißen Haar bildete; ein sympathisches Lächeln, das eine zwar nicht strahlend weiße, aber sehr ebenmäßige obere Zahnreihe zeigte; und ein perfekt sitzender hellbrauner Anzug, der um die Schultern nicht die Spur einer Falte warf. Guter Augenkontakt, ohne in irgendeiner Form aufdringlich zu wirken.

»Willkommen bei mir, Frau Lenhart. Meine Sekretärin ist auf Urlaub. Wenn Sie stattdessen mit meinen Kaffeekoch-Künsten vorliebnehmen, bereite ich gern einen zu.«

»Vielen Dank, Herr Glattauer. Aber ich habe gerade einen Kaffee getrunken. Ein Glas Wasser tut es auch.«

Der Finanzberater wies mit einer stummen Geste auf einen in dunkelbraunem Leder gehaltenen Fauteuil, in dem die Chefinspektorin Platz nahm. Wasser stand auf einem Beistelltischchen bereit.

Sie war bewusst schon fünf Minuten vor dem vereinbarten Termin aus ihrem Auto gestiegen, um das Ambiente auf sich wirken zu lassen. Offensichtlich wohnte hier die Kremser Crème de la Crème. Sie versuchte sich daran zu erinnern, ob diese Gegend auch schon in ihrer Kindheit den Ruf, besonders exklusiv zu sein, gehabt hatte. Eine solche Erinnerung kam ihr allerdings nicht; wahrscheinlich deshalb, weil sie als Zehnjährige bestimmt kein Interesse an Kremser Nobelgegenden gehabt hatte. »Sie wohnen hier an einem einmaligen Platz«, gratulierte sie ihm, während sie sich ein Glas Wasser einschenkte.

»Freut mich, dass es Ihnen gefällt. Das Haus habe ich jetzt seit mehr als zehn Jahren. Da fällt einem gar nicht mehr auf, wo man eigentlich wohnt. Aber ich nehme nicht an, dass Sie mit mir über die Vorteile des Wohnens auf dem Kremser Wachtberg reden wollen.«

»Das will ich in der Tat nicht.« Sein Versuch, sie an ihre Pflichten zu erinnern, ärgerte sie ein wenig. Dafür würde sie sich gleich revanchieren. »Bei meinen Vorab-Recherchen zu diesem Gespräch habe ich herausgefunden, dass Sie Frau Schremser schon sehr lange in finanziellen Dingen beraten haben.«

Peter Glattauer unterbrach mit einem selbstbewussten Lächeln. »Nicht nur Frau Schremser, wenn ich mir diese Bemerkung erlauben darf. Ich habe viele Klienten. Sonst würde ich hier nicht so komfortabel und schön wohnen können.«

Sie bemühte sich um einen völlig neutralen Gesichtsausdruck. »Dann kann ich nur hoffen, dass Sie Ihre anderen Klienten in den letzten Monaten besser beraten haben als Frau Schremser. Sie soll nämlich sehr ungehalten über Ihre jüngsten Spekulationen mit ihrem Geld gewesen sein.« Wenn sie gedacht hatte, so einen Treffer zu landen, hatte sie sich getäuscht.

Sein selbstbewusstes Lächeln blieb ungetrübt. »Frau Lenhart, ich weiß nicht, wieweit Sie die Entwicklung der internationalen Aktienmärkte im letzten halben Jahr verfolgt haben.« Er legte mit einer betont lässigen Geste sein linkes über sein rechtes Bein und zupfte die Bügelfalte zurecht. »Das sind Berg- und Talfahrten ohne Ende gewesen. In den letzten vier Wochen mit der Betonung auf Talfahrten. Natürlich hat da auch Franziska einiges Geld verloren. Wie meine anderen Klienten. Aber ich habe ihr in den Jahren davor so viel Geld verschafft, da ist das Minus der letzten Wochen geradezu ein Klacks gewesen.«

Sie blickte ihn ruhig an. »Herr Glattauer, ich will nicht so tun, als gäbe es im Moment starke Verdachtsmomente gegen Sie. Aber es ist Ihnen hoffentlich klar, dass ein geschäftlicher Misserfolg, der nicht ans Tageslicht kommen soll, schon ein Mordmotiv sein kann. Wir werden das Ausmaß dieser Spekulationsverluste also prüfen müssen.«

Peter Glattauer lächelte weiter. Nur ein leichtes Flackern in seinen Augen signalisierte ihr, dass sie einen wunden Punkt getroffen haben musste. »Das steht Ihnen selbstverständlich frei. Aber ich bezweifle, ob man bei der Kriminalpolizei die Expertise hat, um so eine Prüfung seriös durchführen zu können.«

»Dass Sie sich da nur nicht täuschen. In den Reihen der Polizei haben wir für so etwas Experten.«

Sein Lächeln erstarb schlagartig. »Ich bitte um Entschuldigung, Frau Chefinspektorin.« Die Selbstsicherheit in seinem Gesicht war wie weggeblasen. »Ich wollte die Expertise der Polizei nicht infrage stellen. Ich gebe auch zu, dass der Wert von Franziskas Portfolio in den letzten acht Wochen um einundzwanzig Prozent geschrumpft ist.«

Jetzt hatte sie ihn dort, wo sie ihn haben wollte. »Um welchen Betrag geht es da in absoluten Zahlen?«

»Ihr Vermögen, das ich verwalte, ist circa zwanzig Millionen Euro wert. Im Wesentlichen Aktien und Anleihen. Begonnen habe ich allerdings vor sechzehn Jahren mit circa einer Million Euro. Dazu hat Franziska einen erheblichen Immobilienbesitz gehabt, um den sie sich aber, soweit ich weiß, selbst gekümmert hat. Deshalb kann ich Ihnen da auch keine Zahlen nennen. Ich kann Ihnen nur eines sagen: Fürs Geschäft hatte Franziska immer ein gutes Näschen.«

Sie machte sich Notizen. »Ich habe selbstverständlich mit Jennifer Lorenz gesprochen, die mir zwar keine Zahlen genannt, aber bestätigt hat, dass ihre Mutter wohlhabend oder sogar reich gewesen sein muss. Sie konnte mir allerdings nicht sagen, wie ihre Mutter, um es salopp auszudrücken, ihre erste Million gemacht hat. Geerbt hat sie die jedenfalls nicht. Wissen Sie darüber Bescheid?«

»Nicht genau, weil unsere geschäftliche Beziehung ja erst vor sechzehn Jahren begonnen hat. Ich erinnere mich aber, dass sie mir von einem Haus in der Oberen Landstraße erzählt hat, das lang vor meiner Zeit sehr günstig zum Verkauf gestanden ist. Da hat sie schnell entschlossen einen Kredit aufgenommen. Diese Entschlossenheit hat sehr gut zu ihr gepasst. Dieses Haus, das sie bald wieder mit großem Gewinn verkauft hat, ist zum Grundstein ihres kleinen Imperiums geworden.«

»Bei welcher Bank sie den Kredit aufgenommen hat, wissen Sie nicht zufällig?«

»Weiß ich leider nicht. Aber so wie ich Franziska einschätze, hat sie sich von allen Kremser Banken ein Angebot machen lassen und dann das günstigste genommen. Aber warum interessiert Sie ein Kreditgeschäft, das ein Vierteljahrhundert zurückliegt?«

Sie winkte ab. »Derzeit sammle ich nur alle möglichen Informationen. Eines würde mich noch brennend interessieren. Sie müssen Frau Schremser doch gut gekannt haben. Welche Art Mensch war sie eigentlich?«

Offensichtlich war er darauf bedacht, seine Worte sorgfältig abzuwägen. Es dauerte einige Sekunden, bis er zu einer Antwort ansetzte. »Wie die meisten sehr erfolgreichen Menschen ist sie ein eher schwieriger Charakter gewesen. Voller Widersprüche. Oberflächlich betrachtet würde ich sagen, dass sie vor allem auf ihren Vorteil bedacht gewesen ist. Da war sie ziemlich rücksichtslos. Sie hat aber auch Facetten gehabt, die diesem Befund widersprechen. Gerade in letzter Zeit hat sie zum Beispiel viel gespendet. In erster Linie für kulturelle Projekte. Ich hätte nicht mit ihr verheiratet sein wollen, aber sie ist eine liebevolle Mutter gewesen. Julia ist zwar ihrem Herzen nähergestanden, aber auch Jennifer hat sich nicht wirklich beklagen können. Ich kenne das Testament nicht, ich weiß nicht einmal, ob sie überhaupt eines gemacht hat, aber ich würde mich sehr wundern, wenn sie da ihre jüngere Tochter bevorzugt hätte.«

Montag, 27. Juni
10 Uhr 43

Spencer hatte viele Fähigkeiten. Aber eine ragte heraus: Das Talent, andere zur Eile anzutreiben. Das Labor, das die DNA des Service-Personals mit den auf den Ritterkostümen gefundenen Haaren und Hautpartikeln abgleichen sollte, musste davon ein Lied singen können. Jedenfalls lag das Resultat der Untersuchungen seit zehn Minuten auf seinem Tisch. Von den sechs Männer-Kostümen konnten vier eindeutig den Kellnern zugeordnet werden, die er am Sonntag befragt hatte.

Auf den beiden anderen Gewändern fanden sich die Spuren von bisher unbekannten Personen. In einem Fall von drei, im zweiten von zwei verschiedenen Männern getragen.

Ein schneller Abgleich mit der Datenbank ergab, dass zwei von den fünf polizeibekannt waren. Einer wegen eines Unfalls, den er schwer alkoholisiert verursacht hatte, und der andere wegen einer Wirtshausrauferei, bei der nicht nur Alkohol geflossen war.

Er wollte kein vorschnelles Urteil abgeben und würde beide überprüfen müssen, aber nach einem heimtückisch geplanten Mord an einer Frau wie Franziska Schremser klang die Beschreibung der beiden polizeibekannten Herren nicht.

Blieben noch die Spuren von drei weiteren Personen, die es bislang nicht in die DNA-Datenbank des Bundes geschafft hatten. Das hatte er befürchtet. Seine Chefin, die er gleich darüber informieren wollte, würde auch nicht entzückt sein. Aber solche Enttäuschungen war sie, wie er wusste, mehr als gewohnt.

Montag, 27. Juni
11 Uhr 16

Sie ließ ihren Wagen an dem Platz stehen, an dem sie ihn vor ihrem Gespräch mit Herrn Glattauer abgestellt hatte. Weil es nicht einmal dreihundert Meter bis zum Haus von Frau Haberl waren. Auf dem Weg dorthin schaltete sie ihr Handy, das sie während der Befragung des Finanzberaters ausgeschaltet hatte, wieder ein und sah, dass ihr Stellvertreter angerufen hatte. Was er ihr berichtete, überraschte sie nicht wirklich. Sie hatte sich schon gefragt, ob der geheimnisvolle Neunte im Service-Team überhaupt etwas mit dem Mord zu tun hatte. Wenn der Täter das Kostüm getragen hätte, warum hätte er es mitsamt seiner DNA-Spur zurücklassen sollen? Allerdings deutete die Kombination von Kapelle, Hochzeit und Stich ins Herz auf eine besondere Inszenierung hin. Dazu konnte auch ein mittelalterliches Kostüm passen.

Sie vereinbarte mit Spencer, mithilfe des Personals ein Phantombild des unbekannten Kollegen anfertigen zu lassen. Zwar wussten sie beide, dass das Bild eines Mannes, der ein großes Barett tief in die Stirn gezogen trug, wahrscheinlich wenig aussagekräftig sein würde. Aber sie mussten diese Spur weiterverfolgen.

Sie schaltete ihr Handy wieder aus und ging weiter zu dem Haus, das sie aufgrund von Spencers Beschreibung auf Anhieb fand. Die Wachtbergstraße wirkte an dieser Stelle wie ein enger Graben. Links und rechts gingen die Böschungen steil hinauf. Aber sobald man die Einfahrt zum Haus hinaufging und der Hügelkuppe näher kam, konnte man aufgrund der Weite dahinter schon erahnen, wie fantastisch der Blick von der anderen Seite des Hauses aus sein würde. Zur Sicherheit warf sie beim Gartentor noch einen Blick auf das Namensschild über der Glocke und läutete.

Sie schätzte, dass Gerlinde Haberl acht bis zehn Jahre älter war als sie selbst. Schmales Gesicht mit hohen Backenknochen. In ihrer grauen Hose und dem schwarzen Pullover, den sie trug, eine sehr sympathische Erscheinung, die von warmherzigen Augen noch zusätzlich betont wurde. Auf den ersten Blick sicher niemand, der zu Verschwörungstheorien neigte.

»Ich weiß, Frau Lenhart, dass Sie im Moment andere Prioritäten haben, als sich mit dem Tod meines Mannes zu beschäftigen. Ich bin Ihnen deshalb besonders dankbar, dass Sie mich besuchen. Ich habe auf der Terrasse gedeckt. Ist Ihnen Kaffee recht?«

»Darüber würde ich mich richtig freuen.« Das war nicht mal gelogen. Sie wollte heute guten Kaffee tanken, um im Büro nicht wieder in Versuchung zu kommen, den Automaten zu bemühen.

Frau Haberl begleitete sie noch auf die Terrasse und verschwand dann.

Doris setzte sich nicht gleich, sondern stellte sich an die Brüstung. Was für ein Panorama. Links die Piaristenkirche und die Pfarrkirche, genau gegenüber das Steinertor mit Stift Göttweig im Hintergrund, das wegen der dunstigen Luft nicht gestochen scharf zu erkennen war. Rechts von ihr die beiden Steiner Kirchen. Auch für einen nichtgläubigen Menschen ein großartiger Anblick. Sie musste an ihre eigene Wohnung in St. Pölten denken. Samt Ausblick auf eine Kaserne. Die Welt war doch ungerecht. Gleichzeitig fielen ihr ihre beiden Töchter und ihr Mann ein. Vielleicht war die Welt doch gar nicht so ungerecht.

»Ist schon ein toller Ausblick, gell! Hier der Kaffee. Ich habe auch noch einen Erdbeerkuchen beim Raimitz besorgt. Ist in Krems eine sehr bekannte Café-Konditorei.«

Doris drehte sich um und lachte. »Ich kenne den Raimitz gut. Ich bin nämlich in der Althangasse aufgewachsen.«

Frau Haberl lächelte und schenkte ihr Kaffee ein.

Sie setzten sich.

»Ich bin Ihnen sehr dankbar«, hob Doris an, »dass Sie auf diesen Unsinn mit dem Selbstmord Ihres Mannes nicht reagiert haben.«

»Davon hat mich Ihr Kollege gerade noch abgehalten. Ich wollte schon den Redakteur des Niederösterreichischen Tagblatts anrufen, um zu protestieren und ihm sagen, dass ich davon überzeugt bin, dass mein Mann ermordet worden ist. Heute mehr denn je.«

»Heute mehr denn je?« Doris spießte sich eine Erdbeere vom Kuchen auf ihrem Teller. »Wie darf ich das verstehen?«

Frau Haberl, die ihre Tasse gerade zum Mund führte, setzte sie wieder ab. »Ich habe Herrn Malzacher ja erzählt, dass mein Mann in den letzten Wochen irgendwie anders gewesen ist …«

Ein Klingeln an der Eingangstür unterbrach sie.

»Entschuldigung. Das ist sicher Herr Roscher, der mir den Schlüssel vom Lager bringt.« Gerlinde Haberl stand auf. »Herr Roscher hat zeitweise für meinen Mann gearbeitet. Jetzt räumt er das Depot zusammen. Wenn Sie wollen, können Sie ihn auch fragen. Er hat nämlich die gestiegene Nervosität meines Mannes ebenso bemerkt wie ich.«

»Das kann auf keinen Fall schaden.«

Die Gastgeberin verließ die Terrasse und kam kurze Zeit später mit einem Mann wieder, der sich als Norbert Roscher vorstellte.

»Herr Roscher, können Sie der Chefinspektorin kurz schildern, wie Sie meinen Mann in den letzten Wochen erlebt haben?«

»Jedenfalls eindeutig anders als sonst. Ich habe ihn ja seit vielen Jahren zwei- bis dreimal die Woche gesehen. Auf mich hat er seit dem Einbruch viel nachdenklicher und weniger fröhlich gewirkt.«

»Kann das mit der gestohlenen Heiligenfigur zu tun haben?«, fragte Doris.

Norbert Roscher wiegte, bevor er antwortete, seinen Kopf hin und her. »Kann ich mir schwer vorstellen. Allerdings hat er einmal eine Andeutung gemacht, dass ihm diese Plastik sehr am Herzen liegt. Aber ich bezweifle stark, dass das mit ihrem Wert zu tun gehabt hat.«

»Haben Sie eine andere Erklärung?«

»Vielleicht war es ein persönlicher Grund, den ich allerdings nicht kenne. Über Privates und Persönliches hat Herr Doktor Haberl wenig geredet. Ausfragen wollte ich ihn natürlich nie.«

»Was war das überhaupt für eine Figur?«

Gerlinde Haberl gab die Antwort. »Der Heilige Josef. Jetzt, wo Herr Roscher das sagt, kann ich nur bestätigen, dass Andreas die Figur sehr in Ehren gehalten hat. Ich wüsste aber auch nicht, warum.«

Der Besucher, der sich während der kurzen Konversation nicht gesetzt hatte, fragte: »Brauchen Sie mich noch?«

Doris schüttelte den Kopf und bedankte sich.

Frau Haberl nickte ihm ebenfalls dankend zu. »Sie kennen ja den Weg, Herr Roscher. Auf Wiedersehen und bis zum nächsten Mal.«

Nachdem er die Terrasse verlassen und sich Frau Haberl wieder gesetzt hatte, versuchte Doris, den Faden der vorherigen Konversation wieder aufzunehmen. »Sie haben vorhin erwähnt, dass Sie mehr denn je davon überzeugt sind, dass Ihr Mann gewaltsam ums Leben gekommen ist.«

»Ja. In dem Schrank, in den mein Mann seine Geschäftsunterlagen abgelegt hat, und in dem auch die Mappe mit allen unseren persönlichen Dokumenten liegt, habe ich gestern etwas gesucht. Da habe ich entdeckt, dass der Ordner mit den Geschäftsunterlagen für die Jahre 1992 bis 1996 fehlt. Da muss jemand in unseren Dokumenten gestöbert haben. Weil sie ganz durcheinandergebracht waren. Mit der Heiratsurkunde obenauf.«

Doris war unsicher, was sie von dieser Information halten sollte. »Das sind aber schon sehr alte Geschäftsunterlagen. Vielleicht hat Ihr Mann sie einfach entsorgt.«

Auf dem Gesicht von Frau Haberl zeigte sich ein Lächeln. Eines, das die Chefinspektorin als entrückt bezeichnet hätte. »Frau Lenhart! Für einen Antiquitätenhändler gibt es nichts, was alt genug sein könnte, um es zu entsorgen. Außerdem ist mein Mann ein sehr methodischer Mensch gewesen. Unsere Dokumente sind immer fein säuberlich nach Datum geordnet aufbewahrt worden. Die noch älteren Unterlagen sind alle noch da.«

Doris dachte nach und widmete sich dabei ihrem Erdbeerkuchen. »Haben Sie eine Haushaltshilfe?«, fragte sie zwischen zwei Bissen.

»Ja. Seit fünfzehn Jahren ein und dieselbe Frau. Die würde nie auch nur die Tür dieses Schranks aufmachen.«

Doris nickte und genoss die letzten Bissen, bevor sie antwortete. »Ich gebe zu, das ist schon sehr eigenartig. Ich werde jedenfalls die Spurensicherung bitten, die Dokumentenmappe auf Fingerabdrücke zu untersuchen. Vielleicht gibt es welche, die weder zu Ihnen noch zu Ihrem Mann gehören. Außerdem möchte ich Sie dringend ersuchen, niemandem von dem verschwundenen Aktenordner und der Dokumentenmappe zu erzählen, solange Sie dafür von mir kein grünes Licht bekommen. Vor allem keiner Zeitung. Aber auch sonst zu niemandem.«

Gerlinde Haberl blickte ihr ins Gesicht und nickte. »Versprochen.«

»Eine letzte Frage habe ich noch. Was geschieht jetzt mit dem Geschäft? Werden Sie es weiterführen?«

Die Gastgeberin machte ein überraschtes Gesicht. »Ich? Nein, auf keinen Fall. Ich verstehe nichts von Antiquitäten. Sobald das Begräbnis vorbei ist, werde ich mit der Wirtschaftskammer reden. Kann sein, dass man dort jemanden kennt, der Interesse an der Übernahme des Geschäftes hätte. Oder vielleicht hat unser Freund und Nachbar Peter Glattauer, der sich um die Finanzen meines Mannes gekümmert hat, eine Idee.«

Interessant, dachte Doris. Zwei Tote innerhalb von ein paar Tagen. Beide hatten denselben Finanzberater. Damit drängte sich die Frage nach einem Zusammenhang auf. Diese Frage wollte sie allerdings so beiläufig wie möglich stellen. Sie stand auf. »Fein, dann lasse ich die Dokumentenmappe von unserer Spurensicherung abholen. Sie werden verstehen, dass ich mich sehr intensiv um den Mord an Frau Schremser kümmern muss. Aber ich verspreche Ihnen, Sie nicht zu vergessen. Kannten Sie Frau Schremser übrigens zufällig? Oder Ihr Mann?«

»Sie werden in Krems wenige Leute finden, die nicht gewusst haben, wer Franziska Schremser ist. Obwohl sie in Loiben gewohnt hat. Ihr Name ist ja auch oft in der Zeitung gestanden. Wegen ihrer Spenden. Mir war sie selbstverständlich auch bekannt. Aber gesprochen habe ich mit ihr nie. Möglich sogar, dass sie bei meinem Mann einmal ein Bild gekauft hat. Erzählt hat er mir allerdings nie davon.«

Montag, 27. Juni
14 Uhr 31

Nachdem sie am Vormittag ein Stück Erdbeerkuchen gegessen hatte, ließ sie das Mittagessen ausfallen. Doris schätzte die frühen Nachmittage, weil es da im Büro eher ruhig war. Viele Mitarbeiter waren unterwegs, andere noch bei einem späten

Lunch. Diese Ruhe nutzte sie, um ihre Notizen vom Vormittag noch einmal durchzugehen und sie in ein System zu bringen. Zunächst entschied sie sich, den ersten Mann des Opfers, Herrn Kohout, vorerst von der Liste der Verdächtigen zu streichen. Wobei die Betonung auf ›vorerst‹ lag. Sie nahm das entsprechende Blatt von der Pinnwand und heftete es rechts an den untersten Rand. Über den zweiten Ehemann und Vater von Julia hoffte sie im Lauf des nachmittags etwas von Spencer zu erfahren. Fest stand jedenfalls, dass er kein Hochzeitsgast gewesen war. Dennoch schrieb sie seinen Namen auf einen Zettel und heftete ihn an die Stelle, die vorher Manuel Kohout eingenommen hatte.

Ganz bewusst blieb sie halb stehend, halb auf ihrem Schreibtisch sitzend unmittelbar vor der Pinnwand, um an dem Überblick zu arbeiten. Drei Fragen beschäftigten sie besonders. Die erste Frage betraf Herrn Glattauer. Zumindest in Sachen Spekulationsverlust hatte er etwas zu verbergen. Da war sie ganz sicher. Dass er sowohl für Franziska Schremser als auch für Andreas Haberl gearbeitet hatte, konnte reiner Zufall sein. Aber eben auch nicht. Sie notierte diese Dinge auf kleine Haftnotizzettel und klebte sie zu Glattauer dazu.

Zweitens würde sie die Vermögensverhältnisse von Frau Schremser, die offensichtlich ohne Startkapital relativ rasch sehr wohlhabend geworden war, noch genauer recherchieren müssen. Aber sprach die Inszenierung des Verbrechens überhaupt für ein finanzielles Motiv?

Der dritte Fragenkreis drehte sich um den Tod des Antiquitätenhändlers, der auf dieser Pinnwand eigentlich nichts verloren hatte. Oder doch? Nur weil Glattauer der Finanzberater von Schremser und Haberl war? Falls beim Sturz von Herrn Haberl wirklich jemand nachgeholfen hatte, dann gab es immerhin auch einen zeitlichen Zusammenhang zwischen den Taten. Mit

Antiquitäten hatten auch beide zu tun. Konnte natürlich alles Zufall sein. Trotzdem eine höchst eigenartige Geschichte. Natürlich hatte sie schon oft Menschen erlebt, die sich beim Tod eines nahen Angehörigen alles Mögliche zusammenreimten, aber ihr zweiter Eindruck von Gerlinde Haberl unterschied sich nicht von ihrem ersten. Diese Witwe war keine Frau, die zu einer ausufernden Fantasie neigte. Sollten sich auf der Dokumentenmappe außer den Fingerabdrücken des Ehepaars Haberl noch die Fingerabdrücke von jemand anderem befinden, würde sie die Sache auf alle Fälle weiterverfolgen. Sie war froh, dass der Landeshauptmann noch in Brüssel war. Wie sie ihn einschätzte, würde er sie nicht mehr lange in Ruhe lassen. Bis Mittwoch würde die Spurensicherung die Dokumentenmappe sicher untersucht haben.

Spencer, der sein Kommen für halb drei Uhr angekündigt hatte, war fast auf die Minute pünktlich. In der Hand ein Blatt Papier, mit dem er winkte.

»Ist das die Phantomzeichnung?«

Er kam näher, hielt aber Abstand.

Doris schnupperte. »Jetzt sag bloß, dass du ein Aftershave verwendest.« Sie schnupperte noch einmal. »Puh! Zu viel Aftershave, wie mir scheint.«

Er nickte zerknirscht. »Bin ich halt überhaupt nicht mehr gewohnt.«

»Egal. Setz dich und zeig her. So schnell falle ich schon nicht in Ohnmacht.«

Ihr Stellvertreter nahm Platz und reichte ihr das Blatt, das sie prompt an die Pinnwand heftete.

Das Bild sah eigenartig aus. Der Phantombildzeichner hatte den oberen Teil des Kopfes ab der Mitte der Stirn weggelassen.

»Unser Zeichner hat gemeint«, erläuterte Spencer, »wenn er das Barett zeichnet, zieht es die Blicke auf sich, weil es ungewöhnlich ist. Dann schaut niemand auf das Gesicht. Das Personal hat den Mann ja nur mit Kopfbedeckung gesehen. Die Herrschaften konnten nicht einmal sagen, welche Farbe seine Haare gehabt haben, oder ob er nicht vielleicht ein Glatzkopf gewesen ist. Wie viel diese Zeichnung wert ist, kann ich natürlich nicht sagen. Den Alkolenker und den Wirtshausraufer habe ich übrigens in der Zwischenzeit überprüft. Haben beide ein wasserdichtes Alibi.«

Sie betrachtete die Zeichnung und ließ sich dabei Zeit. »Das ist eines von den Bildern, die wahrscheinlich Hunderte Rückmeldungen auslösen. Ein Allerweltsgesicht. Auf die Schnelle würden mir schon drei Leute einfallen, die hier abgebildet sein könnten.«

»Mir auch. Aber etwas Besseres haben wir nicht.« Er kraulte seinen Bart.

»Pass auf, dass du dir nicht das ganze Aftershave abkratzt.«

»Sehr witzig. Soll ich die Zeichnung an die Medien verteilen oder nicht?«

»Ja, doch. Wir müssen nehmen, was wir haben. Was sagt denn übrigens der Restaurantbetreiber zu der Geschichte? Schon komisch, dass bei ihm jemand arbeitet, den er nicht kennt und von dem er keine Daten hat.«

»Der ist sehr kleinlaut. Redet sich darauf heraus, dass er im Trubel, der am Samstag geherrscht hat, überhaupt keinen Überblick gehabt hat.«

Sie wiegte den Kopf hin und her. »Noch so eine seltsame Geschichte.« Seinen fragenden Blick beantwortete sie, indem sie ihn über ihre Gespräche in Krems informierte.

»Wirklich schlau bin ich aus Herrn Glattauer nicht geworden. Ich vermute zwar, dass er als Finanzberater von Frau Schremser mehr Miese gebaut hat, als er zugibt. Aber ob das ein Mordmotiv ist? Und wenn ja, dann passt die Inszenierung nicht dazu.«

»Außer sie hat ihm das Herz gebrochen«, gab er zu bedenken. »Vielleicht hat er mit ihr was gehabt.«

»Habe ich auch schon kurz überlegt. Aber auf die Nase binden wird er uns das nicht. Ich habe für siebzehn Uhr ein Treffen mit Jennifer und ihrem Ehemann vereinbart. Im Haus von Frau Schremser in Loiben. Statt auf Hochzeitsreise zu gehen, sind sie dort eingezogen, um Julia nicht allein zu lassen. Vielleicht erfahre ich von Frau Lorenz etwas über das Liebesleben ihrer Mutter.«

»Apropos Liebesleben. Der zweite Mann von Frau Schremser ist Architekt und war zum Zeitpunkt des Mordes auf Urlaub am Wolfgangsee. Behauptet er zumindest. Hat in Sankt Gilgen eine Wohnung. Seine derzeitige Partnerin soll aber übers Wochenende in Hamburg gewesen sein. Geschäftlich.«

Während Doris mit ihrer Linken eine Handbewegung machte, die mangelndes Interesse ausdrückte, klopfte es.

»Ja, bitte.«

Hans von der Spurensicherung trat mit einer Mappe in der Hand ein, blieb aber bei der Tür stehen.

»Haberl?«, fragte sie.

Hans nickte.

»Das ist aber schnell gegangen. Danke.«

»Leider sind wir nicht recht schlau geworden. Eindeutig lassen sich zwei verschiedene Fingerabdrücke identifizieren. Vermutlich von Herrn und Frau Haberl.

Aber manche Abdrücke sehen so aus, als wären sie verwischt worden. Eventuell von jemandem, der Handschuhe getragen hat. Aber auch eine harmlosere Erklärung ist natürlich möglich.«

Sie blickte ihn an. »Handschuhe, im Ernst?«

Er nickte. »Wahrscheinlich Leder, jedenfalls kein Gummi. Zu siebzig bis achtzig Prozent bin ich sicher.«

Sie musste lächeln. »Hans, habe ich dir eigentlich schon einmal gesagt, dass ich dich hasse?«

Montag, 27. Juni
16 Uhr 10

Sie hätte die Wachau auch gemocht, wenn sie keine gebürtige Kremserin gewesen wäre. Besonders hatte es ihr das Stück von der Mauterner Brücke bis Loiben angetan. Eigentlich der landschaftlich am wenigsten spektakuläre Abschnitt. Hier gab es auch keine Sehenswürdigkeiten; abgesehen vom barocken Tegernseer Hof, einem Weinlesehof, dessen Anfänge bis ins 12. Jahrhundert zurückreichten, wie ihre Älteste einmal nach einem Familienausflug in die Wachau recherchiert hatte.

Als Doris noch ein Kind war, hatten ihr ihre Eltern von den Auseinandersetzungen um den Bau der neuen Wachaustraße erzählt, die sie selbst noch als Halbwüchsige mitbekommen hätten. Dürnstein ohne Untertunnelung. Heute geradezu unvorstellbar. Aber bis Loiben fuhr sie selbst gern auf der alten Straße. Um sich in Erinnerung zu rufen, wie eng die Straßen zur Zeit ihrer Eltern und Großeltern waren.

Loiben war ihr nicht wirklich vertraut. Weder Unter- noch Oberloiben. Auf Anhieb hätte sie nur den Loibnerhof vom Knoll gefunden, weil sie dort schon des Öfteren gegessen hatte.

Das Haus der Familie Schremser fand sie jedoch schnell. Aufgrund der präzisen Beschreibung von Frau Lorenz auch keine Kunst. Das Gebäude, das unmittelbar an der alten Wachaustraße lag, sah von außen zwar sehr groß, aber gleichzeitig unscheinbar aus. Musste am Grau der Fassade liegen.

Als sie ihr Auto keine fünfzig Meter von der Eingangstür aus verwittertem Holz abstellte, sah sie eine Frau herauskommen, die sie nur zu gut kannte. Die ehemalige Dürnsteiner Gemeindesekretärin, die wohl ganz in der Nähe wohnte. Diese umtriebige Frau schien ein bemerkenswertes Talent dafür zu haben, ihr bei Mordermittlungen in die Quere zu kommen. Die Chefinspektorin blieb im Wagen sitzen, weil sie kein gesteigertes Bedürfnis verspürte, mit Josefa Machherndl zusammenzutreffen. Selbst wenn die Gemeindesekretärin keine so schlechte Laune gehabt hätte, was auch aus fünfzig Metern Entfernung nicht zu übersehen war.

Mit geballten Fäusten stapfte Frau Machherndl zu einem massiven Fahrrad, das an der Gartenmauer angelehnt war, bestieg es und fuhr davon.

Doris ließ zur Sicherheit noch eine Minute verstreichen, bevor sie ausstieg. Auf ihr Läuten an der alten hölzernen Eingangstür hin öffnete der Schwiegersohn von Frau Schremser, der Anästhesist Markus Lorenz, begrüßte sie mit einem knappen Kopfnicken und führte sie durchs Haus Richtung Garten.

Doris glaubte, in einer anderen Welt zu sein. Sie passierte eine mit Antiquitäten reichlich bestückte Eingangshalle, die durch eine mehr als drei Meter breite Glastür den Blick auf einen herrlichen Garten freigab. Wäre sie nicht dienstlich hier gewesen, sie hätte sofort ein Foto von der prächtigen Rosenhecke gemacht, die sich farblich verlaufend an der gesamten Gartenmauer entlangrankte. Diese Rosenhecke hatte womöglich mehr gekostet als der große Swimmingpool links hinten.

Frau Jennifer Lorenz erwartete sie am Terrassentisch. Ebenfalls mit geballten Fäusten und nicht in bester Laune, wie es Doris schien.

Am anderen Ende der Terrasse saß Julia scheinbar völlig in sich gekehrt in einer Hollywoodschaukel, die sich ganz langsam vor und zurück bewegte.

Als Doris nähertrat, erhob sich Frau Lorenz und reichte ihr die Hand. »Guten Tag, Frau Lenhart. Sie müssen entschuldigen, ... ich bin gerade etwas aufgebracht.«

»Wegen Frau Machherndl«, hakte Doris ein. »Ich habe gesehen, dass sie gerade Ihr Haus verlassen hat.«

Jennifer Lorenz blickte sie verwundert an. »Sie kennen diese Person?«

Doris seufzte nur.

»Meine Mutter hat dieser Frau unglückseligerweise dreitausend Euro für eine obskure Theateraufführung versprochen. Hanneles Himmelfahrt. Meine Schwester sollte die Hauptrolle spielen. Julia kann jetzt natürlich nicht mehr spielen, aber Frau Machherndl besteht auf dem Geld. Sie hat gesagt, die Zusage wäre ja eine gottgefällige Tat unserer Mutter gewesen. Wahrscheinlich in letzter Zeit ihre einzige. Und die Zuneigung Gottes hätte sie jetzt bitter nötig. Man stelle sich einmal eine derartige Geschmacklosigkeit vor. Da habe ich sie hinausgeschmissen.«

Doris enthielt sich eines Kommentars.

Markus Lorenz legte seiner Frau behutsam die Hand auf die Schulter.

Diese atmete tief durch. »Ist es Ihnen recht, wenn wir im Garten bleiben?«

»Sogar sehr. Sie haben hier ja ein geradezu einzigartiges Refugium.«

»Das haben wir. Hat unsere Mutter vor 15 Jahren gekauft und nach ihren Vorstellungen hergerichtet. Nehmen Sie Tee oder Kaffee?«

»Ich nehme gern einen Kaffee.« Sie setzte sich.

Der Anästhesist verschwand im Haus. Offensichtlich war er für den Kaffee zuständig.

Doris wandte sich an Julia. »Julia, wie geht es dir denn?«

Das Mädchen gab keine Antwort.

»Sie ist noch immer völlig fertig«, antwortete ihre ältere Schwester an ihrer statt. »Aber es ist schon ein bisschen besser geworden.«

»Das höre ich gern. Wenn möglich, würde ich nämlich auch gerne kurz mit ihr reden. Ich habe Ihnen ja am Telefon angekündigt, dass ich Ihnen und Ihrem Mann noch einige Fragen stellen möchte. Obwohl Sie mir am Samstag schon sehr geholfen haben.«

Markus Lorenz kam mit einem Tablett zurück, auf dem eine Kaffeekanne, drei Tassen und ein Teller mit kleinen Süßigkeiten standen. Offenbar alles schon vorbereitet.

»Wir würden gerne ausschließen«, fuhr Doris diplomatisch fort, »dass wir es mit einem Täter aus dem Kreis der Hochzeitsgäste zu tun haben. Danke übrigens dafür, dass Sie meinem Kollegen Malzacher schon darüber Auskunft gegeben haben, wer von den Gästen zum engsten Freundeskreis Ihrer Mutter gehört hat. Ich habe Sie schon am Samstag gefragt, ob Sie jemanden gesehen haben, der unmittelbar vor oder nach Ihrer Mutter den Rittersaal verlassen hat. Ist Ihnen dazu noch etwas eingefallen?«

Die jungen Eheleute schauten einander an und schüttelten beide den Kopf.

Plötzlich ließ sich Julia von der Schaukel vernehmen. »Der Vater von Markus ist kurz nach Mama hinausgegangen.«

»Mein Vater?«

Doris konnte sehen, dass der Anästhesist sehr erschrocken war. Aber die Feststellung Julias stimmte. Das wusste sie ja bereits von der Handy-Aufnahme, die Spencer gesichtet hatte.

»Bist du sicher, Julia?«, fragte der junge Ehemann mit vorwurfsvollem Unterton nach. »Fantasierst du dir da nicht etwas zusammen?«

»Tue ich nicht. Ich sage ja nicht, dass dein Papa Mama getötet hat. Aber draußen ist er gewesen. Außerdem hat mir Mama einmal etwas über ihn erzählt: Wenn es nach deinem Papa gegangen wäre, hätte Mama ihr erstes Haus in der Landstraße nicht kaufen können.«

Dem jungen Arzt schoss das Blut ins Gesicht.

Seine Frau legte ihm eine Hand auf den Unterarm und mahnte ihn damit zur Ruhe. Doris fragte sich, was sie von dieser Spannung zwischen der kleinen Julia und ihrem Schwager halten sollte. Der alte Herr Lorenz hatte am Samstagnachmittag nicht erwähnt, dass er zur fraglichen Zeit draußen war. Sie ärgerte sich, weil sie Spencer nicht explizit aufgetragen hatte, die Zeit für den Weg vom Rittersaal hinauf in die Kapelle und zurück zu stoppen. Der entsprechende Zettel hing noch an ihrer Pinnwand. Da niemand das Schweigen brach, tat sie es. Sie wandte sich an Markus Lorenz. »Das lässt sich sicher durch eine kurze Befragung Ihres Vaters aufklären. Aber eigentlich interessiert mich im Moment etwas ganz anderes. Derzeit tappen wir bezüglich eines möglichen Motivs für den Mord noch im Dunkeln.«

Der Anästhesist, der sich abgesehen von einem nicht eben freundlichen Blick in Richtung Julia wieder gefangen hatte, unterbrach sie. »Jennifer und ich haben, wie Sie sich vorstellen können, viel über die Geschichte nachgedacht. Wir sind überzeugt, dass das Verbrechen von einem verrückten Zufallstäter verübt worden sein muss. Im Ernst. Dieser Mord war doch gar nicht planbar. Woher hätte der Täter wissen sollen, dass meine Schwiegermutter in die Kapelle wollte?«

»Vielleicht hat er sich mündlich mit ihr dort verabredet«, gab Doris zu bedenken, die wusste, dass das Handy von Franziska Schremser keine Spuren einer Verabredung enthielt. »Oder der Täter hat sich auf die Lauer gelegt und gewartet.«

»Na das ist ja ein toller Mordplan«, konterte der Arzt.

Da hatte er recht. Allerdings war diese Inszenierung in der Kapelle bestimmt kein Zufall. Der Täter musste also zumindest gehofft haben, dass Franziska Schremser allein in die Kapelle kommen würde. Doris schloss die Augen und konzentrierte sich auf das Bild vom Tatort, das in ihrem Gedächtnis gespeichert war. Was hatte Franziska Schremser in der Kapelle zu suchen? Die Leiche war nicht beim Eingang, sondern relativ weit im Raum fast beim Altar gelegen. »Eine Kerze!«, entfuhr es ihr. Sie öffnete die Augen. »Am Altar war eine kleine erloschene Kerze in einer Blechfassung. Die war bei der Hochzeit sicher noch nicht dort, oder?«

Jennifer und Markus sahen sie ratlos an.

»Wenn Sie damit andeuten wollen«, griff die ältere Tochter den Faden mit skeptischer Miene auf, »meine Mutter sei in die Kapelle gegangen, um eine Kerze zu entzünden … sie war kein religiöser Mensch, wissen Sie.«

»Ich hab mal dort mit ihr eine Kerze angezündet«, meldete sich Julia. »Deswegen hab ich sie ja gleich in der Kapelle gesucht.«

Das war eine wichtige Information. »Hast du sonst jemals woanders mit ihr eine Kerze angezündet«, fragte Doris nach.

»Bestimmt nicht«, antwortete Julia prompt. »Wir waren schon hie und da in einer Kirche, aber das hat Mama nur in Aggstein mit mir gemacht.«

»Auch ich würde mich an ein Kerzenritual bestimmt erinnern«, pflichtete Jennifer ihr bei.

Doris nickte und wandte sich wieder an Julia. »War damals noch jemand dabei, als du mit deiner Mutter dort warst?«

»Nein, nur wir beide.«

»Und hat deine Mutter gesagt, warum sie die Kerze anzündet?«

»Ja, ich kann mich noch ganz genau erinnern, weil es zu meinem siebenten Geburtstag war und ich so stolz war damals. Sie hat zu mir gesagt: Julia, eines Tages wirst du so werden wie ich.«

Montag, 27. Juni
16 Uhr 58

Felix Frisch starrte auf die weiße Wand in der Wachstube, die er seit weiß Gott wie vielen Jahren kannte und auf der nur von Zeit zu Zeit das Foto des Innenministers wechselte. Diese weiße Wand war seit jeher die Projektionsfläche für seine Gedanken. Heute dachte er unentwegt an seinen obersten Chef. Nie hätte er geglaubt, dass er sich mit ihm auf Anhieb so gut verstehen würde. Natürlich war der Herr Landespolizeidirektor überheblich. Aber das war in seiner Position normal. Ansonsten war es Liebe auf den ersten Blick sozusagen. Deshalb hatte er schon das ganze Wochenende überlegt, wie er es schaffen konnte, einen Job im Stab des Polizeidirektors zu bekommen. Es musste ein wahres Vergnügen sein, mit einem Chef zusammenzuarbeiten, der die Fähigkeiten eines Mitarbeiters so schnell wie der Blitz erkannte. Wobei das in seinem speziellen Fall natürlich keine große Kunst war. Ein Chef, der intelligent genug war, um auf die richtige Spur zu kommen, wenn man ihn nur ein wenig in die richtige Richtung wies. Das hatte er bei seinen Kremser Vorgesetzten nie erlebt. Eben lauter kleine Geister. Ja, Wolfgang Marbolt und er würden ein hervorragendes Team sein. Da konnte man schon ins Träumen kommen. Wahrscheinlich würde ihn der Polizeidirektor auch zu Gesprächen mit dem Landeshauptmann mitnehmen. Der ja, wie er immer wieder hörte, geradezu versessen darauf war, die Stimme des Volkes zu vernehmen. Was wäre er doch für ein hervorragender Stimmverstärker. Wenn er nur daran dachte, was er alles bei der wöchentlichen Autowäsche aufschnappte. Der Landeshauptmann würde sich das ganze Geld, das die Partei für Meinungsumfragen verpulverte, sparen können.

Bei solch anregenden Gedanken meldete sich sein Magen, der zur Jausenzeit auch zu seinem Recht kommen wollte. Also packte Felix sein Jausenbrot aus, das mit den Überresten des sonntäglichen Schweinsbratens belegt war. Herzhaft biss er von dem Brot ab. Ordentlich cremig vom Bratenfett, ordentlich salzig, ordentlich Kümmel. Ja, in Sachen Schweinsbraten war seine Elfriede wirklich nicht zu schlagen.

Da störte das Klingeln an der Eingangstür seine heilige Jausenpause.

Nachdem er schon des Öfteren und aus zuverlässiger Quelle gehört hatte, dass nichts für die Gesundheit schädlicher wäre als das hastige Schlucken von Speisen, bemühte er sich ganz bewusst um Gelassenheit beim Zerkauen seines Brots. Dann drückte er auf den Summer und erhob sich, um zur Sicherheitsschleuse zu gehen.

Davor stand ein Anzugträger, den er auf Anfang fünfzig schätzte.

»Ja, bitte.«

»Ich möchte einen Diebstahl melden.«

Felix Frisch musterte den Mann und ließ ihn dann eintreten.

»Also, was hat man Ihnen denn gestohlen?«

»Meine Brieftasche.«

»Wenn Sie wüssten, wie viele Brieftaschen heutzutage gestohlen werden. Da könnte ich Ihnen Geschichten erzählen, die glauben Sie gar nicht. War viel Geld drinnen? «

»Ungefähr zweihundert Euro.«

»Zweihundert Euro? Und deshalb wollen Sie gleich eine formelle Anzeige machen?«

»Ja, weil auch meine Kreditkarten drin gewesen sind.«

»Ach so. Haben Sie eine Ahnung, wann und wo Ihnen die Brieftasche gestohlen worden ist?«

»Den Diebstahl habe ich gerade vorhin erst bemerkt, als ich erstmals seit Samstag wieder außer Haus gehen wollte. Ich habe nämlich mein Büro zu Hause und erledige die meisten Zahlungen per Computer online.«

»Aha, und wo waren Sie am Samstag?«, unterbrach ihn Felix.

»Auf der Burg Aggstein. Da hab ich die Brieftasche sicher noch gehabt.«

»So, auf der Burg Aggstein. Scheint im Moment nicht gerade ein sicheres Pflaster zu sein.«

»Ich bin Gast bei dem Hochzeitsessen am Samstag gewesen. Das so schrecklich geendet hat.«

Felix Frisch grinste. »Da haben Sie ja noch Glück im Unglück gehabt. Besser eine gestohlene Brieftasche als ein Stich ins Herz.«

»Sehr witzig.«

Der Gruppeninspektor ließ sich nicht beeindrucken. »Ich weiß nicht, welchen Beruf Sie haben. Vielleicht hält man es in Ihrem Geschäft auch ohne einen gelegentlichen Witz aus. In meinem nicht, das können Sie mir glauben. Stress pur, kann ich Ihnen sagen.« Er schob dem Mann das entsprechende Formular über den Tisch. »Wenn Sie mir da einmal Ihren Namen und Ihre Adresse aufschreiben. Aber bitte in Großbuchstaben. Wir werden der Sache selbstverständlich nachgehen. Aber ob wir den Dieb stellen oder Ihre Brieftasche wiederfinden werden, kann ich Ihnen beim besten Willen nicht sagen. Schließlich müssen wir uns um einen Mord kümmern.«

Er bestätigte dem Mann die Diebstahlsanzeige. Den Zettel brauchte er für die Versicherung und die Kreditkarten. Aber seine Anzeige brauchte niemand. Die Polizei hatte wirklich Besseres zu tun. Noch dazu, wo es gut möglich war, dass die Brieftasche diesem Herrn – Felix las den Namen: Peter Glattauer – einfach nur aus der Tasche seines schicken Anzugs gefallen war. Dementsprechend ließ Felix die Anzeige auch fallen. Unter den Tisch, genauer gesagt unter den Tresen, wobei er mit dem Fuß ein wenig nachhalf, damit das Papier in dem nur wenige Millimeter hohen Spalt über dem Boden verschwand. Zufrieden widmete er sich wieder wichtigeren Dingen: seinem Schweinsbratenbrot.

Montag, 27. Juni
17 Uhr 48

Doris schlenderte vor ihrem Auto herum und diktierte Notizen in ihr Handy. Noch über eine Stunde war sie bei Julia, Jennifer und Markus geblieben. Dazwischen hatte sie zweimal mit dem Leiter der Spurensicherung telefoniert, der die Kerze, die am Altar in Aggstein sichergestellt worden war, sofort auf Fingerabdrücke untersuchte. Es waren tatsächlich die von Franziska Schremser. Welche Bedeutung das Ritual für die Ermordete gehabt hatte, blieb jedoch ein Rätsel.

Doris fand außerdem heraus, was Spencer schon vermutet hatte. Finanzberater Peter Glattauer hatte laut Jennifer auch ein intimes Verhältnis mit Franziska Schremser gehabt, bis sie ihn vor einem halben Jahr abserviert hatte. Jennifer wusste zwar nicht, wie viel vom Geld ihrer Mutter Glattauer verloren hatte, aber sie konnte sich durchaus vorstellen, dass da mehr im Spiel war als nur Geld.

Doris hatte auch nachgefragt, ob Frau Schremser bezüglich ihrer Immobilien mit Mietern oder sonst jemandem Streit gehabt hatte. Jennifer meinte, ihre Mutter habe dauernd Streit mit allen möglichen Leuten gehabt, mit Mietern, Hausverwaltungen, Installateuren, Dachdeckern, Baufirmen etc., aber sie wusste von keiner Streitigkeit, die aufgrund ihrer Heftigkeit ein Motiv für einen Mord liefern konnte.

Keine Antwort bekam Doris auf die Frage, wieso Frau Schremser ihr Studium mitten in der Dissertation über einen mittelalterlichen Abt von Göttweig abgebrochen und sich stattdessen dem Immobiliengeschäft zugewendet hatte. Wie sie zum Startkapital für den Kauf ihrer ersten Immobilie in der Kremser Landstraße gekommen war, blieb ebenfalls im Dunkeln. Aber da würde der alte Herr Lorenz vielleicht mehr wissen.

Die Liebe zur Kunstgeschichte war laut Auskunft der Töchter auch der Grund für die vielen Spenden der Mutter. Geradezu obsessiv, wie Jennifer meinte. Julia erzählte, dass zuletzt sogar der Propst von Herzogenburg da gewesen war, um für eine verwitterte Nikolaus-Statue in Dürnstein Geld von ihrer Mutter zu erbitten.

Hier ergab sich für Doris die Gelegenheit, unauffällig die Frage nach einem Zusammenhang mit Herrn Haberl einzuflechten. Ob Franziska Schremser, da das Haus ja voller Antiquitäten war, einen bevorzugten Antiquitätenhändler gehabt habe? Diese Frage wurde jedoch von beiden Töchtern verneint. Jennifer meinte, ihre Mutter habe aus Prinzip bei verschiedenen Händlern gekauft, weil sie von keinem abhängig werden wollte.

Auch das Liebesleben ihrer Mutter kommentierte Jennifer Lorenz: Sie habe zwar meistens einen Mann an der Hand gehabt, ohne emotional sonderlich engagiert zu sein. Richtig verliebt sei sie wohl nur in ihren Vater Manuel Kohout gewesen. Das sei auch der Grund, warum sie ausgerechnet ihn so gehasst hatte, während das Verhältnis zu ihrem zweiten Ex-Ehemann, dem Vater von Julia, eher distanziert als hasserfüllt gewesen wäre. Aktuell habe Frau Schremser keinen Liebhaber gehabt. Jennifer war sicher, dass sie dergleichen bemerkt hätte.

Da Doris wegen dem Kerzenritual das Bedürfnis verspürte, vor allem die ältere Vergangenheit von Frau Schremser zu durchleuchten, hatte sie abschließend gefragt, ob Jennifer und Julia ihr eine Auskunftsperson nennen konnten, die Franziska Schremser noch aus Jugendtagen kannte. Die Wahl der beiden Töchter fiel einhellig auf eine Kremser Zahnärztin, Frau Doktor

Elisabeth Melichar, die selbstverständlich auch in Aggstein mit dabei gewesen war.

Nachdem sie mit dem Diktieren fertig war, schlenderte Doris noch weiter herum. Sie war unschlüssig, ob sie die Zahnärztin noch anrufen oder wieder nach St. Pölten zurückfahren und den Anruf auf morgen Vormittag verschieben sollte. Sie blickte auf die Zeitanzeige auf ihrem Handy. Schon nach drei viertel sechs. Aber für die meisten Menschen immer noch Arbeitszeit. Vielleicht konnte sie zumindest noch einen Termin mit Frau Dr. Melichar vereinbaren. Solchermaßen in Gedanken versunken, bemerkte sie erst, dass sie mitten auf der Fahrbahn stand, als sie die sehr energisch betätigte Klingel eines Fahrrads hörte. Rasch sprang sie rasch zur Seite. Um ein Haar wäre sie von dem Rad, das mit vollem Karacho um die Ecke kam, voll erwischt worden. Um Himmels willen! Frau Machherndl, wie sie leibte und lebte. Selbstverständlich angetan mit ihrem unvermeidlichen Ungetüm von Hut, den sie wohl auch unter der Dusche trug. Geradezu eingeweicht in Marillenschnaps, dessen unverwechselbares Aroma die Nase der Chefinspektorin schon kitzelte, bevor die ehemalige Gemeindesekretärin noch vom Rad steigen konnte.

»Können Sie nicht aufpassen? Stehen da mitten auf der Straße herum und gefährden Menschen, die es eilig haben.« Josefa Machherndl hielt einen Moment inne, bevor ihre Gesichtszüge ein Zeichen des Erkennens zeigten. Trotz des Schnapses. »Da schaue ich ja. Die Frau Chefinspektorin. Kommen wohl gerade von der Familie Schremser? Den Täter werden Sie nie finden. Kann ich Ihnen jetzt schon sagen. Dazu hat die gute Franziska einfach zu viele Feinde gehabt. Ich selbst bin übrigens auch ein Opfer des Mörders.«

Doris, die sich gerade entschuldigen wollte, weil sie die enge Straße tatsächlich etwas blockiert hatte, wurde neugierig. »Und warum, wenn ich fragen darf?«

»Weil er höchstwahrscheinlich meinen Kindheitstraum zerstört. Ich will im August Hanneles Himmelfahrt in Stift Dürnstein zur Aufführung bringen. Frau Schremser hat keine Gelegenheit mehr gehabt, mir die zugesagte Förderung für eine Theateraufführung zu überweisen, und die ältere Tochter weigert sich, zur Zusage ihrer Mutter zu stehen. Weil die jüngere wegen des Todes der Mutter nicht mehr die Hauptrolle spielen kann. Jetzt suche ich dringend einen neuen Sponsor und eine neue Hauptdarstellerin.«

Die Chefin der Mordkommission, die diese Geschichte schon kannte, verlor ihr Interesse an Josefa Machherndl so schnell, wie es gekommen war. Sie winkte ein Auto vorbei, das in langsamem Tempo um die Kurve kam, und sagte nur: »Na, dann wünsche ich Ihnen bei Ihrer Suche viel Glück. Auf Wiedersehen, Frau Machherndl.«

Die ließ ihren Kopf hängen. »Ich bin wirklich vom Pech verfolgt. Meine letzte Hoffnung ist ein Antiquitätenhändler gewesen, dessen Enkelin auch gut für die Hauptrolle geeignet wäre. Geld hat er wie Heu. Bei dem war ich gerade. Hat mir aber gar nicht zugehört, weil man bei ihm eingebrochen hat. Überall nur Gesindel, wohin man auch schaut. Gott der Herr hat zwar die Welt so geliebt, dass er für sie seinen eingeborenen Sohn hingegeben hat. Aber jetzt reicht es auch ihm. Kann ich ihm nicht verdenken.«

Doris Lenhart war mit einem Mal hoch konzentriert. »Ein Diebstahl bei einem Antiquitätenhändler sagen Sie?«

»Ja, bei Gustav Kamper in Dürnstein.«

Montag, 27. Juni
17 Uhr 55

Unter normalen Umständen hätte sie es sich nicht nehmen lassen, den Weg vom Parkplatz vor dem Tunnel bis zum Dürnsteiner Rathaus zu Fuß zu gehen. Durch das Kremser Tor durch, das für sie wie das Eingangstor zu einer längst vergangenen Zeit wirkte, an der Bäckerei Schmidl vorbei, wo sie wahrscheinlich zur Freude ihres Mannes und ihrer Töchter ein paar Wachauer Laberl gekauft hätte, vor bis zum Rathaus.

Aber jetzt herrschten keine normalen Umstände. Das Risiko war viel zu groß, dass der Antiquitätenhändler, dessen Adresse sie über ihr Büro hatte ausfindig machen lassen, weil sie Frau Machherndl nicht neugierig machen wollte, seinen Laden um achtzehn Uhr schließen würde.

Ihr Wagen war, obwohl nicht als Einsatzfahrzeug erkennbar, mit mobilem Blaulicht ausgestattet, das sie nur in ganz dringenden Fällen benutzte. Jetzt war es dringend. Angesichts der Touristenmassen, die ihr durch das Kremser Tor entgegen strömten, schaltete sie es ein. Sofort sprangen die Leute zur Seite, drängten sich an Hausmauern oder suchten Zuflucht in Geschäftseingängen.

Das Antiquitätengeschäft gleich neben dem Rathaus war nicht zu übersehen und noch immer offen. In dem von Spots ausgeleuchtetem Schauraum war offenbar Biedermeier angesagt. Alte Bilder hingen zwischen und über alten, fein polierten Schränken, Anrichten und Tischen, die meisten aus dunklem Nussholz.

Der Geschäftsinhaber kam auch gleich aus dem offenbar angrenzenden Büro herbei.

Sie stellte sich vor, erklärte ihm ihr zufälliges Treffen mit Frau Machherndl und auch, dass sie über Ersuchen des Einbruchsdezernats hier wäre. Weil sie in der Gegend zu tun hatte.

Herr Kamper schien über diese Eröffnung amüsiert. »Frau Chefinspektorin, ich kenne Sie natürlich aus der Zeitung und freue mich über den Glanz in meiner bescheidenen Hütte. Ich weiß aber nicht, wie gut Sie Frau Machherndl kennen. Die

Dame neigt zur Melodramatik. Vor allem, wenn sie ihrem Lieblingsgetränk zugesprochen hat, von dem ich ihr vorhin nicht wenig kredenzt habe. Ich muss allerdings gestehen, dass ich ihr gegenüber übertrieben habe. Ich habe nur so getan, als wäre ich wegen des Einbruchs noch ganz verstört. Ich denke doch gar nicht daran, meine Enkelin als ein in den Himmel auffahrendes junges Mädchen dem Gespött des ganzen Ortes auszusetzen. Und dafür auch noch zu zahlen. Der Klavierunterricht für meine Enkelin kostet mich ohnehin schon mein halbes Vermögen. Aber den zahle ich wenigstens gern.«

»Darf ich Sie trotzdem fragen, wann dieser Einbruch stattgefunden hat und was gestohlen worden ist?«

»Das muss jetzt ungefähr fünf Wochen her sein. Wahrscheinlich bin ich selbst schuld gewesen, weil ich über Mittag vergessen habe abzusperren. Passiert mir manchmal. Der Dieb ist jedenfalls sehr gnädig gewesen und hat nur ein kleines Heiligen-Porträt mitgenommen.«

»Aha. Welcher Heilige ist auf dem Porträt abgebildet?«

»Der Heilige Josef.«

Sie hatte es geahnt. Das konnte doch kein Zufall sein.

»Aber wie gesagt, künstlerisch völlig unbedeutend«, fuhr der Antiquitätenhändler fort. »Ende neunzehntes Jahrhundert. Freunden hätte ich es für sechs- bis siebenhundert Euro verkauft. Der Dieb scheint kein Kunstkenner gewesen zu sein. Ich habe daher gar keine Anzeige gemacht, weil ich ja auch die Tür offengelassen habe.«

Ihr war klar, dass jetzt ein kritischer Moment bevorstand, weil sie den Kunsthändler nicht neugierig machen durfte. »Ich erinnere mich an einen Fall, da ist einem Kunsthändler auch nur ein nicht besonders wertvoller Kunstgegenstand gestohlen worden, obwohl der Dieb Gelegenheit dazu gehabt hätte, wirklich viel mitzunehmen. Das Seltsame an dem Fall damals war, dass der Dieb auch Geschäftsunterlagen gestohlen hat. Haben Sie zufällig etwas in dieser Richtung bemerkt?«

»Habe ich nicht. Ich wüsste auch nicht, was ein Dieb mit meinen Geschäftsunterlagen anfangen sollte. Kauft ihm nicht einmal das Finanzamt ab. Aber wenn Sie wollen, können wir gleich nachschauen.« Der Händler geleitete sie in das angrenzende Büro zu einem Aktenschrank, der nicht ganz jung, aber doch wesentlich jünger und weniger wertvoll sein musste als die Möbel mit der verspielten Formensprache im Schauraum. »Den Schlüssel lasse ich immer stecken«, kommentierte er, als er den Schrank aufschloss und öffnete. »So bitte. Mehr Geschäftsunterlagen habe ich nicht.« Er wies mit einladender Geste auf eine Reihe von rund zwanzig Ordnern.

»Und Sie sind sicher, dass alle da sind?«

Er lächelte. »Ich vermute, als Chefin der Mordkommission muss man besonders akribisch sein. Aber da die Jahreszahlen hier oben draufstehen, ist der Aufwand einer Überprüfung, die Ihren Ansprüchen gerecht wird, nicht besonders hoch.« Er begann, die Jahreszahlen durchzuzählen und war im Nu fertig. »Sehen Sie, alles da.«

Doris hatte ebenfalls die Jahreszahlen kontrolliert und wollte das Ergebnis nicht glauben. Aber alle Ordner waren an ihrem Platz. Sie wollte sich schon achselzuckend abwenden, als sie etwas bemerkte. »Da, sehen Sie das?«

»Was?«

Doris zeigte auf die Staubschicht, die sich auf dem Brett, auf dem die älteren Ordner standen, gebildet hatte. »Haben Sie die Ordner 1992 bis 1994 unlängst herausgenommen?«

Er verstand noch immer nicht.

»Da.« Doris deutete auf die Schleifspuren vor den drei Ordnern, die im Staub gut zu sehen waren. »Die drei Ordner hat jemand herausgenommen.«

Nun begriff auch er. »Hol mich der Teufel!« Er zog die Ordner heraus. Sie waren leer.

Montag, 27. Juni
19 Uhr 03

Als Doris vor ihrem Wohnhaus in St. Pölten einparkte und ihr Blick auf die gegenüberliegende Kaserne fiel, musste sie seufzen. Am Vormittag die beiden Prachtvillen auf dem Wachtberg in Krems, dann das feudale Domizil der Schremsers in Loiben und jetzt das. Zwar war das Haus gut in Schuss und ihre Wohnung hell und geräumig. Wenn nur die Wände nicht so dünn wären.

Die Stiegen zu ihrer Wohnung im zweiten Stock kamen ihr heute ungewöhnlich steil vor. Sie konnte sich nicht erinnern, sich je am Geländer angehalten zu haben. Heute tat sie es. Waren das erste Vorzeichen des Alters oder gar einer Depression? Ihrem Mann würde sie davon besser gar nichts erzählen. Der hörte als studierter Psychologe ja immer das Gras wachsen. Sie gab sich einen Ruck und beschleunigte ihren Schritt. Ging ja noch.

Noch bevor sie den Schlüssel ins Schloss ihrer Wohnungstür stecken konnte, öffnete sich die Tür, mit ihrem Erich mittendrin. In Jeans und Hemd mit aufgekrempelten Ärmeln. Angetan mit einer grünen Schürze, um die Taille zugebunden wie ein Karate-Gürtel. Starker Knoblauchduft wehte ihr an ihm vorbei entgegen. Das konnte nur eines bedeuten: Spaghetti aglio e olio. Eines ihrer Lieblingsgerichte. Ihr Herz machte einen Sprung.

»Schatz, du wirst alt.« Er deutete auf seine Armbanduhr. »Über zwei Minuten bis herauf.«

Nach dem Sprung fiel ihr Herz umso tiefer. Offenbar hatte er ihre Ankunft vom Küchenfenster aus beobachtet.

Er strahlte sie an, als ob er ihr mit diesem Empfang ein Kompliment gemacht hätte. »Lass dich trotzdem küssen«, legte er noch nach. »Du bist die schönste alt werdende Frau, die ich kenne.«

»Und du der größte Armleuchter, mit dem ich je im Bett gewesen bin. Lass dich auch trotzdem küssen.«

Er umarmte sie. Ganz zärtlich. Und blickte sie liebevoll an. »Es ist offensichtlich doch nicht das Alter. Du hast Sorgen.«

»Woher will denn der große Psychologe das wissen?« Sie gab ihm einen Kuss auf die Nasenspitze.

»Weil du mich dann immer zu provozieren versuchst.«

»Du meinst, wegen dem größten Armleuchter?«

»Genau.«

»Dann entschuldige ich mich und stelle hiermit richtig, dass du nur der zweitgrößte Armleuchter bist, mit dem ich je ...«

Beide prusteten los.

Montag, 27. Juni
22 Uhr 46

Die Spaghetti waren ein voller Erfolg gewesen. Auch wegen des dazu kredenzten Chianti Classico. Eineinhalb Flaschen. Erich hatte zwar gemeint, dass es auf die halbe Flasche auch nicht mehr ankommen würde. Aber nicht mit ihr. Ein drei viertel Liter Wein wäre für sie einfach zu viel des Guten gewesen.

Jetzt lag sie seit einer guten Stunde im Bett. Seit fünf Minuten war sie in Gedanken wieder bei ihrem Fall. »Dieser Stich ins Herz hat vielleicht auch eine Bedeutung«, murmelte sie.

»Bestimmt.« Erich grinste, drehte sich zu ihr und ließ seine Fingerkuppe ganz sanft um den Punkt auf ihrer Haut kreisen, unter dem ihr Herz lag.

Aber sie ließ sich nicht ablenken. »Warum ist Frau Schremser ausgerechnet in einer Kapelle getötet worden, in der eine Stunde davor eine Hochzeit stattgefunden hat? Mit einem Stich ins Herz noch dazu?«

»Du meinst, sie hat jemandem das Herz gebrochen?« Er ließ nicht von dem Punkt über ihrem Herzen ab.

»Außerdem hat sie in der Kapelle kurz vor ihrem Tod noch eine Kerze angezündet.« Sie wandte sich zur Seite und stützte sich auf ihren rechten Oberarm. »Eines Tages wirst du so wie ich. Das hat sie ihrer Tochter Julia gesagt, als sie dort an deren siebenten Geburtstag ebenfalls eine Kerze angezündet hat.«

»Passt doch wunderbar zusammen«, meinte er leichthin. »Sie hat eben gemeint, dass Julia auch eine Herzensbrecherin werden wird. Besser fremde Herzen brechen, als das eigene Herz brechen lassen.«

»Ja, das würde tatsächlich zu Franziska Schremser passen«, meinte sie. »Aber wieso passiert der Mord erst jetzt? Wenn sie einem Mann wissentlich das Herz gebrochen hat, dann ist das mit ziemlicher Sicherheit viele Jahre her. Jedenfalls länger als sieben Jahre. Nach so langer Zeit sollte ein gebrochenes Herz doch einigermaßen verheilen.«

Er nickte. »Wenn Herzensbruch überhaupt ein Mordmotiv ist, dann zeitnah und im Affekt.«

»Es gibt einen frisch abservierten Liebhaber, aber der ist ein mit allen Wassern gewaschener Finanzberater, der mir so aussieht, als wäre sein Herz ziemlich kalt und somit bruchfest.«

»Die Inszenierung passt also zu einem Mann mit warmem Herzen, der von Franziska Schremser enttäuscht wurde. Aber das eigentliche Mordmotiv war nicht das gebrochene Herz.«

Sie wiegte den Kopf hin und her. »Ja und nein. Irgendwas passt da nicht zusammen. Die Handschrift des Mörders ist ein Stich ins Herz in der Kapelle. Er wartet dort auf sie, weil er weiß oder zumindest hofft, dass sie kommen wird. Wenn das eigentliche Mordmotiv nichts mit dem gebrochenen Herzen zu tun hat, wieso geht er dann ein solches Risiko ein?«

»Ich hab's!« Mit dem Zeigefinger pikste Erich die Stelle über ihrem Herzen. »Sie hat ihm das Herz ein zweites Mal gebrochen. Diesmal hat sie etwas getan, was er nicht mehr verzeihen konnte.«

»Oder …« Sie erschauerte. »Er will uns mit dieser Inszenierung auf eine falsche Spur lenken.«

Dienstag, 28. Juni
07 Uhr 41

Was für ein geradezu lächerliches Phantombild. Wolfgang Marbolt reichte seiner Frau das Niederösterreichische Tagblatt über den Frühstückstisch, der ihm heute besonders reichlich gedeckt schien. Sogar ein weiches Ei war dabei. Und was noch bemerkenswerter war: Britta hatte ihn gefragt, ob er es drei oder vier Minuten lang gekocht wünschen würde. Seit einer Ewigkeit zum ersten Mal. Musste wohl an dem Besuch im Loibnerhof gelegen haben und dem Einblick in die hohe Politik, den er ihr dort geboten hatte. Ihr Schlafrock war heute auch nur ganz lässig, fast schon nachlässig, zugebunden. Machte sie in seinen Augen noch weiblicher, als sie ohnehin schon war. Er deutete auf die rechte Seite der Zeitung, weil sie auf die linke schaute. »Hast du schon einmal so ein lachhaftes Phantombild gesehen? Es ist mir völlig unbegreiflich, wie unser hoch gelobter Stern am niederösterreichischen Polizeihimmel so etwas Nichtssagendes überhaupt freigeben kann. Als ob der Mörder unter den Kellnern zu suchen wäre. Das war ein Irrer. So einfach ist das. Welcher Mensch, der seine Sinne nur halbwegs beisammenhat, geht denn ein solches Risiko ein und begeht einen Mord in einer mehr oder weniger geschlossenen Gesellschaft?

Auf einer Burg noch dazu.«

Britta nahm die Zeitung und begann, den zu dem Bild gehörenden Artikel zu lesen.

In der Zwischenzeit köpfte er sein Vier-Minuten-Ei und steckte vorsichtig den Löffel hinein. »Morgen früh bin ich übrigens wieder beim Landeshauptmann.« Er hoffte, beiläufig genug zu klingen, um zu signalisieren, dass das für ihn absolut nichts Ungewöhnliches war.

»Und warum?«

»Keine Ahnung. Ich vermute aber stark, er wird mich darum ersuchen, mich stärker in die Ermittlungen im Aggstein-Fall einzuschalten. Bestimmt ist er von meiner Art, wie ich die Sache Haberl erledigt habe, beeindruckt gewesen. Jetzt werde ich mir die feine Frau Lenhart vorknöpfen. Die wird sich noch wundern, wie schnell ich aus einem Stern ein Glühwürmchen machen kann.«

Dienstag, 28. Juni
08 Uhr 05

»Ich habe interessante Neuigkeiten.« Spencer grinste übers ganze Gesicht, als er das Büro seiner Chefin betrat.

»Hat sie deinen Antrag angenommen? Ich kaufe dir als Hochzeitsgeschenk ein weniger aufdringliches Rasierwasser.« Doris Lenhart blickte ihn mindestens ebenso vergnügt an. »Spaß beiseite. Was sind denn deine Neuigkeiten? Ich habe nämlich auch welche. Aber fang du mit den deinen an.«

»In Wahrheit ist es nur eine. Ich habe ja den gestrigen Nachmittag dazu verwendet, mit den Personen zu reden, die mit Frau

Schremser befreundet und bei der Hochzeit dabei waren. Vier Damen. Zwei davon sehr mühsam, kann ich dir sagen. Eine der Damen hat meine Vermutung bestätigt, dass zwischen Franziska Schremser und Peter Glattauer etwas gelaufen ist. Was aber schon wieder vorbei gewesen ist. Frau Schremser soll sogar entschlossen gewesen sein, ihn auch geschäftlich in die Wüste zu schicken.«

Die Chefinspektorin pfiff ein paar Takte, was sie gern tat, wenn sie guter Laune war.

»Das bestätigt die Aussage von Frau Lorenz. Dass Frau Schremser fix entschlossen war, mit Herrn Glattauer auch die Geschäftsverbindung zu lösen, hat sie in dieser Deutlichkeit allerdings nicht gesagt. Da hat Frau Schremser einer Freundin wohl mehr erzählt als ihrer Tochter. Heißt diese Freundin zufällig Elisabeth Melichar?«

Er nickte verblüfft.

»Laut Jennifer Lorenz«, fuhr Doris fort, »ist ihre Mutter mit einigen ihrer Mieter und diversen Leuten wegen ihrer Immobilien im Streit gelegen. Ich kann mir zwar nicht vorstellen, dass jemand seiner Hauseigentümerin in einer Burgkapelle auflauert, aber prüfen müssen wir trotzdem, ob sich dort nicht irgendwo ein Mordmotiv versteckt.«

»Du meinst wohl, dass ich das überprüfen soll?«

Sie lächelte verschmitzt. »Spencer, du überrascht mich immer wieder mit deiner blitzschnellen Auffassungsgabe. Zur Belohnung erzähle ich dir, was ich noch herausgefunden habe. Ich habe in Loiben Frau Machherndl getroffen.«

»Schöne Belohnung!« Spencer verzog sein Gesicht.

»Ich bin doch noch nicht fertig. Die Machherndl hat mir von einem Einbruch bei einem Dürnsteiner Kunsthändler namens Kamper erzählt. Ich bin gleich zu ihm gefahren und habe herausgefunden, dass ihm Geschäftsunterlagen gestohlen worden sind. Aus den Jahren 1992 bis 1994. Genau wie bei Herrn Haberl, was du noch nicht wissen kannst, weil das seine Frau erst gestern entdeckt hat. Außerdem ist bei Herrn Kamper ein Bild vom Heiligen Josef gestohlen worden. Die Figur, die der Einbrecher bei den Haberls hat mitgehen lassen, ist auch ein Heiliger Josef gewesen.« Noch bevor er ein Wort sagte, konnte sie ihm ansehen, wie er die Sache einschätzte.

»Mit dem wesentlichen Unterschied, dass sich der Dürnsteiner Kunsthändler offensichtlich noch bester Gesundheit erfreut. Also, wenn du mich fragst, dann weiß ich zwar nicht, was ein Einbrecher mit alten Akten anfängt, und warum er ein Faible für den Heiligen Josef hat. Aber als starkes Indiz für einen Mord taugen die Einbrüche nicht.«

»So kann man es natürlich auch sehen. Aber wenn wir es doch mit einem Mord zu tun haben, dann liegt der Schlüssel womöglich in dem, was der Mörder in den Geschäftsunterlagen von Herrn Haberl gefunden hat. Bitte rede mit deinen Freunden vom Raub und Einbruch, ob sie von ähnlichen Fällen wissen; außerdem bitte mit Wirtschaftskammer und Finanzamt. Der Kremser und der Dürnsteiner Kunsthändler haben nämlich noch etwas gemeinsam: Sie sind beide richtig wohlhabend. Ich möchte wissen, ob es in der Wachau und Umgebung noch Kunsthändler gibt, die glänzende Geschäfte machen. Vielleicht wurde ja noch wo eingebrochen, ohne dass der Einbruch angezeigt wurde.«

Dienstag, 28. Juni
09 Uhr 02

Seine Tagesroutine war jahrein, jahraus die gleiche. Dazu gehörte auch, dass er sich nur jeden Sonntag ein Ei zum Frühstück gönnte. Obwohl er sich jeden Tag eines hätte leisten können. Aber vor fünf Minuten war er noch einmal in die Küche gegangen, um Wasser aufzustellen. Für ein Viereinhalb-Minuten-Ei. Der Grund für die heutige Ausnahme lag auf seinem Esstisch. Seite drei des Niederösterreichischen Tagblatts. Da suchte doch tatsächlich die Polizei mittels überdimensioniertem Phantombild nach jemandem, der »möglicherweise im Zusammenhang mit dem Verbrechen auf der Burg Aggstein steht«. Sehr vorsichtige Formulierung. Was für ein Allerweltsgesicht! Und warum hatte der Mann auf der Zeichnung nur eine halbe Stirn und keine Haare? Ihm sah das Bild jedenfalls nicht im Entferntesten ähnlich. Jede Wette, dass bei der Polizei jetzt Hunderte von Anrufen sogenannter besorgter Bürger eingingen, die auf dem Bild jemanden aus ihrer Nachbarschaft zu erkennen glaubten. Arme Polizei. Er selbst würde keinen einzigen dieser Anrufe entgegennehmen wollen. War es möglich, dass das Phantombild nur ein Ablenkungsmanöver der Kriminalpolizei war? Nach allem, was er bisher über die Chefin der Mordkommission gelesen hatte, wäre das für ihn überhaupt keine Überraschung. Aber auch sie würde es nicht schaffen, ihm auf die Spur zu kommen. Seine einzige Sorge war gewesen, dass sich jemand an einen Herrn mit Strohhut und Sonnenbrille erinnert hätte, der mit dem Handy am Ohr durch den Burghof am Rittersaal vorbeiging. Aber selbst wenn. Auf einem Phantombild von ihm wäre kaum mehr als der Strohhut, die große Sonnenbrille, der nicht sonderlich auffällige Handrücken und die schwarze Rückseite seines Handys zu sehen gewesen. Im Vergleich war das Phantombild von dem Mann da wesentlich ergiebiger.

Er blickte auf seine Armbanduhr. Die viereinhalb Minuten waren gleich um. Ja, er konnte mit sich sehr zufrieden sein. Zum ersten Mal seit langer Zeit. Was für ein Miststück. Ihr Leben lang. Eigentlich müsste ihm die Gesellschaft dankbar sein. Auf alle Fälle ihre Töchter, die ja jetzt einen Batzen Geld erbten. Nein, er gönnte den Töchtern das Geld gar nicht. Hätte seine eigene Tochter nur einen Bruchteil davon bekommen, so wäre Franziska Schremser heute noch immer eine zwar nicht sehr geliebte, aber sehr respektierte Geschäftsfrau, kein Opfer eines Verbrechens. Aber sie war unverbesserlich. Und einmal war sie in ihrer Unverbesserlichkeit zu weit gegangen.

Dienstag, 28. Juni
11 Uhr 36

Den zweiten Ehemann, Herrn Schremser, konnte sich Doris als Mörder seiner Ex-Frau nicht wirklich vorstellen. Zwischen den beiden gab es scheinbar keine grobe Verstimmung. Nach mehr als fünf Jahren Trennung war eine persönliche Enttäuschung als Mordmotiv höchst unwahrscheinlich. Erben würde Herr Schremser ja wohl auch nichts. Das würde sich durch einen Blick ins Testament sehr leicht klären lassen. Dessen Beschaffung hatte sie schon in die Wege geleitet. Trotzdem hatte sie ihren Stellvertreter gebeten, noch einmal mit Herrn Schremser zu reden. Und zwar persönlich, nicht nur am Telefon. Um den Herrn zu animieren, sich bei der Beschaffung eines Alibis etwas anzustrengen. Dass er nach eigenen Angaben am Samstag zur Tatzeit am Wolfgangsee war, und zwar allein, reichte ihr nämlich nicht.

Da Herr Schremser am Sonntag von St. Gilgen nach Wien zurückgekehrt war, hielt sich der Aufwand für Spencer in Grenzen, obwohl sie wusste, dass er lieber den Weg nach St. Gilgen auf sich genommen hätte, als nach Wien zu fahren.

Von den Überlegungen, die sie mit Erich zum Mordmotiv angestellt hatte, hatte sie Spencer ebenfalls erzählt und mit ihm weiter über die eigentümlichen Umstände, die Kerze und die Kapelle nachgedacht. War aber nicht wirklich ergiebig gewesen. Spencer war eben alte Schule, hielt sich an Fakten und hatte wenig Sinn für psychologische Überlegungen.

Sie wollte im Lauf des Vormittags die Zahnärztin, die Freundin Franziskas, treffen.

Da Dr. Melichar in Traismauer wohnte und dienstags nur am Nachmittag ordinierte, hatte sie vorgeschlagen, sich um halb zwölf auf der Terrasse des Göttweiger Stiftsrestaurants zu treffen.

Da Doris spät dran war, wollte sie ihr Auto nicht auf dem Parkplatz vor dem Stift abstellen, sondern fuhr in den Stiftshof hinein. Zum letzten Mal war sie vor Jahren bei einem Konzert von Elina Garanca hier gewesen. Eigentlich war das kein Hof, sondern ein ausladend großer Platz vor der Kirche, weitläufig umrahmt von verschiedenen Gebäuden, die sich nur durch den weißen Anstrich und die roten Dachziegel glichen.

Ein Mann in einer schwarzen Kutte, der ihr sehr nach Pförtner aussah, kam beide Arme schwenkend auf sie zugelaufen. Wohl um ihr zu bedeuten, dass die Einfahrt in den Hof verboten wäre.

Ohne lange Erklärung zückte sie ihren Ausweis.

Der Mann murmelte eine Entschuldigung und weg war er.

Die Terrasse war erst halb voll. Trotz des schönen Wetters. Sie war nicht sicher, ob die Zahnärztin einen Tisch reserviert hatte. Bevor sie sich noch bei einem Kellner erkundigen konnte, sah sie schon, dass ihr jemand von einem Tisch direkt an der Brüstung winkte. Musste wohl ihre Gesprächspartnerin sein, die sie erkannte. Ein Foto in der Zeitung war halt manchmal doch von Vorteil.

Auf den ersten Blick war Elisabeth Melichar das genaue Gegenteil ihrer ehemaligen Schulkameradin Franziska Schremser. Klein und pummelig. Dafür mit einem ansteckenden Lächeln.

»Freut mich, Frau Lenhart. Passt Ihnen dieser Tisch?« Sie deutete über die Brüstung.

»Prima. Eine schönere Sicht auf Krems kann es gar nicht geben. Obwohl ich nicht wegen der Aussicht hier bin. Bedauerlicherweise.«

»Ja. Arme Franziska. So ein Schicksal hat sie wirklich nicht verdient.«

Doris nahm ihr gegenüber Platz. »Welches Schicksal hätte sie denn verdient?«

Frau Melichar lachte. »Sie verlieren wohl keine Zeit, was? Wahrscheinlich sind Sie deshalb an dem Platz, an dem Sie sind. Aber von mir aus können wir gleich anfangen und den Small Talk auf nachher verschieben.«

»Ich habe Ihnen ja schon am Telefon gesagt, dass ich Ihren Namen von Frau Lorenz habe. Mein Stellvertreter, Herr Malzacher, hat gestern schon mit Ihnen gesprochen. Mit Ihren ersten Aussagen haben Sie uns schon sehr geholfen. Allerdings hat mein Kollege gestern noch nicht gewusst, dass wir mit unseren Recherchen weiter in die Vergangenheit gehen müssen. Seit wann sind Sie eine Klassenkameradin von Frau Schremser gewesen?«

»Von der ersten Klasse Volksschule bis zur Matura. Erst auf der Uni haben sich unsere Wege getrennt. Aber wir haben uns nicht aus den Augen verloren. Wir sind befreundet geblieben, soweit man mit Franziska überhaupt freund sein konnte. Hat wohl damit zu tun, dass wir beide in Krems geblieben sind.«

»Wie meinen Sie das: Soweit man mit Franziska überhaupt freund sein konnte?« »Das hat mit ihrer Persönlichkeit zu tun. Franziska ist immer so etwas wie ein Star gewesen. Sehr fesch, aber auch sehr gescheit. Es hat uns alle gewundert, dass sie nach der Matura Deutsch und Geschichte studiert hat, um Lehrerin zu werden.«

»Ihre Eltern sind ja beide Lehrer gewesen, soviel ich weiß.«

»Ja. Beides ungeheuer nette Leute. Wahrscheinlich hat der Beruf der Eltern zunächst auch auf Franziska abgefärbt. Aber der Hauptgrund war bestimmt Manuel Kohout. In ihn war sie zu dieser Zeit bis über beide Ohren verliebt. Er hat damals Publizistik inskribiert, ohne jedoch je ernsthaft zu studieren, während sie eifrigst an einer Dissertation über einen angeblich berühmten Göttweiger Abt, einen Gottfried Soundso, geschrieben hat. Wir alle hätten sie eher als Anwältin oder Top-Managerin gesehen, so gerissen wie sie war. Für mich ist es jedenfalls keine Überraschung gewesen, dass sie dann das Studium mitten in der Arbeit an ihrer Dissertation geschmissen hat, um sich dem Geldverdienen zu widmen. Mit großem Erfolg, wie sie schnell bewiesen hat.«

Ein ganz in Schwarz gekleideter Kellner, der schon leicht verschwitzt wirkte, kam, um nach ihren Wünschen zu fragen.

»Für mich eine Melange«, antwortete Doris.

»Für mich auch bitte.«

Der Kellner zog sich mit einem leicht säuerlichen »Kommt sofort« zurück. Offensichtlich hatte er sich eine größere Bestellung erwartet.

»Sie sagten, dass man mit Frau Schremser schwer freund sein konnte. Wie kann ich das verstehen?«

»Sie ist halt eine kühl kalkulierende Person gewesen. Sie hat immer, und zwar wirklich bis zur letzten Konsequenz, darauf geachtet, auf die Butterseite zu fallen. Aber wenn man ihr die Butterseite gelassen hat, konnte man es mit ihr ganz fein haben. Das war wahrscheinlich der Grund, warum wir über all die Jahre Freundinnen bleiben konnten.«

»Apropos kühl kalkulierend. Nach meinen Informationen hat sie vor ungefähr fünfundzwanzig Jahren ein Haus in der Oberen Landstraße erworben. Angeblich ein Schnäppchen. Aber geschenkt wird sie es ja nicht bekommen haben. Wissen Sie zufällig, woher sie das Anfangskapital hatte?«

»Das hat sie mir erzählt. Wenn ich mich recht erinnere, hat sie einen Kredit bei der Wachauer Sparkasse aufgenommen. Sitzt auch in der Oberen Landstraße.«

»Ich verstehe. Jetzt möchte ich noch zu einem eher delikaten Thema kommen. Frau Schremser ist zweimal verheiratet und ebenso oft geschieden gewesen. Sie hat seit acht Jahren allein gelebt. Zumindest offiziell. Können Sie mir dazu etwas sagen?«

»Also, Frau Lenhart, wenn Sie glauben, dass Franziska eine Femme fatale gewesen ist, dann muss ich Sie enttäuschen. Die Männer waren mehr hinter ihr her als sie hinter ihnen. Sie war natürlich nie eine Nonne, aber ihr Herrenkonsum ist, glaube ich, nie mehr als Durchschnitt gewesen. Wobei sie da selten ein geschicktes Händchen besessen hat. Allerdings hat sie auch keine Schwierigkeit gehabt, ihren Männern den Laufpass zu geben. Ohne große Sentimentalitäten. Ich bin den Eindruck nie losgeworden, dass es ihr gar nicht so sehr um Sex oder gar um Liebe gegangen ist. Sie hat eher Trophäen gesammelt. Ihre Männer waren alle sehr gut aussehend. Manuel ist als Student optisch ein Traum von einem Mann gewesen. Aber sonst nicht viel dahinter, was Franziska zu meiner Überraschung anfänglich nicht durchschaut hat. Aber vielleicht war er einfach im Bett spitze.«

Doris war überrascht über die lapidare Selbstverständlichkeit, mit der die Zahnärztin über das Liebesleben ihrer Freundin plauderte. »Halten Sie es für möglich, dass sie einem ihrer Liebhaber so richtig das Herz gebrochen hat?«

Frau Melichar schüttelte lachend den Kopf. »Kann ich mir ehrlich gesagt nicht vorstellen. Irgendwie habe ich immer den Eindruck gehabt, dass Franziskas Männer gar nicht unglücklich gewesen sind, von ihr in die Wüste geschickt zu werden. Nur ihr erster Ehemann hat nicht wahrhaben wollen, dass sie ihm den Geldhahn zugedreht hat.«

Der Kellner brachte den Kaffee.

Doris nahm einen kleinen Schluck und setzte fort: »Wissen Sie zufällig, ob Frau Schremser den Antiquitätenhändler Doktor Andreas Haberl gekannt hat? Von seinem Tod haben Sie ja sicher erfahren, oder?«

Elisabeth Melichar lachte über das ganze Gesicht. »Sie werden doch nicht glauben, dass er sich wegen Franziska umgebracht hat?«

Doris war froh, dass die Zahnärztin den wahren Hintergrund ihrer Frage nicht durchschaute.

»Franziska war wie gesagt nicht die Art von Frau, über deren Verlust Männer jahrelang in der Nacht in den Polster weinen. Wahrscheinlich wird sie ihn schon gekannt haben. So wie man sich in Krems halt kennt, wenn man zu den oberen Zehntausend zählt. Außerdem war sie ja an Kunst und Antiquitäten interessiert. Aber dass da mehr war, bezweifle ich stark.«

Eine letzte Frage habe ich noch: »Wissen Sie vielleicht, warum Frau Schremser ausgerechnet in der Kapelle Aggstein eine Kerze entzündet und auf den Altar gestellt hat?«

»Wie bitte?« Frau Melichar machte ein vollkommen verblüfftes Gesicht.

»Es war nicht das erste Mal«, bohrte Doris nach. »Zu Julias siebentem Geburtstag hat sie dort ebenfalls eine Kerze angezündet.«

»Sind Sie sicher? Franziska war sowas von nichtreligiös.«

»Die Kerze dürfte auch nicht für ein Gebet gedacht gewesen sein. Eher so etwas wie eine Bestärkung ihrer selbst. Zu Julia hat sie damals gesagt: Eines Tages wirst du so wie ich.«

Frau Melichar schüttelte den Kopf. »Sie hat mir ja wirklich viel erzählt, wahrscheinlich, weil sie niemand anderen zum Reden hatte. Aber Kerzen in Aggstein sind bestimmt nie vorgekommen.«

Dienstag, 28. Juni
12 Uhr 55

Doris fuhr Richtung Krems. Nach dem Gespräch mit Frau Melichar war sie überzeugt, zwar eine Unmenge von Informationen über Franziska Schremser zu haben. Aber nichts, was nach einem Mordmotiv aussah. Immerhin fehlte ihr noch die Antwort auf eine wichtige Frage: Wie war die damalige Dissertantin an das Startkapital für den Aufbau ihres kleinen Immobilien-Imperiums gekommen? Sie musste doch eine nicht ganz unerhebliche Summe als Eigenkapital gehabt haben, um einen Kredit bei einer Bank zu bekommen, um das Haus in der Oberen Landstraße kaufen zu können. Für 13 Uhr hatte sie ein Gespräch mit dem alten Herrn Lorenz vereinbart, der seinerzeit Prokurist einer Kremser Bank gewesen war. Von ihm hatte Julia behauptet, er hätte ihrer Mutter den Kredit damals versagt. Sie war schon sehr gespannt auf die Begründung.

Als sie gerade über die Donaubrücke fuhr, läutete ihr Handy. Ihre Sekretärin. Mit der Botschaft, dass der Landespolizeidirektor sie sofort zu sehen wünsche. Mit Betonung auf sofort.

Also rief sie bei Herrn Lorenz an, der sich gerne auf den späteren Nachmittag vertrösten ließ.

Anschließend kontaktierte sie ihren Stellvertreter und bat ihn, sie auf den aus seiner Sicht neuesten Stand zu bringen.

»Ich muss nicht nach Wien«, eröffnete er, als sei das das Wichtigste. »Der Herr Schremser kommt morgen zu mir. Außerdem hab ich mit der Wirtschaftskammer gesprochen. Tatsächlich sind die Herren Haberl und Kamper die erfolgreichsten Kunsthändler weit und breit. Die Kollegen vom Einbruchsdezernat schlafen wieder einmal. Jedenfalls habe ich von denen noch keine Rückmeldung.«

»Die denken vielleicht mehr als du an ihr Liebesleben. Pass nur auf, dass deines nicht wieder zu kurz kommt.«

Seine fröhlich klingende Antwort »Darüber mach dir keine Sorgen« überraschte sie.

»Ich bin gerade auf dem Weg zurück«, erzählte sie ihm. »Unser geliebter Polizeidirektor will mich dringend sehen. Hast du eine Ahnung, was er wollen könnte?«

»Vielleicht will er sich darüber beschweren, dass ihm das Phantombild zu ähnlich sieht und er deshalb nicht mehr aus dem Haus gehen kann, ohne dass die Leute mit dem Finger auf ihn zeigen. Oder er will endlich wieder einmal einen Stern am Polizeihimmel aus der Nähe sehen. Um sich von ihm etwas abzukupfern.« Spencer, dessen dröhnendes Lachen den Motorlärm übertönte, war offensichtlich in exzellenter Stimmung. Lag wohl an seinem neuen Liebesleben.

Ihr war gar nicht nach Lachen zumute. »Vielleicht hat er läuten gehört, dass uns der Landeshauptmann ersucht hat, unsere Nasen in die Sache Haberl zu stecken.«

»Seit wann hört der was läuten?« Spencer klang wieder ernst. »Sei jedenfalls auf der Hut. Seine Attacken kommen ja immer aus einer Richtung, aus der man sie nicht erwartet.«

Auf der weiteren Fahrt dachte sie unentwegt an Spencers Warnung. Was konnte hinter dieser dringenden Vorladung stecken? Mit Marbolt war sie bisher immer fertig geworden. Aber nun spielte der Landeshauptmann mit. Gut möglich, dass er sie gegeneinander ausspielte. Damit erhielt ihre Dauerkonfrontation mit Marbolt eine neue Dimension. Zwar war sie gerade öffentlich zum Liebkind des Landeshauptmanns erklärt worden. Aber wie hieß es doch so schön? Je höher der Aufstieg, desto tiefer der Fall.

Sie drehte das Radio auf, versuchte sich durch aktives Mitsummen mit Rod Stuart und Elton John auf andere Gedanken zu bringen. Auch das köstliche gestrige Abendessen rekapitulierte sie in Gedanken. Eigentlich hatte sie einen Mordfall zu lösen, vielleicht sogar zwei. Aber darauf konnte sie sich ebenso wenig konzentrieren wie auf die Musik oder den gestrigen Abend. Auf der Höhe der ersten Abfahrt nach Herzogenburg drehte sie das Radio wieder ab. Sie war wütend. Sie hatte einen wirklich herausfordernden Job und keine Zeit für Intrigenspiele.

Solchermaßen geladen betrat sie das Sekretariat des Polizeidirektors. Sie spürte sofort, dass das Klima ihr gegenüber noch eisiger als üblich war. Die beiden Damen hatten ja nie einen besonderen Ehrgeiz an den Tag gelegt, sich für einen Freundlichkeitswettbewerb zu qualifizieren. Das hörte sie immer wieder auch von Kollegen aus anderen Abteilungen. Die Kühle des Umgangs sollte wohl das hierarchische Gefälle deutlich machen. Damit nur ja jeder, der diese heiligen Hallen betrat, mitbekam, dass da drinnen der Chef saß. Aber heute war es schlimmer als üblich. Die Jüngere nickte kurz und wortlos mit dem Kopf, die Ältere, die mit Papieren beschäftigt zu sein schien, tat nicht einmal das.

Nachdem Doris ungefähr eine Minute stehend gewartet hatte, setzte sie sich in einen der beiden mit dickem, dunkelblauem Stoff gepolsterten Sessel, die für Besucher bereitstanden. Den giftigen Blick der Sekretärin, die eben noch voll konzentriert mit Papieren beschäftigt schien, nahm sie mit nicht geringer Genugtuung zur Kenntnis.

»Sie können schon hineingehen!«

Doris stand auf und betrat, ohne die Sekretärin eines Blickes oder gar eines Worts zu würdigen, das Büro ihres Chefs. Wohl ahnend, welche Szenerie sie erwarten würde.

Wolfgang Marbolt saß hinter dem Schreibtisch. Nicht wie oft in Akten, sondern, wohl als Strafverschärfung gedacht, in eine

Zeitung vertieft. Weder eine Begrüßung noch wenigstens ein stummes Handzeichen, Platz zu nehmen.

Auch jetzt blieb sie ein paar Sekunden stehen und ging dann mit deutlich hörbaren Schritten auf den einzigen Sessel zu, der vor dem Schreibtisch stand, um sich zu setzen.

Keine Reaktion des Chefs.

»Wenn du keine Zeit hast, kann ich auch wieder gehen. Aber ich möchte dich schon daran erinnern, dass nicht ich um den Termin gebeten habe, sondern du.«

Wolfgang Marbolt legte die Zeitung weg und sah sie an. Mit einem Blick, der wohl durchdringend wirken sollte. »Damit eines klar ist. Ich habe nicht um den Termin ›g‹ ›e‹ ›b‹ ›e‹ ›t‹ ›e‹ ›n‹, sondern ich habe dich herbestellt. Weil ich es nach wie vor gut mit dir meine, will ich dir Folgendes sagen: Ich hoffe, du verstehst die Warnung richtig. Du bist nämlich dabei, den Kredit beim Landeshauptmann, den du nicht zuletzt meiner Fürsprache zu verdanken hast, zu verspielen. Und zwar restlos. Vorige Woche schon hat er mich gebeten, mich persönlich einer Sache anzunehmen, die ihm sehr am Herzen liegt. Dem Tod eines Freundes, dessen Ehefrau von dem Wahn beseelt ist, dass ihr Mann einem Verbrechen zum Opfer gefallen wäre. Er hat mir dabei ausdrücklich untersagt, die Sache an dich zu delegieren. Ich habe die Angelegenheit dann auch im Handumdrehen zu seiner Zufriedenheit geklärt. Morgen will er mich wiedersehen. Ich vermute, es geht um den Mord auf der Burg Aggstein, weil er da genauso wie ich keinen Fortschritt bei den Ermittlungen sieht. Ich kann seinen Ärger verstehen. Außer einem lächerlichen Fahndungsbild hat deine Abteilung ja bisher keine Ergebnisse vorzuweisen. Dennoch würde ich gerne wissen, was du und dein Stellvertreter bisher herausgefunden habt, damit ich mich gegebenenfalls schützend vor euch stellen kann.«

Wenn sie ihren Ehemann je als Armleuchter bezeichnet hatte, dann nahm sie das jetzt mit dem Ausdruck größten Bedauerns auf der Stelle zurück. Vor ihr saß nämlich ein richtiger Armleuchter. Was heißt Armleuchter. Ein richtiges Arschloch. Sie rang kurz mit sich, ob sie ihrem Chef eine krachende Niederlage beibringen, oder ihn mit einem blauen Auge davonkommen lassen sollte. Sie entschied sich für die krachende Niederlage. »Ich bin dir natürlich für deinen Schutz sehr dankbar. Aber ich glaube, dass du eher meinen brauchst als ich deinen.«

Der Landespolizeidirektor zog eine Augenbraue hoch. »Wie darf ich das verstehen?«

»Meinen Schutz im Fall Haberl.« Sie ließ diese Ansage wirken.

Der Landespolizeidirektor rutschte prompt unruhig auf seinem Stuhl hin und her. Einer Kombination aus hartem Stahl und weichem Leder, eine Anspielung auf seinen eigenen Charakter, wie er nicht müde wurde, bei jeder Gelegenheit zu betonen.

An seinem Zögern merkte sie, dass sie ihn aus dem Konzept gebracht hatte. »Offenbar weißt du nicht einmal«, setzte sie nach, »dass mir der Landeshauptmann den Akt nach deinem Bericht an ihn übergeben hat. Mit der ausdrücklichen Bitte, die Sache noch einmal zu überprüfen und ihm dann Bericht zu erstatten. Du kannst ihm morgen sagen, dass die Überprüfung noch nicht abgeschlossen ist, weil es einige Anhaltspunkte dafür gibt, dass Frau Haberl mit ihrem Verdacht recht hat. Zum Glück für dich konnten Spencer und ich gerade noch abwenden, dass Frau Haberl mit ihrer Mordtheorie an die Medien geht. Drauf und dran war sie schon, nachdem sie in der Zeitung von deiner Selbstmordtheorie gelesen hat.«

Sie bedauerte, Spencer nicht dabei zu haben. Von dem Gesicht, das der Landespolizeidirektor jetzt machte, würde ihr Stellvertreter noch seinen Enkeln erzählen, wenn er je welche hätte.

»So. Jetzt erzähl ich dir, wo wir im Fall Schremser stehen. Hör bitte gut zu. Es ist nämlich auch in deinem Interesse, die laufenden Ermittlungen beim Landeshauptmann in kein schlechtes Licht zu rücken.«

Dienstag, 28. Juni
15 Uhr 40

Nach dem Besuch bei ihrem Chef fuhr sie wieder zurück auf der S 33 Richtung Krems. Sie fragte sich, ob ihr Triumph nicht zu billig gewesen war. Tatsächlich konnte sie nur hoffen, dass Marbolt den Umstand, dass sie im Grunde noch im Dunkeln tappten, nicht gegen sie verwenden und er sie nicht so bald wieder zu sich zitieren würde. Bis zu seinem morgigen Termin beim Landeshauptmann hatte sie jedenfalls vor ihm Ruhe, da war sie sicher. Die musste sie nutzen, um mit den Ermittlungen rasch weiterzukommen. Denn mit jedem Ermittlungserfolg wurden die Karten in diesem Intrigenspiel zu ihren Gunsten neu gemischt.

Bevor sie bei Herrn Lorenz ihren Besuch ankündigte, rief sie bei der Zweigstelle der Wachauer Sparkasse an, wo Franziska Schremser seinerzeit den Kredit für ihr erstes Haus bekommen hatte.

Deren Filialleiter erwies sich als ausgesprochen kooperativ und unbürokratisch. Keine Rede von Datenschutz und der Unmöglichkeit, Kundendaten ohne richterliche Anweisung preiszugeben. Er wusste offensichtlich, dass sie die richterliche Genehmigung im Nu erhalten würde. Er äußerte nur die Bitte, ihm eine halbe Stunde Zeit zu geben. Die Unterlagen aus jener Zeit wären zwar sicher auf Mikrofilm vorhanden, die Suche danach würde aber etwas dauern.

Tatsächlich kam sein Rückruf keine fünfundzwanzig Minuten später, als Doris gerade Krems erreichte. Am 9. September 1994 wäre Frau Franziska Stritzek ein Kredit in der Höhe von drei Millionen Schilling für den Kauf eines Hauses in der Oberen Landstraße gewährt worden. Also gut 200.000 Euro. Bei dreißig Prozent der Kreditsumme als Eigenmittel. Mit einer Laufzeit von zehn Jahren. Natürlich mit Hypothek auf das erworbene Haus als Sicherheit.

Knapp 70.000 Euro Eigenmittel schienen ihr zwar für eine Studentin ein stolzer Betrag zu sein, aber auch nicht gigantisch hoch. Mithilfe von Eltern und Verwandten durchaus zu schaffen. Jedenfalls keine heiße Spur zu einem Mordmotiv.

Sie bat den Filialleiter vorsichtshalber noch, ihr die Kontobewegungen der letzten drei Jahre zu mailen. Weil sie eventuelle geschäftliche Verbindungen von Frau Schremser zu Herrn Haberl prüfen wollte. Ebenso zu Herrn Kamper.

Das Ehepaar Lorenz wohnte in der Alauntalstraße. Rupert Lorenz führte sie durch eine etwas bieder möblierte Wohnung auf einen kleinen Balkon. Er schien den Schock vom vergangenen Samstag mittlerweile recht gut verarbeitet zu haben. Sie betrachtete ihn erst jetzt genauer. Für einen Pensionisten sportlich, mit einem nur kleinen Ansatz von Bauch – da würde ihr Mann, wenn er so weitermachte, in diesem Alter wahrscheinlich eine deutlich breitere Taille haben. Auch das dunkelbraune dichte Haar von Herrn Lorenz zeigte nur an den Schläfen einen Hauch von Grau. Sein linkes Bein zog er allerdings leicht nach. Der gleiche Gang wie der ihres Vaters. Wahrscheinlich auch Arthrose im Knie. Da konnte sie Spencer den nochmaligen Weg nach Aggstein ersparen. Den Weg vom Rittersaal zur Kapelle und zurück würde dieser Mann trotz seiner sportlichen Erscheinung nie und nimmer in weniger als vier Minuten schaffen.

»Entschuldigen Sie, Frau Chefinspektorin, wenn ich zunächst zwei Fragen an Sie habe. Erstens: Es ist Ihnen doch recht, wenn meine Frau gleich bei dem Gespräch dabei ist, oder wollen Sie uns einzeln befragen? Und zweitens: Passt es Ihnen, dass wir hier auf dem Balkon sitzen, oder sollen wir ins Wohnzimmer gehen?«

Im Gesicht von Frau Lorenz zeichnete sich ein feines Lächeln ab. Offensichtlich war sie noch immer amüsiert über den förmlichen Kommunikationsstil ihres Mannes, den sie ja seit Ewigkeiten gewohnt sein musste.

»Auf die Anwesenheit Ihrer Gattin lege ich sogar Wert. Und ein Gespräch, das man mit Blick aufs Steiner Tor führt, ist sicher besonders ergiebig.«

»Dann wäre das ja geklärt. Martha, schenkst du uns bitte ein!«

Offenbar nicht nur förmlich, sondern auch mit einer klaren, von ihm bestimmten Rollenverteilung, dachte sie. Gefiel ihr weniger. »Danke nochmals für Ihr Verständnis wegen der Terminverschiebung. Hat sich einfach nicht anders machen lassen. Darf ich gleich mit meinen Fragen beginnen?«

»Wir bitten darum«, kam Martha Lorenz nun ihrem Mann zuvor.

»Ich habe Sie beide ja schon am Samstag gefragt, ob Ihnen etwas aufgefallen ist, was der Kriminalpolizei bei ihren Ermittlungen helfen könnte. Sie haben das damals verneint, was wegen des Schocks gar nicht ungewöhnlich gewesen ist. Jetzt sind ein paar Tage vergangen. Ich wiederhole daher meine Frage.«

»Wie Sie sich vorstellen können, haben wir uns auch weiter den Kopf zerbrochen«, meinte er, während seine Frau einschenkte. »Wir haben auch lange mit unserem Sohn und Jennifer geredet. Aber auf etwas, das wir beide zu den Ermittlungen beisteuern könnten, sind wir nicht gekommen.«

»Ein Hochzeitsgast hat während des Festessens mit seinem Handy gefilmt. Der Film zeigt, dass Sie kurz nach Frau Schremser den Rittersaal verlassen haben. Erinnern Sie sich daran?«

Bevor Herr Lorenz antworten konnte, tat das seine Frau. Mit dem Anflug eines Grinsens. Das Doris nur als ›diebisch‹ bezeichnen konnte. »Im Alter meines Mannes muss man halt öfter. Er gibt es nur nicht gern zu.«

Sie hoffte, dass das Ehepaar ihr Amüsement nicht bemerkte. Doch nicht die klare Rollenverteilung, die sie zunächst angenommen hatte. »Haben Sie Frau Schremser noch in Richtung Kapelle die Treppe hinaufgehen gesehen?«

»Nein. Ich bin geradewegs über den Hof zu den Toiletten gegangen. Da ist mir niemand aufgefallen. Weder bei meinem Hin- noch bei meinem Rückweg.«

Wäre ja auch zu schön gewesen, dachte sie und seufzte innerlich. Aber nun wollte sie zu dem Fragenkomplex kommen, der sie am meisten interessierte. »Ich habe erfahren, dass Sie, Herr Lorenz, mit Franziska Schremser eine alte Geschichte verbindet. Sie haben damals als Prokurist Ihrer Bank entschieden, Frau Stritzek den Kredit für ihren ersten Hauskauf in der Oberen Landstraße zu verweigern. Können Sie mir sagen, warum?«

Rupert Lorenz stand kurz der Mund offen vor Staunen. »Da hat wohl eines der Kinder aus dem Nähkästchen geplaudert. Ja, es stimmt. Mir hat damals eine Hypothek aufs Haus als Sicherheit nicht ausgereicht. Franziskas Eigenmittel waren zwar beträchtlich, aber es gab da noch eine ziemlich hohe Leibrente zugunsten des alten Hauseigentümers, die sie auch noch zu bedienen hatte. Daher wollte ich noch eine zusätzliche Sicherheit haben. Es hat mich damals auch gewundert, dass sie dann den Kredit bei der Wachauer Sparkasse bekommen hat. Weil man dort prinzipiell noch risikoscheuer gewesen ist. Im Nachhinein habe ich mich dann natürlich über meine Übervorsicht geärgert, weil ich damit der Konkurrenz eine Top-Kundin in die Arme getrieben habe. Jedes Mal, wenn ich Franziska später in der Stadt gesehen habe, habe ich mich an diese Fehlentscheidung erinnert. Aber gesprochen habe ich mit ihr erst darüber, als ihre Tochter und mein Sohn ein Paar geworden sind. Wir haben beide sehr gelacht.«

»Wissen Sie zufällig, woher Frau Schremser damals das Eigenkapital hatte. 70.000 Euro sind ja nicht ganz wenig für eine Studentin, die von einem Lehrerehepaar abstammt.«

»Ehrlich gesagt habe ich mir darüber damals wenig Gedanken gemacht. Das hätte ich wahrscheinlich erst, wenn ich ernsthaft in Erwägung gezogen hätte, ihr den Kredit zu genehmigen.«

Doris seufzte innerlich. Das Desinteresse konnte sie zwar nachvollziehen, aber es war ganz und gar nicht hilfreich. Warum war dieser Fall so dermaßen zäh?! Etwas frustriert brachte sie das Gespräch zu einem baldigen Ende, verabschiedete sich von dem Ehepaar und ging zurück zu ihrem Wagen. Sie versuchte gleich, noch einmal den Filialleiter der Wachauer Sparkasse zu erreichen, weil sie mit ihm die für sein Institut ungewöhnliche Risikobereitschaft besprechen wollte, wurde aber von der Vermittlung auf morgen vertröstet. Sie hörte die Turmuhr der Pfarrkirche fünf Uhr schlagen. Der gleiche Schlag aus fast der gleichen Entfernung oder besser gesagt Nähe wie zu Zeiten ihrer Kindheit. Wie unbeschwert ihr Leben doch damals gewesen war.

Dienstag, 28. Juni
17 Uhr 21

»Ihre Papiere bitte!« Er straffte die Schultern, auf denen die drei Sterne des Gruppeninspektors prangten. Keine zehn Sekunden zuvor hatte er den dunkelblauen Audi Avant mit deutschem

Kennzeichen, dessen Lenker die Stopp-Tafel an der Steiner Lände vor dem Schürerplatz ignoriert hatte, mit unmissverständlichem Handzeichen zur Seite gewunken. Nun blickte er betont gelangweilt Richtung Stift Göttweig, während der Fahrer des Wagens im Handschuhfach kramte. Schade, dass ihm seine junge Kollegin jetzt nicht zuschaute. Sie hob gerade keine zehn Meter von ihm entfernt das mobile Radargerät aus dem Kofferraum des Einsatzwagens. Aber er würde noch viele Gelegenheiten haben, ihr die wirklich wichtigen Tricks beizubringen. Ganz wichtig war: Nicht in den Wagen des bei einer Übertretung ertappten Fahrers schauen! Sondern ganz gelassen den Blick umherschweifen lassen. Das würde den Fahrer noch nervöser machen. Außerdem würde ein guter Polizist deutlich machen müssen, dass er die Übertretung persönlich nahm. »Na, haben wir die Papiere vielleicht in Deutschland gelassen? Weil die Ösis sie sowieso nicht lesen können?« In dem Moment hörte er das Funkgerät durch das offene Fenster des Polizei-Skodas. »Wenn Sie die Papiere nicht bald finden, muss ich Sie …«

»Felix! Abbrechen!«, rief Kathi. »Dringender Einsatz!«

»Haben Sie ein Glück!« Er tippte kurz an seine Kappe, hoffte dabei, dass der Fahrer des Avant die letzten beiden Worte seiner Kollegin gehört hatte und gab ihm ein Zeichen, weiterzufahren. Dann eilte er zum Einsatzfahrzeug.

Kathi hatte den Motor schon angelassen und schaltete auch gleich Blaulicht und Folgetonhorn ein. »Im Gasthaus Holzer in Weißenkirchen ist ein Taschendieb von Gästen auf frischer Tat ertappt worden. Wird dort festgehalten. Wir sollen ihn hopsnehmen und nach Krems bringen.«

Seine Kollegin würde noch viel lernen müssen. Aber eines musste er ihr lassen. Fahren konnte sie. Sie schien mindestens so viel Freude an quietschenden Reifen zu haben wie er. Und noch mehr Gottvertrauen. Auf der Wachaustraße herrschte der am frühen Abend übliche starke Verkehr. Die Art und Weise, wie Kathi die vor ihr fahrenden Autos auf die Seite scheuchte und die entgegenkommenden zu Brems- und Ausweichmanövern zwang, war schon große Klasse. Die Polizei würde mit ihr noch viel Freude haben, da war er sicher. Vorausgesetzt natürlich, man würde für ihn einen geeigneten Nachfolger finden, der ihr den noch nötigen Feinschliff verpasste. Er würde jedenfalls auch von St. Pölten aus seine schützende Hand über sie halten. Vielleicht würde er ihr sogar ein Angebot machen, wenn er dann seinen eigenen Stab zusammenstellen durfte. Aber zuerst einmal würde er ein Angebot aus St. Pölten bekommen müssen. Konnte ja nicht mehr lange dauern.

Wie das Folgetonhorn von der Wand des Dürnsteiner Tunnels widerhallte. Die reinste Musik in seinen Ohren. Er hatte auf die Uhr gesehen. Abfahrt in Stein um 17 Uhr 06. Beim Einbiegen von der Wachaustraße zur Ortsmitte von Weißenkirchen waren seitdem gerade einmal sechs Minuten vergangen.

»Alle Achtung, Kathi. Viel schneller hätte ich es auch nicht zusammengebracht.

Der Holzer ist gleich da vorn. Nach dem Bahnübergang. Aber im Gasthaus übernehme wieder ich das Kommando. Du bleibst dicht hinter mir. Und vergiss den Wisch nicht, auf dem die Rechte draufstehen, die wir ihm vor der Festnahme vorlesen müssen.«

»Müssen wir gar nicht. Außerdem kann ich den Wisch auswendig.«

Er war einen Moment perplex, fing sich aber schnell und gab ihr einen kleinen Stups auf den Oberschenkel. »Kathi, aus dir wird noch was. Wenn du so weitermachst, kannst die vielleicht sogar Gruppeninspektorin werden.«

Er betrat als Erster den Schankraum. Sah aber nur in ziemlich gerötete und gut gelaunte Gesichter. Typische sommerliche Wirtshaus- und Heurigenstimmung. Von einem Dieb keine

Spur. »Ich bin Gruppeninspektor Frisch. Und das ist eine Kollegin von mir. Hat von Ihnen jemand wegen eines Taschendiebs angerufen? Ich kann Ihnen nur raten, sich mit mir keinen Scherz erlaubt zu haben.«

»Haben wir nicht, haben wir nicht, Herr Inspektor!«, hörte er aus mehreren Kehlen.

Wie diese Anrede schmerzte. Aber für diese Art Schmerz war jetzt keine Zeit.

»Und wo ist der Dieb?«, fragte Kathi. »Ich sehe keinen.«

Jetzt wurde sein Schmerz von Ärger abgelöst. Hatte sich seine junge Kollegin doch glatt erdreistet, ihm das Heft aus der Hand zu nehmen.

Der Wirt kam hinter der Theke hervor. »Kommen Sie, Frau Inspektor. Ich zeig's Ihnen. Wir haben ihn im Kühlraum eingesperrt.«

Der Wirt lud die Polizistin mit einer Handbewegung ein voranzugehen.

Felix Frisch blieb nicht anderes über, als hinter dem Wirt hinterherzutraben. Er musste unbedingt wieder die Initiative an sich reißen. »Es ist Ihnen aber schon klar, dass Sie sich damit einer Straftat schuldig machen. Auch Gesetzesbrecher haben ein Anrecht auf menschenwürdige Behandlung. Zumindest in der EU.«

Weder seine Kollegin noch der Wirt ließen sich abhalten, ihren Weg fortzusetzen. Aber der Wirt gab ihm wenigstens eine Antwort. »Keine Angst, Herr Inspektor. Im Kühlraum hat es vier Grad plus. Außerdem hat der Machherndl Franzi dem Dieb seine Jacke geborgt. Der erfriert schon nicht.«

Der Wirt öffnete eine Tür, in der ein großer, sehr schlanker Mann stand.

Felix traf es wie ein Blitz. »Der Mörder von Aggstein«, platzte es aus ihm heraus. Die Ähnlichkeit dieses Mannes mit dem Phantombild war für sein geschultes Auge nicht zu übersehen.

Zu seiner Verwunderung stimmte ihm seine Kollegin nicht zu, sondern wandte sich an den Wirt. »Herr Holzer, Sie haben diese Bemerkung des Herrn Gruppeninspektors nicht gehört, haben wir uns verstanden? Es gibt eine gewisse Ähnlichkeit mit einem Phantombild, mehr aber nicht.«

Dienstag, 28. Juni
18 Uhr 22

Josefa Machherndl saß in ihrem Wohnzimmer am weit geöffneten Fenster, dessen Glasscheiben nur mehr von sehr brüchigem Kitt im Rahmen gehalten wurden. In der Hand ein Stamperl Marillenschnaps, von dem sie ab und zu nippte. Was für ein wundervoller und milder Abend. Die Vöglein zwitscherten ein Loblied auf den Schöpfer. Aber was war das? Da mischte sich aus der Ferne ein Grölen unter das Zwitschern, das sie nur allzu gut kannte. Konnte nur ihrem Bruder gehören, diesem unerträglichen Trunkenbold. Sie war sich natürlich darüber im Klaren, dass mangelnde Geschwisterliebe eine Sünde war. In vielen Fällen sogar eine schwere. Sie war allerdings überzeugt, dass die Aversion, die sie gegenüber ihrem jüngeren Bruder hegte, maximal eine lässliche Sünde sein konnte. Wenn überhaupt. Weil ihr Bruder eine Heimsuchung für die ganze Menschheit war. Und für sie persönlich eine besonders schwere Prüfung. Wenigstens fand sie in den Gedanken ihres einstigen Religionslehrers Trost, der immer davon gesprochen hatte, dass Gott die Schafe in seiner Herde am härtesten prüfen würde, die er besonders liebte.

Wenn er wenigstens in seinen eigenen vier Wänden und fernab der Öffentlichkeit getrunken hätte. Aber nein, er musste Nachmittag für Nachmittag von Heurigen zu Heurigen ziehen, um irgendwann am Abend oder in der Nacht unter Plärren meist ganz abscheulich obszöner Lieder nach Hause zu kommen und die Abendruhe der ganzen Nachbarschaft zu stören. Eine Schande.

Der Lärm kam näher. Offenbar war Franzi auf dem Weg nach Hause. Er bewohnte den zweiten Teil des gemeinsamen Elternhauses. Schon lang wartete sie darauf, dass seine ewige Sauferei ihm die ewige Ruhe bringen würde. Diese Hoffnung war natürlich auch sündhaft, das war ihr klar. Aber er träumte bestimmt auch von ihrem baldigen Ableben. Um mit dem Erlös aus dem Verkauf ihres Hausanteils sein Leben als Tagedieb noch besser finanzieren zu können. Aber ihr Bruder würde sich noch wundern. Ihren Hausanteil hatte sie längst dem Stift Herzogenburg vermacht. Schade, dass sie ihm das nicht auf die Nase binden konnte. Weil er ihr sonst die Hölle auf Erden bereitet hätte.

Sie wollte mit ihm so wenig wie möglich zu tun haben. Daher stand sie auf, um sich in den hinteren Teil ihrer Wohnung zurückzuziehen, bis er an ihrem Fenster vorbeigetorkelt und in seinem Teil des Hauses verschwunden war. Sie wollte schon die Fenster schließen, da merkte sie, dass das Grölen verstummt war. Vielleicht hatte der Herrgott endlich ein Einsehen gehabt. Sie lauschte angestrengt.

Da bog der Franzi in den Hof und blickte zu ihr herauf. Als ob er geahnt hätte, dass sie am Fenster lauschen würde. »Hallo, Pepi!«

Wie sehr sie diesen Rufnamen hasste. Schon seit ihrer Kindheit. Alle Menschen, mit denen sie per Du war, nannten sie in der Zwischenzeit selbstverständlich Josefa. Nur ihrem bösartigen Bruder hatte sie das nie beizubringen vermocht.

»Heute hättest du«, lallte er, »beim Holzer in Weißenkirchen dabei sein sollen.«

Mit ihrem Bruder gemeinsam in einer seiner Spelunken und mitten unter seinen Saufkumpanen, das hätte ihr gerade noch gefehlt.

»Stell dir vor«, lallte er weiter, »ich hab dem Mörder von Aggstein meine Jacke geborgt.«

»Was?«

»Erwischt haben wir ihn. Gleich ab in die Kühlkammer, mit meiner Jacke, damit er frisch bleibt.« Er lachte über seinen schlechten Scherz.

»Der Mörder von Aggstein, bist du sicher?«

»Ja. Die Polizei hat ihn idenfizier ... ifidenziert ... verhaftet. Eigentlich noch strengstens, wirklich strengstens geheim. Aber der Wirt ist ein guter Haberer von mir. Vor mir hält der nix wirklich strengstens geheim. Und meine Mörder-Jacke hab ich auch wieder.«

In diesem Moment beschloss Josefa Machherndl, sich ein Glas von dem speziellen Marillenschnaps zu genehmigen, Jahrgang 2008, den sie sonst nur an den höchsten kirchlichen Feiertagen trank. Aber vorher würde sie noch ein dringendes Telefonat führen müssen. Danach würde sie ihren kleinen Bruder in ihr Abendgebet einschließen. Zum ersten Mal in ihrem Leben.

Dienstag, 28. Juni
19 Uhr 05

Er war schon kurz nach dem höchst unerfreulichen Gespräch mit der Chefin der Mordkommission nach Hause gegangen. Seinem Sekretariat gegenüber mit der Begründung, dass der hektische Bürobetrieb und die dauernden Telefonate ihm nicht ausreichend Gelegenheit bieten würden, sich auf das Studium extrem wichtiger Akten zu konzentrieren. Der wahre Grund war ein ganz anderer. Es waren sogar zwei. Er wollte, ohne von jemandem gestört zu werden, darüber nachdenken, wie er der Chefinspektorin endlich wieder einmal eine Niederlage verpassen könnte. Und zwar eine, die sich gewaschen haben musste. Einfach indiskutabel, was sie sich ihm gegenüber in letzter Zeit herausnahm. Offensichtlich mit Unterstützung oder zumindest Duldung des Landeshauptmanns. Der war der zweite Grund für sein fast fluchtartiges Verlassen des Büros. Wolfgang Marbolt wollte sich auf das morgige Gespräch mit ihm ganz präzise vorbereiten, jede mögliche Gesprächseröffnung des Landeshauptmanns durchdenken und dabei sowohl eine gute als auch eine viel wahrscheinlichere schlechte Laune des Landeshauptmanns einkalkulieren. Überraschungen musste er unter allen Umständen vermeiden, da er sich einbildete, seine einzige wahre Schwäche zu kennen: den spontanen Umgang mit dem Unerwarteten.

Natürlich wollte er wie auch sonst, wenn er früher dran war, nicht ohne Vorankündigung nach Hause kommen. Auch wegen der leisen Hoffnung, dass seine Frau nach dem tollen Frühstück der Ehrgeiz packen würde, ihm ein ebenso großartiges Mittagessen zuzubereiten. Als Balsam für seine angegriffenen Nerven.

Aber schon die Geräusche im Hintergrund, die er wahrnahm, als seine Frau ihr Handy aktivierte, zerstörten seine Hoffnung. Ein Wirrwarr an Stimmen war zu hören, Kindergeschrei und eine Lautsprecherdurchsage, dass das Springen vom Beckenrand strengstens verboten wäre. Das alles, bevor sich seine Britta überhaupt meldete, weil sie zwar schon auf Empfang geschaltet hatte, aber jemandem noch etwas offensichtlich sehr Wichtiges mitteilen musste.

Da erinnerte er sich, dass sie ihm gestern oder vorgestern von der Begeisterung einer Bekannten für das Kuenringerbad in Dürnstein erzählt hatte.

»Wolfgang, das ist aber eine Überraschung. Ich liege hier im Liegestuhl im Dürnsteiner Bad, mit einem herrlichen Blick auf die Ruine und auf die Stiftskirche und lasse es mir gut gehen, während du Armer in der St. Pöltner Hitze schmachten musst. Armer Schatz. Aber schön, dass du dich nach mir erkundigst.«

Er hatte sich doch noch gar nicht nach ihr erkundigt. Typisch Britta. Ging immer davon aus, dass sie im Zentrum stand. »Ich habe mir schon gedacht, dass du bei diesem herrlichen Wetter im Bad sein wirst. Offensichtlich wunderschön dort. Ich wollte dir nur sagen, dass ich heute etwas früher nach Hause kommen werde. Aber du brauchst dich nicht zu beeilen. Schau nur dazu, dass du dich ja gut eincremst. Damit du keinen Sonnenbrand bekommst. Auf Wiedersehen, Schatz.«

Er würde sich halt eine Eierspeise machen. Auch keine üble Nervennahrung.

Als er gegen zwei Uhr nach Hause kam, hatte er jedoch gar keinen Appetit mehr. Nicht einmal auf Eierspeise. Stattdessen legte er sich hin. Schon seit seiner Zeit im Gymnasium wusste er, dass seine Ganglien in der Horizontale leichter zur Hochform aufliefen. Das Hinlegen half ihm auch diesmal. So wurde ihm schnell klar, dass die Vorbereitung auf das Gespräch mit dem Landeshauptmann dringlicher war als die Befriedigung des Bedürfnisses nach Rache an seiner Mitarbeiterin. Aber irgendwie gelang ihm diese klare Reihung nach Priorität nicht ganz. War ja auch schwer, weil sie beide zusammenhingen, wie immer er die Sache auch drehen und wenden mochte. Würde ihn der Landeshauptmann verdächtigen, selbst die These über den möglichen Selbstmord, den er nach wie vor nicht ausschließen wollte, in die mediale Welt gesetzt zu haben? Wäre ihm sogar sehr recht, weil er schwören konnte, dass dem nicht so war. Beim Schwören war er zum Unterschied zu seinem ehemaligen Chef, dem Innenminister, immer sehr glaubhaft. Natürlich würde er nicht von einer haltlosen Unterstellung sprechen dürfen, weil man einen solchen Ton einem Landeshauptmann gegenüber einfach nicht anschlug. Sollte er einen Fehler zugeben? Wie hatte sein früherer Chef immer gesagt. »Wenn du einen Fehler zugibst, dann schaue, dass du immer einen Spaten dabeihast. Damit du dir gleich dein Grab schaufeln kannst.« Diese Haltung entsprach halt dem verlogenen Wesen des Politikers. Er hingegen war Beamter. Er repräsentierte Stabilität und Treue. Dementsprechend war er der Meinung, dass das Eingestehen von Fehlern menschliche Größe signalisierte. Möglicherweise hatte er allerdings seine menschliche Größe in letzter Zeit übertrieben. War seine Karriere vielleicht deshalb ins Stocken geraten? Weil er einfach zu ehrlich war? Musste er lernen, sich der Lüge zu bedienen, wie es andere Menschen in seiner Position offenbar mit Erfolg taten? Aber was für eine Lüge konnte er dem Landeshauptmann auftischen, die der nicht sofort durchschauen würde? Mit welcher Lüge konnte er dieser Schlange Lenhart schaden, ohne sich selbst zu schaden?

Um sieben kam endlich seine Frau nach Hause. Mit einer Farbe im Gesicht, von der er nicht sagen konnte, ob sie auf zu viel Sonne oder auf zu viel Prosecco zurückzuführen war. Natürlich nicht die Spur einer Frage, ob er vielleicht hungrig wäre. Kein Problem, er hätte ja ohnehin verneint. Hauptsache, Britta war gut gelaunt.

Nach der kurzen Begrüßung zog er sich wieder ins Schlafzimmer zurück, um weiter in Ruhe nachzudenken. Da hörte er den Klingelton seines Handys. Musste er im Wohnzimmer vergessen haben. Endlich gab das Handy Ruhe. Er hörte die Stimme seiner Frau. Undeutlich. Fein, sie würde den Anrufer oder die Anruferin schon abwimmeln. Darin war sie eine Meisterin.

Keine fünf Sekunden später ging die Tür zum Schlafzimmer auf. »Wolfgang, da ist ein Redakteur vom Niederösterreichischen Tagblatt am Apparat. Sagt, es ist wichtig.«

Er hoffte, dass seine Frau nicht merkte, wie ihm der Schweiß ausbrach. Hatte der Landeshauptmann den Redakteur auf ihn angesetzt? Wegen der Geschichte mit dem Selbstmord. Noch vor dem morgigen Gespräch? War dem hohen Herrn, bösartig wie er war, durchaus zuzutrauen. »Dann sag bitte dem Redakteur, dass ich ihn morgen gegen acht Uhr zurückrufe. Weil ich im Moment beim besten Willen nicht kann.«

»Gut. Mache ich.« Britta schloss wieder die Tür. Seine Frau schien also auch mit seiner Ausrede einverstanden zu sein. Ein gutes Zeichen.

Allerdings kam sie kurze Zeit später wieder. »Wolfgang, der Herr sagt, er kann nicht warten, weil er Redaktionsschluss hat. Er will von dir die Bestätigung, dass der Aggstein-Mörder am Nachmittag in Weißenkirchen gefasst worden ist.«

»Was sagst du da?« Er merkte, dass sich seine Stimme überschlagen hatte. Aus Schweiß wurde Angstschweiß. Wieso war er von der Chefinspektorin nicht informiert worden? Stand er bereits auf der Abschussliste und die Chefinspektorin wusste schon davon? Und was für ein Imageschaden, wenn er Medien gegenüber zugeben müsste, noch gar nicht über die Festnahme informiert worden zu sein. Eine Festnahme, auf die ganz Österreich wartete. Er sprang auf und eilte zu seinem Handy, das seine Frau klugerweise draußen am Esstisch liegen gelassen hatte. »Marbolt hier. Ich höre von meiner Frau, dass Sie mich dringend sprechen wollen.« Was für eine Ruhe in seiner Stimme. Diese Veränderung der Tonlage im Bruchteil einer Sekunde würde ihm so schnell keiner nachmachen. Nicht einmal der Minister oder der Landeshauptmann. Der vielleicht schon. »Also wo brennt es denn?«

»Ich wollte nur von Ihnen persönlich die Bestätigung, dass der Aggstein-Mörder dingfest gemacht worden ist.«

»Darf ich fragen, woher Sie diese Information haben?«

Er hörte ein leises Lachen am anderen Ende der Leitung. »Herr Polizeidirektor, Sie wissen doch: Redaktionsgeheimnis. Aber ich kann Ihnen sagen, dass es sich um eine sehr zuverlässige Quelle handelt.«

»Ja, ja, verstehe ich natürlich. Und Sie verstehen, dass ich Ihnen zu laufenden Ermittlungen nichts sagen darf.« Der Polizeidirektor war mit sich zufrieden. Eine nichtssagendere Antwort war gar nicht denkbar. Hochprofessionell.

Aber der Redakteur blieb hartnäckig. »Verstehe ich selbstverständlich, Herr Polizeidirektor. Aber wenigstens einen kleinen Tipp, bitte. Soll auch Ihr Schaden nicht sein, wenn Sie verstehen, was ich meine.«

Und ob er verstand. Einen schönen Zeitungsartikel mit ihm als Hauptfigur hatte er dringend nötig. »Also gut. Wirklich nur wegen unserer bisher so exzellenten Beziehungen, die ich bei Gelegenheit gerne auffrischen würde. Ganz im Vertrauen kann ich Ihnen sagen, dass meine Leute vor einem Durchbruch stehen. Das muss aber jetzt wirklich reichen.« Er legte auf. Dabei spürte er, dass ihm der Schweiß nicht nur auf der Stirn stand, sondern auch den Nacken hinunterlief. Hoffentlich würde Britta nicht merken, wie sehr ihm der heutige Tag zusetzte. Er ging ins Badezimmer, um sich abzutrocknen. Bevor er der Chefinspektorin die Leviten lesen würde. Ihn nicht sofort von der Festnahme zu informieren, war eine grobe dienstliche Verfehlung. Vorhin hatte sie noch behauptet, kein greifbares Mordmotiv zu haben, dabei stand sie kurz vor der Verhaftung des Täters. Was für eine falsche Schlange! Die hätte ihn glatt ohne Information zum Termin beim Landeshauptmann gehen lassen. Na warte! Der Dame würde er ordentlich den Marsch blasen.

Dienstag, 28. Juni
19 Uhr 10

Für gewöhnlich mochte sie es gar nicht, wenn sie beim Heimkommen in eine leere Wohnung kam. Aber heute war es ihr recht, dass ihr Mann offensichtlich noch im Büro zu tun hatte, und ihre beiden Töchter schon wieder ausgeflogen waren. Auf der Fahrt von Krems zurück nach St. Pölten hatte sie die Frage beschäftigt, ob es einen Zusammenhang zwischen dem Zeitpunkt des Kredits für Frau Stritzek und der Tatsache geben würde, dass der geheimnisvolle Einbrecher es auf Geschäftsunterlagen für die Zeit von 1992 bis 1994 abgesehen hatte. Ihr Instinkt bejahte diese Frage, allerdings gab er ihr keine Antwort auf die viel wichtigere Frage nach dem Inhalt dieses Zusammenhangs. Es war zum Verzweifeln.

Um sich abzulenken, setzte sie sich vor den Fernseher und schaute ›Niederösterreich heute‹. Die wenigsten Beiträge interessierten sie wirklich. Aber in ihrer Gesamtheit gaben sie doch einen guten Überblick über das, was im Land passierte. Besonders aufmerksam war sie, wenn sie wie jetzt in einer Mordermittlung steckte. Sie war jedes Mal froh, wenn über den Fortgang der Ermittlungen überhaupt nicht berichtet wurde. Denn das bedeutete für sie einen weiteren Tag, an dem sie ungestört arbeiten konnte. Ohne Druck von oben. Weder von der Politik noch von der hohen Beamtenschaft. Dabei wurde dieser Druck von oben eigentlich durch einen von der Seite ausgelöst. Es waren immer die Medien, die diesen zusätzlichen Druck auslösten. Aus mittlerweile jahrelanger Erfahrung wusste sie, dass es am besten war, nur dann mit Journalisten zu reden, wenn sie Erfolg gehabt hatte. Also nach Abschluss der Ermittlungen. Jegliche Information an die Medien vor Abschluss eines Falles sorgte hingegen regelmäßig für Komplikationen. Dementsprechend hob sie nicht ab, als sie am Display ihres Handys die mobile Nummer des Redakteurs des Niederösterreichischen Tagblatts sah. Der Kerl probierte es gleich noch einmal von seiner Büronummer aus, aber auch die hatte sie eingespeichert. Sie schaute auf die Uhr. Typisch. Der wollte sie kurz vor Redaktionsschluss unter Druck setzen. Sie hatte nichts zu berichten, also wollte sie auch nicht mit ihm sprechen. Basta. Sie würde ihn in aller Ruhe morgen am Vormittag zurückrufen, wenn sie Zeit und Muße fand.

Statt sich mit Journalisten herumzuärgern, wollte sie lieber arbeiten. Schon etwas müde von diesem langen Tag setzte sie sich an den Computer und ging die von der Wachauer Sparkasse gemailten Auszüge des Kontos von Franziska Schremser durch. Vorerst nur oberflächlich. Einen genaueren Blick würde sie erst morgen darauf werfen. Ihr besonderes Augenmerk galt der Frage, ob zwischen Franziska Schremser und Andreas Haberl irgendwelche nennenswerten Beträge geflossen waren. In diesen drei Jahren war jedenfalls keine finanzielle Verbindung zwischen Haberl und Schremser ersichtlich. Wohl aber zu Kamper. An ihn hatte Frau Schremser vor einem Jahr knapp fünfzehntausend Euro überwiesen. Wahrscheinlich für den Kauf eines Kunstwerks. Das würde sie klären.

Etwas anderes war allerdings auffallend. Musste keine Bedeutung haben. Aber bei den wenigen Anhaltspunkten, die sie bis jetzt hatte, war es auf alle Fälle eine Recherche wert. Die Unterlagen bestätigten, was sie schon von Jennifer und Markus Lorenz gehört hatte. Frau Schremser hatte immer wieder für diese und jene Renovierung gespendet. Jeweils drei- bis zehntausend Euro. Aber eine Spende stach heraus. Hunderttausend Euro für das Stift Göttweig. Doris musste zweimal hinschauen, bevor sie es glauben konnte. Die Hunderttausend waren tatsächlich als Spende ausgewiesen. Wie passte das zu einer Frau, die angeblich stets auf ihren Vorteil bedacht war? Das würde sie morgen mit Spencer besprechen.

Ihr Mann, der in der Zwischenzeit nach Hause gekommen war, aber an Lokalnachrichten überhaupt kein Interesse hatte, gesellte sich zur ›Zeit im Bild‹ zu ihr. Sie mochte es, wenn er dabei an sie heranrückte und seinen Arm um ihre Schultern legte. Letzthin, als sie so dagesessen waren, war ihre Jüngste auf dem Weg in die Küche vorbeimarschiert und hatte dabei einen Kommentar losgelassen. Wie ein altes Ehepaar würden sie aussehen, das sich gerade für das Abendprogramm im Fernsehen als einzigem noch verbliebenen Vergnügen in Stellung bringen würde. Für eine Fünfzehnjährige ganz schön frech. Gut, dass Sophie ihre Eltern jetzt nicht sehen konnte.

Während der Werbe-Pause zwischen dem Abendsport und den ›Seitenblicken‹, die sie gern sah, ging sie in die Küche, um belegte Brote zu machen. Obwohl Erich deswegen ganz schön murrte. Da läutete ihr Handy. Ein kurzer Blick auf das Display genügte, um ihr klarzumachen, dass sie die ›Seitenblicke‹ heute höchstens fragmentarisch sehen würde.

»Guten Abend! Was kann ich für dich tun?«

Was er ihr eröffnete, erzeugte bei ihr das dringende Bedürfnis, sich zu setzen. Da es in der Küche keinen Stuhl gab, eilte sie ins Wohnzimmer und schaltete zu Erichs Erstaunen kurzerhand den Fernseher ab, denn jetzt brauchte sie absolute Ruhe. Sie atmete tief durch, um nach dieser Kaskade von Anwürfen nicht ausfällig zu werden. »Jetzt will ich einmal ganz förmlich sein, Herr Landespolizeidirektor. Ich ärgere mich zwar manchmal über dich, aber ich akzeptiere, dass du mein Chef bist. Du solltest mich so weit kennen, um zu wissen, dass ich dir so eine wichtige Information niemals vorenthalten würde. Also bitte ich dich, ganz offiziell zur Kenntnis zu nehmen, dass auch ich von einer Festnahme des Aggstein-Mörders nichts weiß. Das gilt auch für Chefinspektor Malzacher, der mich in Sekundenschnelle von einer Verhaftung informiert hätte. «

Sie hörte kurz zu.

»Wenn du mir nicht glaubst, ist das deine Sache. Du kannst ja leicht herausfinden, ob es eine Verhaftung gegeben hat. Ruf meinetwegen in der Zentrale an und lass dich zu allen infrage kommenden Dienststellen verbinden. Vielleicht wurde ja irgendwo irgendwer verhaftet. Viel Spaß dabei. Für mich ist dieser Unfug hiermit erledigt.« Sie schnaubte und wollte schon auflegen, da fiel ihr noch etwas ein. »Du solltest dich eher fragen, woher der Journalist diese Falschinformation hat. Ich hoffe in deinem Interesse, du hast nichts gesagt, was er als Bestätigung der Verhaftung interpretieren könnte.«

Dass ihr Chef nun unsicher geworden war, merkte sie an der Art, wie er herumschwafelte.

»Okay. Dass du über laufende Ermittlungen nichts sagen kannst, ist zwar nicht ganz so deutlich, wie ich es formuliert hätte, ist aber korrekt und kann uns nicht in die Bredouille bringen.«

Mittwoch, 29. Juni
06 Uhr 15

Eines machte Felix Frisch für sein Leben gern: Nach dem Aufwachen in der Früh im Bett vor sich hin zu dösen. Dabei war sein Dösen ganz anders als das seiner Kollegen. Die erzählten ihm immer, dass sie in dieser Phase an überhaupt nichts denken würden. Was für eine Verschwendung von kostbarer Zeit! Er dagegen dachte im Bett an die nächste Autowäsche, schmiedete den siebenten oder gar schon achten Plan, seine Kilos zu reduzieren und verglich sogar manchmal den eindeutig zu schweren

Busen seiner Elfriede mit dem seiner jungen Kollegin, der ihm irgendwie besonders knackig zu sein schien. Aber vielleicht lag das nur daran, dass Kathis Uniformbluse so eng geschnitten war. Nicht dass er ernsthaft an Abwege denken würde. Aber seiner Fantasie etwas Lauf zu lassen, gehörte eben zu seiner Form von aktivem Dösen.

Er blickte zu seiner Frau hinüber. Sie schlief noch. Dabei musste es für sie doch schon höchste Zeit sein aufzustehen, um das Frühstück zu machen. Naja, sollte sie ruhig noch fünf Minuten haben.

Zu seinen morgendlichen Lieblingsbeschäftigungen zählte auch, die Uhrzeit ohne vorherigen Blick auf seine Uhr zu schätzen. Phänomenal, wie präzise seine innere Uhr im Lauf der Jahre geworden war. Und das bei völlig geschlossenen Augen und ohne Blick aus dem Schlafzimmerfenster, der ihm erlaubt hätte, den Grad der Helligkeit in seine Schätzung mit einfließen zu lassen.

So eine Übung verlangte natürlich höchste Konzentration, die das Klingeln seines Handys abrupt zunichtemachte. Er sah auf seine Armbanduhr. Viertel sieben. Welcher Idiot rief ihn denn um diese Zeit an? Als gewissenhafter Polizist musste er das natürlich prüfen. »Hallo?«

»Nix da mit hallo. Hier Malzacher. Sag, stimmt es, dass du gestern in einem Wirtshaus in Weißenkirchen einen Mann festgenommen hast?«

Dem Gruppeninspektor, dem ein feines Sensorium für kommendes Ungemach zu eigen war, bemühte sich um einen Ton, der keck klingen und Unverständnis ausdrücken sollte. »Und deswegen rufst du mich in aller Herrgottsfrüh an? Wegen einem kleinen Hühnerdieb?«

»Jetzt versuch dich nicht noch dümmer hinzustellen, als die Kremser Polizei offensichtlich ohnehin erlaubt. Der Wirt, den ich vor zehn Minuten herausgeläutet habe, schwört Stein und Bein, dass du in dem kleinen Hühnerdieb den Mörder von Aggstein erkannt haben willst.«

Jetzt war guter Rat teuer. Aber um den war er ja nie verlegen. »Da muss sich der Wirt aber sehr verhört haben. Das ist nämlich meine junge und leider ganz unerfahrene Kollegin gewesen, die da etwas vorschnell gewesen ist. Du weißt ja selbst, dass es nur mehr die Leute zur Polizei verschlägt, die woanders nicht unterkommen. Sind natürlich nicht die hellsten. Aber ich habe sie ohnehin gleich korrigiert und gesagt, dass sie keine vorschnellen Schlüsse ziehen soll. Es wäre zwar eine gewisse Ähnlichkeit mit dem Phantombild da, mehr aber nicht. Abgesehen davon, dass ich das Bild sowieso für unbrauchbar halte. Wir haben den Mann festgenommen und nach Krems gebracht. Zu weiteren Verhören, die heute Vormittag starten sollen. Das ist alles.«

»Lauter faule Ausreden. Die kenne ich zur Genüge. Du reißt jetzt deinen Arsch hoch und lässt den Mann zu mir nach St. Pölten überstellen. Aber dalli, wenn ich bitten darf. Und lies das Niederösterreichische Tagblatt. Damit du siehst, was passiert, wenn zwei Idioten Räuber und Gendarm spielen wollen.« Der Chefinspektor beendete das Gespräch, ohne sich zu verabschieden.

War mit dem zweiten Idioten seine Kollegin oder gar jemand anderer gemeint? Darauf konnte er sich auf die Schnelle keinen Reim machen. Während er seine Unterhose suchte, dachte Felix Frisch über eine andere Frage nach. War es ein Fehler gewesen, gestern bei der Ablieferung des Mannes in Krems nichts von dessen Ähnlichkeit mit dem Phantombild zu sagen? Kathi war auf sein Geheiß hin im Auto geblieben. Er war nämlich, je länger er den Mann betrachtete, gar nicht mehr so sicher wegen der Ähnlichkeit mit dem Phantombild. Der Typ hatte ein Allerweltsgesicht und das Phantombild war ja auch nur eine Andeutung von Gesichtszügen. Jedenfalls wollte er unauffällig prüfen, ob die Kollegen die Ähnlichkeit des Mannes mit dem Phantombild auch sehen würden oder nicht. Die Idioten hatten sich aber gar nicht um ihn und seinen Gefangenen gekümmert. Felix hatte ihn selbst in die Zelle bringen müssen. Typisch. Wenn er einmal eine zweite Meinung gebraucht hätte, ließen ihn die Kollegen hängen. Aber wenn sie an seiner Arbeit etwas auszusetzen hatten, rissen sie immer groß ihr Maul auf. So war er halt mit Kathi wieder abgefahren. Und jetzt war der Chefinspektor sauer auf ihn. Dabei war er der Einzige gewesen, der sofort den Ernst der Lage erkannt hatte. Kathi und die Kollegen waren diejenigen, die ihn verunsichert hatten. Die Welt war einfach ungerecht. Die Kollegen hatten ja keine Ahnung, was er laufend für sie tat. Nicht auszudenken, was es für einen unnötigen Aufruhr geben würde wegen der Anzeige des Anzugträgers über den Diebstahl seiner Brieftasche während der Hochzeit in Aggstein. Wieso war ihm die jetzt wieder eingefallen? Sollte er sie aus der Sonderablage unter dem Tresen herausholen? Konnte ihm das beim Chefinspektor Pluspunkte einbringen? Oder würde der ihn als blutigen Anfänger beschimpfen, der nicht fähig war, wichtige von unwichtigen Dingen zu unterscheiden, und ihm mit dieser unnötigen Anzeige noch zusätzliche Arbeit aufhalste. Er würde sehr scharf nachdenken müssen, was er in dieser Angelegenheit tun sollte.

Mittwoch, 29. Juni
07 Uhr 15

Was für ein Desaster! Als ob die zu erwartenden Zores mit dem Landeshauptmann wegen der Haberl-Geschichte nicht schon genug wären. Jetzt kam auch noch die Schremser-Geschichte dazu. Im Fall Haberl konnte er sich ja noch auf diesen Kremser Obertrottel von Gruppeninspektor ausreden, der ihm den Tatort so präsentiert hatte, dass er gar nicht anders konnte, als auf die Theorie vom Selbstmord zu kommen. Gott sei Dank hatte er vorsichtshalber auch noch einen ehemaligen Schulkollegen kontaktiert, der ihm in seiner Eigenschaft als Psychiater bestätigt hatte, dass Kleinigkeiten manche Menschen so aus der Bahn werfen können, dass sie nur mehr einen Ausweg sehen. Nicht wirklich der Top-Experte, von dem in seinem Bericht an den Landeshauptmann die Rede gewesen war. Aber immerhin ein studierter Mann und kein grenzdebiler Streifenpolizist.

Aber den Artikel im heutigen Tagblatt würde er ganz allein auf seine Kappe nehmen müssen. Wie hätte er auch ahnen können, dass der Redakteur ihn so schändlich hintergehen würde. Typisch Provinz-Blatt. Hatten wohl dort noch nie etwas von einem journalistischen Ethos gehört; und dass man vertrauliche Informationen auch wirklich vertraulich behandelte.

Er war schon um halb sechs aus dem Bett geschlichen, um die Zeitung aus dem Postkasten im Parterre zu holen. Zu schleichen wäre gar nicht notwendig gewesen, weil das leise Schnarchen seiner Frau – sie schnarchte immer, wenn sie etwas zu viel getrunken hatte – seiner Erfahrung nach eine Tiefschlafphase von noch mindestens einer Stunde signalisierte.

Noch vor dem Zubettgehen gestern Abend hatte eine böse Vorahnung von ihm Besitz ergriffen. Weil er wusste, dass schlechte Nachrichten auf nüchternen Magen bei ihm eine besonders niederschmetternde Wirkung auslösten, nahm er sich vor, erst nach dem Frühstück einen Blick in die Zeitung zu werfen. Aber um fünf Uhr früh war ihm klar, dass er diesen Vorsatz nicht würde durchhalten können. Schon im Stiegenhaus hatte er der Versuchung nicht mehr widerstehen können und warf einen kurzen Blick auf die Seite eins. ›Aggstein – Mörder gefasst?‹ Mit dem Fragezeichen war ja noch alles im grünen Bereich. Er war die Stufen bis in den zweiten Stock geradezu hinaufgesprungen. Fast hätte er auf das leise Schließen der Tür vergessen. Am leeren Frühstückstisch, bei dem ihm die Flecken am Tischtuch zum Unterschied von gestern gar nicht mehr auffielen, las er den ganzen Text. Zunächst mit Gelassenheit. Dass ein hoher Kremser Polizeibeamter in einem übel beleumundeten Weißenkirchener Lokal den mutmaßlichen Hochzeitsmörder von Aggstein gestellt hätte. War zwar sicher Blödsinn – in dem Punkt glaubte er Doris Lenhart –, aber was gingen ihn die Blödheiten eines Kremser Polizisten an. Hoher Beamter. Dass er nicht lachte. Wahrscheinlich genau so ein Idiot wie dieser Gruppeninspektor. Dann die für ein solches Schmierblatt überraschend korrekte Feststellung, dass der um Bestätigung der Festnahme befragte Landespolizeidirektor zu laufenden Ermittlungen nichts sagen würde. Offensichtlich hatte der junge Redakteur Respekt vor einem tatsächlich hohen Beamten. Aber dann sein in Anführungszeichen gesetztes Originalzitat, dass die Polizei vor einem Durchbruch in der Causa stehen würde. Natürlich mit seinem Namen als Quelle des Zitats. Verdammter Hurensohn!

Schnell spielte er alle Varianten der Verteidigung durch. Nie gesagt? Wenig glaubhaft. Doch gesagt, aber als vertrauliche Bemerkung klassifiziert? Glaubhaft, aber auf große Naivität schließen lassend. Ging daher auch nicht. Nur eine Vorwärtsstrategie konnte helfen. Die er, der beim Minister durch eine exzellente Schule gegangen war, auch gleich parat hatte. Seine Aussage, dass er einen baldigen Durchbruch erwarten würde, wäre ausschließlich als Aufforderung und Vorgabe für die Mordkommission und deren Leiterin zu verstehen, bei den Ermittlungen endlich einen Zahn zuzulegen. Um rasch zu einem Ergebnis zu kommen. Von diesem Provinztrottel von Journalisten nur falsch verstanden. Blöd nur, dass ihm das nicht schon gestern Abend beim Gespräch mit der Chefinspektorin eingefallen war. Der Landeshauptmann als mit allen Wassern gewaschenes Schlitzohr würde ihn wahrscheinlich durchschauen. Trotzdem würde er bei der Strategie bleiben.

Er entschloss sich, bei seinem Termin mit dem Landeshauptmann Uniform zu tragen.

Würde seine Entschlossenheit unterstreichen, die Mordkommission schnellstens zu Ergebnissen zu treiben. Sein Wagen war für 6 Uhr 45 bestellt. Beim St. Pöltner Frühverkehr konnte man nie wissen. Zu spät zu kommen, das würde er sich heute unter keinen Umständen erlauben dürfen.

Zwei Minuten vor viertel acht läutete er an der Sicherheitstür, die ins Sekretariat des Landeshauptmanns führte.

Mit unerwartetem Schwung ging die Tür auf. Der Chef höchstpersönlich hatte sie aufgestoßen. Mit einer Zeitung in der Hand, die er breit grinsend und in Siegerpose in die Höhe hielt. »Nur herein in die gute Stube, mein lieber Freund.«

Wolfgang Marbolt bemühte sich, sich seine Verblüffung nicht anmerken zu lassen. Alles hätte er erwartet, nur das nicht. Wann hatte ihn der Landeshauptmann zum letzten Mal mit ›mein lieber Freund‹ angesprochen? Musste Ewigkeiten her sein.

»Tolle Geschichte«, fuhr der Landeshauptmann fort. »Genau so gefällt es mir. Du als oberster Chef hältst dich vornehm zurück, wenn es einen Erfolg zu feiern gibt und überlässt den unteren Rängen die Bühne. Genauso, wie ich es immer mache. Keine Auskunft zu laufenden Ermittlungen, aber ein baldiger Durchbruch zu erwarten. Genau richtig dosiert. Exakt so liebt der Landeshauptmann seine Spitzenbeamten. Aber komm herein und erzähl mir, wie ihr dem Kerl so schnell auf die Schliche gekommen seid.«

Mit jedem Satz des Landeshauptmanns wurde ihm mulmiger zumute. Um abzulenken, würde er das Gespräch doch auf die Selbstmordtheorie bringen müssen. So unangenehm das Thema auch war. »Wolltest du mit mir nicht über die Sache Haberl sprechen?«

»Im Moment völlig unwichtig. Die Musik spielt heute in Aggstein. Ich mache nämlich um elf eine Pressekonferenz zu dem Fall. Die Einladungen sind schon draußen. So einen Fahndungserfolg kann sich ein Landeshauptmann doch nicht entgehen lassen. Schreit doch geradezu danach, dass ich meiner Polizei öffentlich gratuliere. Wobei ich mich natürlich ebenfalls im Hintergrund halten werde. Daher hätte ich die Lenhart und dich gern dabei. Kaffee?«

Mittwoch, 29. Juni
08 Uhr 10

»Hat uns gerade noch gefehlt.« Doris deutete auf die Zeitung, die vor ihr auf dem Schreibtisch lag. »Ich nehme an, du hast das Tagblatt schon gelesen.«

»Schon vor zwei Stunden.« Ihr Stellvertreter kratzte sich seinen Bauch. »Bin schon neugierig, welche Ausrede sich unser hochverehrter Herr Polizeidirektor für diesen Schlamassel einfallen lassen wird.«

»Seine Ausrede ist mir egal.« In diesem Moment verlor sie den Faden, weil ihr auffiel, dass Spencer sich seinen Bauch schon seit Wochen nicht mehr so gekratzt hatte. Ob das dem Stress oder der Tatsache geschuldet war, dass er nicht mehr duschte? War es mit Walpurga schiefgegangen? Das würde ihr für ihn leidtun. Sie sog so diskret wie möglich Luft ein und schnupperte. Noch immer das Aftershave. Dezenter verwendet. Also wahrscheinlich doch Stress. Einigermaßen erleichtert fuhr sie fort. »Ich werde mich vor lauter Anrufen von Journalisten gar nicht retten können. Mir wird nichts anders übrig bleiben, als mich verleugnen zu lassen.«

Spencer grinste. »Da weiß ich was Besseres. Deine Sekretärin soll den Reportern sagen, dass sie sich vertrauensvoll an den Herrn Landespolizeidirektor wenden möchten. Der würde mehr wissen als die Mordkommission.« Er wurde wieder ernst. »Aber jetzt zum Geschäft. Ich habe vorhin den angeblichen Mörder verhört.« Spencer deutete auf das Phantombild, das hinter Doris an der Pinnwand hing. »Er gibt zu, dass er sich vorigen Samstag ins Aggsteiner Service-Team eingeschlichen hat, in der Hoffnung, bei der Hochzeit große Beute zu machen. Hat aber zu seinem Leidwesen nur eine einzige Brieftasche stehlen können. Mit nicht einmal zweihundert Euro.«

»Eine Brieftasche mit Kredit- und Bankkarten drinnen?«, fragte sie nach.

Er nickte.

»Dann ist das keine clevere Lüge. Ein solcher Diebstahl wird doch immer angezeigt. Haben wir eine entsprechende Diebstahlsanzeige?«

»Nicht im System.«

»Dann ist der Mann verdächtig, oder was meinst du?«

Spencer wiegte den Kopf hin und her. »Ich hab ihn ordentlich in die Mangel genommen, aber er ist bei dieser Geschichte geblieben. Er hat mir auch zweihundert Euro gezeigt, die er noch in der Hosentasche hatte. Es gibt unter den Hochzeitsgästen sicher genug Leute, die wegen einer solchen Summe nicht die Mühe auf sich nehmen, ein Wachzimmer aufzusuchen. Bei der Bank anrufen und die Karten sperren lassen, ist ja kein Problem.«

»Du bezweifelst also, dass dieser vermeintliche Dieb unser Mann ist?«

Er nickte. »Ich werde noch mit der Familie von Frau Schremser reden, ob sie von einer Verbindung dieses Mannes zu ihrer Mutter wissen. Würde mich aber sehr wundern. Ein Irrer scheint er mir auch nicht zu sein.«

»Vielleicht lassen deine Verhörkünste nach. Schick ihn zum Marbolt. Bei dem legt er ein Geständnis ab, so schnell können wir beide gar nicht schauen.«

Spencers ganzer Brustkorb dröhnte vor Lachen. Als er sich endlich beruhigt hatte, feixte er. »Dann schicke ich ihm den Herrn Schremser, den ich mir für elf Uhr bestellt habe, gleich dazu. Dann haben wir im Handumdrehen zwei Geständnisse.«

Doris drehte sich missmutig zur Pinnwand um. »Bis jetzt haben wir lauter Kandidaten, die es eher nicht sind. Ich werde mich heute Vormittag um die Finanzen von Frau Schremser kümmern. Und zwar nicht nur um die Kontobewegungen, die ich mir schon kurz angesehen habe, sondern auch um den Aktienbestand. Möchte wissen, wie viel Geld der Finanzberater tatsächlich in den Sand gesetzt hat.«

»Dafür wirst du aber eine richterliche Verfügung brauchen.«

»Schon in die Wege geleitet. Apropos Finanzen. Frau Schremser hat dem Stift Göttweig hunderttausend Euro gespendet.«

Spencer pfiff durch die Zähne. »Da sind die Beträge, wegen denen sie mit Mietern, Hausverwaltern und Baufirmen gestritten hat, vergleichsweise lächerlich.«

»Erstaunlich, nicht wahr? Sonst hat sie für die eine oder andere Restaurierung höchstens ein paar Tausender springen lassen. Franziska Stritzek, wie sie damals geheißen hat, hat über einen Göttweiger Abt eine Dissertation begonnen, die Arbeit aber nicht fertiggestellt. Ich würde so eine Riesenspende ja noch verstehen, wenn es ein Dank dafür wäre, dass sie sozusagen mithilfe des Stifts ihren Doktor gemacht hat. Aber sie hat die

Doktorarbeit abgebrochen. Das löst doch eher negative Emotionen aus.«

Spencer schaute zweifelnd. »Naja. Vielleicht war es genau umgekehrt. Vielleicht wollte sie sich beim Stift bedanken, weil sie damals auf die finanzielle Erfolgsspur gekommen ist.«

»Aber gleich Hunderttausend? Das passt doch nicht zu ihr«, beharrte Doris.

Ihr Stellvertreter zuckte die Achseln. »Wenn du dem unbedingt nachgehen willst, ... aber nach baldigem Durchbruch schaut mir das nicht aus; eher nach Teufel, der in der Not Fliegen frisst. Da schicke ich doch besser den Taschendieb zum Marbolt.«

»Ach, hau ab!« Während sie eine Handbewegung machte, um ihm zu signalisieren, dass er sich besser vertschüssen solle, lachte sie.

Mittwoch, 29. Juni
11 Uhr 52

Bei ihrem ersten Fall als Chefin der niederösterreichischen Mordkommission hatte ihr der Kremser Staatsanwalt noch alles in den Weg gelegt, wozu seine Behörde imstande war. Mittlerweile lief die Zusammenarbeit allerdings sehr gut. Deshalb war es für sie auch nicht überraschend, dass er nach dem kaum dreiminütigen Telefonat am späten Vormittag versprach, die richterliche Erlaubnis zum Einblick in das Depot von Franziska Schremser umgehend aufzutreiben. Er hielt Wort. Knapp vor Mittag lag die Verfügung auf ihrem Tisch.

Sie rief gleich bei der Rechtsabteilung der Wiener Bank an, die Franziska Schremsers Aktiendepot verwaltete, erklärte ihr

Anliegen verbunden mit der Zusage, die richterliche Genehmigung sofort zu mailen. Sie würde in dieser Angelegenheit einen fachkundigen Kollegen beauftragen, der sich mit der Bank wegen des erforderlichen Umfangs der Unterlagen ins Einvernehmen setzen würde.

Dann kontaktierte sie den Filialleiter der Wachauer Sparkasse und bat ihn, noch einmal den Kreditvertrag mit Frau Stritzek wegen der Leibrente zu überprüfen, von der Herr Lorenz erzählt hatte.

Als sie das alles erledigt hatte, führte sie noch ein Telefonat und hatte Glück. Der Abt wollte sich sofort Zeit nehmen, sie zu empfangen. Also fuhr sie nach Göttweig. Obwohl sie eine gewisse Ungeduld verspürte, weil es in diesem Fall so schleppend voranging, parkte sie diesmal nicht im Hof, sondern am Parkplatz vor dem Stift. In der Einfahrt zum Hof erwartete sie, wie vom Abt angekündigt, ein Mann in der schwarzen Kutte der Benediktiner, die sie von ihren Untersuchungen bei einem früheren Fall im Stift Melk kannte.

Der Mönch führte sie durch mehrere lange Flure und über mehrere breite Treppen drei Stockwerke hinauf und immer tiefer in das Innere des Stifts.

Ohne seine Begleitung hätte sie sich bestimmt verirrt. Auf dem Weg schärfte sie sich ein, nicht ›Guten Tag‹, sondern ›Grüß Gott‹ zu sagen, wenn sie dem Abt gegenüberstand. Einfach als Akt der Höflichkeit.

Am Ende eines breiteren Ganges öffnete der Mönch schließlich eine Tür und bedeutete ihr, einzutreten. »Der hochwürdigste Herr Abt wird sofort da sein.«

Der Raum, den sie betrat, ließ den Schauraum von Gustav Kampers Antiquitätengeschäft regelrecht verblassen. Schon allein aufgrund seiner Dimension. Dieses Zimmer war mindestens fünf Mal so groß. An den Wänden hingen große Porträts und Ölgemälde mit sakralen Motiven, für die so manches Museum wohl ein kleines Vermögen gezahlt hätte. Die dunklen Möbel aus geschwungenem Nussholz wirkten als Ensemble umso prächtiger. Aber konnte man inmitten dieser Pracht wirklich arbeiten? Am Schreibtisch, der eines Königs würdig gewesen wäre und ihr kaum kleiner zu sein schien als ihr gesamtes Büro, lagen allerlei Papiere und ein Laptop. Zwar alles feinsäuberlich geordnet, aber es sah doch nach Arbeit aus. Zweifellos auf dem Ehrenplatz hinter dem Schreibtisch hing ein vergleichsweise kleines Porträt eines Mannes mit freundlich strengem Lächeln und einer wirklich bemerkenswert langen Nase. Vor seiner Brust trug er ein fast handgroßes silbernes Kreuz, das mit schwarzen Edelsteinen besetzt war.

Das leise Knarren einer aufgehenden Tür unterbrach sie in ihren Gedanken.

Ein mittelgroßer, ziemlich korpulenter, älterer Herr mit Stirnglatze kam herein und ging mit gestrecktem rechten Arm auf sie zu. »Ich hoffe, ich habe Sie nicht zu lange warten lassen. Ich bin Abt Wilhelm.«

Er trug ebenfalls ein silbernes Kreuz vor der schwarzen Kutte. Genau dasselbe wie das auf dem Bild, das sie eben betrachtet hatte. Seine ungemein vergnügten Augen fielen ihr gleich auf. Die vielen Falten in seinem Gesicht waren wohl trotz seines fortgeschrittenen Alters großteils Lachfalten. Sie gab ihm die Hand. »Grüß Gott, Herr Abt.«

»Grüß Gott, Frau Chefinspektorin. Seien Sie herzlich willkommen. Allerdings hoffe ich beim Allmächtigen, dass Sie in diesem altehrwürdigen Gemäuer keinen Mörder suchen.«

»Auf alle Fälle habe ich in diesem Gemäuer ein Büro gefunden, wie ich es noch nie gesehen habe.«

»Ich bin auch recht zufrieden mit dem Prälatenzimmer als Arbeitsplatz.« Er lächelte schelmisch. »Aber noch glücklicher bin ich über die Aussicht, die ich von hier aus habe.« Er ging zu einem der beiden großen hohen Fenster und lud sie mit einer stummen Geste ein, ihm zu folgen.

Sie verstand sofort den Grund für sein Glücksgefühl. Was für ein Panorama! Die Donau, die sanften Hügel, die Weingärten und das gegenüberliegende Krems, alles lag ihr zu Füßen. Der Blick von hier oben war noch überwältigender als von der Terrasse des Restaurants, die sie drei Stockwerke unter ihr zur linken Hand sehen konnte.

»Aber Sie sind sicher nicht hier, weil Sie einmal einen besonders prachtvollen Blick auf das Donautal genießen wollten. Kommen Sie, setzen wir uns. Darf ich Ihnen Kaffee oder Tee anbieten. Das Stift verfügt zwar auch über einen exzellenten Wein aus eigenen Lagen, aber ich nehme an, dass Sie im Dienst einer solchen Versuchung widerstehen.«

»Ein Glas Wasser würde mir reichen.«

Abt Wilhelm setzte sich nicht an seinen Schreibtisch, sondern geleitete sie zu einer Biedermeier-Sitzgruppe, nahm eine kleine Glocke, die auf einem Pult neben dem Fauteuil stand, auf dem er Platz genommen hatte, und läutete.

Kaum hatte auch sie sich gesetzt, trat der Mönch ein, der sie hierher geleitet hatte.

»Korbinian, bitte zwei Glas Wasser.« Der Abt wartete, bis der Mönch die Tür wieder hinter sich geschlossen hatte. »Korbinian ist unser Mädchen für alles. Installateur, Tischler und auch Mechaniker. Seit fünf oder sechs Jahren bei uns. Wir wüssten gar nicht, was wir ohne ihn täten.«

Doris dachte, dass sie ein solches Allroundtalent auch gut brauchen könnte.

»Nun denn.« Der Abt wandte sich ihr vollends zu. »Sie haben mir ja schon am Telefon gesagt, dass es um dieses schreckliche Verbrechen auf der Burg Aggstein geht. Wenn ich in dem Zusammenhang helfen kann, mache ich das selbstverständlich gern.«

»Dafür möchte ich mich bedanken. Ich muss vorausschicken, dass wir bei unseren Ermittlungen erst am Anfang stehen. Wir stochern noch immer im Nebel herum.«

Der Abt unterbrach sie. »Ich dachte, die Kriminalpolizei steht schon unmittelbar vor einem Durchbruch. Habe ich erst heute gelesen.« Obwohl er ein ernstes Gesicht machte, konnte er den verschmitzten Ausdruck in seinen Augen nicht verbergen.

Doris entschied sich, nicht auf diese Bemerkung einzugehen. »Zwei Dinge sind uns bei den Ermittlungen aufgefallen. Erstens, dass das Mordopfer Ihrem Stift voriges Jahr einen Betrag von hunderttausend Euro gespendet hat.«

»Hunderttausend Euro? Das nenne ich eine ordentliche Spende.«

»Sie wissen davon nichts?«

»Nein. Aber das ist einfach zu erklären. Ich bin erst vor einem halben Jahr zum Abt gewählt worden. Vorher war ich als Pfarrer in Kleinzell weit vom Schuss. Wenn Sie über die Spende mehr wissen wollen, empfehle ich Ihnen, mit Pater Eberhard zu reden. Er ist in unserem Konvent für die wirtschaftlichen Angelegenheiten zuständig. Aber Sie haben von zwei Dingen gesprochen.«

»Frau Schremser hat vor mehr als fünfundzwanzig Jahren eine Doktorarbeit geschrieben, die sie aber nicht zu Ende gebracht hat. Über einen Ihrer Vorgänger. Einen Abt Gottfried.«

Der Abt lachte. Aus voller Kehle. »Einer meiner Vorgänger. Köstlich, Frau Chefinspektorin. Ein größeres Kompliment hätten Sie mir gar nicht machen können. Aber ein völlig unverdientes.« Er stand auf. »Kommen Sie!« Nun ging er doch zu seinem Schreibtisch und zeigte auf das eher kleine Bild dahinter, das ihr vorhin schon aufgefallen war. »Es gibt bei uns nur einen Abt Gottfried, Gottfried Bessel. Er war ein Zeitgenosse der jungen Kaiserin Maria Theresia und einer der ganz großen europäischen Geister des achtzehnten Jahrhunderts. Theologe,

Philosoph, Jurist und Diplomat. Er hat halb Europa bereist. Es hat mit Ausnahme des Gründers dieses Stifts, Altmann von Passau, wohl nie einen bedeutenderen Abt gegeben. Dabei sind wir fast Tausend Jahre alt. Seine heutige Gestalt verdankt das Stift übrigens auch Abt Gottfried. Er hat es nach einem Brand, der das alte Kloster fast vollständig vernichtet hat, von einem der berühmtesten Baumeister der damaligen Zeit neu errichten lassen. Er hat große Summen in die Hand genommen, um die Bibliothek neu auszustatten und wahre Kunstschätze zu erwerben.«

»Meine Frage ist«, unterbrach Doris seine Ausführungen etwas abrupt, wie sie sich eingestehen musste, »ob es irgendjemanden im Kloster gibt, der sich daran erinnern könnte, dass Franziska Stritzek – so hat Frau Schremser mit ihrem Mädchennamen geheißen – hier gearbeitet hat?«

Abt Wilhelm machte ein Gesicht, dem sie den Zweifel ansah. »Wahrscheinlich hätte sich der Mitbruder, der damals fürs Archiv und das Kupferstichkabinett zuständig gewesen ist, daran erinnert. Aber der ist vor zwei Jahren mit fast neunzig Jahren gestorben. Ich kann also nur eine Rundfrage im Konvent starten. Vielleicht erinnert sich sonst noch jemand. Das dauert aber, weil viele meiner Mitbrüder draußen in unseren Pfarren arbeiten.« Er machte eine kleine Pause und begann das große Kreuz, das vor seiner Brust hing, zwischen seinen Fingern hin und her zu drehen. »Gehe ich recht in der Annahme, dass Sie sich fragen, wieso jemand, der am zweiten Gründer des Stifts sozusagen gescheitert ist, eben diesem Stift eine so große Summe spendet?«

»Herr Abt, Sie hätten auch bei der Kriminalpolizei Karriere machen können.«

Abt Wilhelm lächelte. Wieder mit vergnügten Augen. »Der Herrgott hat uns beide schon an den richtigen Platz gestellt. Bei Ihnen bin ich sicher, bei mir hoffe ich es.«

Der Mönch kam mit einem Tablett mit zwei mit Wasser gefüllten Gläsern nebst einer ebenfalls mit Wasser gefüllten Karaffe herein.

Der Abt deutete auf ihn. »Wenn Sie wollen, kann Sie Korbinian gleich zu unserem Finanzchef, Pater Eberhard, bringen.«

Mittwoch, 29. Juni
15 Uhr 12

Der Weg vom Prälatenzimmer zum Büro von Pater Eberhard war weit. Vor allem deshalb, weil sie den kürzeren Weg nicht nehmen durfte, wie ihr Bruder Korbinian erklärte, der seinen vielen Fragen nach zu schließen ein großes Interesse an dem Mordfall hatte. Der kurze Weg würde durch die Klausur führen, die zu betreten einer Frau aber nicht gestattet wäre.

Schon an der kleinen groben Holztür zu Pater Eberhards Büro ahnte sie es. Was für ein Kontrast! Sowohl den Raum als auch die Person betreffend. Das Zimmer im Erdgeschoß des Klosters, in dem Pater Eberhard seiner Arbeit nachging, war im Vergleich zum Prälatenzimmer eine karge Zelle. Mit nur einem schlichten Kruzifix an der Wand gegenüber seinem Schreibtisch. Mit nur einem Sessel für Besucher. Und was für ein optischer Unterschied zwischen dem Abt und seinem Mitarbeiter. Da ein älterer Herr mit Stirnglatze, der sein Vergnügen an gutem Essen auch unter der weitgeschnittenen Kutte kaum verbergen konnte. Hier ein sportlich-schlanker, sehr junger Mann mit dichtem, ganz kurz geschnittenem dunkelblonden Haar. Bei der Begrüßung zeigte er nicht die Spur eines Lächelns. So jemand hätte eher als Controller in ein internationales Unternehmen gepasst als in ein tausend Jahre altes Kloster.

Ihr war sofort klar, dass hier nicht der Ort für eine lange Form der Gesprächseinleitung war. Sie erklärte ihr Anliegen in aller gebotenen Kürze.

»Ich erinnere mich natürlich sehr gut an die Spende. Wenn ich von der Bank absehe, die uns regelmäßig großzügigst bei der Sanierung des Dachs des Klosters unterstützt, ist mir in den knapp drei Jahren, in denen ich hier sitze, ein derartiger Beitrag einer Privatperson noch nie untergekommen. Ich habe sofort ein Dankschreiben verfasst und unserem früheren hochwürdigsten Herrn Abt zur Unterschrift vorgelegt. Von der Dame haben wir allerdings nie mehr etwas gehört. Keine Bitte um eine Spezialführung oder Ähnliches.«

»Hat Frau Schremser schon früher einmal gespendet?«

Jetzt zeigte sich auf dem Gesicht des Paters doch ein ganz leichtes Lächeln. »Als Finanzmann habe ich das natürlich gleich geprüft. Für insgesamt fünf Jahre. Aber da ist nichts gewesen.«

»Frau Schremser hat vor mehr als fünfundzwanzig Jahren eine Dissertation über Gottfried Bessel geschrieben.«

Es schien ihr fast so, als würde Pater Eberhard durch seine Zähne pfeifen. »Eine Mammutaufgabe. Da hätte ich mir an ihrer Stelle ein einfacheres Thema gesucht.«

Doris nickte. »Sie hat die Dissertation nicht vollendet.«

»Und trotzdem spendet sie uns hunderttausend Euro? Ich weiß zwar nicht, was die Spende mit ihrer Ermordung zu tun haben könnte, liegt ja auch schon eine Zeit zurück, aber eigenartig ist das schon.«

Auch an Pater Eberhard war wohl ein guter Kriminalist verloren gegangen, dachte sie, bevor sie sich verabschiedete.

Auf dem Weg zu ihrem Auto war sie so frustriert, dass sie am Parkplatz den Pförtner gar nicht wahrnahm, obwohl er in der Nähe ihres Autos stand.

»Schön langsam glaube ich, dass Sie bei uns im Kloster einen Mörder suchen.«

Sie blickte auf und sah in ein lachendes Gesicht, dessen sympathische Ausstrahlung auch durch einen fehlenden Schneidezahn nicht wirklich beeinträchtigt wurde.

»Wenn Sie mir dabei helfen, werde ich ihn sicher schnell finden.«

Jetzt lachte auch sie, winkte dem Pförtner zum Abschied und war gerade dabei, in ihr Auto zu steigen, als ihr Handy läutete.

Der Filialleiter der Sparkasse war am Apparat. Er hatte die auf Mikrofilm gespeicherten Kreditunterlagen von Frau Stritzek noch einmal geprüft und bat vielmals um Entschuldigung. Denn darin sei tatsächlich auch eine grundbücherlich abgesicherte Leibrente zugunsten des alten Hauseigentümers vermerkt.

»Und da haben Ihnen die Eigenmittel von Frau Stritzek gereicht?«

»Mein Vorgänger hat deshalb auch eine zusätzliche Sicherheit verlangt, die er auch erhalten hat.«

Jetzt wurde sie hellhörig. »Und welche?«

»Eine Bürgschaft.«

»Und wer hat für Franziska Stritzek gebürgt?«

»Ein Doktor Andreas Haberl.«

Mittwoch, 29. Juni
18 Uhr 27

Beim Lesen der Schlagzeile des Niederösterreichischen Tagblatts am frühen Vormittag hatte er es kurz mit der Angst zu tun bekommen. Aber wirklich nur kurz. Ein Durchbruch würde unmittelbar bevorstehen. Sagte zumindest der Landespolizeidirektor. Vielleicht glaubte dieser Herr wirklich an die Täterschaft des Mannes, den man gestern in Weißenkirchen verhaftet hatte. Er wusste es besser. Ein wirklicher Durchbruch würde den Polizeibeamten nur bei Kenntnis seines Motivs gelingen. Darauf würden sie jedoch nie kommen. Nicht einmal die Chefin der Mordkommission würde das schaffen. Obwohl er sie nicht unterschätzte. Dazu war ihre Erfolgsbilanz einfach zu gut. Wahrscheinlich wollte sich der Polizeidirektor nur wichtig machen.

Er vermutete, dass die Chefinspektorin heute gar nicht dazu gekommen war, ihn zu jagen. Wegen der vielen Anfragen von Journalisten. Er war schon auf ›Niederösterreich heute‹ gespannt. Ein Blick auf seine Uhr. Nur mehr eine gute halbe Stunde. Würde die Chefinspektorin oder der Polizeidirektor vor die Kamera treten, um gewunden zu erklären, dass es mit dem baldigen Durchbruch doch noch nicht so schnell klappen würde? Wahrscheinlich Frau Lenhart. In so einer Situation zogen ja die Herrschaften umso eher den Schwanz ein, je weiter oben auf der Hierarchie-Leiter sie standen. Irgendwie tat ihm die Chefinspektorin sogar leid. Aber vielleicht würde sie ja, clever wie sie war, ihren Stellvertreter schicken. Misserfolge zu erklären, war doch eine typische Stellvertreter-Aufgabe.

Und erst die morgigen Zeitungen. Die würden ein Fest für ihn werden. Er musste an einen Spruch aus seiner Kindheit denken, den er immer gehasst hatte. Dass Vorfreude die schönste Freude wäre. Jetzt war er sogar versucht, allen seinen Tanten und Onkeln, die ihn einst mit diesem Spruch gequält hatten, Abbitte zu leisten.

Donnerstag, 30. Juni
09 Uhr 12

Um acht Uhr traf sie sich mit Spencer, um die Ergebnisse des gestrigen Tages zu besprechen. Erstes Gesprächsthema war aber Spencers Interview mit dem Niederösterreichischen Tagblatt, das er an ihrer Stelle auf ihren Wunsch hin übernommen hatte. Auch um ihren Chef zu signalisieren, dass sie seine Ansage vom Durchbruch gar nicht ernst nahm. Und um den Journalisten klarzumachen, dass sie sich in Zukunft besser nicht an ihren Chef wenden sollten. Doris fand, dass Spencer diese Doppelbotschaft im Interview gut vermittelt hatte. »Das wird unserem hochverehrten Herrn Landespolizeidirektor gar nicht gefallen. Gebührt ihm aber nach all dem, was er uns heute über die Wiener Zeitungen ausrichtet.«

Spencer brummte. »Wenn ich das schon zum Zeitpunkt meines Interviews gelesen hätte, hätte ich ihn nicht so glimpflich davonkommen lassen. So eine Frechheit. Hat mit seiner Aussage vom baldigen Durchbruch nur Druck auf das Ermittlerteam ausüben wollen.«

»Einmal Marbolt, immer Marbolt, mein Lieber. Ist eine Spezialität von Leuten dieses Schlags, sich in der Öffentlichkeit ganz demonstrativ an jemand anderem abzuputzen.« Sie machte eine Handbewegung, die zeigte, dass sie sich mit dem Thema nicht weiter aufhalten wollte. »Lassen wir das. Wir sollten uns selbst Druck machen. Wenn wir nämlich ehrlich sind, dann haben wir bis jetzt sehr wenig.« Mit dem Daumen deutete sie auf die Pinnwand hinter sich, wo sich nichts bewegt hatte.

»Heißt das, Göttweig war auch eine Pleite?«, fragte Spencer.

»Auch?« wiederholte Doris. »Du meinst, Herrn Schremser können wir auch vergessen?«

Er nickte und berichtete über seine Vernehmung des zweiten Ehemanns des Opfers, dem Vater von Julia. Ausgesprochen gut aussehender Mann, somit in die Reihe der anderen Männer von Frau Schremser passend. Aber weit und breit kein Motiv. »Eifersucht kann man bei dem Typen ausschließen«, meinte Spencer. »Und finanziell scheint er mir zum Unterschied vom ersten Mann des Opfers auch nicht aus dem letzten Loch zu pfeifen. Die Architektenkammer sagt, er ist gut im Geschäft.«

Doris zuckte die Achseln. »Ich hab sowieso nicht geglaubt, dass wir bei den Ehemännern fündig werden. Leider bin ich in Göttweig auch nicht weitergekommen. Aber eine Neuigkeit hab ich für dich, da wirst du Augen machen.«

Damit hatte er offenbar nicht gerechnet. Er sah sie tatsächlich erwartungsvoll an.

»Sie winkte mit einem Zettel, den sie gleich an die Pinnwand anheften wollte. »Gestern am späteren Nachmittag hat mich noch ein Anruf vom Leiter der Wachauer Sparkasse erreicht. Frau Stritzek hatte für ihren Kredit einen Bürgen. Jetzt rate mal, wen?«

»Doktor Haberl«, antwortete Spencer gelangweilt, als ob das keine besondere Neuigkeit wäre. Aber sein Schmunzeln verriet ihn.

Doris zerknüllte ein Blatt Papier und versuchte damit, seinen Kopf zu treffen.

Wie ein Boxer hob er die Fäuste vors Gesicht. »Es kann doch nur Haberl sein, wenn du so schaust wie eine Katze, die gerade einen Milchtopf ausgeschleckt hat.«

Sie pinnte den Zettel mit der Aufschrift ›Bürgschaft 1994‹ zwischen die Zettel mit den Aufschriften ›Franziska Schremser‹ und ›Andreas Haberl‹ und rückte die beiden näher zueinander. »Wenigstens beweist du, dass du zu Recht mein Stellvertreter bist.«

»Und Du bist zu Recht meine Chefin. Ich wollte dir nämlich schon vorschlagen, dass wir gemeinsam noch mal zu Frau Haberl gehen, um ihr schonend beizubringen, dass wir den Fall ihres Mannes zu den Akten legen. Aber zwischen Chefin und Stellvertreter muss es ja einen Unterschied geben.«

Donnerstag, 30. Juni
09 Uhr 30

Für neun Uhr dreißig war der Kollege angesagt, den sie hausintern nur ›Buchprüfer‹ nannten, der von allen Abteilungen als Experte für alles herangezogen wurde, was mit Finanzen zu tun hatte. Ihn hatte Doris gebeten, das Aktiendepot von Frau Schremser zu überprüfen. Sie wollte Spencer bei dem Termin dabeihaben.

Der Buchprüfer war pünktlich und kam auch gleich zur Sache. »Die Verluste, die sich in den letzten vier Monaten angesammelt haben, sind schon sehr hoch. Kommt aber in den besten Familien vor. Was aber in solchen Familien nicht vorkommt, ist der Umstand, dass Herr Glattauer möglicherweise – und das ist einstweilen nur meine Vermutung – mit fremden Aktien in die eigene Tasche gewirtschaftet hat.«

Spencers Augen funkelten. »Herr Glattauer hat also unterschlagen.«

»Nein, Herr Chefinspektor, das hat er nicht. Dazu ist er zu clever. Allerdings scheint er mit dem Geld seiner Klientin Kurse manipuliert zu haben. Es würde mich nicht wundern, wenn er sich selbst damit ein schönes Körberlgeld verschafft hat. Ist genauso verboten. Endgültiges könnte ich allerdings erst nach Überprüfung des persönlichen Kontos von Herrn Glattauer sagen.«

Beinahe wäre Doris ein Jauchzen entfahren. »Herr Magister, ich könnte Sie küssen. Endlich einmal etwas Handfestes.«

Der Buchprüfer machte eine abwehrende Handbewegung. »Ich wehre mich zwar nicht gegen einen Kuss, aber gegen eine vorschnelle Schlussfolgerung. Noch haben wir keinen Beweis. Ich habe ja noch keine Gelegenheit gehabt, einen Blick in die Finanzen des Herrn Glattauer zu werfen.«

»Diese Gelegenheit werde ich Ihnen schnell verschaffen.« Sie griff nach ihrem Handy. »Ich rufe gleich den Staatsanwalt an.«

Donnerstag, 30. Juni
09 Uhr 44

Er hatte gestern den ganzen Tag über sein Gespräch mit dem Landeshauptmann gegrübelt. Eigentlich wäre ein Donnerwetter zu erwarten gewesen. Ein doppeltes. Wegen der Sache Haberl und wegen der verunglückten Geschichte mit dem Durchbruch in der Causa Aggstein-Mord, die den Landeshauptmann sogar zwang, eine bereits einberufene Pressekonferenz wieder abzusagen. Aber nichts dergleichen. Der hohe Herr schaltete zwar blitzschnell von scheißfreundlich auf sehr schmallippig, ließ sich aber sonst zu keinerlei Missfallensbekundungen oder gar Beschimpfungen hinreißen, für die er bei seinen Leuten so gefürchtet war.

Natürlich durfte er sich nichts vormachen. Der Landeshauptmann war für sein Elefantengedächtnis nicht nur berühmt, sondern auch berüchtigt. Diese Sache würde sich der Landeshauptmann merken und ihn bestimmt nicht so ohne Weiteres davonkommen lassen.

Schon gestern Abend hatte er die überregionalen Zeitungen im Internet gelesen. Zumindest die, die bei ihm im Lauf des

Tages angerufen hatten. An deren Berichten hatte er sich zumindest einigermaßen wiederaufgerichtet. Sie hatten seine Erklärung so weit korrekt wiedergegeben. Seine Ansage von der Erwartung eines baldigen Durchbruchs sei nicht so sehr als Ankündigung der baldigen Aufklärung des Mordes, sondern als Aufforderung an das Ermittlerteam, bald Ergebnisse zu liefern, zu verstehen gewesen. Nicht sehr prominent zwar, aber immerhin. Nur das Niederösterreichische Tagblatt, das auf seinem Schreibtisch lag, und das es nicht für der Mühe wert gefunden hatte, ihn noch einmal zu kontaktieren, musste wieder einmal eine Extrawurst braten. Es gab diesem unmöglichen Herrn Malzacher Gelegenheit, in äußerst langweiliger Form ausführlich zu erklären, dass man erst am Anfang der Ermittlungen stehen würde. Es war in dem Artikel zwar nicht explizit davon zu lesen, dass er, der Polizeidirektor, in diese Ermittlungen gar nicht eingebunden war, aber mit einiger Fantasie konnten sich das die Leser zusammenreimen. Das würde ein Nachspiel haben müssen. Nicht sofort, weil er jetzt einmal besser auf Tauchstation ging und abwartete, wie sich die Dinge entwickelten. Aber seine Stunde würde schon noch schlagen. Früher, als es dem stellvertretenden Leiter der Mordkommission lieb sein mochte.

Donnerstag, 30. Juni
10 Uhr 09

Doris saß an ihrem Schreibtisch und spielte mit einem Kugelschreiber, den sie ab und zu auf die Schreibtischplatte fallen ließ. »Wenn wir jetzt Frau Haberl fragen, ob sie von der Bürgschaft ihres Mannes gewusst hat, dann wird sie natürlich sofort zwei und zwei zusammenzählen. Gefällt mir zu diesem Zeitpunkt gar nicht. Da wecken wir einen Leu, den wir nicht mehr einfangen können.«

Spencer blickte angestrengt durch eines der schießschartenartigen Fenster, die ihr Büro so ungemütlich machten. Sein Arbeitsplatz war allerdings auch nicht besser. Nur kleiner. »Und sie wird auch noch mutmaßen, dass ihr Mann etwas mit der Studentin gehabt hat«, brummte er. »Warum sollte er sonst für sie bürgen?«

»Warte einmal.« Die Chefinspektorin nahm ihr Notizheft und begann darin zu blättern. »Ich bilde mir ein, dass sie mir erzählt hat, dass ihr Mann und sie seit gut zwanzig Jahren verheiratet gewesen sind.« Sie blätterte eine Weile. »So, da habe ich es. Sie hat ihn 1994 kennengelernt. Also genau in dem Jahr, in dem ihr späterer Mann für Franziska Schremser gebürgt hat, damit der Kredit zustande kommt.« Sie schaute auf den einzigen Zusammenhang, den die Pinnwand bisher anzeigte und seufzte. »Ich kann wirklich nur hoffen, dass wir uns mit dieser alten Geschichte nicht vollkommen verrennen.«

»Ja«, hakte Spencer ein. »Das ist alles mehr als 25 Jahre her. Warum sollte das nach so langer Zeit noch ein Motiv für einen Mord liefern? Die Bürgschaft könnte doch auch eine Art Abschiedsgeschenk an die Geliebte gewesen sein.«

Diese Ansage fand Doris erheiternd. »Da wärst du aber ein verdammt großzügiger Ex-Liebhaber. Mein Mann hat einer früheren Freundin zum Abschied nur einen alten Fernseher geschenkt. Behauptet er zumindest.« Sie wurde gleich wieder ernst. »Aber wie dem auch sei. Um ein Gespräch mit Frau Haberl kommen wir nicht herum. Ich werde aber vorher noch einmal mit der ehemaligen Schulfreundin von Frau Schremser reden. Ich habe sie schon einmal gefragt, ob sie etwas Genaueres über die Beziehung zwischen unserem Opfer und Herrn Haberl weiß. Ich versuche es jetzt auf eine andere Art.« Doris machte sich eine Notiz.

»Vielleicht hat sie für ihn gearbeitet«, meinte Spencer. »In den Ferien oder so. Ich werde mich einmal bei der Sozialversicherung erkundigen. Ich habe zwar keine Ahnung, ob die dort noch Unterlagen von damals haben, aber versuchen kann ich es ja.«

»Ja, mach das bitte. Ich schreibe das als Punkt zwei auf. Punkt drei ist, dass ich mit den Eltern von Frau Schremser noch einmal reden muss.« Sie heftete entsprechende Zettel an die Pinnwand. »Vielleicht können die mir sagen, woher ihre Tochter das Startkapital für den Hauskauf gehabt hat. Eine Million Schilling sind vor fünfundzwanzig Jahren viel Geld gewesen. Nicht nur für eine Studentin.«

Spencer lächelte milde. »Doris, ich weiß, wie viel eine Million damals gewesen sind. Für mich als relativ jungen Polizisten eine fast unvorstellbar große Summe.«

Sie reagierte nicht auf diese Bemerkung, weil sie eine neue Idee beschäftigte. »Wenn wir davon ausgehen, dass zwischen dem Tod von Herrn Haberl und dem von Frau Schremser ein Zusammenhang besteht, stellt sich natürlich die Frage, ob der Einbruch und der Diebstahl der Geschäftsunterlagen etwas damit zu tun haben. Was ist dann mit dem Einbruch beim Dürnsteiner Antiquitätenhändler? Und wie passen da die Figur und das Bild vom Heiligen Josef herein? Ganz schön viele Fragen auf einmal.« Sie schrieb weitere Zettel für die Pinnwand und stellte zufrieden fest, dass sie nun nicht mehr ganz so leer aussah.

»Wenigstens brauchst du nicht mehr dem Phantom von Göttweig nachzujagen«, kommentierte Spencer.

Sie nahm das zum Anlass und schrieb ›Göttweig‹ auf einen Zettel. »Noch bin ich mit den Mönchen nicht fertig. Vielleicht findet sich ja doch einer, der noch weiß, warum Franziska Stritzek damals ihre Dissertation geschmissen hat.«

Donnerstag, 30. Juni
13 Uhr 29

Sie hätte sich in ihren Allerwertesten beißen können. Wieso musste sie auch so blöd sein und beim Theater-Verlag um Erlaubnis fragen, ob sie das Stück umschreiben durfte. Nur weil es so im Aufführungsvertrag stand. Regisseure würden doch heutzutage laufend Stücke verändern, ohne sich einen Dreck um Verlage oder gar Autoren zu scheren. Aber sie als ehemalige Gemeindesekretärin wollte halt auch in dem Punkt so korrekt sein, wie sie es in fast vierzig Jahren Amtszeit immer gewesen war.

Heute dann der Brief des Verlags, gebracht von der Post. Aus künstlerischen Gründen müsse man Nein sagen. Dabei wollte sie doch nur selbst die Rolle der Hannele übernehmen. Da wären ja nur klitzekleine Textänderungen notwendig gewesen. Aus dem Nichtsnutz von Vater wäre nur ein Nichtsnutz von Bruder geworden. Hätte auch perfekt zu ihrem wirklichen Leben gepasst.

Zugegeben, das mit der Himmelfahrt auf der Bühne wäre für eine Frau ihres Alters schon ein bisschen schwierig gewesen. Diesen kleinen Nachteil hätte sie aber durch eine besonders zu Herzen gehende Darstellung mehr als wettgemacht.

Im Vertrauen auf die Zusage des Verlags hatte sie schon mit dem Schneidern eines Kostüms für sich selbst begonnen. Weil ihr das der kleinen Julia, das die Mutter natürlich bei einer Kremser Nobelschneiderin hatte anfertigen lassen, beim besten Willen nicht passte. Zu erweitern war es auch nicht.

Sie musste sich eingestehen, heute heftiger als sonst dem Marillenschnaps zugesprochen zu haben. Dabei war es erst kurz nach Mittag. Wie würde sie dem Redakteur des Niederösterreichischen Tagblatts nur beibringen, dass seine Geschichte über die Premiere mit ihrem Foto auf der Titelseite gestorben war. Sein kleines Dankeschön für ihren Tipp mit dem Aggstein-Mörder. Zwar letztlich falsch, aber für die Zeitung durch die Beinahe-Bestätigung durch den Landespolizeidirektor trotz allem eine tolle Geschichte. Gott war ihr Zeuge, dass sie nicht aus Eitelkeit auf dieses Foto gedrängt hatte, sondern nur aus ihrer tiefen Überzeugung, damit wenigstens einen kleinen und bescheidenen Beitrag zur Wiederbelebung des Glaubens an die Auferstehung leisten zu können.

Da sie sich nicht in den Allerwertesten beißen konnte, wollte sie sich als eine Art Selbstgeißelung wenigstens ihre Haare an den beiden Warzen unter ihrem Kinn ausreißen. Nicht abschneiden, sondern ausreißen. Tat höllisch weh, wie sie wusste, seitdem sie sich vor mehr als dreißig Jahren diese Strafe als zusätzliche Buße für eine besonders schwere Sünde auferlegt hatte.

Nach dieser Selbstbestrafung wollte sie darüber nachdenken, ob sie das Himmelfahrtsprojekt nun zu Grabe tragen sollte oder ob es doch noch eine Möglichkeit gab, die Aufführung zu retten. Die Schmerzen würden ihren Kopf frei machen. Daher konnte ein kräftiger Schluck vor der Tortur keinesfalls schaden.

Donnerstag, 30. Juni
13 Uhr 33

Um die Eltern des Mordopfers noch einmal zu sprechen, fuhr sie nach Krems. Auf ihrem Weg legte sie an der Raststation Herzogenburg einen kurzen Zwischenstopp ein. Nicht um sich die Hände zu waschen, obwohl man das hier wie auf allen ASFINAG-Stationen in Österreich machen konnte, ohne sich Sorgen um ausreichende Hygiene machen zu müssen. Sondern um nochmals zu versuchen, die Zahnärztin und Jugendfreundin des Mordopfers zu erreichen. Sie musste lächeln. Offensichtlich hatte sich der gute Ruf der Raststation in halb Europa herumgesprochen. Ein Parkplatz war kaum zu finden und mindestens die Hälfte der Fahrzeuge trug ein ausländisches Kennzeichen.

Sie zwängte sich zwischen einen grünen Kombi aus Ungarn und den Zebrastreifen. So knapp an das Auto heran, dass gar nicht genug Platz für das Öffnen der Fahrertür geblieben wäre, um aussteigen zu können. Musste sie auch nicht. Sie ließ nur die beiden vorderen Seitenscheiben herunter, um sich etwas frische Luft zu verschaffen, und wählte Elisabeth Melichars Nummer. Bereits zum vierten Mal in den letzten drei Stunden.

Diesmal hob die Zahnärztin ab. Frau Melichar schien von ihrem Anruf überrascht zu sein, aber offensichtlich auch sehr bereit, für Fragen zur Verfügung zu stehen.

Die Chefinspektorin hatte sich vorgenommen, den Namen Haberl dabei gar nicht mehr zu erwähnen. »Ich habe Ihnen ja schon bei unserem Gespräch in Göttweig erzählt, dass wir uns die Vergangenheit von Frau Schremser sehr genau anschauen. Können Sie sich zufällig noch erinnern, ob sie in der Zeit ihrer Arbeit an der Dissertation einen Freund gehabt hat? Ich meine jemanden, mit dem sie richtig liiert gewesen ist.«

Sie hörte ein leichtes Lachen. »Frau Chefinspektorin, ich weiß schon, was Sie meinen. Ich bin ja nicht von gestern. Lassen Sie mich nachdenken.«

Doris klopfte mit den Fingerkuppen ihrer rechten Hand aufs Lenkrad. Sie ermahnte sich, nicht ungeduldig zu werden.

»Franziska ist ja nicht gerade das gewesen, was man ein Kind von Traurigkeit nennen würde, aber ich meine, dass gegen Ende ihres Studiums Manuel, ihr späterer Mann, schon so eine Art Exklusivrecht auf sie gehabt hat. Ich habe schon damals versucht, ihr den Charmeur und großen Blender wenigstens vorsichtig auszureden. Aber wie in so vieler Hinsicht hat sie sich auch da nichts dreinreden lassen. Warten Sie. Ich habe im Juli 96 geheiratet, Franziska ein knappes Jahr vor mir. Das weiß ich genau, weil sie bei meiner Hochzeit schon schwanger gewesen ist. Ich bin mir jetzt sicher, dass das mit Manuel und ihr mindestens eineinhalb bis zwei Jahre vorher begonnen hat.«

Die Leiterin der Mordkommission bedankte sich, nicht ohne darauf hinzuweisen, dass das unter Umständen nicht ihr letzter Anruf sein würde.

»Jederzeit gern bereit. Wenn Sie einmal in Traismauer vorbeikommen und ich so wie jetzt zu Hause bin, würde ich mich auch über Ihren Besuch bei uns freuen.«

Doris fiel in der Sekunde ein, dass der Parkplatz, auf dem sie stand, nur ein paar Minuten von Traismauer entfernt war. »Darauf werde ich gern zurückkommen. Auf Wiederhören.«

Sie fuhr nicht gleich los. Sie wollte nachdenken, was die Auskunft der Zahnärztin, die sehr präzise und auch glaubhaft geklungen hatte, für ihre weiteren Ermittlungen bedeuten würde. Auf alle Fälle würde es das Gespräch mit Frau Haberl leichter machen. Aber wenn die Bürgschaft keinen erotischen Hintergrund hatte, welchen dann? Vielleicht würde das Gespräch mit Franziskas Eltern zumindest einen Funken von Klarheit bringen.

Als sie ihren Wagen Ecke Gartenaugasse und Dreifaltigkeitsplatz abstellte, war es fünf vor zwei. Punktlandung, denn sie hatte sich für 14 Uhr angesagt. Auf dem kurzen Weg zur Wohnung der Stritzeks in der Göglstraße blendete sie ein Lichtstrahl. Der kam vom Gold des Strahlenkranzes auf der Dreifaltigkeitssäule. Diese kleine Erleuchtung nahm sie als gutes Zeichen.

Eine ganz in Schwarz gekleidete Frau Stritzek führte sie ins Wohnzimmer, entschuldigte sich und verschwand in Richtung Küche, an der sie gerade vorbeigegangen waren. Im Wohnzimmer war für Kaffee gedeckt. Aber nicht der gedeckte Tisch nahm die Aufmerksamkeit der Chefinspektorin gefangen, sondern der

Blick auf die Turmspitze der Pfarrkirche und die Piaristenkirche. Sicher einer der schönsten Blicke, den man vom Stadtzentrum aus auf die beiden Kirchen haben konnte. Wollte ihr das Schicksal damit einen Hinweis geben? In diesem Mordfall verging kaum ein Tag, an dem sie nicht auf einen weiteren schönen Ausblick auf Krems stieß. Sollte sie nach Krems übersiedeln? Nein, das kam nicht infrage, solange ihre Sophie noch in die Schule ging. Und doch spürte sie, wie sehr ihr Herz an dieser alten Stadt an der Donau hing. Sie schaute hinaus auf dieses Mosaik von roten und schwarzen, größeren und kleineren Dächern und alten Schornsteinen, aus dem die beiden Kirchtürme herausragten. Eine heimelige Szenerie wie aus einem Märchenfilm.

»Ein traumhafter Blick, nicht wahr?«

Sie wandte sich um.

Herr Stritzek stand da, in dunkelgrauem Anzug mit schwarzer Krawatte, und schaute an ihr vorbei zum Fenster hinaus. »Diesen Ausblick haben wir unserer Tochter zu verdanken. Dieses Haus gehört ihr nämlich.« Er machte eine kleine Pause. »Oder besser gesagt, hat ihr gehört. Den Vorwurf, dass sie sich nicht um ihre Eltern gekümmert hätte, kann man ihr auch beim schlechtesten Willen nicht machen.«

Hörte Doris da eine gewisse Verbitterung heraus?

»Kommen Sie, Frau Lenhart. Nehmen Sie bitte Platz. Und zwar auf dem Sessel hier. Da haben Sie die ganze Zeit unsere Kirchen im Blick.« Herr Stritzek rückte ihr den Stuhl zurecht. Normalerweise hätte sie sich für diese Geste nur mit einem kurzen Kopfnicken bedankt. Jetzt sagte sie aber deutlich vernehmbar »Herzlichen Dank«.

Frau Stritzek kam ebenfalls herein und schenkte ihr mit leicht zittriger Hand Kaffee ein.

Nachdem die beiden sich ebenfalls gesetzt hatten, eröffnete Doris das Gespräch. »Zunächst möchte ich Ihnen danken, dass

Sie sich so rasch Zeit für mich nehmen. Wie ich Ihnen schon am Telefon gesagt habe, halten wir es nicht für ausgeschlossen, dass das Motiv für das unfassbare Verbrechen an Ihrer Tochter weit in der Vergangenheit liegt. Deshalb sind Sie als Eltern von Franziska für die Kriminalpolizei besonders wichtige Ansprechpartner. Das ist mir bei unserer ersten Begegnung auf der Burg noch gar nicht so klar gewesen.« Sie versuchte, in den Gesichtern der Eltern zu lesen.

Frau Stritzek schien neugierig zu sein, ihr Mann hingegen skeptisch und verblüfft gleichzeitig.

»Frau Melichar, die Sie ja sicher kennen, hat erzählt«, fuhr Doris fort, »dass Ihre Tochter über einen Göttweiger Abt eine Dissertation geschrieben hat. Aber kurz vor der Fertigstellung hat sie die Arbeit abgebrochen. Wissen Sie, warum?«

»Da rühren Sie in einer Wunde meines Manns. Er hätte es noch lieber als ich gesehen, wenn unsere Tochter promoviert hätte.«

Herr Stritzek riss das Wort an sich. »Wissen Sie, wenn Sie nicht das Zeug für ein Studium gehabt hätte, dann hätten wir das akzeptieren müssen. Aber sie hat bis zur Dissertation alles mit Auszeichnung gemacht. Ich bin deshalb über das abrupte Ende sehr geschockt gewesen. Unsere Tochter hat einfach erklärt, dass es sie nicht mehr freut. Basta.«

»Aber Dieter! Franziska hat auch ohne Doktorat ihren Weg gemacht. Wärst du jetzt glücklicher, wenn auf ihrem Grabstein Doktor Franziska Schremser stünde? Frau Chefinspektorin, beten Sie zu Gott, dass Sie nie ein eigenes Kind begraben müssen.«

Die Augen von Frau Stritzek füllten sich mit Tränen, die ihren Mann veranlassten, in seinen Hosentaschen nach einem Taschentuch zu suchen.

Doris fand es am Klügsten, keine Stille entstehen zu lassen. »Eine Frage habe ich noch. Ihre Tochter hat bald nach dem Abbruch ihres Studiums ein Haus in der Oberen Landstraße gekauft. Mit einem recht großen Kredit, aber auch mit einer Million Schilling Eigenkapital.«

»Was?« Herr Stritzek unterbrach sie vollkommen verblüfft. »Mit einer Million Eigenkapital? Ausgeschlossen! Sind Sie sicher?«

Doris nickte.

Er schüttelte ungläubig den Kopf. »Von uns hat sie nur einen Bausparvertrag mitbekommen. Knapp 70.000 Schilling sind das gewesen. Seit ihrer Geburt haben wir Monat für Monat ...« Seine Stimme brach. Er konnte den Satz nicht fertig aussprechen.

Frau Stritzek legte ihre Hand auf den Arm ihres Manns und drückte ihn. Wie es nur eine Frau nach fünfzig glücklichen Ehejahren tun konnte.

Doris fragte sich, ob sie selbst den Arm ihres Erich irgendwann auch so zärtlich würde drücken können.

»Da sehen Sie nur, Frau Chefinspektorin«, setzte Frau Stritzek fort, »Franziska hat uns nie viel erzählt. Wenn Sie mich fragen, so kann da nur ein wohlhabender Gönner, um das so neutral wie möglich auszudrücken, dahintergesteckt haben. An Geld ist sie ja immer interessiert gewesen.«

»Von mir hat sie das jedenfalls nicht.« Dieter Stritzek hatte sich gefangen und blickte recht angewidert drein.

Doris beschloss, den Stier bei den Hörnern zu packen. »Kennen Sie einen gewissen Doktor Andreas Haberl? Er hat bei dem Kredit damals für Franziska gebürgt.«

Jetzt war es an Frau Stritzek, ganz verblüfft zu schauen. »Der Andi Haberl? Ich sage noch immer ›Andi‹, weil ich ihn seit seiner Volksschulzeit kenne. Da bin ich nämlich seine Lehrerin gewesen. Also, der wohlhabende Gönner kann der jedenfalls nicht gewesen sein. Der war damals noch ein ganz kleiner Antiquitätenhändler.«

Donnerstag, 30. Juni
16 Uhr 02

Am Täglichen Markt hatte sie noch schnell einen Strauß Rosen gekauft. Rosafarbene, weil ihr die am frischesten schienen. In Gedanken an den wunderbaren Garten von Franziska Schremser arrangierte sie die buschige Blütenpracht auf ihrem Schreibtisch. Allzu viel halfen auch die schönsten Blumen nicht, um ihrem Büro die trostlose Ausstrahlung zu nehmen. Aber besser als nichts.

Als Spencer zur Tür hereinkam, blieb sein Blick sofort an den Rosen hängen. »Du wirst doch keinen heimlichen Verehrer haben.«

Sie grinste. »Noch vor zwei Wochen wären dir Blumen gar nicht aufgefallen. Da hätte ich einen Fußball auf den Schreibtisch legen müssen, um dich zu einem Kommentar zu bewegen.«

Spencer lächelte. Sein Blick hing immer noch an den Rosen. »Ich hab gestern noch schönere gefunden. Rote.«

Sie fand, dass sein zufriedenes Lächeln haarscharf an Selbstzufriedenheit grenzte. Hoffentlich erlebte er keine Enttäuschung. Sie wechselte das Thema. »Die Eltern von Frau Schremser wissen nicht, woher ihre Tochter das Startkapital für ihre Immobilien gehabt hat. Ich wollte dann gleich zu Frau Haberl, aber die ist heute leider in Wien. Ich muss also morgen noch einmal nach Krems fahren.«

»Irgendetwas, das uns weiterbringt?« Ihr Stellvertreter hatte mittlerweile wieder das leicht griesgrämige Gesicht aufgesetzt, das sie seit Jahren kannte.

»Nicht wirklich. Außer es bringt uns weiter, dass wir Herrn Haberl so gut wie sicher als Liebhaber der jungen Franziska Stritzek ausschließen können. Frau Melichar war in dem Punkt sehr bestimmt. Auch die Eltern sind mehr als skeptisch gewesen. Da bin ich allerdings vorsichtig, weil Franziska ihren Eltern gegenüber in ihrer Informationspolitik sehr zurückhaltend gewesen zu sein scheint, um es einmal so auszudrücken. Ich kann nur hoffen, dass mir meine Töchter einmal mehr erzählen.

»Dann kann ich mir ja einen frühen und schönen Abend machen.«

»Also, ein bisschen mehr Arbeitsmoral hätte ich mir von dir schon erwartet. Deine Herzensdame muss ja die Zauberkräfte einer Circe haben. Ein paar Minuten gib mir noch. Weißt du, was mich die ganze Fahrt von Krems nach St. Pölten über beschäftigt hat? Ob Franziska Stritzek und Andreas Haberl gleichzeitig oder doch deutlich zeitversetzt wohlhabend geworden sind. Jedenfalls werde ich Frau Haberl morgen fragen, wann ihr Mann das Haus am Wachtberg, das auch schon vor zwanzig Jahren ein Vermögen gekostet haben muss, gekauft hat.« Sie unterstrich die Jahreszahl 1994 auf der Pinnwand. »Es ist schon auffallend, dass nicht einmal die beste Freundin weiß, woher unser Opfer das viele Geld hatte und der Einbrecher Geschäftsunterlagen bei dem Bürgen Haberl genau aus der Zeit gestohlen hat, in die der Stritzeksche Hauskauf fällt.«

Spencer nickte. »Wenn da ein Zusammenhang besteht, dann ist eventuell auch der Dürnsteiner Kunsthändler gefährdet.«

Doris nahm einen weiteren Zettel, notierte darauf den Namen ›Kamper‹ und heftete ihn neben ›Haberl‹ an die Pinnwand. Dann nahm sie noch zwei weitere Zettel und schrieb darauf ›Heiliger Josef‹ und ›Geschäftsunterlagen 1992–96‹. »Damit haben wir einen Zusammenhang von Kamper zu Haberl, aber nicht zu Schremser.«

Zu ihrer Verwunderung schüttelte Spencer den Kopf, ging zur Pinnwand und steckte die Zettel von Kamper zum Zettel mit der Aufschrift ›Bürgschaft 1994‹. »Falls es diesen Zusammenhang zwischen dem Mord an Schremser und Haberls Tod wirklich gibt, dann hatte der Mörder einen Grund, auch bei Kamper in den Geschäftsunterlagen etwas zu suchen. Wir können nicht ausschließen, dass er einen Zusammenhang gefunden hat, den wir noch nicht sehen.«

»Mach mich nicht schwach.« Doris überlegte kurz und traf dann eine Entscheidung. »Du hast recht. Wir dürfen kein Risiko eingehen. Lass bitte das Geschäft von Kamper und sein Haus bewachen.«

Es klopfte.

Ihr »Herein« klang lauter als sonst. Eine kleine Ablenkung war ihr gerade sehr willkommen.

Der Buchprüfer steckte seinen Kopf herein. »Schönen Nachmittag. Das trifft sich ja gut, dass ich gleich Sie beide hier finde. Das mit der richterlichen Verfügung hat bestens geklappt. Und die Ergebnisse meiner Prüfung sind auch nicht zu verachten.«

»Dann nur herein in die gute Stube.« Da Spencer bei der Pinnwand stand, konnte sie ihm den Besuchersessel vor ihrem Schreibtisch anbieten. »Wir sind ganz Ohr.«

»Ich will es gar nicht spannend machen. Ich muss vorausschicken, dass Herr Glattauer als Berater von Frau Schremser ein Fixum von 150.000 Euro pro Jahr bezogen hat. Das ist in diesem Bereich durchaus normal. Dazu ist eine Erfolgsprämie gekommen, die in den letzten Jahren zwischen hundertzehn- und hundertsiebzigtausend Euro ausgemacht hat. Heuer hätte es bis jetzt nicht einmal einen Cent gegeben. Er hat sich aber zu helfen gewusst und begonnen, die Kurse von Aktien kleiner Firmen mit dem Geld von Frau Schremser hochzutreiben. Wobei er zuvor ebendiese Aktien zu Niedrigkursen selbst gekauft und später zu dem höheren Kurs verkauft hat. Das Geld von Frau Schremser hat er allerdings nicht wieder abgezogen, damit niemand auf seinen Trick aufmerksam wird. So ist Frau Schremser auf den Aktien der kleinen Firmen sitzengeblieben und hat wieder verloren, während er sich heuer ein Körberlgeld von circa zehntausend Euro pro Monat verschafft hat. Selbstverständlich strafbar.«

Spencer rieb sich mit grimmigem Gesichtsausdruck die Hände. »Und Frau Schremser ist ihm dahintergekommen. Na, wenn das kein ordentliches Motiv für einen Mord ist, fresse ich einen Besen.«

Donnerstag, 30. Juni
19 Uhr 12

Seine Elfriede verlangte nach der Fernbedienung, die er ihr missmutig aushändigte. Wieder nichts in ›Niederösterreich heute‹, das ihn beruhigt hätte. Auch seine alten Freunde in St. Pölten, die ihm den einen oder anderen kleinen Gefallen schuldig waren, wussten nichts über das weitere Schicksal des Weißenkirchener Taschendiebs. War er nun der Phantombild-Mörder oder nicht? Das Tagblatt hatte doch schon vorgestern einen baldigen Durchbruch angekündigt. Irgendwie hatte Felix Frisch gehofft, dass sich der Mord in Aggstein in Wohlgefallen auflösen würde und er niemanden von dieser gestohlenen Brieftasche berichten musste. Nachdem er gestern in aller Herrgottsfrüh von seinem guten Freund, dem Chefinspektor, überraschend rüde aus dem Bett geholt worden war, um den Dieb zur Kripo nach St. Pölten überstellen zu lassen, hatte er lang überlegt, ob er Spencer über die Diebstahlsanzeige des Anzugträgers informieren sollte. Zuletzt hatte er seinem Instinkt nachgegeben, der ihm das Gehen auf Tauchstation befahl. Ungern zwar, weil er ja unter normalen Umständen ein vorbildlich pflichtbewusster Polizeibeamter war. Aber die Zeiten waren eben nicht normal. Allerdings hatte er gestern in einem unbeobachteten Moment die Anzeige aus der

Sonderablage unter dem Tresen herausgefischt und an sich genommen. Sie aber vorsichtshalber nicht vernichtet, sondern sie zusammengefaltet und in seiner Jackentasche wohl verwahrt. Man konnte ja nie wissen. Er hatte dem Anzeiger zwar ohnehin wenig Hoffnung auf eine Wiederbeschaffung seiner Brieftasche gemacht. Er wusste aber auch, dass ein so talentierter Gruppeninspektor wie er niemals auf den Schlaf des Teufels bauen durfte. So ein Anzugträger konnte sich aller Erfahrung nach ganz schnell zu einem sehr lebendigen Teufel entwickeln, der einem auch noch so talentierten Gruppeninspektor die Hölle heiß machen konnte.

Freitag, 1. Juli
09 Uhr 30

Seine Chefin hatte ihm Peter Glattauer genau beschrieben. Groß, schlank, gut geschnittenes Gesicht mit energischer Kinnpartie, selbstsicher und auf eine betont legere Art exquisit gekleidet. Sie wollte das Verhör, wie sie sagte, nicht selbst führen. Nicht einmal mit dem Finanzberater telefonieren. So hatte er ihn noch gestern angerufen und ihn für heute 09 Uhr 30 nach St. Pölten bestellt. Thema ›Mordsache Schremser‹. Zunächst ohne weitere Erläuterungen.

Wie erwartet, hatte Peter Glattauer gemeint, der Chefin der Mordkommission bereits alles Wissenswerte gesagt zu haben und dann Ausflüchte wegen eines bereits fix vereinbarten anderen Termins vorgebracht.

Alles Argumente, die Spencer hundertfach kannte. Aber er wusste auch, wie er den Leuten Beine machen konnte. Er sagte dem Finanzberater, dass es sich um eine Vernehmung wegen des Verdachts des Vorliegens einer strafbaren Handlung handeln würde.

Da war Peter Glattauer wie ausgewechselt und hatte plötzlich alle Zeit der Welt.

Jetzt saß ihm der Herr gegenüber. Noch immer groß und schlank. Aber nicht mehr selbstsicher, sondern nur mehr um Selbstsicherheit bemüht, wie der Chefinspektor feststellte. Auch noch immer exquisit gekleidet, aber auf eine sehr formelle Art. Dunkelblauer Anzug, weißes Hemd mit goldenen Manschettenknöpfen, rot-blau gestreifte Krawatte mit passendem Stecktuch. Genau wie jemand, der großen Wert darauf legte, seine absolute Seriosität zu betonen. Nur die leicht blutunterlaufenen und verquollenen Augen, die Spencers Aufmerksamkeit nicht entgangen waren, verrieten, dass der Finanzberater getrunken haben musste.

Es war nicht Spencers Art, sich bei Verhören oder Vernehmungen lang mit Formalitäten oder gar Höflichkeiten aufzuhalten. Vielmehr nutzte er die ersten paar Minuten für eine Einschätzung, wie lang der Widerstand des Verdächtigen anhalten würde.

Peter Glattauer hatte sich anscheinend gut in der Hand. Er bestritt die Fakten, die der Buchprüfer der Kriminalpolizei herausgefunden hatte, gar nicht. Behauptete aber, dass das in seiner Branche durchaus übliche Usancen wären.

»Herr Glattauer, ich kann Sie nicht daran hindern, mich für blöd verkaufen zu wollen. Aber an Ihrer Stelle würde ich mir das gut überlegen. Unser Sachverständiger kennt sich in der Materie sehr gut aus und ist auch mit den Usancen Ihrer Branche, wie Sie das nennen, bestens vertraut. Was Sie gemacht haben, ist strafbar. Da wir in der Zwischenzeit wissen, dass Frau Schremser, wenn es um ihr Geld gegangen ist, keinen Spaß verstanden hat, haben Sie ein starkes Motiv gehabt, Ihre Klientin zu töten. Sie haben nicht nur ein Motiv gehabt, sondern auch die Gelegenheit dazu. Sie sind nämlich prominenter Gast bei der Hochzeitsfeier in Aggstein gewesen. Und glauben Sie mir, Herr Glattauer, bei der Kriminalpolizei sind wir gut darin, uns den richtigen Reim auf etwas zu machen.« Er fixierte den Finanzberater und war bedacht darauf, nicht zu blinzeln.

Peter Glattauer rieb seine Hände so heftig aneinander, dass die von der Sonne gebräunte Haut über den Knöcheln der Hände ganz weiß wurde. Seine Augen flackerten noch mehr, als sie das während der letzten zwanzig Minuten getan hatten. »Ich möchte nichts mehr ohne meinen Anwalt sagen.«

Spencer lehnte sich erleichtert und siegesgewiss zurück. »Das würde ich an Ihrer Stelle auch nicht tun.«

Freitag, 1. Juli
09 Uhr 52

Als Doris Lenhart gerade ihr Auto in die erste Kurve der Wachtbergstraße lenkte, läutete ihr Handy. Konnte nur ihr Stellvertreter sein, um sie wie verabredet sofort über das Gespräch mit Peter Glattauer zu informieren. Noch bevor sie auf Empfang schaltete, stand sie schon. Parkraum gab es hier in Hülle und Fülle.

Sie hatte gestern kurz überlegt, selbst mit dem Finanzberater zu sprechen. Und zwar gleich in Krems, weil sie auf ihrem Weg zu Frau Haberl ja ohnehin an seinem Haus vorbeifahren würde. Aber beide Überlegungen hatte sie schnell wieder verworfen. Es war wahrscheinlich zu früh, Herrn Glattauer schon des Mordes zu beschuldigen. Aber dass er ein Defraudant war, stand für sie nach der Expertise des Buchprüfers fest. Und ein Straftäter hatte absolut kein Anrecht darauf, im eigenen Haus vernommen zu werden. Natürlich hätte es den ein oder anderen Vorteil gebracht, wenn sie selbst mit ihm gesprochen hätte. Sie hätte sein Auftreten vor vier Tagen mit dem von heute vergleichen können. Vielleicht hätte sie auch manchen Widerspruch zwischen seinen Angaben vom Montag und den heutigen entdeckt. Letztlich entschied sie sich aber dafür, vorerst ihrem Stellvertreter, den sie entsprechend instruiert hatte, das Feld zu überlassen.

Sie war nicht überrascht über Spencers Rückmeldung. Der dringliche Wunsch, einen Anwalt beizuziehen, war schon ein klares Indiz für ein denkbar schlechtes Gewissen. Ob wegen eines Mordes oder wegen eines Finanzdelikts, das war allerdings noch keine ausgemachte Sache.

Gerlinde Haberl, die sich über den gestrigen Anruf der Chefinspektorin sehr überrascht gezeigt hatte, empfing sie wie beim ersten Mal sehr freundlich und bereits etwas gelöster als am Montag. Wieder auf der Terrasse. Das Wetter war ja auch danach.

Doris investierte heute besonders viel Zeit, um ihr Gespräch auf das Thema zu lenken, das sie interessierte. Sie ließ Frau Haberl mit größter Geduld über die Vorbereitungen für das Begräbnis berichten und auch über ihr neuestes Gespräch mit dem Landeshauptmann. Doris merkte schnell, wie gut der Witwe das Reden tat. Nach einer Weile ergriff sie aber dann doch die Initiative. »Frau Haberl, ich hoffe, Sie erwarten von mir nicht schon ein endgültiges Ergebnis unserer Untersuchungen. Wir stecken noch mittendrin. Dabei sind wir auf ein kleines Detail gestoßen, das höchstwahrscheinlich reiner Zufall ist, dem wir aber trotzdem nachgehen wollen. Sie erinnern sich, dass ich Sie am Montag gefragt habe, ob Ihr Mann Franziska Schremser gekannt hat?«

»Natürlich.« Gerlinde Haberl war sichtlich aufmerksam, aber von einer Anspannung konnte keine Rede sein.

»Wir sind bei unseren Recherchen zur finanziellen Situation von Frau Schremser darauf gestoßen, dass sie vor fünfsundzwanzig Jahren ein Haus in der Oberen Landstraße gekauft hat. Und zwar mit einem Kredit.«

»Das ist ja in Krems allgemein bekannt, dass sie viel mit Immobilien spekuliert hat.«

»Für den Kredit hat Ihr Mann gebürgt. War Ihnen das bekannt?«

Es wäre schwer gewesen zu übersehen, dass Frau Haberl nicht nur verblüfft, sondern auch erschrocken war. Allerdings hatte sie sich schnell wieder unter Kontrolle. »Wann, sagten Sie, hat Frau Schremser das Haus gekauft?«

»Herbst 1994.«

»Dann ist das vor meiner Zeit gewesen.« Die Erleichterung im Gesicht ihrer Gesprächspartnerin war nicht zu übersehen. »Und Andreas hat mir auch nie etwas davon erzählt.« Gerlinde Haberl sah der Chefinspektorin direkt ins Gesicht. »Ich weiß, was Sie jetzt denken. An und für sich könnte es mir ja egal sein, weil das ja vor meiner Zeit gewesen ist. Aber ich bin trotzdem sicher, dass zwischen meinem Mann und Frau Schremser nichts gewesen ist. Ich bin ihr ja in den letzten Jahren ab und zu gemeinsam mit meinem Mann auf der Straße begegnet. Frau Lenhart, glauben Sie mir, da wäre es mir nicht verborgen geblieben, wenn die beiden je etwas miteinander gehabt hätten. So etwas spürt eine Frau einfach.«

Doris nickte. »Ich weiß, was Sie meinen. Ich würde so etwas wahrscheinlich auch spüren. Aber umso interessanter wäre es natürlich herauszufinden, was der tatsächliche Grund für die Bürgschaft gewesen ist.«

»Ich bezweifle, ob sich das je wird feststellen lassen. Wo ja beide tot sind.« Frau Haberl stockte und griff mit ihrer rechten Hand nach ihrem Mund. »Sie werden doch nicht andeuten wollen, dass zwischen dem Tod meines Mannes und dem von Frau Schremser ein Zusammenhang besteht?«

Dass die Witwe diese Frage stellen würde, war zu erwarten gewesen. Deshalb hatte sich die Chefinspektorin auch schon im Vorhinein mehrere Antwortvarianten überlegt. Welche davon sie wählen würde, wollte sie von der Situation und dem Verlauf des Gesprächs abhängig machen. »Wir können das zum jetzigen Zeitpunkt zwar nicht ausschließen. Vor allem, weil wir noch immer nicht genügend Anhaltspunkte haben, um endgültig sagen zu können, ob Ihr Mann einem Gewaltverbrechen zum Opfer gefallen ist. Und selbst dann wäre es noch immer möglich, dass kein Zusammenhang zwischen den Verbrechen besteht. Ich möchte Sie in jedem Fall dringend ersuchen, darüber nicht ein einziges klitzekleines Wort zu verlieren. Niemandem gegenüber. Denn das könnte die Untersuchungen auch Ihren Ehemann betreffend empfindlich stören.«

»Da können Sie sich ganz auf mich verlassen. Die Ermittlungen zu behindern, ist das Letzte, was ich möchte.«

»Hätten Sie etwas dagegen, dass ich einen Blick auf das Konto Ihres Mannes werfe?« Frau Haberl zog die Stirn in Falten. »Ich weiß zwar nicht, warum Sie das wollen. Aber da Andreas und ich ein gemeinsames Konto besessen haben, können wir, wenn es Ihnen recht ist, gleich zur Bank fahren. Wachauer Sparkasse. Ich sage dem Filialleiter Bescheid. Während ich ein paar Besorgungen erledige, können Sie sich die Unterlagen in aller Ruhe anschauen.«

Sonntag, 3. Juli
10 Uhr 40

Dirndln und wieder Dirndln. Die Kirche war gesteckt voll. Zu einer Hälfte mit Dirndln, zur anderen mit Trachtenanzügen in allen Preisklassen und Größen. Vor ihm in der ersten Bank und in den Bänken hinter ihm, die Gerhard Malzacher mit einer recht vorsichtigen Drehung des Kopfes inspizierte. Was hatte er hier zu schaffen?! Er wollte dringend weg von hier, raus aus dieser Messfeier, sich seiner Arbeit widmen. Denn seit gestern Abend hatte er das unbestimmte Gefühl, im Mordfall Schremser etwas übersehen zu haben. Er kannte dieses Gefühl. Es machte ihn missmutig und reizbar bis zu dem Moment, wo ihm die sprichwörtlichen Schuppen von den Augen fielen. Diese Schuppen purzelten aller Erfahrung nach dann, wenn er seinem Instinkt folgte. Hier war er am falschen Ort, das spürte er, ohne genau sagen zu können, warum. Hier gab es nichts, was ihm auf die Sprünge helfen würde. Was konnte ihm entgangen sein? War es etwas, das er gesehen, oder war es etwas, das er gehört hatte? In diesem Zustand brauchte er geistige Anregung. Am besten würde sich ein Spaziergang durch eine belebte Einkaufsstraße eignen. Voller verschiedenster Eindrücke, um sein Unterbewusstsein auf Touren zu bringen. Stattdessen musste er hier stillsitzen in diesem Meer von Dirndln und Trachtenanzügen. Nur ein paar Menschen, die ganz hinten saßen oder gar unter der Orgel standen, hatten sich dem Dresscode widersetzt. Wahrscheinlich, weil sie gar nichts von der Hauptattraktion der heutigen Sonntagsmesse wussten: der Erneuerung des Ehegelübdes im Rahmen der Feier einer silbernen Hochzeit. Die beiden Eheleute selbstverständlich auch dem Anlass entsprechend gekleidet. Sie in einer weißen Dirndlbluse und einem halblangen, grünen Rock – aus Seide, wie er wegen des sanften Glanzes vermutete – der mit einer riesigen Schleife am Rücken zusammengebunden war. Mit einem silbernen Kranz im Haar. Er in einem grauen Niederösterreicher-Anzug. Beide vor dem Altar auf einem Betschemel aus hellbraunem Holz mit dunkelroter Polsterung kniend. Sie, die um drei Jahre jüngere Schwester Walpurgas, und er, ein Beamter am Finanzamt Krems, der vor zwölf Jahren ein halbes Haus in Weißenkirchen geerbt hatte.

Spencer selbst trug Uniform. Auf ausdrücklichen Wunsch seiner Flamme. Wahrscheinlich, weil sie seiner privaten Sonntagsgarderobe nicht traute. Konnte er ihr gar nicht verdenken. Gestern Abend hatte er die drei Krawatten, die er besaß, einer genaueren Inspektion unterzogen. Mit dem Ergebnis, dass selbst ihm bei allen dreien eine gewisse Speckigkeit des Stoffs aufgefallen war, genau an der Stelle, an der der Knoten gebunden wurde. Außerdem hatte jede Krawatte ein paar Flecken, deren Herkunft er sich nicht erklären konnte. Jedenfalls brauchte er neue Krawatten, obwohl er sie eigentlich gar nicht mochte.

Zunächst hatte er ja nach allen möglichen Entschuldigungen gesucht, um bei der Feier in Weißenkirchen nicht dabei sein zu müssen. Es dann aber aufgegeben, weil er merkte, dass seine Teilnahme Walpurga ein großes Anliegen war. Offensichtlich wollte sie ihn im Kreis ihrer Familie präsentieren.

Er hätte nie gedacht, dass sich der Aufstieg zur Kirche für ihn so mühsam gestalten würde. Stiegen und wieder Stiegen, die Walpurga höchst leichtfüßig hinaufgesprintet war, während er alle Mühe hatte, sein Schnaufen zu verbergen.

Er wollte gar nicht daran denken, dass er jetzt auf einem Fußballplatz in Bad Vöslau oder in Zwettl hätte sitzen können. Einfach im speckigen T-Shirt. Ohne Krawatte und ohne diese Uniform, die er zum letzten Mal vor acht Jahren angehabt hatte und die jetzt an allen Ecken und Enden zwickte. Außerdem hatte er das Gefühl, dass ihm der Schweiß in Strömen den Rücken hinablief.

Er hatte keine Ahnung vom tatsächlichen Alter der Pfarrkirche. Aber ein paar Hundert Jahre würde er ihr schon geben. Da hieß es immer, alte Kirchenmauern würden die Hitze draußen halten. Dabei war es hier heiß wie in einem Zelt.

Er schaute zur Seite. Was er da sah, hob schlagartig seine Stimmung. Sie gefiel ihm. Walpurga hatte ein sehr ebenmäßiges

Profil. Das dezente Doppelkinn fand er süß. Genauso den etwas verklärt wirkenden Ausdruck ihres Gesichts. Jedenfalls sah es von der Seite so aus. Dieser Anblick und die Aussicht auf ein gutes Mittagessen beim Kirchenwirt, zu dem die Silber-Hochzeiter geladen hatten, sorgten dafür, dass seine aufkommende schlechte Laune verschwand. Dort würde es einen Trubel geben, wie es auf Hochzeitsfesten üblich war. Vielleicht würde dieser Trubel ausreichen, um seinem Unterbewusstsein den richtigen Weg zu weisen.

Da wurde seine Aufmerksamkeit von einer Schwalbe gefesselt, die sich ins Kirchenschiff verirrt hatte und offensichtlich einen Weg ins Freie suchte.

Er schaute nach rückwärts, ob irgendjemand so klug sein würde, das Kirchentor weit zu öffnen, damit das panisch flatternde Tier entkommen konnte.

Tatsächlich war da ein großer Mann in Hemd und Krawatte, der offenbar die Situation erkannte und das Tor öffnete.

Plötzlich spürte Spencer ein Frösteln. Trotz der Hitze. Weil ihm endlich einfiel, wonach er die ganze Zeit gesucht hatte. Er musste über sich selbst schmunzeln. Wie konnte er nur etwas gegen Krawatten haben.

Sonntag, 3. Juli
12 Uhr 35

Anlässlich des sechzigsten Geburtstags des obersten Beamten des Landes hatte der Landeshauptmann zu einem kleinen Festakt geladen; zuerst zum Gottesdienst in die Stiftskirche Dürnstein und anschließend zum Essen in das gleich gegenüber der Stiftskirche gelegene Restaurant ›Richard Löwenherz‹. Anders als bei der Sonnwendfeier auf dem Donaudampfer war diesmal wirklich nur die Spitze des Landes eingeladen. Wegen der Sache mit dem Tagblatt hatte Wolfgang Marbolt gefürchtet, vom Landeshauptmann von dieser schon seit Monaten in seinem Kalender notierten Geburtstagsfeier wieder ausgeladen zu werden. Aber nichts dergleichen war geschehen. Daher hatte er gedacht, er sei wieder in Gnaden aufgenommen. Wie hatte er nur so naiv sein können!

Es hatte schon mit dem vom Propst von Herzogenburg zelebrierten Hochamt begonnen, zu dem er anders als bei der Sonnwendfeier vor zwei Wochen in Uniform erschienen war. Damit ihn die Platzanweiser in der Stiftskirche nur ja gleich erkennen würden. Deshalb ging er auch im Mittelgang bis ganz nach vorne, in der Erwartung, mindestens in der dritten Reihe einen Platz zugewiesen zu bekommen. Was für ein Irrtum! Einer der Ordner kam ihm entgegen, nahm ihn recht unsanft beim Oberarm und führte ihn zur vorletzten Reihe. Für ihn ein einziger Spießrutenlauf! Vorbei an all den Hof- und Oberregierungsräten, viele vom Rang her unter ihm, die mitsamt ihren Ehefrauen ebenfalls zu der Feier eingeladen waren. Angesichts der ihm bereiteten Peinlichkeit hatten diese Herrschaften nichts Besseres zu tun, als die Köpfe zusammenzustecken und miteinander zu tuscheln.

Zum Glück hatte er Britta diesmal nicht dabei. Sie war zwar mit ihm nach Dürnstein mitgefahren. Aber nur bis zum Kuenringerbad, dem sie eindeutig den Vorzug gab gegenüber einer langweiligen Festmesse und einem noch langweiligeren Mittagessen mit lauter senilen Leuten, wie sie es ausdrückte. Er hatte nur den Auftrag, sie dort nach dem Mittagessen, also keinesfalls vor 16 Uhr, wieder abzuholen.

In der Stiftskirche, deren Schönheit ihm heute gar keinen Trost spenden konnte, kämpfte er schon mit der bösen Vorahnung, was die Tischgesellschaft betraf. Höchstwahrscheinlich würde der Landeshauptmann auch im ›Richard Löwenherz‹ eine

Demonstration seiner Ungnade inszenieren. Sollte er flüchten? Übelkeit vorschützen und sich zurückziehen? Nein. Denn dann würde ihn der Zorn des Landeshauptmanns bei nächster Gelegenheit ereilen. Und dann war womöglich Britta an seiner Seite. Das war für ihn die schlimmste Vorstellung. Nein. Er musste das hier über sich ergehen lassen. Immerhin war er jetzt darauf gefasst.

Bei so strahlend schönem Wetter bot die Donauterrasse des ›Richard Löwenherz‹ eine kaum zu überbietende Kulisse für so einen Festakt. Denn das Lokal war das perfekte Symbol für das, was der Landeshauptmann selbst vor allen Dingen repräsentieren wollte: Bodenständigkeit und Verbundenheit mit dem Land und seinen Bewohnern. Das alte, dunkle Holz an Türen, Decken und Vertäfelungen stand für Würde, Beständigkeit und Wohlstand. Hier war nichts modern. Hier wurde das Land am Strome, wie es in der Bundeshymne hieß, besungen.

Der Landeshauptmann hatte vorsichtshalber das gesamte Lokal reservieren lassen. Um je nach Wetterlage drinnen oder draußen feiern zu können. Heute war der Himmel strahlend blau und das Thermometer zeigte bereits 27 Grad. Also geradezu ideal für ein Mittagessen auf der traumhaften Terrasse.

Der Landeshauptmann eröffnete mit einer kurzen Rede, in der er die Verdienste des Geburtstagskindes schilderte und die Anwesenden einlud, sich an der vorbildlichen Pflichtauffassung des Landesamtsdirektors ein Beispiel zu nehmen, der ihn – der Landeshauptmann sagte das besonders eindringlich – nicht ein einziges Mal enttäuscht hatte.

Wolfgang Marbolt fragte sich, ob dieser Appell des Landeshauptmannes speziell ihm galt. Wahrscheinlich schon. Würde er je wieder dessen Vertrauen gewinnen?

Der Aperitif wurde den Gästen noch im Stehen serviert. Der Landespolizeidirektor ging auf eine Gruppe von Personen zu, die sich offensichtlich sehr freundschaftlich austauschten. Sofort stob die Gruppe auseinander, um ein paar Meter weiter wie zufällig erneut zusammenzutreffen. Ohne ihn. Natürlich kannte er dieses Spiel, das er selbst in seiner Zeit beim Innenminister zu perfektionieren gelernt hatte. Offenbar hatte es schon die Runde gemacht, dass er in Ungnade gefallen war. Offensichtlich wollte niemand von Rang mit ihm reden.

Diese Einsamkeit hätte ihm Gelegenheit gegeben, seinen Namen auf einem der Tischkärtchen zu suchen. Allerdings hatte er nicht den Mut dazu, weil er fürchtete, ihn auf einem Tisch ganz weit vom Schuss und mit Tischnachbarn unter seinem Niveau zu finden. Zehn Minuten später wurde aus der Furcht Gewissheit. Während an allen anderen Tischen ein Mitglied der Landesregierung den Vorsitz führte, wurde sein Tisch präsidiert vom Vorsitzenden des Umweltausschusses, der bekannt dafür war, seine Bedeutungslosigkeit dadurch zu überspielen, dass er wie ein strammer Soldat ausschließlich das exekutierte, was der Landeshauptmann vorgab. Dieser Mann saß direkt zu seiner Rechten, zeigte ihm demonstrativ die kalte Schulter und unterhielt sich ausschließlich mit der Dürnsteiner Vizebürgermeisterin, die zu diesem Treffen wohl nur deshalb eingeladen war, weil es in Dürnstein stattfand. Zu seiner Linken nahm die geradezu nervtötende Gattin des stellvertretenden Leiters der Kulturabteilung des Landes Platz. Nicht einmal das überlange Studium der Speisekarte bewahrte ihn vor ihrem fortwährenden Gequassel, das durch eine unangenehm schrille Stimme geradezu unerträglich wurde.

Ein Albtraum von einer Frau. Sie schwadronierte über die ihrer Ansicht nach einmalige Predigt des Propsts, über das Charisma des Landeshauptmanns, das man selbst dann merken würde, wenn er schwieg, über den großartigen Schatten, den der Kastanienbaum ihrem Tisch spenden würde und über den fantastischen Blick von der Brüstung des Gartens auf die Donau und hinüber nach Rossatz.

Während sie wie ein Wasserfall ihre Belanglosigkeiten auf ihn einströmen ließ, blickte er hinüber zu den anderen Tischen. Der Landeshauptmann saß mit seiner Gattin, dem Landesamtsdirektor und dessen Ehefrau natürlich im Zentrum der Terrasse. An den Tischen, die dieses Zentrum umringten, saßen die höchsten Beamten mit ihren Frauen. Dort wäre unter normalen Umständen auch sein Platz gewesen, mit Britta an seiner Seite. Nun saß er im hintersten Winkel und war dennoch zur Schau gestellt. Noch nie in seinem Leben war er so gedemütigt worden. Alle wussten es. Alle mieden seinen Blick. Mit Ausnahme seiner unerträglichen Tischnachbarin.

Als er die Anwesenden so betrachtete, fiel ihm plötzlich auf, dass durchwegs Paare geladen waren. Er vergewisserte sich. Britta war tatsächlich die einzige Ehefrau, die durch Abwesenheit glänzte. Ihn erfasste ein furchtbarer Verdacht. Britta hatte sich noch nie einen prestigeträchtigen öffentlichen Auftritt entgehen lassen. Warum war sie ausgerechnet heute nicht mitgekommen? Weil sie lieber ins Freibad gehen wollte, als mit der absoluten Spitze des Landes zusammenzusitzen? Hatte eine der Damen Britta gewarnt, um ihr diese Demütigung zu ersparen? Hatte seine Frau ihn wissentlich in diese gemeine Falle laufen lassen? Ohne ihm in dieser Stunde der Not zur Seite zu stehen?

Die Nervensäge zu seiner Linken unterbrach seine trüben Gedanken an diesen Verrat, indem sie an seinem Ärmel zupfte. »Jetzt muss ich Sie wirklich fragen«, schrillte sie ihm entgegen. »Sie haben doch Anfang der Woche angekündigt, dass die Kriminalpolizei beim Aggstein-Mord vor einem entscheidenden Durchbruch steht. Heute ist Sonntag. Wann werden die Frauen in diesem Bundesland endlich wieder ruhig schlafen können?«

Mit einem Schlag war es ruhig auf der Terrasse. Alle Augen waren auf ihn gerichtet. Diese unsägliche Frau schien die Stille gar nicht zu bemerken und zupfte wieder an seinem Ärmel. »Ich hoffe, meine Frage ist Ihnen nicht unangenehm.«

Da erhob sich ein Mann zwei Tische weiter. Dem großen Kreuz nach zu schließen, das er über seiner schwarzen Kutte trug, offenbar der Vorsteher eines Klosters. Dieser Geistliche steuerte durch das nun einsetzende Getuschel auf ihn zu.

Wolfgang Marbolt hatte gerade noch Zeit, sich zu fragen, ob ihm dieser Mann in der offensichtlichen Not beistehen oder ihm die letzte Ölung verpassen wollte.

»Grüß Gott, Herr Landespolizeidirektor. Ich bin Abt Wilhelm von Stift Göttweig. Ihre Frau Chefinspektorin Lenhart war unlängst bei mir. Darf ich die Gelegenheit ergreifen, Sie zu ersuchen, Ihrer Mitarbeiterin meine besten Grüße auszurichten verbunden mit der Bitte, mich zurückzurufen.«

Das war die letzte Ölung. Der Gipfel der Frechheit. Vor aller Augen. Was maßte sich dieser Herr an, Abt hin oder her. Als oberster Polizeibeamter des Landes war er doch kein Botenjunge.

Montag, 4. Juli
9 Uhr 13

Der Anruf seiner Chefin gestern Abend hatte Spencers gute Laune nicht wirklich verschlechtert. Weil er ohnehin noch immer nicht an einen Zusammenhang zwischen dem Tod von Andreas Haberl und der Ermordung Franziska Schremsers glaubte. Ohne die Intervention des Landeshauptmanns wäre der auch nie hergestellt worden. Zwar schon eigenartig, dass bei dem Antiquitätenhändler vorher eingebrochen worden war. Aber einen Einbruch nach demselben Muster gab es auch in Dürnstein bei Herrn Kamper. Der schien sich nach wie vor bester Gesundheit zu erfreuen, wie er schon in der Früh vom Überwachungsteam erfahren hatte. Für die Übernahme der Bürgschaft, die schon sehr auffällig war, wie er bei aller prinzipiellen Skepsis zugeben musste, würde sich auch noch eine plausible Erklärung finden. Vielleicht waren ja Andreas Haberl und Manuel Kohout, der angeblich in seiner Jugend mit einem fantastischen Überredungstalent ausgestattet war, dicke Freunde gewesen. Oder etwas Ähnliches. Abgesehen davon, dass sich nicht alles, was mehr als ein Vierteljahrhundert zurücklag, noch schlüssig erklären ließ. Daher war Spencer auch nicht enttäuscht über die Information, dass man beim Konto von Herrn Haberl keine Hinweise für irgendwelche Malversationen durch Herrn Glattauer gefunden hatte.

Natürlich war er etwas irritiert, dass sich seine Chefin für den Finanzberater sichtlich nicht wirklich interessierte. Hielt ihn offensichtlich eher für einen Betrüger als für einen Mörder. Weil sie ihn zwar ermunterte, der Sache mit der Krawatte nachzugehen, die ihm in der Weißenkirchener Pfarrkirche eingefallen war. Aber von den Sitzen schien sie seine Entdeckung nicht zu reißen.

Noch so ein Lackaffe, den Peter Glattauer da als seinen Anwalt mitbrachte. Angefangen von den genagelten Schuhen, die er schon gehört hatte, als die beiden aus dem Lift gestiegen waren. Bis zu dem fast schulterlangen Haar, dessen Wellen wohl von einem Spray in Form gehalten wurden.

Allerdings wartete der Anwalt mit einer faustdicken Überraschung auf. Noch bevor die Vernehmung überhaupt begann.

»Herr Chefinspektor, ich darf Ihnen in Absprache mit meinem Mandanten mitteilen, dass er sich schuldig bekennt.«

Spencer war völlig perplex. Fing sich aber schnell.

»Das ist das Vernünftigste, was Ihr Mandant in seiner Lage tun kann. Ich nehme an, er weiß, dass ein Geständnis einen Milderungsgrund darstellt.«

Was für ein süffisantes Lächeln! Eine Visage richtig zum Reinhauen.

»Das weiß Herr Glattauer natürlich. Wenn Sie uns jetzt bitte zu Ihren Kollegen vom Betrug führen.«

Der Anwalt erhob sich. Der Finanzberater ebenso.

»Meine Herren! Wenn Sie glauben, Sie können mich verarschen, dann sind Sie schiefgewickelt. Sie sind hier bei der Mordkommission schon richtig.« Wenn Spencer glaubte, die Süffisanz würde aus dem Gesicht des Anwalts verschwinden, sah er sich getäuscht.

»Herr Glattauer bestreitet jede Beteiligung am Tod seiner Klientin. Er gesteht allerdings, mit dem Geld seiner Klientin wider besseres Wissen Aktien gekauft zu haben. Ist aber etwas für die Finanzmarktaufsicht und nichts für Sie.«

Spencer lehnte sich in seinem Sessel zurück. Genüsslich.

»Tausche Mord gegen Betrug. Was meinen Sie, wie oft ich diese Masche schon gehört habe. Nur haben Sie nicht bedacht, dass ein Hochzeitsgast ein Video gemacht hat, auf dem ein Mann ohne Sakko, dessen Gesicht nicht zu erkennen ist, unmittelbar nach der Ermordeten den Rittersaal verlässt.«

Der Anwalt unterbrach. »Ein Mann ohne Gesicht? Und das soll mein Mandant sein. Ist das Ihre neue Methode, Mörder zu identifizieren?«

Spencers ohnehin schon breites Lächeln wurde noch breiter. »Aber seine Krawatte ist deutlich zu erkennen. Und genau diese Krawatte habe ich erst vergangenen Freitag in diesem Raum wiedergesehen.«

Der Anwalt blickte seinen Mandanten an. Einigermaßen überrascht, wie Spencer feststellen konnte.

Der Finanzberater sackte in sich zusammen. »Also gut, ich gebe ja zu, dass ich Franziska nachgegangen bin. Weil ich ziemlich sicher gewesen bin, dass sie das mit dem Geld schon bemerkt hat. Ich wollte einfach die gute Stimmung der Feier nützen, um ihr eine Wiedergutmachung zu versprechen. Ich habe sie aber nicht mehr lebend gesehen. Während ich meinen Platz verlassen habe, ist mir auch noch die Brieftasche aus meinem über der Sessellehne hängenden Sakko gestohlen worden.«

»Aha. Jetzt auch noch die Mitleidsmasche. Kenne ich auch zur Genüge. Und den Verlust der Brieftasche haben Sie nicht angezeigt, habe ich recht? Aus Trauer um die Verstorbene.«

»Oh doch. Bei der Polizeiinspektion in Krems.«

Montag, 4. Juli
10 Uhr 17

»Alle mal herhören. Ich habe Chefinspektor Malzacher von der Mordkommission am Apparat. Er lässt fragen, ob jemand Anfang voriger Woche eine Anzeige eines Herrn Peter Glattauer entgegengenommen hat. Wegen einer auf der Burg Aggstein gestohlenen Brieftasche. In den Akten habe ich nichts gefunden.«

Felix Frisch wusste nicht, ob er rot oder blass wurde. Jedenfalls bemerkte er, dass es in seinen Gedärmen zu rumoren begann. Er schaute seine Kollegen an. Die schüttelten einer wie der andere ihren Kopf. Sollte er ihn auch schütteln? Zu blöd, dass er gerade jetzt Dienst hatte. Die Nachricht von der Fahndung nach der Diebstahlsanzeige hätte ihn besser zu Hause erreicht. Dort hätte er in Ruhe nachdenken können. Aber hier und jetzt war guter und vor allem sofortiger Rat teuer. Er dankte seinem Schöpfer, dass er auch gleich einen parat hatte.

»Ja, ich. Ich habe die Anzeige aufgenommen und sie, wie es Vorschrift ist, in das dafür vorgesehene Fach gelegt. Auch die Personalien des Anzeigers hab ich notiert. Wie es ebenfalls Vorschrift ist. Dann habe ich mich nicht mehr weiter darum gekümmert. Aber das ist mir ja schon des Öfteren aufgefallen, dass Unterlagen bei uns verschwinden. Wenn ihr wollt, werde ich gleich noch einmal alles absuchen.«

Der Gruppeninspektor registrierte mit Genugtuung, dass der Kommandant der Kremser Polizeiinspektion die Information ohne weiteren Kommentar am Telefon weitergab. Das Rumoren in seinen Eingeweiden hörte so schnell auf, wie es gekommen war. Was war er doch für ein cleveres Kerlchen.

»Ja, Herr Chefinspektor, Sie haben die Stimme richtig erkannt. Gruppeninspektor Frisch hat die Anzeige entgegengenommen.«

Zehn Sekunden herrschte Stille im Raum. Dann wandte sich der Vorgesetzte an ihn. »Felix, in St. Pölten scheinst du nicht gerade viele Freunde zu haben. Du sollst deinen fetten Arsch erheben und beim Herrn Chefinspektor antanzen. Dalli, dalli. Das ist ein wörtliches Zitat, damit du es nur weißt.«

In dem Moment spürte Felix Frisch wieder das Rumoren in seinen Eingeweiden. Stärker als vorhin.

Montag, 4. Juli
10 Uhr 32

Doris sah ihren rosa Rosen beim Welken zu. Ihre Stimmung war so bewölkt wie der Himmel draußen. Das Beste an ihrem Wochenende war noch das Wetter gewesen. Ursprünglich hatte sie einen Besuch der Landesausstellung auf der Schallaburg geplant gehabt. Daraus war aber nichts geworden. Mit ihrer Ältesten, der Jung-Maturantin, hatte sie ohnehin nicht gerechnet. Mit ihrer jüngeren Tochter allerdings schon.

Aber auch Sophie hatte schon Freitagabend bezüglich Schallaburg zu maulen begonnen. Massenansturm, furchtbare Schwitzerei, elendslange Parkplatzsuche. Nichts ließ sie aus, um den Eltern klarzumachen, dass sie ebenfalls nicht mit von der Partie sein würde.

Doris hatte sich schließlich eingestanden, dass die Schalla-burg auch nicht ihr Sehnsuchtsort war. An diesem Wochenende hatte sie überhaupt keinen. Weil ihr der Fall durch den Kopf ging. Sie kannte sich und wusste daher, dass ihr in einer solchen Stimmung eine Fähigkeit völlig abging: Das Büro Büro sein zu lassen, den Fernseher einzuschalten und sich die Folge 783 der ›Rosenheim Cops‹ reinzuziehen. Oder in ein Schwimmbad zu gehen, sich vom Ehemann den Rücken eincremen und sonst den Herrgott einfach einen guten Mann sein zu lassen.

Stattdessen war sie im abgedunkelten Arbeitszimmer gesessen, das sie mit ihrem Mann teilte, und hatte auf einem Notizblock herumgekritzelt. An keiner Front ein wirklicher Fortschritt.

Den Taschendieb – da war sie sich mit Spencer einig – mussten sie abschreiben. Keine wie immer geartete Verbindung zu Franziska Schremser. Ihr Stellvertreter hatte nach der Einvernahme des Kleinkriminellen noch eine Fleißaufgabe gemacht und war mit ihm nach Aggstein zu einer Gegenüberstellung mit dem Servicepersonal gefahren. Wie erwartet, erkannten alle den Mann in dem Moment, in dem er ein Barett aufgesetzt hatte.

Der zweite Mann von Frau Schremser war ebenfalls ein Blindgänger. Sein Alibi war zwar extrem schwach, aber sein mögliches Motiv für das Verbrechen noch schwächer. Da viele Hochzeitsgäste ihn kannten, wäre er ein enormes Risiko eingegangen, auf der Burg erkannt zu werden.

Der erste Ehemann, Manuel Kohout, konnte immerhin hoffen, über seine erbende Tochter Jennifer an Geld zu kommen. Allerdings auch nur sehr hypothetisch. Als Motiv für einen Mord war eine solche indirekte Bereicherungsabsicht doch recht dürftig. Außerdem gab es keinen Hinweis dafür, dass er den Rittersaal verlassen hatte. Die Aussagen der Hochzeitsgäste, die Spencer zusammengestellt hatte, deuteten eher auf das Gegenteil.

Blieb noch Peter Glattauer, den Spencer als den Krawattenträger ohne Gesicht identifiziert hatte. Auf das Resultat der Vernehmung durch ihren Stellvertreter war sie neugierig. Aber sowohl ihr Gefühl als auch die rationale Einschätzung sagten ihr, dass Glattauer wahrscheinlich nicht der Mörder war.

Bei der Frage nach einer möglichen Verbindung des Todes des Antiquitätenhändlers zum Verbrechen an Frau Schremser kam sie auch nicht weiter. Ja, der zeitliche Zusammenhang war auffallend. Hinzu kam die Bürgschaft. Andererseits: Mehrfach-Mörder neigten ihrer Erfahrung nach dazu, bei ihren Verbrechen immer ein und dieselbe Methode zu verwenden. Zwischen einem Herzstich während einer Hochzeitsfeier mit einem extrem hohen Entdeckungsrisiko und einem Mord, der dem Idealzustand eines perfekten Verbrechens sehr nahekam, lagen doch Welten. Da sprach doch wirklich viel mehr für einen höchst tragischen Unfall. Sogar mehr für einen Selbstmord. Wenn da nicht diese verflixte Bürgschaft wäre. Hatte die Dissertation über den Göttweiger Abt überhaupt etwas mit dem Tod von Franziska Schremser zu tun? Dass sich der Abt nicht meldete, konnte doch nur bedeuten, dass bisher niemand aufgetaucht war, der irgendetwas wusste. Sie stocherte in einem Nebel herum, der vor 25 Jahren schon ein Nebel gewesen war. Niemand schien etwas wirklich Handfestes zu wissen.

Die Art, wie er an die Tür klopfte und gleichzeitig die Klinke ihrer Tür drückte, kannte sie zur Genüge. Konnte nur Spencer sein.

»Morgen, mein Lieber! Bitte erlös mich aus meiner montäglichen Depression.«

»Eine Erlösung würdest du gar nicht verdienen. Weil du sowieso nie an Herrn Glattauer als unseren Kandidaten geglaubt hast. Habe ich recht?«

Doris Lenhart musste lächeln.

»Ich schließe aus deiner Bemerkung, dass meine Basisinstinkte als Kriminalistin doch noch funktionieren. Das macht mich gleich weniger depressiv. Herr Glattauer ist also nicht unser Mann.«

Spencer rutschte auf seinem Sessel hin und her. So weit ein Mann seiner Statur auf einer so knappen Sitzfläche überhaupt hin und her rutschen konnte. »So schnell schießen die Preußen zwar nicht, aber ich habe ehrlich gesagt jetzt mehr Zweifel, als ich sie vor der Vernehmung gehabt habe.« Er berichtete ihr ausführlich von der Begegnung mit Glattauer und dessen Anwalt.

Als er mit seinem Bericht fertig war, nahm Doris den Zettel mit dem Namen ›Glattauer‹ von der Pinnwand und heftete ihn ganz unten zu Schremser und Kohout. Damit blieb nur mehr der Zusammenhang rund um die ›Bürgschaft 1994‹ übrig. »Ich werde noch einmal mit Manuel Kohout reden. Er und Franziska waren laut Frau Melichar zu diesem Zeitpunkt schon ein Paar. Vielleicht weiß er etwas darüber, wieso Herr Haberl gebürgt hat. Und warum seine Freundin die Dissertation abgebrochen hat.« Sie trommelte mit ihren Fingern auf die Platte ihres Tisches. »Wenn sich nur der Göttweiger Abt endlich melden würde.«

Montag, 4. Juli
11 Uhr 15

»Wäre ich nicht ein so nobler Mensch, würde ich dich als jemanden mit der Intelligenz eines Neandertalers bezeichnen. Ich sollte dir alle deine Sterne eigenhändig vom Kragen reißen. Jetzt, auf der Stelle. Bist du noch zu retten?! Da macht jemand eine Anzeige, dass ihm seine Brieftasche während der Hochzeitsfeier in Aggstein gestohlen worden ist, wo ein Mord passiert ist. Und du hast nichts Besseres zu tun, als die Anzeige in die Ablage zu legen. Du rufst ja sonst Gott und die Welt an. Warum hast du das diesmal nicht getan?«

Felix Frisch hatte schon während der Fahrt nach St. Pölten alle möglichen Ängste ausgestanden. Aber nicht damit gerechnet, dass er gleich degradiert werden könnte. Er hoffte auf eine feste Stimme für seine Antwort, merkte aber selbst, dass sie ganz weinerlich klang. »Ich habe mich halt bemüht mitzudenken. Wie ich das immer tue. Wenn ihr so einen scheußlichen Mord untersucht, dann könnt ihr doch keine Zeit haben, euch um einen kleinen Dieb einer Brieftasche zu kümmern.«

»Den du aber noch in Weißenkirchen gleich als Mörder identifiziert hast. Ein Zusammenhang ist dir da auch nicht in den Sinn gekommen?«

»Wieso?«, fragte Felix ehrlich verblüfft. »Was soll der Phantombild-Mörder mit einer gestohlenen Brieftasche zu tun haben?«

Der Chefinspektor schlug die Hände über dem Kopf zusammen. »Gib her, die Anzeige!«, verlangte er unwirsch.

Der Gruppeninspektor griff in seine Brusttasche und kramte den Zettel hervor, der ihm so viele Sorgen bereitet hatte. Endlich war er ihn los.

Spencer griff danach und las, was auf dem Formular stand. »Na, wenigstens stimmen die Angaben mit dem überein, was ich selbst herausgefunden habe.« Er reichte ihm den Zettel wieder zurück.

Aber Felix Frisch wollte ihn nicht annehmen und hob abwehrend die Hände. »Was soll ich damit?«

»Na bearbeiten, du Hornochse. Oder steht an meiner Tür Schreibkramabteilung?« Spencer grinste böse. »Wenn du scharf nachdenkst, kommst du vielleicht drauf, wo du den Dieb findest und wie du diese Sache ganz einfach erledigen kannst. Du wirst dich persönlich darum kümmern und mir Bericht erstatten, haben wir uns verstanden?! Jetzt nimm den Wisch und verschwinde.«

Der Gruppeninspektor, der immerhin seine Sterne gerettet sah, nahm den Zettel, sprang auf, grüßte vorschriftsmäßig und machte auf dem Absatz kehrt. Aber was er nun mit dieser vermaledeiten Anzeige tun sollte, war ihm schleierhaft.

Montag, 4. Juli
14 Uhr 17

Wann war ihr zum letzten Mal gleich ein ganzer Busch mit Rosen für die Stiftskirche gespendet worden? Musste schon eine Ewigkeit her sein. Josefa Machherndl dachte nach. Wahrscheinlich wollte sich die edle Spenderin damit von einer schweren Sünde, die auf ihrem Gewissen lastete, befreien. Egal, wenigstens waren heute genug Blumen für das Schmücken der Kirche da.

Sie stand vor dem Altarbild des Heiligen Augustinus und überlegte. Drei oder doch fünf Rosen für ihn? Jedes Mal musste sie darüber nachdenken. Weil sie diesen Heiligen fast genau so wenig leiden konnte wie die Heilige Maria Magdalena. Wegen des höchst unsittlichen Lebenswandels, von dem die beiden nur durch die unermessliche Gnade des Herrn erlöst worden waren. Sie selbst hätte in ihrer Jugend ja auch herumhuren können. Angebote und Versuchungen in Hülle und Fülle hatte es definitiv gegeben. Aber sie hatte sich kasteit. Wie es sich eben für jemanden, der dem Himmelreich immer nah sein wollte, gehörte.

Schließlich nahm sie zwei Rosen aus dem Kübel, in dem sie eingewässert waren und steckte sie in die Vase, die unter dem Bild stand. Nicht wie andere Bilder in der Kirche von dem berühmten Johann Martin Schmidt gemalt, sondern von einem Maler, der ihr völlig unbekannt war. Mehr hatte der Heilige Augustinus auch nicht verdient.

Trotz der großzügigen Blumenspende war sie nicht gut drauf, das spürte sie. Ebenso, dass sie zurzeit zu viel trank. Bei ihrer gestrigen allwöchentlichen Beichte hatte sie bekennen müssen, schon während des Tages sechs Gläser Marillenschnaps konsumiert zu haben. Über die Milde des Beichtvaters war sie erstaunt, der nur meinte, dass selbst der Gerechte sieben Mal am Tag straucheln würde. War das als Aufforderung gedacht gewesen, sich gleich nach dem Nach-Hause-Kommen ein siebentes Stamperl zu genehmigen? Schließlich waren es dann gestern Abend noch vier, also insgesamt zehn am gestrigen Tag geworden. Jedenfalls war ihr klar, dass es so nicht weitergehen durfte.

Sie kannte natürlich die Ursache, warum sie sich derart gehen ließ. Ihr Theaterprojekt, von dem sie sich so viel versprochen hatte, war zumindest für dieses Jahr gestorben. Somit stand sie vor der Tatsache, dass sie – abgesehen von ihrer Verantwortung für den Blumenschmuck der Kirche – keine Bedeutung mehr hatte. Sie, die Gemeindesekretärin, ohne die früher in Dürnstein rein gar nichts gelaufen war. Damals hatte sie über Wohl und Wehe der Bürger des Ortes entschieden. Natürlich nicht willkürlich, sondern anhand von Gesetzen, Verordnungen und Beschlüssen des Gemeinderats. Aber diese Regelungen ließen alle Raum für Interpretation. Im Nutzen von Interpretationsspielräumen war sie eine wahre Meisterin gewesen. Nach so vielen Jahren und so reich an Erfahrung fand sie sich nun auf dem Abstellgleis wieder.

Nein! So schnell durfte sie sich nicht geschlagen geben. Der Allmächtige würde ihre Schritte schon lenken. Hurtig verteilte sie die Rosen auf die anderen Heiligen.

Da bemerkte sie Elvira Schneider, ihre Vorgängerin im Amt der Gemeindesekretärin, die in der letzten Bank saß und sie mit einem verschmitzten Lächeln bedachte. Mit ihren 90 Jahren konnte Elvira kaum noch gehen. Trotzdem war sie mit ihrem Rollator ständig im Ort unterwegs, saß mal an der einen, mal an der anderen Ecke und beobachtete das Geschehen. Ihr Geist war immer noch wach und ihre Augen scharf. Daher war es stets lohnend, mit ihr zu plaudern.

»Ich habe gewusst, dass ich dich hier finde, Josefa«, flüsterte die Alte. »Im Ort geht etwas vor.«

»Was geht vor?«

»Draußen auf der Hauptstraße steht ein Wagen mit zwei Männern drinnen. Sie wollten nicht mit mir reden. Aber es sieht ganz so aus, als würden sie den Laden von Gustav Kamper beobachten. Du musst herausfinden, was da los ist, Josefa«, drängte die Alte mit funkelnden Augen.

Das ließ sie sich nicht zweimal sagen. Sie eilte aus der Kirche. Zum Geschäft von Kamper war es nicht weit. Mit ihren Adleraugen erspähte sie die beiden Männer im Auto schräg gegenüber vom Antiquitätenladen sofort. Aus der Nähe betrachtet, sahen die Männer harmlos aus. Also keine Bösewichte, sondern Polizisten, schlussfolgerte sie. Aber was konnten die hier wollen. Sie hatte vergessen, Elvira zu fragen, wie lange diese Männer schon hier postiert waren. Aber sie konnte davon ausgehen, dass es mindestens ein ganzer Tag war, sonst wäre es Elvira wohl nicht aufgefallen. Warum wurde Kamper überwacht? Da kam ihr ihre letzte Begegnung mit der Chefin der Mordkommission in den Sinn. Vor dem Haus der ermordeten Frau Schremser. Die Kommissarin hatte sich damals erstaunlich abrupt von ihr verabschiedet, nachdem sie ihr von dem Einbruch bei Gustav Kamper erzählt hatte. Die Ermittlerin war auch nicht in Richtung Krems, sondern in Richtung Dürnstein davongefahren. Warum war ihr das nicht früher eingefallen? Und nun wurde Kamper überwacht. Josefa war unsicher. Hatte der alte Kamper etwas ausgefressen? Stand er unter Schutz? Oder hatte die Polizei hier eine Falle aufgestellt? Kamper war durch die Auslagenscheibe in seinem Geschäft mit Kunden zu sehen. Josefa beschloss, diese Sache noch ein wenig zu beobachten, bevor sie dem Antiquitätenhändler einen Besuch abstatten würde. Dabei musste sie sich allerdings davor hüten, die Ermittlungen zu behindern. Kamper war ein altes Schlitzohr, so viel war klar. Vielleicht hatte er mehr auf dem Kerbholz, als die gutbürgerliche Fassade vermuten ließ.

Montag, 4. Juli
14 Uhr 31

Immer wieder war er überrascht über die Ausmaße der Dürnsteiner Burg. Er saß an deren südlichstem Ausläufer auf einem flachen Stein, von dem aus man den besten Blick auf den Ort und die Donau hatte. Mit diesem prachtvollen Ausblick belohnte er sich. Er hatte Samstag und Sonntag um jeweils 19 Uhr ›Niederösterreich heute‹ gesehen und mindestens drei Mal am Tag die Nachrichten im Radio gehört. Heute Vormittag hatte er außerdem schon die Zeitung studiert. Aufmerksamst. Aber nicht das Geringste über sein Verbrechen gesehen, gehört oder gelesen. Als ob es überhaupt nicht begangen worden wäre. Wie hatte der Landeshauptmann die Chefin der Mordkommission genannt? Richtig. Der neue Stern am Himmel der niederösterreichischen Polizei. Aber darüber hatte er sich ja schon einmal amüsiert.

Was konnte es Schöneres geben als die Wachau! Wie langsam sich doch der Schlepper, dessen am Heck wehende Fahne er wegen der Entfernung nicht identifizieren konnte, donauaufwärts mühte.

Ein junges Paar – er in einer khakifarbenen kurzen Hose und sie mit Schuhen, die besser auf einen Laufsteg als auf dieses felsige Gelände gepasst hätten – hatte offensichtlich die gleiche Idee wie er gehabt und schien enttäuscht zu sein, dass der einzige Platz, auf dem man hier sitzen konnte, schon von ihm belegt war. So wie der junge Mann seiner Begleiterin all die Orte und Sehenswürdigkeiten erklärte, musste er aus der Gegend sein. Als sich die beiden wieder auf den Weg Richtung Burg machten, winkten sie ihm zum Abschied freundlich zu. Ihm, dem im Moment gesuchtesten Mann des Landes. Da fiel ihm ein, dass ja einst der englische König auch ein besonders gesuchter Herr gewesen war. Welche erstaunliche Parallele. Natürlich auch mit einem großen Unterschied. Für ihn würde niemand Lösegeld bezahlen.

Er musste lächeln. Die Bereitschaft, Lösegeld zu zahlen, würde in seinem Fall gar nichts bewirken. Weil man ihn zum Unterschied von König Richard nie finden würde. Dabei war er sogar so keck gewesen, zwei Spuren zu legen. Die erste davon eigentlich ganz leicht zu entdecken.

Da war er nicht nur keck, sondern schon übermütig gewesen. Aber nicht einmal diese Spur schien die Mordkommission bis jetzt entdeckt zu haben.

Am liebsten hätte er sich auf den Stein gelegt, um ein bisschen zu dösen, versagte es sich aber. Schließlich sollte man ihn ja nicht für jemanden halten, der sich in der Öffentlichkeit nicht benehmen konnte. Mörder ja, aber schlechtes Benehmen nein.

Montag, 4. Juli
15 Uhr 06

»Wenn ich richtig informiert bin, mein lieber Gustav, ist die Chefin der Mordkommission vor ein paar Tagen bei dir gewesen.« Josefa Machherndl nahm eine Figur aus Bronze von einem Sockel und betrachtete sie von allen Seiten. Wohl wissend, dass sie den Antiquitätenhändler damit ein wenig nervös machte.

Der reagierte auch prompt. »Meine liebe Josefa. Erstens bitte ich dich, die Figur wieder hinzustellen. Zweitens tu nicht so scheinheilig. Du selbst hast mir ja Frau Lenhart auf den Hals gehetzt. Aber weil du schon da bist, lade ich dich gern auf ein Stamperl ein. Wie ich dich kenne, magst du Marille.«

»Da sage ich nicht Nein.«

Sie folgte dem Antiquitätenhändler in das neben dem Schauraum liegende Büro, das sie von vielen Besuchen kannte.

Gustav Kamper machte die linke Tür eines Kästchens neben dem Schreibtisch auf, nahm eine Flasche und zwei Likörgläser heraus und schenkte ein.

Sie stellte mit Genugtuung fest, dass das Glas, das er ihr reichte, fast bis zum Rand voll war.

»Josefa, ich kenne dich jetzt seit mehr als dreißig Jahren und weiß daher, dass du gern das Gras wachsen hörst. Du steckst deine Nase gern in Sachen, die dich eigentlich nichts angehen. Auf dein Wohl!« Gustav Kamper prostete ihr zu und nahm einen kleinen Schluck. »Aber diesmal ist wirklich nichts dran. Frau

Lenhart hat nur ihren Kollegen vom Einbruchsdezernat, weil sie in der Gegend war, einen kleinen Gefallen getan. Weil es irgendwo einen Einbruch gegeben haben muss, der nach einem ähnlichen Muster abgelaufen ist.«

Wie naiv doch ihr Gustav war! Von wegen Frau Lenhart hätte den Kollegen vom Einbruchdezernat nur einen kleinen Gefallen getan. Eigentlich hätte sie hellauf lachen müssen, beherrschte sich aber. Offenbar hatte er noch nicht einmal bemerkt, dass er überwacht wurde. »Was für ein Einbruch nach ähnlichem Muster?«, fragte sie.

»Das ist ja so seltsam. Der Dieb hat es eher auf Geschäftsunterlagen als auf Wertgegenstände abgesehen. Bei mir hat er überhaupt nur ein kleines Heiligen-Bild gestohlen. Ramschware, wenn du mich fragst. Außerdem meine Rechnungen von 92 bis 96. Was er mit mehr als zwanzig Jahre alten Unterlagen anfangen will, ist mir ein Rätsel.«

Josefa Machherndl befühlte die Haare an ihrer Kinnwarze und grübelte. Diebstahl eines Heiligen-Bildes. Interessant. Da hatte sie doch vor zwei Wochen etwas aufgeschnappt. War nicht auch beim verstorbenen Kremser Antiquitätenhändler Haberl etwas Ähnliches gestohlen worden? Der dann zu Tode gestürzt war. Wer hatte ihr das erzählt? Ah, jetzt fiel es ihr wieder ein. Eine Bekannte aus Krems, die es von diesem unsäglichen Inspektor Frisch gehört hatte. Sie hatte eine Heiligen-Statue erwähnt. Vom Diebstahl alter Geschäftsunterlagen war damals aber keine Rede gewesen. »Hat sie gesagt, bei wem dieser andere Diebstahl stattgefunden hat?«, fragte sie nach, obwohl sie die Antwort schon kannte.

Gustav Kamper, der sein Glas in der Hand hielt, schüttelte den Kopf. »Nein. Aber ich hatte den Eindruck, dass der Fall etwas länger zurückliegt. Er lächelte sie an und hob wiederum sein Glas. »Prost!«

»Prost, Gustav. Danke dafür, dass du meinen Tag so verschönst.« War sie da einer Sache auf der Spur, die ihre Kreditwürdigkeit beim Niederösterreichischen Tagblatt noch weiter steigern konnte? Sie wusste noch nicht genau, welchen Reim sie sich auf all das, was ihr Gustav Kamper gerade erzählt hatte, machen sollte. Und warum sich die Mordkommission dafür interessierte. Bei einem Kremser Kunsthändler wird eine Heiligen-Statue gestohlen. Kurze Zeit später stürzt er über eine Mauer. Eine Woche später wird eine stadtbekannte Kunst-Mäzenin ermordet. Höchst eigenartig. Warum waren bei ihrem Dürnsteiner Mitbürger nicht nur ein Heiligen-Bild, sondern auch alte Geschäftsunterlagen gestohlen worden? Sollte sie ihn im Dunkeln lassen? Hier waren womöglich geheimnisvolle Mächte am Werk. Aber verraten wollte sie auch nichts. Also sagte sie nur zum Abschied: »Auf jeden Fall würde ich dir den Rat geben, in nächster Zeit vorsichtig zu sein.«

Dienstag, 5. Juli
10 Uhr 05

Sie hatte Manuel Kohout noch gestern angerufen und ihn gebeten, heute zu ihr nach St. Pölten zu kommen. Dabei hatte sie ihm versichert, dass gegenwärtig keine Verdachtsmomente gegen ihn vorlagen. Sie würde ihn allerdings gern über die Anfänge seiner Beziehung zu Franziska, über gemeinsame Freunde und über ihr Studium befragen wollen.

Das Erste, das ihr auffiel, als er ihr in ihrem Büro gegenübersaß, war, dass er genau die gleiche Kleidung trug, die er schon bei ihrem ersten Gespräch im ›Wellenspiel‹ getragen hatte. Ein weiteres Indiz dafür, dass es ihm finanziell nicht sehr gut gehen konnte. Was keine wirkliche Neuigkeit für sie war. Er wirkte aber heute deutlich lockerer und verzichtete auch auf jedes Kompliment. Offensichtlich tat ihm ihre gestrige Ansage gut, nicht mehr zum Kreis der Verdächtigen zu gehören.

Sie fragte ihn zunächst, wann seine Beziehung mit Franziska begonnen hatte und wie gut er Elisabeth Melichar kennen würde. Wenig überraschend deckten sich seine Angaben im Wesentlichen mit denen der Zahnärztin. Dann kam sie zu den beiden Punkten, die sie am meisten interessierten. »Sagt Ihnen der Name Andreas Haberl etwas?«

Manuel Kohout schüttelte den Kopf.

»Ein damals junger Antiquitätenhändler aus Krems«, hakte Doris nach.

»Damals jung?« Er lachte. Wieder fielen ihr seine ungepflegten Zähne auf. »Wollen Sie damit andeuten, dass das ein Nebenbuhler gewesen sein könnte?«

Doris Lenhart entschloss sich, darauf nicht zu antworten.

»Franziska ist zwar, bevor sie mich kennengelernt hat, ganz sicher recht flott unterwegs gewesen. Hat sie zumindest immer behauptet. Aber vor meiner Zeit. Über ihre früheren Kremser Freunde und Bekannten kann ich wenig sagen, da wir uns ja erst während des Studiums in Wien kennengelernt haben. Ich glaube allerdings nicht, dass sie den Namen Haberl je erwähnt hat.« Er stockte kurz. »Sorry, Kommando retour. Jetzt fällt mir ein, dass es doch einen Antiquitätenhändler in Krems gibt, der Andreas Haberl heißt. Vielleicht hat Franziska bei ihm ein oder zwei Mal etwas gekauft. Aber befreundet ist sie nicht mit ihm gewesen, zumindest nicht während der Zeit, in der ich bei ihr en vogue gewesen bin.«

»Dass Herr Haberl für den Kredit gebürgt hat, den ihre spätere Frau im Jahr 1994 für den Kauf des Hauses in Krems gebraucht hat, wissen Sie dann wahrscheinlich auch nicht?«

»Woher denn?! Franziska ist schon immer eine Meisterin darin gewesen, andere für sich einzuspannen. Aber ich nehme an, dass der gute Mann nicht um sein Geld umgefallen ist. In Geldsachen ist sie immer korrekt gewesen.«

Wieder eine Enttäuschung, von der die Chefinspektorin hoffte, man würde sie ihr nicht anmerken. »Sie erinnern sich ja sicher, dass Franziska als Studentin eine Dissertation geschrieben hat.«

Manuel Kohout unterbrach. »Und ob ich mich erinnere. Über einen Göttweiger Bischof oder ein ähnlich hohes Tier. Ich kenne mich da nicht so genau aus. Ich bin richtig froh gewesen, dass sie damit aufgehört hat. Weil sie mörderisch viel Zeit auf den alten Herrn verwendet hat. Außerdem bin ich selbst mit meinem Studium nicht weitergekommen. Da hätte ich ja richtige Minderwertigkeitskomplexe bekommen, wenn ich mit einer Frau Doktor verheiratet gewesen wäre.«

Wieder dieses unsympathische Lachen. Sie fragte sich, wie dieser Mann wohl vor fünfundzwanzig Jahren auf sie gewirkt hätte. Als er laut Frau Melichar ein Ladykiller war. Das konnte sie sich gar nicht vorstellen. »Frau Melichar hat mir erzählt, dass Franziska zeitweise im Stift geforscht und geschrieben haben soll. Haben Sie davon etwas mitbekommen?«

»Natürlich. Ich habe sie damals sogar einmal in Göttweig besucht. Im Stiftsarchiv. Da ist sie mutterseelenallein an einem alten Schreibtisch gesessen. Umgeben nur von alten Urkunden, Plänen und in Leder gebundenen alten Schinken. Ich bin nicht lange geblieben. Der Geruch von Folianten, die dort zu Tausenden herumgestanden sind, hat zwar schon etwas. Aber zehn Minuten haben mir gereicht. Ich bin dann mit Franziska auf die Terrasse des Stiftsrestaurants auf einen Kaffee gegangen. Danach bin ich gleich wieder nach Wien zurückgefahren.«

Sie musste sich eingestehen, dass eine Fortsetzung des Gesprächs keinen Sinn machen würde. Weil es weder in puncto Andreas Haberl noch in Sachen Göttweig auch nur die geringsten Fortschritte brachte. Sie stellte daher nur mehr ein paar Fragen, bei denen sie die Antworten schon im Vorhinein kannte, verabschiedete dann ihren Gast und machte sich auf den kurzen Weg zum Büro ihres Stellvertreters. Da die Tür offen stand, steckte sie ihren Kopf hinein. »Schön langsam bin ich mit meinem Latein am Ende. Auch Herr Kohout hat mir nicht weiterhelfen können.«

Bevor Spencer etwas sagen konnte, läutete ihr Handy. Nachdem sie sich gemeldet hatte, hörte sie kurz zu. »Tut mir leid, aber davon weiß ich nichts, dass ich ihn hätte anrufen sollen. Aber warten Sie einen Moment, ich frage Herrn Malzacher.« Sie deckte das Handy mit ihrer Hand ab und wandte sich an Spencer. »Ich habe das Büro des Landeshauptmanns am Apparat. Er will wissen, warum ich den Abt von Göttweig noch nicht zurückgerufen habe. Weißt du etwas von einem Anruf?«

»Das hätte ich dir sicher gleich erzählt.«

Die Chefinspektorin führte das Handy wieder an ihre Wange. »Herr Malzacher weiß auch nichts von einem Anruf. Soll ich den Herrn Abt anrufen?« Doris musste auf die Antwort kurz warten. »Gut, dann warte ich, bis Sie sich wieder melden.« Doris beendete das Gespräch und schaute verwundert auf ihr Handy. »Eigenartig. Nachdem ich gesagt habe, dass wir beide von keinem Anruf wissen, hat die Sekretärin gemeint, dass das den Landeshauptmann sehr freuen wird. Sie wird sich in spätestens zwei Stunden wieder melden. Hoffentlich. Auf den Abt warte ich nämlich wie auf einen Bissen Brot.«

Dienstag, 5. Juli
10 Uhr 09

Auf diesem Teilabschnitt der S 33 war gerade wenig Verkehr. Deswegen ließ er seinen Chauffeur ausnahmsweise etwas schneller fahren als erlaubt. Sie waren unterwegs nach Gmünd, um den Besuch nachzuholen, den Wolfgang Marbolt letzthin wegen des dringenden Termins beim Landeshauptmann hatte absagen müssen. Die Demütigung von vorgestern hatte der Landespolizeidirektor noch nicht wirklich verdaut. Dennoch machte er Fortschritte bei der Rückkehr zum Wohlbefinden.

Britta war heute früh fast ein sanftes Kätzchen gewesen. Er war sich zwar nicht darüber im Klaren, warum; ob wegen eines schlechten Gewissens, weil sie am Sonntag nicht bei ihm gewesen war oder wegen seinen Betrachtungen zum Aggstein-Mord, an denen er seine Frau teilhaben ließ. Oder doch wegen der segensreichen Wirkung des Kuenringerbades. Es war ihm letztlich auch egal, weil für ihn einzig das Resultat zählte. Ansprechen wollte er die Demütigung in Dürnstein jedenfalls nicht. Um sich von trüben Gedanken abzulenken, dachte er laut darüber nach, wie die Mordkommission im Aggstein-Fall vorgehen müsste, um Erfolg zu haben.

Sein Chauffeur hing buchstäblich an seinen Lippen. Seit einer guten halben Stunde. Schien von seinen Überlegungen gar nicht genug bekommen zu können.

Offensichtlich jemand, der sich für höhere Aufgaben empfahl. Er würde die Personalabteilung auf den Mann aufmerksam machen.

Als der Dienst-Audi gerade auf die Kremser Donaubrücke auffuhr, läutete das Handy. Das Büro des Landeshauptmanns.

Wolfgang Marbolt hielt sich die Fähigkeit zugute, aus der Stimmlage eines Mitarbeiters auf die Gemütslage des Chefs schließen zu können. Das hatte er während seiner Zeit im Büro des Innenministers gelernt. Was er allerdings jetzt via Handy vernahm, hätten auch weit weniger feinfühlige Naturen richtig interpretiert. Das reichte, um seine Stimmung in die Nähe des Gefrierpunkts zu treiben. Ganz egal, wo der Herr Polizeidirektor gerade zu welchem Ziel und zu welchem Zweck unterwegs wäre, er hätte sich so rasch wie möglich im Büro des Landeshauptmanns einzufinden.

Noch während er am Handy zuhörte, deutete er dem Fahrer mit einer energischen Handbewegung seiner rechten Hand, die Ausfahrt Richtung Krems zu nehmen. Er war froh, die paar Sekunden, in denen wegen des scharfen Bremsmanövers und der engen Ausfahrts-Kurve die volle Konzentration des Chauffeurs gefordert war, dazu verwenden zu können, sich zu sammeln. Um ihm gegenüber, wenn schon nicht quietschvergnügt, so doch zumindest wenig sorgenvoll zu wirken. »Gmünd will uns einfach nicht. Tut mir leid. Ich muss ganz dringend zum Landeshauptmann. Wenn ich seine Sekretärin richtig verstanden habe, ist er mit den Aggstein-Ermittlungen total unzufrieden. Will mich als obersten Polizisten offensichtlich ersuchen, das Kommando zu übernehmen.«

Aus der Reaktion des Fahrers konnte er sehen, dass er eine sehr glaubhafte Vorstellung abgeliefert haben musste. Jetzt konnte er in Ruhe darüber nachdenken, womit er neuerlich den Zorn des Landeshauptmanns auf sich gezogen hatte. Aber so sehr er sich auch anstrengte, fiel ihm doch nichts ein.

Dienstag, 5. April
10 Uhr 12

Resigniert saßen sie in ihrem Büro zusammen. Es kam selten vor, dass Doris nicht weiterwusste. Jetzt war so ein Moment. Auch ihr Spencer konnte diesmal augenscheinlich nicht helfen, wie er es sonst schon so oft getan hatte. Von der Qualität der Arbeit ihres Stellvertreters war sie nach wie vor überzeugt. Auch wenn er im Moment stärker als üblich abgelenkt war. Sie seufzte. Es half nichts, sie mussten irgendwie aus diesem trostlosen Sumpf heraus. »Wir neigen ja beide zu der Annahme«, hob sie an, »dass Peter Glattauer nicht unser Mann ist. Er ist aber, soweit wir wissen, neben den beiden Ehemännern der Einzige unter den Gästen gewesen, der eine sexuelle Beziehung zu Frau Schremser gehabt hat. Ich bin nicht sicher, dass da Liebe mit im Spiel gewesen ist. Aber wirklich wissen können wir es nicht. Vielleicht deutet der Stich ins Herz, noch dazu, wenn man so will, in einer Hochzeitskapelle, schon darauf hin, dass wir es mit enttäuschter Liebe als Motiv zu tun haben. Oder was denkst du?«

Spencer grinste. Genau das Grinsen, das er immer zeigte, wenn er sie aus dem Gleichgewicht bringen wollte. »Dann wird der Täter aber nicht auch Herrn Haberl umgebracht haben.« Jetzt bekam sein Grinsen einen Zug ins Unverschämte. »Zumindest nicht aus enttäuschter Liebe.«

Am liebsten hätte sie ihren Kugelschreiber nach ihm geschmissen. Stattdessen knüllte sie einmal mehr ein Blatt Papier zusammen und warf es ihm an den Kopf. »Ein sehr billiger Triumph, mein Lieber. Aber du bringst mich auf eine Idee. Wenn der Mord in der Kapelle bewusst inszeniert ist, dann ist der Tod von Herrn Haberl möglicherweise auch bewusst inszeniert worden. Als Unfall. Um den Zusammenhang zwischen den beiden Morden zu verschleiern.«

Spencer zog zweifelnd eine Augenbraue hoch. »Und der Heilige Josef ist dann auch Teil dieser Inszenierung, um die Verbindung zwischen den Einbrüchen bei Haberl und Kamper zu betonen und vom Zusammenhang mit Schremser abzulenken? Also ich weiß nicht.«

Doris warf die Arme hoch. Es war doch wirklich zum Aus-der-Haut-Fahren. Trotzdem hatte sie das Gefühl, dass die gestohlene Figur und das gestohlene Bild wichtiger sein mussten, als sie bisher geglaubt hatte.

Dienstag, 5. Juli
10 Uhr 59

Schon eigenartig, wie groß der Unterschied zwischen einer Fahrt von St. Pölten nach Krems und der von Krems nach St. Pölten sein konnte. Da war man eben noch gut drauf. Da das Herz voll war, ging einem der Mund über. Man war begeistert davon, seinem Chauffeur die Welt erklären zu können. Und nur wenige Minuten später war alles komplett anders. Der Chauffeur nervte einen mit seinen Fragen, während man am liebsten geschwiegen hätte und gern mit seinem Unglück allein gewesen wäre. So sehr er sich auch bemühte, vor seinem Fahrer abgebrühte Unaufgeregtheit zu verströmen, so wusste er doch, dass ihm das mit jedem gefahrenen Kilometer weniger gelang. Immer öfter musste er seine Hände bewusst im Zaum halten, wenn sie sich wie von selbst fahrig aneinander reiben wollten. Jedenfalls war er heilfroh, dass sein Wagen endlich ins Regierungsviertel einbog und er am Eingang zum Sitz des Landeshauptmanns aussteigen konnte. Auch da bemühte er sich um Gelassenheit im gleichzeitigen Wissen, seinem Fahrer nichts mehr vormachen zu können.

Er hatte den Zeitraum zwischen dem sonntäglichen Festakt in Dürnstein und heute früh in der letzten halben Stunde mindestens fünfmal vor seinem geistigen Auge Revue passieren lassen. War der Landeshauptmann böse, weil er sich sehr früh vom Mittagessen verabschiedet hatte? Oder hatte sich die schnatternde Ehefrau des Kultur-Heinis über ihn beschwert? Den ganzen Montag hindurch, an dem er unterwegs gewesen war, um in gleich vier über das ganze Bundesland verstreuten Polizeiinspektionen nach dem Rechten zu sehen, konnte jedenfalls nichts passiert sein, weswegen ihn der Landeshauptmann hätte sprechen wollen.

Bevor er die Klingel neben der Sicherheitstür betätigte, wischte er sich beide Hände an der Uniformhose ab. Würde er noch einmal machen müssen, wenn er dem Landeshauptmann gegenübertrat.

Dass der Empfang im Sekretariat allerdings derart eisig war, damit hatte er trotz des recht ruppigen Telefonats von vorhin nicht gerechnet. Die Laune des Landeshauptmanns musste sich in diesen fünfundvierzig Minuten also noch einmal gehörig verschlechtert haben.

Der Leiter des Büros, der gerade aus dem Zimmer des Chefs kam, ging an ihm vorbei, ohne ihn auch nur eines Blickes zu würdigen. Obwohl er erst vor zwei Wochen mit ihm ein Bier getrunken hatte. Und die Sekretärin deutete ihm mit einer Handbewegung, die eher nach Marschbefehl als nach einer Einladung aussah, sofort ins Allerheiligste weiterzugehen.

Wie immer blieb er knapp hinter der Tür stehen. Tat er auch, wenn er keinen Grund hatte, am Wohlwollen des Landeshauptmanns zu zweifeln.

Der schien ihn diesmal überhaupt nicht wahrzunehmen.

Wolfgang Marbolt wusste nicht recht, ob er einfach zuwarten oder sich bemerkbar machen sollte.

Da hörte er die Stimme seines Herrn, der dabei gar nicht von seinen Unterlagen aufblickte. »Ich bin ja von dir einiges gewohnt. Aber das ist der Gipfel. Da ersucht dich einer meiner besten Freunde, mit dem ich heute früh zufällig telefoniert habe, um mich nach dem Fortschritt bei der Sanierung des Stiftsdaches zu erkundigen, nach einem dringenden Rückruf deiner Frau Lenhart. Wegen des Aggstein-Mordes. Also rufe ich im ersten Zorn gleich die Frau Chefinspektor an, um sie zur Schnecke zu machen, weil sie den Abt noch nicht angerufen hat. Und was muss ich hören? Dass sie von dem Wunsch um Rückruf gar nichts weiß. Wenn ich es nicht mit eigenen Ohren gehört hätte, hätte ich es nicht geglaubt. Höchst peinlich für mich. Es hätte nicht viel gefehlt, und ich wäre im Erdboden versunken. Daraus ergibt sich die logische Schlussfolgerung, dass du einfach vergessen hast, mit Frau Lenhart zu reden. Und das in so einer heiklen Situation, wo ein Mörder frei herumläuft. Für jemanden in deiner Position ist das eigentlich unentschuldbar.« Der Landeshauptmann durchbohrte ihn mit seinem Blick. »Aber ich werde noch einmal Gnade vor Recht ergehen lassen. Du wirst allerdings ein formelles Entschuldigungsschreiben an den hochwürdigsten Herrn Abt richten. Mit Kopie an den Herrn Innenminister und mich. Und natürlich auch an die Chefinspektorin. Der gegenüber ich mich in besonderer Schuld fühle. Haben wir uns verstanden?«

Der Polizeidirektor hatte mit allem gerechnet, aber nicht mit dieser weiteren Demütigung. Trotzdem musste er jetzt die Nerven behalten. Deshalb salutierte er, machte auf dem Absatz kehrt und verließ das Zimmer. Ohne auch nur ein Wort gesagt zu haben.

Dienstag, 5. Juli
11 Uhr 55

Nach dem Telefonat mit Abt Wilhelm war sie erleichtert und überrascht. Erleichtert, weil ihr der Abt nicht den Eindruck vermittelte, als hätte er sich beim Landeshauptmann über irgendetwas oder irgendjemanden groß beschwert. Und überrascht, weil sie von ihm nun doch noch einen Hinweis bekam, der ihr weiterhelfen konnte. Aufgrund dieses Hinweises ließ sie alles liegen und stehen, und forderte von der Fahrbereitschaft einen Wagen samt Fahrer an. Denn ihr war klar, dass das Kribbeln, das sie am ganzen Körper spürte, ihrer Fahrt zwar Flügel verleihen, sie aber eventuell nicht gesund ankommen lassen würde.

Mit Chauffeur machte sie sich auf den Weg nach Rossatz. Zu Pater Koloman, dem dortigen Pfarrer. Sie war sich dessen bewusst, dass ihr Auftrag an den Fahrer, Blaulicht und Folgetonhorn einzuschalten, lächerlich, wenn nicht sogar kindisch war. Ob das Gespräch mit dem Pater fünf Minuten vor Mittag oder fünf Minuten nach Mittag starten würde, war für den Fortgang ihrer Ermittlungen völlig belanglos. Aber sie konnte halt nicht aus ihrer Haut. Ihr Erich hätte sie jetzt mit einer Jagdhündin verglichen, die gerade Witterung aufgenommen hatte.

Der Rossatzer Pfarrer empfing sie sehr freundlich. Diese Freundlichkeit störte sie nicht im Geringsten. Wohl aber der Umstand, dass er alle Zeit der Welt zu haben schien. Er würde ihr zunächst gern die Kirche zeigen oder, wenn ihr das lieber wäre, den Garten, der zum Pfarrhaus gehörte.

Doris überlegte kurz. Der Pfarrer würde wohl eine größere Freude mit ihrem Interesse an der Kirche als mit dem am Garten haben. Eine Kirchenführung dauerte zwar länger als ein Blick auf Obstbäume. Auf die Gesprächsatmosphäre und die Auskunftsfreudigkeit des Pfarrers würde sie sich aber positiv auswirken.

Die Viertelstunde war gut investiert, wie sich bald herausstellte.

»Ich bin in den Neunzigerjahren im Stift der sogenannte Novizenmeister gewesen. Den haben alle Klöster. Meine Aufgabe war es damals, mich um die jungen Novizen zu kümmern.

Viele sind es ohnehin nicht gewesen. Einer von ihnen war Frater Ambros. Ein sehr verschlossener und ernsthafter junger Mann. Hat aber leider Schwierigkeiten mit dem sechsten Gebot gehabt. Mehr kann ich Ihnen wegen des Beichtgeheimnisses nicht sagen. Er hat unsere Ordensgemeinschaft auch bald wieder verlassen.«

Die Chefinspektorin mahnte sich, nicht ungeduldig zu werden. »Abt Wilhelm hat mir gesagt, dass Sie mir etwas über eine junge Studentin sagen können.«

»Das will ich Ihnen gerade erzählen. Damals hat eine junge Dame im Stiftsarchiv gearbeitet, die ich selbst nie zu Gesicht bekommen habe. Sie hat an einer wissenschaftlichen Arbeit geschrieben. Soll eine sehr hübsche Person gewesen sein, wie mir mein damaliger Mitbruder, der das Archiv betreut hat, erzählt hat. Ambros hat damals im Archiv nach Unterlagen über die Göttweiger Kirchenmusik zu Zeiten unseres großen Abtes Gottfried Bessel gesucht. Jetzt spekuliere ich natürlich. Aber ein junger Mönch, dem das sechste Gebot zu schaffen macht und eine junge Frau. Die beiden wochenlang im Stiftsarchiv mutterseelenallein, fast eingesperrt. Dann hört Ambros abrupt mit seiner Arbeit auf und verlässt das Kloster keine vierzehn Tage später. Das riecht doch stark danach, dass sich die beiden nähergekommen sind. Wie weit, will ich gar nicht wissen.«

»Das ist ja interessant. Aber es macht für mich als Kriminalistin einen Unterschied, ob wir hier von einer Spekulation oder von Fakten reden.«

»Aber ich nehme doch an, dass eine Kriminalistin zwei und zwei mindestens so gut zusammenzählen kann wie ein Pfarrer.«

Sie suchte nach einem Begriff für die Art des Lächelns des Pfarrers. ›Verschwörerisch‹ konnte passen. Sie lächelte zurück.

»Für eine gute Arbeitshypothese reicht es auf alle Fälle. Wissen Sie, wie Frater Ambros mit seinem bürgerlichen Namen geheißen hat?«

»Sein Nachname war Diemer. An seinen bürgerlichen Vornamen erinnere ich mich allerdings nicht mehr.«

»Kontakt haben Sie keinen mit ihm gehalten?«

»Er hat sich leider nie mehr gemeldet. Ich weiß nur, dass er ursprünglich aus Spitz gekommen ist. Angeblich hat er sich, nachdem er bei uns weggegangen ist, als Fremdenführer verdingt. Das hat mir einmal der damalige Spitzer Pfarrer erzählt. Ist aber jetzt auch schon mindestens zwanzig Jahre her. Das ist alles, was ich weiß.«

»Natürlich kann ein Kriminalist nie genug an Informationen bekommen. Aber ich glaube schon, dass Sie mir geholfen haben.«

»Dann werden Sie mir ja die Freude machen, mit mir zu essen. Die Zeiten, in denen in den Pfarrhöfen noch Pfarrersköchinnen das Zepter geschwungen haben, sind zwar längst vorbei. Aber ich bin auch ein ganz guter Koch. Es gibt Marillenknödel. Natürlich mit Marillen aus dem Pfarrgarten. Köstlich, kann ich Ihnen sagen. Wenn ich darf, werde ich Ihnen auch noch ein paar davon mitgeben. So eine süße Frucht haben Sie bestimmt noch nie in Ihrem Leben gegessen.«

Die Chefin der Mordkommission wusste, dass sie diese Einladung nicht ablehnen durfte. Dabei saß sie auf Nadeln. Am liebsten hätte sie gleich mit ihrem Stellvertreter telefoniert und die Aufgabenverteilung bei der Suche nach dem ehemaligen Mönch besprochen. Jedenfalls würde sie nach dem Essen so schnell wie möglich wieder nach St. Pölten zurückfahren. Mit Blaulicht und Folgetonhorn.

Dienstag, 5. Juli
14 Uhr 32

Der Chefinspektorin war während des Essens die Idee gekommen, doch nicht gleich wieder nach St. Pölten, sondern zuerst nach Spitz zu fahren. Um sich beim dortigen Gemeindeamt nach dem Verbleib des ehemaligen Göttweiger Mönchs zu erkundigen. Den Gedanken hatte sie allerdings gleich wieder verworfen. Ihr Besuch in Spitz und vor allem ihre Fragen würden den Gemeindesekretär hellhörig machen. Das war das Letzte, das sie im Moment brauchen konnte. Stattdessen rief sie auf der Rückfahrt, bei der sie den Chauffeur bat, auf jedes äußere Zeichen besonderer Eile zu verzichten, den Kommandanten der Spitzer Polizeiinspektion an, der sich bei ihrem letzten Fall als äußerst umsichtig und hilfreich erwiesen hatte. Sie erklärte ihm kurz, worum es ging und bat darum, so diskret wie möglich vorzugehen und jedes Aufsehen zu vermeiden.

Nach diesem Telefonat lehnte sie sich in ihrem Sitz zurück, schloss die Augen und döste vor sich hin. Weil sie müde war. Sie hätte nicht sagen können, ob die Müdigkeit eher den vier Marillenknödeln, die wirklich geradezu himmlisch geschmeckt hatten, oder dem Spannungsabfall geschuldet war, den sie aus ähnlichen Situationen gut kannte. Aber sie war nicht nur müde, sie war auch zufrieden. Gestern um diese Zeit überall düsterste Finsternis, und heute wenigstens Licht am Ende des Tunnels. Zumindest hoffte sie das.

Das Läuten ihres Handys ließ sie hochschrecken. Ein Redakteur des Niederösterreichischen Tagblatts. »Guten Tag, Frau Chefinspektorin! Stimmt meine Information, dass Sie in Sachen Doktor Andreas Haberl jetzt in Richtung Mord ermitteln? Und dass Sie auch einen Zusammenhang mit dem Verbrechen an Frau Schremser nicht ausschließen?«

Doris Lenhart war nicht nur im Bruchteil einer Sekunde wieder hellwach, sondern auch höchst alarmiert. Dass die Zeitung vom Verdacht eines Gewaltverbrechens an Herrn Haberl erfahren hatte, war schlimm. Aber das öffentliche Hinausposaunen eines Zusammenhangs zwischen der Sache Haberl und der Sache Schremser wäre eine Katastrophe. Wenn irgendwie möglich, musste sie das verhindern.

»Herr Redakteur, Sie sind schon einmal einer Fehlinformation in Bezug auf das Verbrechen auf der Burg Aggstein aufgesessen. Sie laufen Gefahr, das ein zweites Mal zu tun. Nehmen Sie bitte zur Kenntnis, dass der sogenannte Fall Haberl für die Kriminalpolizei nie ein Fall gewesen ist. War nichts anderes als ein höchst bedauerlicher Unfall. Und in Sachen Schremser habe ich bis auf Weiteres eine Informationssperre verfügt. An der Ihre Zeitung nicht ganz unschuldig ist.«

Sie hörte ein leises Lachen. »Nicht ganz unschuldig ist eher Ihr werter Herr Polizeidirektor, würde ich meinen. Bis zum nächsten Mal, Frau Chefinspektorin!«

Dienstag, 5. Juli
17 Uhr 03

Ihr Büro war zur Kommandozentrale mutiert, ohne dass sich rein äußerlich irgendetwas verändert hätte. Es war mehr ein Gefühl, das sie mit Spencer teilte. Sie war nicht überrascht, dass sich der Spitzer Polizeibeamte schon nach gut zwei Stunden wieder bei ihr meldete. Brauchte sie auch dringend. Weil ihr der Anruf des Journalisten nicht aus dem Kopf ging. Sie hatte sofort nach ihrer Rückkehr Frau Haberl angerufen. Die schwor aber Stein und Bein, wie vereinbart mit niemandem wegen ihres Verdachts gesprochen zu haben. Klang glaubhaft, obwohl die Chefin der Mordkommission nicht absolut sicher sein konnte. Vielleicht hatte die Sache mit der Bürgschaft die Witwe doch nachdenklich gemacht. Andererseits, was hätte sie davon gehabt, die Geschichte publik zu machen?

Spencer, der in ihrem Büro saß, tippte auf Gustav Kamper. Aber der konnte von ihrem Verdacht wegen des Todes seines Branchenkollegen nichts wissen. Sie war sicher, bei ihrem Besuch in Dürnstein keine wie immer geartete Andeutung in diese Richtung gemacht zu haben. Außerdem war es höchst unwahrscheinlich, dass er von der Bürgschaft wusste. Aber vielleicht hatte er das Überwachungsteam bemerkt und daraus seine Schlüsse gezogen.

Jedenfalls kam ihr der Anruf aus Spitz gerade recht. Vor allem, weil er eine weitere Information brachte, die geradezu perfekt in das Mosaik passte, das so lange ohne Steine geblieben war.

Laut Auskunft des Spitzer Kollegen würde es sich bei dem ehemaligen Göttweiger Mönch um Josef Diemer handeln. Vierundvierzig Jahre alt. Die Eltern, angesehene Weinbauern, würden noch in Spitz leben. Josef Diemer selbst wäre Musiklehrer an der Neuen Mittelschule in Persenbeug. Dort auch gemeldet. Allerdings im Sommer gern mit einem Wohnmobil unterwegs.

Doris Lenhart bedankte sich für die ebenso rasche wie präzise Auskunft und versprach, den Anrufer auf dem Laufenden zu halten. Eine weitere Aktion seinerseits wäre zum gegenwärtigen Zeitpunkt aber nicht notwendig.

»Schon wieder ein Josef. Zuerst eine gestohlene Plastik vom Heiligen Josef in Krems. Dann ein Bild dieses Heiligen, das in Dürnstein entwendet worden ist. Und jetzt ein ehemaliger Mönch aus Göttweig, der Josef heißt. Das kann doch kein Zufall sein. In jedem Fall müssen wir diesen Herrn Diemer so schnell wie möglich finden.«

»Das lass nur meine Sorge sein«, meinte Spencer. »Ich werde gleich seine Adresse ausfindig machen und von einer Zivilstreife die Umgebung nach einem Wohnwagen absuchen lassen. Wenn der Wagen da ist, wird sein Besitzer nicht weit sein.«

»Perfekt. Dann sehen wir uns morgen. Aber ruf mich bitte sofort an, sobald du Nachricht aus Persenbeug hast.«

Mittwoch, 6. Juli
08 Uhr 02

Ärgerlich knallte Spencer das Niederösterreichische Tagblatt auf ihren Schreibtisch. »Für solche Schreiberlinge sollte man die Prügelstrafe wieder einführen. Ich würde mich freiwillig für das Schwingen des Prügels melden.«

Doris nahm die Zeitung und las mit ständigem Schütteln ihres Kopfes noch einmal laut. »Fahndet Kriminalpolizei nach Doppelmörder? Chefin der Mordkommission sagt ›Nein‹ und verhängt Informationssperre.« Sie legte das Blatt wieder weg. »Genau diese Geschichte habe ich noch zu meinem Glück gebraucht. Dabei stört mich gar nicht so sehr, dass das Hunderttausende lesen. Dafür umso mehr, dass die Geschichte höchstwahrscheinlich auch der Täter liest.«

»Meiner Meinung nach soll er ruhig merken, dass sich die Schlinge um seinen Hals langsam zuzieht. Hältst du es für möglich, dass Frau Haberl dahintersteckt?«

»Ich habe sie gestern angerufen. Sie sagt Nein. Ich glaube ihr. Sie konnte zwar aufgrund meiner vielen Fragen vermuten, dass es einen Zusammenhang zwischen dem Tod ihres Mannes und dem von Frau Schremser geben könnte. Aber ich sehe im Moment bei ihr kein Motiv, mit einer Zeitung darüber zu reden und womöglich die Ermittlungen zu behindern.« Doris seufzte. »Egal. Wir haben Arbeit vor uns.«

Ihr Stellvertreter hatte sie noch gestern spät abends angerufen. Kurz bevor sie ins Bett gegangen war. Bis viertel elf kein Licht in der Wohnung von Josef Diemer, der dort gemäß Spencers Recherchen allein lebte. Auch von seinem Wohnwagen keine Spur. »Haben wir irgendwelche neuen Nachrichten bezüglich Diemer?«, fragte sie zur Sicherheit.

Spencer schüttelte den Kopf.

»Dann bleibt uns keine andere Wahl. Wir schreiben ihn zur Fahndung aus.«

»Fahndung«, nickte er. »Mit allem, was wir haben.«

»Aber das Überwachungsteam bei Herrn Kamper bleibt. Wir müssen wegen dieser Zeitungsgeschichte auf einen neuen Zug des Mörders vorbereitet sein.« Doris merkte, dass sie an einem Fingernagel zu kauen begann. Sie durfte sich von der Zeitungsmeldung nicht nervös machen lassen.

»Willst du auch eine internationale Fahndung?«, fragte ihr Stellvertreter.

Sie überlegte. Eine internationale Fahndung mit der Begründung, dass die gesuchte Person vor fünfundzwanzig Jahren gemeinsam mit einem späteren Mordopfer für ein paar Wochen in einem Klosterarchiv gearbeitet hatte, das war ein höchst dünnes Eis. Aber dickeres hatten sie nicht und Eile war geboten. »Internationale Fahndung bitte nur vorbereiten. Wir schauen mal, ob die nationale Suche schnell Erfolg bringt. Wenn nicht, dann wenden wir uns an Interpol.«

Als Spencer aufstand, kam eine Sekretärin zur Tür herein. Mit einem Blatt Papier in der Hand. »Entschuldigen Sie die Störung. Aber ich nehme sehr an, das wird Sie interessieren.« Die Sekretärin, deren Grinsen nicht zu übersehen war, überreichte ihr das Blatt und verließ das Büro wieder.

Doris las kurz. »Spencer, ich gebe einen aus. Hör dir das an. Das ist ein Brief an den Abt von Göttweig. Von unserem hochverehrten Herrn Landespolizeidirektor, weil er am Sonntag die Bitte des Abtes um meinen Rückruf nicht sofort weitergeleitet hat. Mit Kopie an den Innenminister, den Landeshauptmann und, man höre und staune, an mich.« Die letzten Zeilen las sie Spencer vor:

»... Ich möchte mich, hochwürdigster Herr Abt, für meine Gedankenlosigkeit ausdrücklich entschuldigen und ersuche Sie, mir Gelegenheit zu geben, meinem Bedauern auch in einem persönlichen Gespräch Ausdruck verleihen zu dürfen.

Mit dem Ausdruck meiner ergebensten Hochachtung.

Dr. Wolfgang Marbolt, Landespolizeidirektor«

Sie strahlte, als sie den Brief zur Seite legte. »Es gibt ja doch noch eine Gerechtigkeit auf dieser Welt.«

Spencer, der sich wieder gesetzt hatte, räkelte sich genüsslich in seinem Sessel. »Man kann sich halt nicht immer aussuchen, wer für Gerechtigkeit sorgt. Der Herr Landeshauptmann scheint jedenfalls einen Mega-Zorn auf unseren geliebten Chef zu haben.«

Mittwoch, 6. Juli
13 Uhr 10

Das durfte doch nicht wahr sein! Um ein Haar wäre ihm der letzte Bissen seiner Schinkensemmel, die er jeden Mittwoch zu Mittag aß, im Hals stecken geblieben. Er legte die Zeitung beiseite. Wer hatte den Journalisten auf diese Idee gebracht? Verdammt! Ein möglicher Zusammenhang zwischen dem Schicksal von Andreas Haberl und dem von Franziska Schremser. Wusste hier jemand etwas, was niemand wissen sollte? War es nur eine Vermutung oder einfach ein Schuss ins Blaue? Die Chefinspektorin selbst? Höchst unwahrscheinlich. Was hätte sie davon, von ihrem Verdacht groß in der Zeitung zu lesen. Jemand anderer? Konnte außer seinen beiden Opfern und ihm selbst noch jemand von der Geschichte wissen? Das hatte er im Vorfeld doch geklärt. Oder es sich zumindest eingebildet. Dabei hätten beide noch am Leben sein können, wäre Franziska nicht so hartherzig gewesen.

Er bemühte sich um Ruhe. Was hätten seine beiden Opfer für einen Grund gehabt, eine dritte Person in ihr Geheimnis einzuweihen? Das ja für keinen von ihnen ein Ruhmesblatt gewesen war. Aber vielleicht war die dritte Person gar nicht eingeweiht gewesen. Vielleicht war da nur eine vage Vermutung, die nach Bestätigung suchte. Dem musste er unter allen Umständen einen Riegel vorschieben. Sonst würde es ihm trotz seines ausgeklügelten Planes an den Kragen gehen. Ab sofort waren die Karten neu gemischt. Noch immer hielt er aber die entscheidenden Atouts in seinen Händen. Das nächste musste er rasch ausspielen. Auch wenn die dritte Person nicht eingeweiht gewesen war. Profitiert hatte sie vom Geheimnis genauso. Und es musste sein. Schließlich ging es jetzt um seine Haut. Allerdings durfte er jetzt keine Nervosität aufkommen lassen. Erst einmal wollte er sich in aller Ruhe rasieren.

Mittwoch, 6. Juli
15 Uhr 16

Gegen vierzehn Uhr war der Anruf der Polizeiinspektion Zwettl mit der Information gekommen, dass das gesuchte Wohnmobil auf einem Campingplatz beim Kamp-Stausee Ottenstein stand. Samt offensichtlichem Besitzer, der ganz unaufgeregt

Zeitung gelesen hätte und jetzt in einem vor seinem Wohnmobil aufgestellten Liegestuhl ein kleines Nickerchen machen würde.

Der Chefinspektor hatte für die Fahrt von St. Pölten bis Ottenstein nur fünfundsechzig Minuten gebraucht. Er ging auf das Wohnmobil zu, in dessen Inneren Josef Diemer laut Auskunft des Polizeibeamten, der Gefährt und Besitzer seit fast zwei Stunden nicht aus den Augen gelassen hatte, vor knapp zwanzig Minuten verschwunden war. Spencer wollte den ehemaligen Mönch persönlich ersuchen, ihn zur Einvernahme nach St. Pölten zu begleiten. Denn sie hatten gegen ihn rein gar nichts in der Hand.

Kaum hatte er an die Tür geklopft, öffnete ihm ein großer, sehr hagerer Mann, der nur mit Shorts bekleidet war, und dem man an der tiefen Bräunung seiner Haut ansah, dass er den Großteil seiner Zeit im Freien verbrachte.

»Sind Sie Josef Diemer?«

Der Angesprochene beantwortete die Frage sehr überrascht, wie Spencer vorkam, mit einem Nicken.

»Ich bin Chefinspektor Gerhard Malzacher von der niederösterreichischen Kriminalpolizei. Darf ich Sie bitten, mich nach St. Pölten zu begleiten. Wir würden Ihnen dort gern einige Fragen stellen.«

Der Mann musste sich enorm unter Kontrolle haben. Spencer konnte nicht die Spur von Nervosität entdecken. Höchstens Erstaunen, das auf ihn gar nicht gespielt wirkte, wie er zugeben musste.

»Ich nehme an, Herr Chefinspektor, Sie würden mich nicht darum bitten, wenn Sie nicht der Meinung wären, dafür einen triftigen Grund zu haben. Ich hoffe nur, dass Sie mich nicht der beiden Morde verdächtigen, von denen ich gerade in der Zeitung gelesen habe. Wenn Sie mir versprechen, mich nach dem

Gespräch wieder hierher zurückzubringen, komme ich gerne mit.«

»Auf jeden Fall sage ich Ihnen zu, dass Sie nicht per Autostopp nach Ottenstein zurückfahren müssen.«

Mittwoch, 6. Juli
17 Uhr 20

Seit einer guten halben Stunde befragte sie gemeinsam mit Spencer Herrn Diemer.

Der gab an, unverheiratet zu sein, aber eine in Wien lebende vierundzwanzigjährige Tochter zu haben. In seiner Mischung aus Aufrichtigkeit und offensichtlicher Verlogenheit war er ihr ein Rätsel. Er sprach ganz offen über seine Zeit als Novize in Göttweig. Auch an eine Franziska schien er sich gut zu erinnern. Dass er ihren Nachnamen nicht kannte, schien ihr glaubhaft. Aber keinesfalls seine Behauptung, den Aggstein-Mord, von dem er ja zugab, gelesen zu haben, nicht in Verbindung mit der jungen Dame aus dem Klosterarchiv gebracht zu haben. Lächerlich. Wo doch in den Zeitungen mehrmals Bilder des Mordopfers gezeigt worden waren. Die Chefinspektorin kannte zwar keine Jugendbilder von Franziska Stritzek, aber sie wollte nicht glauben, dass sie sich in fünfundzwanzig Jahren so stark verändert hatte, dass ein damaliger Verehrer sie heute nicht mehr erkennen würde. Doris nahm sich vor, heute Abend die Schachtel mit ihren eigenen Jugendfotos zu suchen und sie mit aktuellen Aufnahmen zu vergleichen.

Gleichzeitig verblüfft und alarmiert war sie über Josef Diemers Eingeständnis, nach seinem Ausscheiden aus dem Noviziat ungefähr fünf Jahre lang als Fremdenführer auf der Burg Aggstein gearbeitet zu haben. Um die Ausbildung zum Musiklehrer finanzieren zu können. Gab er das zu im Wissen, dass sie das ohnehin rasch herausfinden würden? Oder weil er sicher war, nichts verbergen zu müssen?

»Das heißt, Sie kennen sich auf der Burg bestens aus.«

»Zumindest habe ich mich bestens ausgekannt. Allerdings nehme ich nicht an, dass in der Burgruine in den letzten zwanzig Jahren architektonisch viel umgestaltet wurde.« Er grinste schelmisch. »Aber ganz sicher kann ich nicht sein, denn ich war eben zwanzig Jahre nicht mehr dort.«

Würde nicht leicht werden, diese Behauptung zu widerlegen. Doris merkte, dass ihr Stellvertreter ungeduldig wurde. Wahrscheinlich, weil auch ihm klar war, dass sie bis jetzt nichts in der Hand hatten, das eine Festnahme rechtfertigen würde. Das Verbrechen an Frau Schremser war am Samstag vor Ferienbeginn passiert. Angeblich hatte Herr Diemer diesen Tag noch zu Hause in Persenbeug verbracht. Ursprünglich hätte er vorgehabt, sich in sein Wohnmobil zu setzen und übers Wochenende ins Blaue zu fahren, vielleicht um ein wenig zu erkunden, wo es ihn diesmal in den Ferien hinziehen würde. Aber die Kaltfront an jenem Samstag hatte ihm die Vorurlaubsstimmung verdorben. »Daher bin ich an dem Tag zu Hause geblieben.«

»Kann das jemand bestätigen?«, fragte Spencer.

Josef Diemer überlegte. »Nicht dass ich wüsste. Aber ich habe an dem Nachmittag telefoniert.« Er zückte sein Handy. »Wenn Sie gestatten.« Er kontrollierte seine Anrufliste. »Da haben wir es schon.« Er zeigte ihnen am Display die Liste der Telefonate, die er am 25. Juni geführt hatte. »Mittels Handydatenauswertung können Sie feststellen, wo mein Handy während der Telefonate war. Wenn Sie dann noch meine jeweiligen Gesprächspartner fragen, ob ich am Telefon war, lässt sich mein Alibi vielleicht bestätigen.«

Wieder dieses schelmische Grinsen. Es würde viel Arbeit bedeuten, das zu kontrollieren und herauszufinden, ob er zum Zeitpunkt des Mordes zwischen den Telefonaten die Zeit gehabt haben konnte, von Persenbeug nach Aggstein und wieder retour zu fahren.

Auf die Frage, ob er die Namen Andreas Haberl und Gustav Kamper kannte, antwortete er, dass er den Kremser Antiquitätenhändler nur aus der Zeitung kennen würde. »Gustav Kamper hingegen kenne ich persönlich.«

Das kam unerwartet. »Woher kennen Sie ihn?«, fragte Doris nach.

»Ich habe seiner Enkelin bis vor einem Jahr Klavierunterricht erteilt.«

»Und warum haben Sie damit aufgehört?«

»Weil sie schon besser als ich gespielt hat. Melanie hat das Zeug zu einer großen Pianistin.«

Sie registrierte sofort den fragenden Blick, den ihr Spencer zuwarf. Sie nickte ganz leicht mit dem Kopf, denn sie erinnerte sich, dass Gustav Kamper etwas von einem Klavierunterricht für seine Enkelin erzählt hatte. Den Namen eines Lehrers hatte er nicht erwähnt. Aber das konnte sie durch einen Anruf schnell klären. Trotzdem war diese Bekanntschaft schon ein seltsamer Zufall. »Sie haben vor 25 Jahren den Orden verlassen«, fuhr sie fort. »Wie ist eigentlich Ihr jetziges Verhältnis zur Kirche?« Sie konnte sehen, dass Josef Diemer irritiert war. Wenigstens etwas.

»Ich habe mich jedenfalls nicht von der Kirche losgesagt, wenn Sie das meinen. Ich gehe auch noch fast jeden Sonntag in die Kirche.«

»Sammeln Sie vielleicht Heiligen-Figuren?« Ihr war klar, dass diese Frage für jemanden, der mit den Einbrüchen bei den Kunsthändlern nichts zu tun hatte, höchst unverständlich und völlig aus der Luft gegriffen erscheinen musste. Sie wollte die Reaktion des Musiklehrers testen.

Alles hätte sie erwartet, aber nicht das verträumte Lächeln, das sich nun auf dem Gesicht von Josef Diemer zeigte. »Von einer Tante habe ich zu meiner Erstkommunion eine kleine Gipsstatue, die meinen Namenspatron darstellt, bekommen. Die habe ich noch immer und halte sie in Ehren. Aber sonst sammle ich nichts. Könnte ich mir gar nicht leisten.«

War der Mann unbefangen ehrlich, oder hatte er die Frage erwartet und sich dementsprechend darauf vorbereitet? Doris Lenhart war sich nicht sicher.

Bevor sie nachstoßen konnte, platzte Spencer heraus. »Vielleicht haben Sie deshalb eingebrochen!«

Typisch Spencer. Geduld war noch nie seine Stärke gewesen. Aber vielleicht gar nicht schlecht. Sie beobachtete Josef Diemer sehr genau.

Der ließ sich aber offensichtlich überhaupt nicht aus der Ruhe bringen. »Wieso Einbruch? Ich dachte, ich bin hier, weil Sie mich des Mordes verdächtigen.«

Spätestens jetzt war ihr klar, dass sie eine besonders harte Nuss zu knacken hatte. Sie zog das Gespräch wieder an sich. »Herr Diemer, Sie haben uns ja bestätigt, dass Sie für ein paar Wochen gemeinsam mit Frau Schremser im Stiftsarchiv gearbeitet haben. Wie ist denn da Ihr Verhältnis zu ihr gewesen?«

»Ich weiß nicht, was Sie unter dem Begriff ›Verhältnis‹ meinen. Eine erotische Beziehung, wenn Sie darauf anspielen, hat es zwischen uns beiden nicht gegeben. Wir haben uns gut verstanden, obwohl wir ja eigentlich wenig fachliche Berührungspunkte gehabt haben. Ich habe zur Musik unter Abt Bessel geforscht und sie mehr zur Kunstgeschichte.«

Doris hegte zwar wenig Zweifel an der Aussage von Pater Koloman, dass der junge Mönch über das sechste Gebot, wie es sein ehemaliger Novizenmeister so vornehm formulierte, gestolpert war. Diese Information wollte sie aber zum gegenwärtigen Zeitpunkt der Untersuchung nicht verwenden. Auch, weil der Rossatzer Pfarrer die beiden ja nicht in flagranti erwischt und auch von seinem verstorbenen Mitbruder nichts in dieser Richtung gehört hatte. Sie stellte sich die Frage, ob sie selbst als Anfangszwanzigerin dem Charme des damaligen Novizen erlegen wäre. Die Antwort konnte nur lauten: Nein. Da war nichts, was sie nur im Mindesten gereizt hätte. Er sah nicht sonderlich gut aus. Franziska war laut ihrer Freundin auf besonders gut aussehende Männer fixiert gewesen. Passte alles nicht wirklich.

Sie versuchte mit ihren Augen, Kontakt zu ihrem Stellvertreter aufzunehmen, den er auch sofort registrierte. Wie sie gehofft hatte, tat er genau das, was sie wollte, dass er tat.

»Herr Diemer, ein Polizeifahrzeug wird Sie wieder nach Ottenstein bringen. Aber gehen Sie bitte davon aus, dass wir höchstwahrscheinlich noch einmal mit Ihnen reden wollen.«

»Sie können gern meinen Pass haben.«

Sie stand auf, ohne Herrn Diemer die Hand zu geben. Sie wusste, was sie als Nächstes tun würde. Aber auch, dass sie dafür einen sehr gnädigen Richter brauchte.

Mittwoch, 6. Juli
22 Uhr 34

»Sag mal, Schatz, wie lange willst du denn noch über deinem Fall brüten? Komm endlich ins Bett.«

Die Chefinspektorin drehte sich nach ihrem gähnenden Mann um, der in der Tür ihres gemeinsamen Arbeitszimmers lehnte und schon in seinem Pyjama steckte. Sie blickte auf ihre Uhr. »Was, schon halb elf?« Sie legte die einzelnen Blätter, die voll mit ihren Notizen waren, zu einem kleinen Stapel zusammen. »Ich habe selten so viele Blätter mit so wenig Ergebnis vollgeschrieben.«

»Wo hakt es denn?« Erich setzte sich auf den blau gepolsterten Sessel, der zu seiner Seite des Arbeitszimmers gehörte. »Ich mag es übrigens, wenn deine Haare so zerrauft sind.«

»Lenk nicht ab. Es hakt überall. Ich habe einen jungen Mönch mit Taufnamen Josef, der sich vor mehr als einem Vierteljahrhundert in eine junge Studentin verknallt hat. Mit welchem Ergebnis, wissen wir nicht. Ich habe eine bei einem Antiquitätenhändler aus Krems gestohlene Plastik und ein bei einem aus Dürnstein gestohlenes Bild, die beide den Heiligen Josef darstellen. Schon sehr eigenartig. Dann sind noch bei beiden Antiquitätenhändlern die Geschäftsunterlagen genau aus der Zeit gestohlen worden, in denen sich der Mönch und die Studentin kennengelernt haben. Die einstige Studentin und einer der beiden Antiquitätenhändler sind jetzt tot. Sie ganz sicher und er höchstwahrscheinlich ermordet. Sie so spektakulär, dass es spektakulärer gar nicht geht. Er das genaue Gegenteil davon. Und als ob das alles nicht schon genug wäre, hat der Einbrecher bei dem toten Kunsthändler auch noch die Dokumentenmappe durchwühlt. Ergibt alles keinen Sinn. Da hast du nichts Besseres zu tun, als von meinen zerrauften Haaren zu schwärmen.«

Ihr Mann zeigte jenes unverschämte Grinsen, das sie schon am ersten Tag ihres Kennenlernens unwiderstehlich gefunden hatte. »Ich könnte natürlich mit schwererem Geschütz auffahren und dir einen edlen Riesling anbieten. Obwohl ich schon Zähne geputzt habe, würde ich mich dazu überreden lassen.« Er hielt inne und sein Lächeln verschwand. »Du vermutest also, dass dieser Mönch die beiden Josefs gestohlen hat.«

»Jedenfalls hoffe ich, dass mir der Richter eine Hausdurchsuchung genehmigt, die meine Vermutung bestätigen soll.«

»Aber was sollen die gestohlenen Sachen mit dem Mord in Aggstein zu tun haben?«

»Pass auf, mein Freund. Gescheite Fragen kann ich selber stellen, da brauche ich dich nicht dazu. Gescheite Antworten brauche ich.«

Da war das Grinsen wieder. »Die fallen mir sicher noch im Lauf des Abends ein. Aber vorher hole ich den Riesling. Da können wir auch gleich auf unseren Hochzeitstag anstoßen. Kommt ja demnächst. Bin gleich wieder da.«

Hochzeitstag? Hochzeitstag? Da war doch was. Aber was? Die Chefinspektorin grübelte. Wahrscheinlich nicht so wichtig. Und wenn doch, dann würde es ihr sicher wieder einfallen.

Donnerstag, 7. Juli
13 Uhr 31

Wie auf Nadeln saß sie an ihrem Schreibtisch. Laut Spencer hatte die Hausdurchsuchung um elf Uhr begonnen. Warum dauerte das so lange?! Diemer wohnte doch nicht in einem Palais mit dreißig Zimmern. Sie war sicher, dass sie die richterliche Genehmigung für die Hausdurchsuchung ausschließlich ihrem Ruf zu verdanken hatte. Weil die Verdachtsmomente gegen Josef Diemer bis jetzt, um es vorsichtig auszudrücken, sehr bescheiden waren. Aber zumindest theoretisch konnte er es zwischen den Telefonaten nach Aggstein und zurück nach Persenbeug geschafft haben. Allerdings nur knapp. Das hatte Spencer schon überprüft. In dieser Situation würde ihr die erhoffte Entdeckung der beiden Antiquitäten weiterhelfen. Aber auch nicht sehr weit. Selbst wenn Josef Diemer der Einbrecher war, was hatten Bild und Plastik mit Franziska Schremser zu tun? Der Riesling Smaragd gestern Abend war zwar durchaus geeignet gewesen, ihre Laune um Lichtjahre zu verbessern. Aber für das Finden von Antworten auf komplizierte Fragen taugte auch er nicht.

Nachdem Spencer gestern Nachmittag einen kurzen Blick in das Wohnmobil des früheren Mönchs hatte werfen können, und ihm dort weder ein Heiligenbild noch eine kleine Statue aufgefallen waren, hatte sie die Suche nach den beiden Antiquitäten auf die Wohnung in Persenbeug beschränkt. Wo hätten sie sonst noch suchen sollen? Die Vorstellung, ihren Stellvertreter bald mit leeren Händen vor ihr stehen zu sehen, machte ihr Angst. Dann würde sie von vorn beginnen müssen.

Seit dem Aufwachen ging ihr auch die Sache mit dem Hochzeitstag wieder im Kopf herum. Wenn sie nur wüsste, wieso?!

Endlich hörte sie draußen am Gang unverwechselbar schwere Schritte. Die Tür ging auf. »Willst du zuerst die gute oder die schlechte Nachricht hören?«

Spencers Gesicht konnte sie nicht deuten. »Fang mit der schlechten an.«

Ihr Stellvertreter machte es spannend. Er rückte sich den Besucherstuhl zurecht und ließ seine 120 Kilo hineinfallen. Wie immer. Der Sessel musste wohl eine spezielle Verstärkung aus Stahl haben, dachte sie jedes Mal. Ansonsten hätte er diese Tortur nicht so lange überlebt. »Die schlechte ist, dass sich die gesuchten Antiquitäten nicht in der Wohnung befinden.«

Da war es wieder. Dieses schlimme Gefühl, noch einmal ganz von vorne beginnen zu müssen. »Da bin ich aber jetzt auf die gute Nachricht gespannt, für die mir allerdings jegliche Fantasie fehlt.«

Spencer lachte. »Wenn ich dir zeige, was wir gefunden haben, wird das deiner Fantasie gleich auf die Sprünge helfen. Unsere Freunde von der Spurensicherung haben nämlich nicht nur nach einem Bild und einer Plastik gesucht.« Er griff in die linke Innentasche seines Sakkos. Lange nestelte er herum, bis er etwas herausnahm, was nach alten Fotos aussah. »Da, bitte sehr. In einem Buch gefunden.«

Sie riss ihm die drei Fotografien förmlich aus der Hand. Kaum hatte sie das erste Foto gesehen, hörte sie sich durch die Zähne pfeifen. »Da schau ich ja. Schaff mir bitte den Herrn Diemer her. Und zwar blitzschnell. Wenn notwendig, mit Hubschrauber.«

Donnerstag, 7. Juli
13 Uhr 35

Zum ersten Mal war ihm etwas misslungen. Dabei war bis vor Kurzem alles nach Plan verlaufen. Aber dann war ihm auf dem Wachtberg ein Streifen-Polizist dazwischengekommen. Weiß der Himmel, was der dort um diese Tageszeit zu suchen hatte. War es denkbar, dass die Chefinspektorin schon Lunte roch und deshalb Gerlinde Haberl bewachen ließ?

Obwohl ihm in seinem Auto sehr heiß war, hatte er schmunzeln müssen. Wenn Frau Lenhart wirklich schon auf der richtigen Spur gewesen wäre, dann hätte sie für diese Aufgabe nicht einen so schwer übergewichtigen Idioten ausgesucht. Statt sich wenigstens in den Schatten zu stellen, nahm der alle drei Minuten seine Kappe vom Kopf und wischte sich mit einem Taschentuch den Schweiß von der Stirn. Dabei schaute er irgendwie sehnsüchtig auf das Haus der Haberls. So als würde er von dort etwas erwarten. Der Dicke kam offenbar nicht auf die Idee, ihn, der keine 150 Meter vom Haus entfernt eine geschlagene halbe Stunde lang im Auto gewartet hatte, zu kontrollieren.

Allerdings hatte er sich eingestehen müssen, dass ihn auch ein unfähiger Polizist dazu zwang, seinen Plan zumindest für den Moment fallenzulassen. Er fragte sich, ob ihm vielleicht die Zeit davonlief. Ausgeschlossen, beruhigte er sich. Aber lang würde er nicht mehr warten dürfen. Beim nächsten Versuch musste es einfach klappen. Nicht, dass er es diesmal gern gemacht hätte. Aber es musste sein. Komisch. Da war man schon überzeugt davon, dass einem das eigene Leben nichts mehr bedeuten würde. Aber wenn es dann darauf ankam, war die Angst, des Mordes überführt zu werden, doch riesengroß. Nicht so sehr wegen der Aussicht, im Gefängnis zu landen. Damit würde er schon zurechtkommen. Sondern wegen der Vorstellung, Schande über die Person zu bringen, die als einzige seine Liebe und Zuneigung verdiente. Und deretwegen er schon zwei Morde begangen hatte.

Nur jetzt nicht die Nerven verlieren. Vielleicht war ja die Kriminalpolizei der Lösung des Rätsels, das er konzipiert hatte, ein Stück näher gerückt; um ein paar Zentimeter bestenfalls. Er war ja nicht einmal sicher, ob Frau Haberl etwas wusste, was der Kriminalpolizei weiterhelfen würde. Aber dass da ein Wachtposten stand, war doch ein starkes Indiz dafür. Er musste auf Nummer sicher gehen.

Donnerstag, 7. Juli
15 Uhr 39

Diesmal war er nicht selbst nach Ottenstein gefahren. Sondern hatte die Polizeiinspektion Zwettl angewiesen, Josef Diemer auf schnellstem Weg nach St. Pölten zu bringen. Bei der Übernahme am Parkplatz des Landeskriminalamts schien ihm der Musiklehrer gleichmütig und gelassen zu sein. Spencer erkundigte sich bei den beiden Polizisten, welchen Eindruck der ehemalige Mönch auf sie bei der Abholung und während der Fahrt gemacht hatte.

Sie hätten ihn eher überrascht als verärgert erlebt. Überhaupt nicht nervös.

Die Nervosität würde schon noch kommen, davon war der stellvertretende Leiter der Mordkommission überzeugt. Er brachte Josef Diemer in denselben Verhörraum, in dem ihn seine Chefin und er schon gestern vernommen hatten. Zuerst war er entschlossen gewesen, den Musiklehrer dort noch eine Viertelstunde schmoren zu lassen, war aber dann schnell wieder von dieser Idee abgekommen. So wie er ihn einschätzte, würde Diemer diesen alten Kriminalistentrick durchschauen und sich darüber höchstens amüsieren.

Seine Chefin kam mit ihrem Schreibblock bewaffnet hinzu und eröffnete ohne lange Umschweife. »Herr Diemer, wir sehen uns früher wieder, als Sie sich das wohl gedacht haben.« Sie nahm gegenüber dem Angesprochenen Platz.

Auf einem dieser Sessel, die Spencer hasste. Sitzauflage und Rückenlehne mit einer Polsterung, die mit Kunststoff überzogen war. Bei diesen Außentemperaturen ein Albtraum. Er setzte sich neben seine Chefin mit der festen Absicht, sich ab und zu ein paar Zentimeter so unauffällig wie möglich zu erheben, um Luft zwischen die Sesselauflage und seinen Körper zu lassen.

Diemer wartete, bis auch Spencer sich niedergelassen hatte. »Ich gebe zu, Ihre neuerliche Sehnsucht nach mir überrascht mich. Aber wenn Sie mich auf die gleiche Art wie gestern wieder nach Hause bringen lassen, soll es mir recht sein.«

»Das kann ich Ihnen nicht versprechen.« Seine Chefin legte ihren Schreibblock in die Mitte des Tisches, klappte den Block auf und schob ihm die drei Fotos, die die Spurensicherung gefunden hatte, der Reihe nach hin.

Spencer beobachtete Diemers Reaktion.

Es war unschwer zu erkennen, dass der ehemalige Novize um Fassung rang. Sich aber auch schnell wieder fing.

»Ich nehme an, dass Sie dazu berechtigt gewesen sind, meine Wohnung zu durchsuchen.«

»Mehr fällt Ihnen dazu nicht ein? Herr Diemer, ich schlage vor, Sie versuchen nicht mehr, mit uns Katz und Maus zu spielen. Sie haben gestern im Beisein meines Kollegen steif und fest behauptet, keine Affäre mit der damaligen Studentin gehabt zu haben. Diese drei Fotos hier taugen zwar noch nicht für ein Pornomagazin. Aber sie reichen allemal, um einem jungen Mönch schwülheiße Nächte zu verschaffen. Herr Malzacher und ich wollen jetzt wissen, was sich zwischen Ihnen und Franziska Stritzek wirklich abgespielt hat. Und natürlich auch, was Sie mit den gestohlenen Antiquitäten gemacht haben. Sie können sich aussuchen, womit Sie beginnen wollen.«

Auf der Stirn von Josef Diemer begannen sich Schweißperlen zu bilden.

Spencer bemerkte mit Genugtuung, dass dieses Schwitzen wohl nicht von der Plastik-Auflage des Sessels herrührte.

»Ich gebe schon zu, dass das jetzt sehr blöd ausschaut. Franziska ist ein ganz schönes Luder gewesen.«

»Das glauben wir Ihnen gern. Rechtfertigt aber noch lange nicht, sie zu töten.«

Spencer war immer wieder überrascht, wie schneidend scharf die Stimme seiner Chefin sein konnte.

»Aber ich habe sie doch nicht umgebracht. Ich habe sie damals in Göttweig zum letzten Mal gesehen.«

»Stattdessen haben Sie sich ab und zu einen Blick auf die Fotos gegönnt. Kann ich ja verstehen, reicht mir aber nicht als Erklärung.«

»Die habe ich mir auch schon mehr als zwanzig Jahre nicht mehr angeschaut. Ich hab sie damals einfach in ein Buch gesteckt, das Sie offensichtlich gefunden haben.«

»Wann Sie sich die Fotos zuletzt angesehen haben, tut auch gar nichts zur Sache. Wir haben Ihr Telefondaten-Alibi überprüft. Sie können es zur Zeit des Mordes nach Aggstein geschafft haben. Also: Warum haben Sie uns gestern bezüglich ihres Verhältnisses zu Franziska Stritzek angelogen?«

»Ich habe Sie überhaupt nicht angelogen. Ich habe keine Affäre mit Franziska gehabt. Durch sie ist mir nur endgültig klar geworden, dass das Leben im Kloster nichts für mich ist.«

»Dann haben Sie vielleicht die Güte, uns endlich zu erzählen, was zwischen Ihnen beiden passiert ist.«

»Sie wissen ja, dass ich damals, Musiknarr, der ich war, im Archiv über die Kirchenmusik zu Zeiten von Abt Gottfried Bessel geforscht habe. Nachdem der Abt ja ein in ganz Europa berühmter Mann gewesen ist, habe ich in meiner Naivität davon geträumt, vielleicht auf einen Briefwechsel mit Johann Sebastian Bach oder auf eine kleine Originalpartitur von Händel zu stoßen. Oder auf etwas anderes in dieser Preisklasse. Gefunden habe ich aber nur eine Rechnung an den Abt für die Lieferung von Kunstwerken. In einem dieser alten Folianten. Die Rechnung war in Latein geschrieben. Mehr als die erste Zeile grob zu übersetzen, hat mich nicht interessiert. Ich wollte sie meinem Novizenmeister geben. Allerdings war Franziska gerade im Raum. Da es bei der Rechnung um Kunstwerke ging, also um ihr Fachgebiet Kunstgeschichte, hab ich ihr die Rechnung gezeigt. Nach kurzem Blick darauf hat sie die Rechnung an sich genommen, um sie genauer zu untersuchen. Ein paar Tage später hab ich sie danach gefragt. Ich kann mich noch genau erinnern. Sie hat gemeint, sie hat sie irgendwo auf ihrem Schreibtisch und ich solle ihr suchen helfen. Dabei habe ich dann zwar nicht die Rechnungen, aber dafür diese drei Fotos von ihr gefunden. Heute bin ich sicher, dass sie die Fotos dort zwischen ihre Zettel gelegt hat, damit ich sie finde und nicht mehr an die Rechnung denke. Zuerst hat sie mich ausgelacht, weil ich so rot geworden bin wie eine Tomate. Dann hat sie mir die Fotos geschenkt. Damit ich mich prüfen kann, hat sie gemeint. Ich war vollkommen durch den Wind.«

»Und was war mit der Rechnung?«, fragte die Chefin nach.

Josef Diemer machte eine wegwerfende Handbewegung. »Ich weiß bis heute nicht, warum sie die hat haben wollen und was sie damit gemacht hat. Das war doch nur ein wertloser alter Zettel.«

Doris Lenhart schmunzelte. »Wenn Sie die Wahrheit sagen, dann kann dieser Zettel nicht ganz wertlos gewesen sein. Hat irgendjemand außer Ihnen beiden von dieser Rechnung etwas mitbekommen?«

Der Musiklehrer schüttelte energisch seinen Kopf. »Ganz sicher nicht. Pater Koloman habe ich natürlich nichts mehr davon gesagt. Im Archiv haben zu dieser Zeit nur noch zwei Tischler gearbeitet, die ein neues Regal gemacht haben. Aber die waren nur zeitweise da und ich glaube wirklich nicht, dass sich einer der beiden für eine Rechnung in lateinischer Sprache interessiert haben könnte.«

Donnerstag, 7. Juli
15 Uhr 40

Als Felix Frisch mit ganz verschwitzter Uniform die Wegscheid hinabging und am Simandlbrunnen vorbei in die Untere Landstraße einbog, hatte er sich noch immer nicht beruhigt. Da war er auf seinem Rundgang eine geschlagene Stunde vor dem Haus von Frau Haberl auf und ab gegangen in der Hoffnung, sie würde ihn hereinbitten und ihm Gelegenheit geben, ihren Verdacht, dass ihr Mann einem Verbrechen zum Opfer gefallen war, endgültig zu zerstreuen. Damit sie sich nicht um Kopf und Kragen redete.

Auch er hatte diese saublöde Geschichte im Niederösterreichischen Tagblatt gelesen. Das wurde ja immer toller. Jetzt war

Herr Haberl nicht nur ermordet worden, sondern die Zeitung stellte sogar eine Verbindung zum Mord auf der Burg Aggstein her. Da mussten der Frau des Antiquitätenhändlers tatsächlich die Hormone einen Streich gespielt haben. Konnte er ihr natürlich so nicht sagen. Er an Frau Lenharts Stelle hätte gegenüber den Medien nicht nur eine Informationssperre verhängt, sondern ihnen gleich mit einer Klage wegen Verbreitung falscher Nachrichten gedroht. Diese Zeitungsfritzen würden ja nur einen ordentlichen Tritt in den Hintern verstehen.

Selbstverständlich hatte er sich auch schon die richtige Taktik für das Gespräch mit Frau Haberl überlegt. Zur Eröffnung die Übermittlung der besten Grüße des Herrn Landespolizeidirektors. Nicht ganz korrekt zwar, aber als zukünftiger enger Berater des Polizeichefs durfte er sich diese Freiheit wohl erlauben. Dann die präzise Analyse der Unterschiede der Art und Weise wie Herr Haberl und Frau Schremser ums Leben gekommen waren. Konnten gar nicht von ein und demselben Täter ermordet worden sein. Auf diese Unterschiede hatte ihn gestern Kathi aufmerksam gemacht. Gar nicht schlecht für eine so blutjunge und wenig erfahrene Kollegin. Es würde ihm kein Stein aus der Krone fallen, wenn er sich ihre Überlegungen zu eigen machte. Alles Weitere hätte sich dann schon im Gespräch ergeben. Weil er ja geradezu ein Meister der spontanen Argumentation war. Er hatte sogar kurz überlegt, bei der Witwe anzuläuten und sie um ein Gespräch zu bitten. Aber es dann doch bleiben lassen. Weil er nicht aufdringlich erscheinen wollte. Irgendwann würde sie schon selbst draufkommen, dass ihr Verdacht ohne jede Substanz war.

Ihm war während dieser Stunde extrem heiß gewesen. Unter der Kappe fast nicht auszuhalten. Er hatte gar nicht begreifen können, dass ein Mann keine zweihundert Meter vom Haberlschen Haus entfernt in einem dunkelblauen Wagen saß und auf etwas oder auf jemanden wartete. Offensichtlich war ihm die Hitze dann doch zu viel geworden. Er war mit quietschenden Reifen davongefahren. Keine fünf Minuten, bevor auch er sich entschieden hatte, Frau Haberl Frau Haberl sein zu lassen und seinen Rundgang fortzusetzen. Aber er würde es bei nächster Gelegenheit wieder probieren.

Donnerstag, 7. Juli
15 Uhr 42

Doris Lenhart betrat ihr Büro, mit ihrem Stellvertreter im Schlepptau.

»Dieser heilige Josef Diemer ist noch nicht weich genug«, knurrte Spencer. »Er gibt bis jetzt nur das zu, was wir ihm ohnehin nachweisen können. Der hat uns noch lang nicht alles erzählt.«

»Möglich. Oder er ist unschuldig. Mit einem DNA-Test und einem weiteren Verhör können wir seine Anwesenheit bei uns noch etwas in die Länge ziehen. Aber wenn wir dann noch immer keinen wirklich guten Grund haben, ihn zu verhaften, müssen wir ihn laufen lassen.«

Dass Spencer nicht protestierte, wertete sie als Zeichen, dass er sich bezüglich Diemer auch nicht mehr so sicher war.

Sie setzte sich und fuhr sich mit der Spitze ihres Zeigefingers den Nasenrücken auf und ab. »Die Geschichte mit der alten Rechnung hat er sich nicht so ›mir nichts, dir nichts‹ aus den Fingern gesaugt. So etwas erfindet man nicht auf die Schnelle.« Sie dachte eine Weile nach. »Nehmen wir einmal an, diese Geschichte ist wahr. Die junge Franziska Stritzek hat die Show mit den Fotos abgezogen, um den jungen Mönch die Rechnung vergessen zu lassen und zu verhindern, dass er den Fund bei seinen Ordensoberen meldet. Warum sollte sie so etwas tun? Die Rechnung selbst war bestimmt nicht wertvoll. Aber sie muss einen Hinweis enthalten haben, der für Franziska Stritzek sehr wichtig war. Naheliegend wäre ein Hinweis auf ein wertvolles Kunstwerk.«

»Na und? In Göttweig gibt es haufenweise wertvolle Kunstwerke«, gab Spencer zu bedenken.

»Ja. Aber wenn es ein Kunstwerk war, von dem im Kloster niemand wusste, ...«

»Du meinst, Franziska Stritzek hat sich etwas unter den Nagel gerissen, was niemandem abgegangen ist?«

»Der perfekte Diebstahl.« Sie zeichnete mit einem Kugelschreiber mehrere Kreise auf ihren Notizblock. »Sag, haben wir schon geprüft, wann Herr Haberl das Haus oder das Grundstück am Kremser Wachtberg erworben hat?«

Spencer grinste. »Du meinst, dass der Antiquitätenhändler als Hehler des von Franziska Stritzek unbemerkt entwendeten Kunstwerkes fungiert hat?«

»Ja, wenn er im Herbst 1994 plötzlich zu Geld gekommen ist.«

»Na das wird sich leicht herausfinden lassen.« Er blickte auf seine Uhr. »Sofern ich noch jemanden beim Grundbuch erreiche.«

»Mach denen halt Dampf. Irgendjemand wird ja noch da sein. Wir müssen jetzt schnell sein, bevor wir Diemer gehen lassen müssen.«

Spencer nickte. »Es könnte ja auch sein, dass sie ursprünglich mit dem Novizen Josef Diemer gemeinsame Sache gemacht hat. Dann hat sie ihn ausgebootet. Vielleicht gemeinsam mit Haberl.«

»Ja, möglich. Aber warum soll das mit einem Vierteljahrhundert Verspätung zwei Morde auslösen? Selbst wenn jemand aus den gestohlenen Geschäftsunterlagen von Haberl erkennt, dass er damals reingelegt wurde, ist das doch kein Motiv mehr für einen Mord.«

»Eher für Erpressung«, stimmte Spencer zu. »Vielleicht ist Haberl wegen der Hehlerei erpresst worden. Vielleicht war er deswegen nach dem Einbruch so niedergeschlagen.«

Doris schüttelte den Kopf. »Bei Franziska Schremser deutet rein gar nichts auf Erpressung hin. Wie Herr Kamper da hereinspielt, wissen wir auch nicht. Egal. Du kümmerst dich um das Haus am Wachtberg und ich spreche noch einmal mit dem Abt. Vielleicht gibt es ja, abgesehen von der gestohlenen Rechnung, noch irgendwelche Unterlagen, die darauf hinweisen, dass ein Kunstwerk abhandengekommen ist.«

Spencer stand auf und war schon drauf und dran, das Büro zu verlassen.

»Abgesehen von der gestohlenen Rechnung noch irgendwelche Unterlagen«, wiederholte Doris ihre eigenen Worte. »Stopp! Bleib da.« Sie klopfte mit ihrem Kugelschreiber ganz energisch auf die Schreibtischplatte. Da war er plötzlich wieder. Der Hochzeitstag. Jetzt wusste sie auch, warum.

Ihr Stellvertreter, dem sie seine große Verblüffung ansehen konnte, setzte sich wieder.

»Ich weiß jetzt, was unser Freund in der Dokumentenmappe der Haberls gesucht hat.«

»Offensichtlich neigen Sterne am Polizeihimmel dazu, in Rätseln zu sprechen.«

Trotz ihrer Anspannung musste sie schmunzeln. »Du weißt doch, dass der Einbrecher auch die Dokumentenmappe der Haberls durchwühlt hat. Das ist Frau Haberl aufgefallen, weil die Heiratsurkunde ganz oben gelegen ist. Ich bin jetzt sicher, dass er es genau auf dieses Dokument abgesehen hatte.«

»Verstehe ich noch immer nicht.«

»Wirst du gleich. Er wollte wissen, wann die Haberls geheiratet haben. So wie wir wissen wollen, wann Herr Haberl das Grundstück gekauft hat. Das Grundbuch kannst du dir sparen. Ich rufe Frau Haberl an.« Sie nahm ihr Handy. »Schönen Nachmittag, Frau Haberl. Hier Doris Lenhart. Ich störe Sie ganz sicher nicht lang. Ich habe nur ein paar kurze Fragen. Wissen Sie, wann Ihr Mann das Haus am Wachtberg gekauft hat?« Sie schrieb – für Spencer sichtbar – ›1994‹ auf den Zettel vor ihr. »Danke. Und wann haben Sie geheiratet?« Diesmal schrieb sie ›April 95‹ auf ihren Notizblock und hörte dabei weiter zu. »Und gekannt haben Sie Ihren Mann davor schon längere Zeit. Okay. Vielen Dank, Frau Haberl. Sie haben mir sehr geholfen. Jetzt habe ich aber noch eine große Bitte. In spätestens fünf Minuten wird ein Wagen der Polizei bei Ihnen vorfahren, der Sie zu Herrn Malzacher und mir nach St. Pölten bringen wird. Öffnen Sie bitte bis dahin niemandem. Warum, erkläre ich Ihnen, wenn Sie da sind. Nehmen Sie bitte vorsichtshalber Toilettesachen und einen Pyjama mit.« Sie lauschte den Einwänden. »Ja, Sie können auch alles mitnehmen, was Sie für das morgige Begräbnis brauchen. Bis später.«

Doris telefonierte gleich weiter mit dem Polizeirevier in Krems und gab entsprechende Anweisungen samt dem Hinweis, dass die Kollegen sich beeilen und gleich melden sollten, wenn Frau Haberl bei ihnen in Sicherheit war. Endlich legte sie ihr Handy wieder auf den Schreibtisch. »Jetzt, wo der Zusammenhang zwischen Haberl und Schremser in der Zeitung steht, gehe ich kein Risiko ein«, erklärte sie Spencer, dessen Gesichtsausdruck darauf schließen ließ, dass er nicht begriff, was los war. »Ich bin sicher, dass der Mörder wissen wollte, ob Frau Haberl von der Geschichte, die sich 1994 abgespielt hat, gewusst hat. Sie hatte damals jedenfalls schon eine Beziehung mit ihrem späteren Ehemann. Außerdem hat die Heirat auf besonderen

Wunsch ihres Mannes ausgerechnet in Göttweig stattgefunden, wie sie mir gerade erzählt hat. Vielleicht weiß sie tatsächlich etwas aus dieser Zeit.«

Donnerstag, 7. Juli
17 Uhr 15

Am Tor zum Stiftshof sah sie denselben Mönch, der sie schon beim letzten Mal in das Büro des Abtes begleitet hatte. Bruder Korbinian, wenn sie sich recht an den Namen erinnerte.

Er erkannte offensichtlich ihr Auto und gab ihr durch Winken zu verstehen, an der Stelle, an der er stand, zu parken.

Sie hätte nicht sagen können, ob Abt Wilhelm von ihrer telefonisch geäußerten Bitte überrascht war, alle derzeit im Kloster befindlichen Mitbrüder, die schon in den Neunzigerjahren Mitglieder des Konvents waren, so rasch wie möglich im Stiftsarchiv zu versammeln. Seine Frage, ob eine so kurzfristig angesetzte Zusammenkunft ohne die Patres, die als Ortspfarrer über Niederösterreich verstreut waren, überhaupt Sinn machen würde, war zwar mehr als berechtigt. Aber Geschwindigkeit und Dringlichkeit hatten absoluten Vorrang vor Vollständigkeit.

Das konnte sie ihm klarmachen.

Zum Unterschied von ihrem letzten Besuch war ihr Begleiter nach einer sehr freundlichen Begrüßung heute recht schweigsam. Allerdings war der Weg vom Stiftshof zum Archiv auch wesentlich kürzer als der zum Prälatenzimmer. Er zog einen großen, eisernen Schlüssel unter seiner Kutte hervor und sperrte damit eine Tür auf, über der auf einer dunklen Holztafel in grauen Lettern, die mehrere Hundert Jahre alt sein mussten, die Inschrift ›Archiv‹ zu entziffern war.

Bruder Korbinian verabschiedete sich gleich nach dem Öffnen der Tür mit einem stummen Nicken seines Kopfes.

Als sie den Raum betrat, sah sie mit einem Blick, dass neben dem Abt, der ihr sofort zur Begrüßung entgegenkam, noch sieben Patres im Raum waren. Zwei davon waren ihr bekannt. Pater Koloman, der ja als Rossatzer Pfarrer nur ein paar Kilometer Fahrt nach Göttweig hatte, und der Kämmerer des Stifts, der noch keine zehn Jahre Mönch sein konnte. Wahrscheinlich war er vom Abt zu dem Gespräch gebeten worden, weil er als Finanzchef mehr über das Kloster wusste als die meisten älteren Mönche.

Das Erste, was ihr an diesem Raum auffiel, war der Geruch von altem Papier und viel Holz, der verstärkt wurde durch die stickige Luft. Offensichtlich waren die Fenster hier schon seit langer Zeit nicht mehr geöffnet worden. Wie in einer verwunschenen Bibliothek standen Tausende von alten Akten und riesige, in Leder gebundene Bücher in den Regalreihen. An der Farbe des Holzes konnte sie auch erkennen, dass einige wenige erst in vergleichsweise jüngerer Zeit hergestellt worden waren. Brauchten noch mindestens Hundert Jahre, um nachzudunkeln.

Nach einer kurzen Einführung durch den Abt kam sie auf den Anlass für ihren Besuch zu sprechen. Sie merkte gleich, dass fünf der im Raum anwesenden Kleriker überhaupt nichts von einer vor 25 Jahren hier arbeitenden Studentin wussten. Sie war daher auch nicht überrascht, dass ihnen der Name Franziska Stritzek nichts sagte. Mit Ausnahme eines schlecht rasierten Mönchs, dessen Kutte man deutliche Spuren zumindest des heutigen Mittagessens ansah, und den sie für einen hohen Achtziger hielt, kannten allerdings alle den Namen Franziska Schremser. Offensichtlich fleißige Zeitungsleser. Bei der Erwähnung dieses Namens machte sich unter den Mönchen sichtlich

Unruhe breit. So als ob sie argwöhnten, dass die Kriminalpolizei den Mörder im Stift suchen würde.

Doris beschloss, diese Unruhe zu übersehen.

Immerhin erinnerten sich die Mönche – mit Ausnahme des jungen Kämmerers – an Frater Ambros, wie Josef Diemer damals im Stift genannt wurde. Aber außer dem Rossatzer Pfarrer wusste offensichtlich keiner von ihnen darüber Bescheid, dass ihr ehemaliger Mitbruder zur gleichen Zeit wie Franziska Stritzek ebenfalls im Stiftsarchiv gearbeitet hatte.

Das alles enttäuschte sie nicht. Der Teil ihrer Recherche, deretwegen sie um dieses Treffen gebeten hatte, kam ja erst. »Frater Ambros ist in einem dieser Akten hier«, sie zeigte auf die Regale, »so erzählt er jedenfalls, auf eine sehr alte Rechnung gestoßen. In Latein. Für die Lieferung von Kunstwerken an Abt Gottfried Bessel.«

Bei der Erwähnung dieses Namens ging ein Raunen durch den Raum. Dieser Abt musste tatsächlich eine Göttweiger Kultfigur sein; oder passender: ein Göttweiger Säulenheiliger.

»Nähere Angaben zu den Kunstwerken hat Ihr ehemaliger Mitbruder allerdings nicht machen können. Die Rechnung hat ihm die Studentin abgeluchst. Unsere Arbeitshypothese ist, dass die auf der Rechnung aufgelisteten Kunstwerke oder zumindest einzelne davon durchaus wertvoll gewesen sind. Meine Frage ist, ob sich jemand von Ihnen daran erinnern kann, dass Mitte der Neunzigerjahre ein Gemälde, eine Plastik oder etwas anderes aus dem Kloster abhandengekommen ist, dessen Wert damals vielleicht gar nicht erkannt worden ist?«

Die Patres sahen einander an. Einige schüttelten ohne langes Nachdenken den Kopf, andere schienen zu überlegen.

Der erste, der sich mit Fistelstimme zu Wort meldete, war der ältere Pater mit der schlechten Rasur. Aber mit anscheinend sehr klarem Verstand. »Ich bin vor fast siebzig Jahren ins Stift gekommen. Damals hat man sich immer wieder erzählt, dass unmittelbar nach dem Krieg eine Zeichnung von Albrecht Dürer hat verkauft werden müssen. Weil es dem Kloster wirtschaftlich extrem schlecht gegangen ist. Außerdem gab es Gerüchte, dass die sowjetischen Besatzer einiges haben mitgehen lassen. Aber von einem Kunstwerk, das in den Neunzigerjahren weggekommen sein soll, höre ich zum ersten Mal.«

Jetzt wandte sich der Abt an seine Mitbrüder. »Hat jemand anderer von euch etwas in dieser Richtung gehört?«

Wiederum Kopfschütteln.

Doris wollte noch nicht aufgeben. »Wenn ich mich hier umsehe, sehe ich keinen freien Platz, an dem ein Bild gehangen haben könnte. Ist dieses Archiv jemals als Lager für Kunstwerke genutzt worden?«

»Seit ich hier bin bestimmt nicht«, antwortete der alte Mönch mit der Fistelstimme. »Aber vielleicht war etwas in einem der Bücher hier versteckt, von dem wir gar nichts wissen. Etwas, auf dessen Existenz und Wert uns die Rechnung hingewiesen hätte.«

Das passte. Der alte Mann hatte offenbar wirklich einen scharfen Verstand. Der perfekte Diebstahl war nur bis zu dem Zeitpunkt perfekt, als Josef Diemer die dazugehörige Rechnung fand, die die Existenz des Kunstwerks und das Eigentumsrecht des Stifts belegte. Darum musste Franziska Stritzek die Rechnung verschwinden lassen. Aber auch in einer anderen Hinsicht war der Diebstahl nicht perfekt. Franziska Stritzek hatte Herrn Haberl als Mitwisser. Und vielleicht noch eine dritte Person. Doris spürte, dass sie der Lösung des Rätsels ganz nahe war. Aber sie konnte den Gedanken nicht fassen. »Gibt es vielleicht einen Pater, der nicht so kurzfristig kommen konnte, und mir mehr über den Zustand des Archivs vor 25 Jahren sagen kann?«, fragte sie und musste sich die Hilflosigkeit dieser Frage eingestehen.

Die Augen des Abtes zeigten auch prompt den verschmitzten Ausdruck, der sie schon beim ersten Gespräch im Prälatenzimmer so für ihn eingenommen hatte. »Frau Chefinspektorin, vor 25 Jahren hat es hier genauso ausgesehen wie jetzt auch.«

Die anderen Mönche nickten.

»Keiner von uns«, fuhr der Abt fort, »ist wahrscheinlich in seinem Leben öfter als drei oder vier Mal hier gewesen. Wenn überhaupt. Die Zeiten, in denen Mönche diese alten Werke studiert haben, sind lange vorbei. Was sollten wir also in einem Raum, der offensichtlich seit Jahrhunderten nicht gelüftet worden ist.«

Jetzt schmunzelten auch die Mitbrüder des Abts.

Doris versuchte, ihre Enttäuschung nicht zu zeigen. »Dann bedanke ich mich bei Ihnen allen für Ihre Bereitschaft, so kurzfristig für meine Untersuchungen zur Verfügung zu stehen.« Sie ging auf den Abt zu, um sich von ihm zu verabschieden.

»Frau Lenhart«, er nahm ihre Hand in seine. »Mit einem so schweren Herzen dürfen Sie aus Göttweig nicht fortgehen. Nicht einmal aus dem Archiv. Kommen Sie, ich zeige Ihnen noch, dass man auch von hier eine wunderbare Sicht auf die Donau und Krems haben kann.« Er wandte sich an seine Mitbrüder. »Meine Freunde, wir sehen uns in einer Viertelstunde beim Abendgebet. Geht ruhig schon vor.«

Nachdem die Patres das Archiv verlassen hatten, führte Abt Wilhelm die Chefinspektorin zu einer Fensternische. »Na, habe ich Ihnen zu viel versprochen? Fast wie von den Fenstern meiner Wohnung aus. Kommen Sie, setzen wir uns ein bisschen. Das wird uns beiden guttun.«

»Das tut es ganz sicher.«

Sie setzten sich.

»Herr Abt, eine Frage habe ich doch noch. Können Sie sich vorstellen, warum jemand in einem Antiquitätengeschäft eine

Holzfigur des Heiligen Josef und in einem anderen ein Gemälde stiehlt, auf dem ebenfalls der Heilige Josef abgebildet ist? Ich bin sicher, dass das eine Bedeutung hat, aber ich habe keine Ahnung, welche.«

»Vielleicht hat der Dieb eine besondere Beziehung zu diesem Heiligen. Mein Vater zum Beispiel, der ein ebenso einfacher wie frommer Tischlergeselle gewesen ist, hat jeden Tag zum Heiligen Josef als Schutzpatron der Tischler gebetet.«

Doris fuhr herum. Die neuen Regale! Der Schutzpatron der Tischler! Josef Diemer hatte von zwei Tischlern gesprochen, die hier Regale aufgestellt hatten; genau zu der Zeit, als er und Franziska Stritzek hier ihre Studien betrieben. Sollte sie den Abt ins Vertrauen ziehen oder versuchen, über Umwege an den Namen der Tischlerei zu kommen? Die Entscheidung fiel ihr leicht, weil ihr klar war, dass sie keine Zeit verlieren durfte.

Donnerstag, 7. Juli
17 Uhr 55

Sie war noch gar nicht am Fuß des Göttweiger Bergs angelangt, als ihr Handy läutete.

Sie fuhr an den Straßenrand und hob ab.

Pater Eberhard, der Finanzchef des Stifts, war am Apparat. Der Abt hatte also Wort gehalten mit seinem Versprechen, den Kämmerer zu beauftragen, sie noch vor der Abendandacht zu kontaktieren. Vom Kämmerer erfuhr sie, dass zumindest in den letzten zehn Jahren Tischlereiarbeiten im Stift immer von einer Firma Steinschaden aus Mautern durchgeführt worden waren. Ein weltlicher Mitarbeiter seines Büros mit über dreißig Dienstjahren hätte ihm aber bestätigt, dass die Firma Steinschaden auch schon vor der Jahrtausendwende für das Stift tätig gewesen war.

Sie bedankte sich bei Pater Eberhard für die Schnelligkeit des Anrufs und die Präzision des Inhalts. Seit ihrem Abschied vom Abt, der sie zu ihrem Auto begleitet hatte, ging ihr Bruder Korbinian nicht aus dem Kopf, den Abt Wilhelm als sein ›Mädchen für alles‹ bezeichnete. Wenn sie sich richtig erinnerte, hatte er bei ihrem ersten Besuch davon gesprochen, dass Bruder Korbinian auch kleinere Tischlereiarbeiten im Stift erledigte. Sie wollte den Finanzchef des Stifts schon nach dem bürgerlichen Namen von Bruder Korbinian fragen, unterließ es dann aber. Man würde bei der Firma Steinschaden schon wissen, ob einer ihrer früheren Tischler später ins Kloster Göttweig eingetreten war. War ja doch eine sehr ungewöhnliche Karriere.

Sofort suchte sie sich die Telefonnummer der Firma Steinschaden via Internet und rief an. Ihr Versuch, den Inhaber der Mauterner Tischlerei ans Telefon zu bekommen, scheiterte jedoch. Weil er, wie ihr eine Sekretärin mitteilte, die offensichtlich Überstunden machte, mit seiner Familie in Spanien auf Urlaub war. Wer ihr sonst bei Fragen zu den Arbeitern Auskunft geben könnte? Die Sekretärin selbst. Allerdings wollte sie am Telefon keine Auskunft geben. Auch nicht, als Doris sich als Kriminalbeamtin vorstellte.

Aber nach Mautern war es ja nicht weit. Doris versprach der Sekretärin, sie nicht lange warten zu lassen. Nachdem sie sich kurz den Weg hatte erklären lassen – nach der Kaserne erste Gasse rechts – fuhr sie los.

Schon vor der Tür roch es nach Sägespänen. Aus dem Inneren des alten Hauses drang der schneidende Lärm einer Kreissäge. Doris betrat einen vollständig mit hellem Holz vertäfelten Raum. Drinnen war die Kreissäge kaum noch zu hören.

Aus dem Raum nebenan kam eine stark übergewichtige Dame, die sich mit einer Zeitung in ihrer rechten Hand Luft zufächelte. Nachdem sie sich hinter dem Tresen in Position gebracht hatte, sah sie sich Doris näher an. Da setzte ihre fächelnde Handbewegung einen verräterischen Moment lang aus. Es folgte ein breites Grinsen. »Oh, die Chefin der Mordkommission persönlich.«

Offensichtlich war die Dame eine fleißige Konsumentin der regionalen Medien.

»Also damit habe ich jetzt nicht gerechnet. Der Chef wird sich ärgern, dass er nicht da ist. Aber eines kann ich Ihnen gleich sagen. Bei uns arbeitet kein Mörder. Ich lege für jeden einzelnen unserer Leute meine Hand ins Feuer.«

»Da können die Mitarbeiter ja froh sein, in Ihnen eine so gute Seele des Hauses zu haben.«

»Nur dankt es einem halt keiner. Die Sekretärin ließ die Zeitung schlapp von ihrer erhobenen Hand hängen. »Aber das sind wir Frauen ja gewohnt.« Sie zwinkerte Doris zu, als würde sie Zustimmung erwarten.

Doris tat ihr den Gefallen. »Wem sagen Sie das?!« Sie seufzte tief und theatralisch. »Ich will Sie deshalb auch nicht lang aufhalten und habe nur eine Frage. Die bezieht sich allerdings auf das Jahr 1994. Das war wohl lange vor Ihrer Zeit hier.«

Die Sekretärin unterbrach sie mit einem Lachen »Auch wenn man es mir nicht ansieht, aber ich arbeite schon sehr lang hier.« Sie zog einen Schmollmund und warf einen selbstverliebten Blick in den Spiegel neben dem Tresen. »Mitte der Neunzigerjahre war ich hier noch in Ausbildung. Als blutjunges Ding. In Mautern hat man halt wenig Möglichkeiten. Aber ich habe es nie bereut, dass ich hiergeblieben bin.«

»Gibt es eine Chance«, unterbrach Doris die drohende Erzählung einer Lebensgeschichte im Ansatz, »herauszufinden, wer von Ihren Mitarbeitern damals im September an einem Auftrag im Archiv in Stift Göttweig gearbeitet hat?«

»Sie meinen schriftliche Unterlagen aus der Zeit vor dem Computer?« Die Sekretärin schüttelte mit bestimmter Miene den Kopf. »Nein. So was haben wir ganz sicher nicht. Wissen Sie, ich vernichte jedes Jahr konsequent alle Akten, die wir nicht mehr für die Steuerprüfung aufheben ...«

»Aber vielleicht gibt es bei Ihnen jemanden«, unterbrach Doris ungeduldig, »der sich noch an damals erinnert.«

Wieder schüttelte die Frau energisch den Kopf. »In unserer altehrwürdigen Firma bin ich mit Abstand die Älteste.«

»Dann gibt es vielleicht ehemalige Mitarbeiter?«, ließ Doris nicht locker.

Noch einmal Kopfschütteln. »Bis vor circa zwanzig Jahren waren hier noch zwei alte Tischler angestellt. Aber die waren damals schon pensionsreif und sind nun schon seit Jahren tot. Seit der Zeit haben wir ein ganz junges Team.«

Doris war wie vor den Kopf gestoßen. Wie konnte das sein? War sie auf der falschen Spur? »Ihr Chef ist auch von der jungen Generation?«, fragte sie zur Sicherheit nach.

Die Sekretärin nickte.

Ratlos griff Doris nach dem letzten Strohhalm, der ihr einfiel. »Ist vielleicht einer Ihrer früheren Mitarbeiter ins Kloster Göttweig eingetreten?«

»Ins Kloster?« Die Sekretärin lachte. »Nein. Also das wüsste ich bestimmt.«

Doris verspürte das dringende Bedürfnis, sich zu setzen. Konnte das wirklich eine Sackgasse sein?

»Möchten Sie einen Kaffee?«, fragte die Sekretärin besorgt und fächelte mit ihrer Zeitung Luft zu Doris über den Tresen.

Doris fasste sich. »Nein danke.« Sie wollte hier keine weitere Zeit vergeuden. »Und danke auch für Ihre Auskünfte.« Sie nickte der Sekretärin zum Abschied zu und wandte sich zum Gehen. Aber als sie die Türklinke schon in der Hand hielt, verwandelte sich ihre Niedergeschlagenheit in Wut. »Wie ist das möglich?!«, platzte es aus ihr heraus. Sie wandte sich zu der Sekretärin um. »Denken Sie bitte noch einmal nach«, sagte sie eine Spur zu scharf. »Es muss jemanden geben, der 1994 hier gearbeitet hat und der heute noch lebt.«

Die Sekretärin war im ersten Moment verdattert, fächelte sich ganz heftig Luft zu und setzte schon an, den Kopf zu schütteln, als sie plötzlich erstarrte. »Sie haben recht. Es gibt jemanden. Einen Tischler. Aber der hat eigentlich nicht wirklich hier gearbeitet. Der alte Chef war mit ihm befreundet und hat ihn nur hie und da um Hilfe gebeten, wenn wir zu viele Aufträge hatten.«

Doris bekam weiche Knie. »Sie können sich nicht zufällig an den Namen dieses Herrn erinnern?«

»Nicht nur an den Namen.« Sie fischte ein zerfleddertes Telefonbüchlein aus einer Schublade auf ihrer Seite des Tresens und hielt es mit einer triumphierenden Geste in die Höhe. »Anschrift und Telefonnummer hab ich auch. Zumindest die Nummer von damals.« Sie blätterte kurz und schrieb dann einen Namen, eine Telefonnummer und eine Adresse auf ein Blatt Papier. »So, das wären die Kontaktdaten von Herrn Roscher.«

Doris stockte der Atem. »Norbert Roscher?«

»Ja. Norbert Roscher. Ein feiner Mensch. Viel zu gut für diese Welt, wie man so schön sagt. Und viel Pech im Leben hat er auch gehabt.«

Ihr erster Gedanke war, dass Norbert Roscher das Pech wohl treu geblieben war. Gleichzeitig war sie froh, Abt Wilhelm wegen Bruder Korbinian keinen Schmerz zufügen zu müssen. Eilig verabschiedete sie sich mit dem Versprechen, die Sekretärin auf dem Laufenden zu halten. Für die Einlösung dieses Versprechens würden schon die Medien sorgen, dachte sie. Noch bevor sie ihr Auto erreichte, rief sie Elisabeth Melichar an. »Hier Doris

Lenhart. Schön, dass ich Sie erreiche. Eine kurze Frage. Sagt Ihnen der Name Norbert Roscher etwas?«

Sie konnte über das Telefon spüren, dass Elisabeth Melichar nachdachte. Viel zu lang für ihren Geschmack.

»Wenn ich mich nicht irre, ist ein Norbert Roscher mit Franziska und mir in die Volksschule gegangen. Aber ich habe ihn später aus den Augen verloren. Franziska wahrscheinlich auch.«

»Vielen Dank, Sie haben mir sehr geholfen.« Sie beendete das Gespräch und führte gleich ein weiteres mit Spencer. »Ist Frau Haberl bei dir?«

»Ja.«

»Dann sorg bitte für ein Zimmer in einem Hotel, das sich leicht überwachen lässt. Es darf niemand zu ihr. Nicht mal jemand, den sie kennt.«

Freitag, 8. Juli
14 Uhr 05

Eigenartig. Er war schon bei einigen Begräbnissen gewesen. Aber beim Verlassen der Trauerhalle des Kremser Friedhofs vor ein paar Minuten war ihm zum ersten Mal bewusst geworden, dass Sterbeglöckchen überall gleich läuteten. Er wäre imstande gewesen, eine solche Glocke aus Hunderten anderen herauszuhören. Er stand jetzt gut fünfzig Meter vom noch offenen Grab entfernt und schaute dem Totengräber zu, der den in ganz langsamen und kurzen Schritten vorrückenden Trauergästen völlig teilnahmslos die kleine Schaufel mit der für den Toten bestimmten Erde reichte und gleichzeitig das für diese Dienstleistung übliche Trinkgeld in Empfang nahm. Kurz überschlug er den Gewinn. Bei ungefähr zweihundert Trauergästen und einem Durchschnittsobolus von einem Euro mussten das zweihundert Euro sein, die sich der Mann wahrscheinlich mit seinen vier mit schwarzem Umhang und gleichfarbiger Kappe bekleideten Kollegen, die bereits wieder abmarschiert waren, teilen musste. Trotz allem kein schlechter Zusatzverdienst für jemanden, der anders als er selbst höchstwahrscheinlich nichts gelernt hatte.

Er war überrascht gewesen, bei der kurzen Verabschiedung in der Trauerhalle auch den Landeshauptmann gesehen zu haben. Den hatte er schon bemerkt, bevor er ihn überhaupt zu Gesicht bekam. Weil sich die vor und neben ihm stehenden Menschen gegenseitig anstießen und mit ihren Köpfen stumm, aber irgendwie aufgeregt nach rückwärts deuteten, als ob sie damit das Kommen eines prominenten Überraschungsgastes signalisieren wollten. Natürlich war der Landeshauptmann nicht mehr zum Grab mitgegangen, sondern hatte sich gleich nach einer sichtbar innigen Umarmung der Witwe und der kurzen Zeremonie in der Trauerhalle wieder verabschiedet. Nicht ohne sehr dezent, aber dennoch huldvoll, wie ihm vorkam, nach links und rechts zu grüßen.

Er selbst hatte der Witwe auch in der Trauerhalle kondoliert. Ein komisches Gefühl, einer Person sein Beileid auszudrücken, die selbst keine zwölf Stunden mehr leben würde. Eigentlich hätte es ja schon gestern am späten Abend passieren sollen. Beim zweiten Versuch, nachdem ihm den ersten dieser dicke Polizist vermasselt hatte. Er war deshalb ab 20 Uhr im Stundenabstand dreimal am Haus der Haberls vorbeigefahren. Jedes Mal offensichtlich unbewohnt. Wahrscheinlich, weil Frau Haberl wohl die Nacht vor dem Begräbnis nicht allein sein und sie bei ihrer Schwester oder einer Freundin verbringen wollte. Konnte er nachvollziehen.

Er wandte seinen Blick der Witwe zu, deren Gesicht unter einem schwarzen Schleier verborgen war. Irgendwie eigenartig, dass in ihrer Nähe zwei dunkelgrau gekleidete Männer standen, die die Trauergäste beobachteten, als würden sie den amerikanischen Präsidenten bewachen. Sein Blick glitt weiter. Kaum ein bekanntes Gesicht.

Kurz hatte er überlegt, ob er auch noch am für 15 Uhr angesetzten Requiem in der Pfarrkirche teilnehmen sollte. Sich aber dann doch dagegen entschieden. Es war auch höchste Zeit für ihn, sich von hier zu verabschieden. Er würde ja noch einiges vorbereiten müssen. Als er sich umdrehte, sah er einen Mann auf sich zukommen, der ihn an einen italienischen Filmschauspieler erinnerte, mit amerikanischem Namen, der ihm im Moment nicht einfallen wollte. In Begleitung der beiden Männer, die eben noch neben der Witwe gestanden hatten.

Sein erster Impuls war, einfach davonzulaufen. Aber dann riss er sich zusammen. Weil er einsah, dass jemand wie er seinem Pech nie würde davonlaufen können.

Freitag, 8. Juli
20 Uhr 10

Ab und zu hatte sie mit Spencer nach getaner Arbeit schon das ein oder andere Gläschen getrunken. Aber so richtig gefeiert noch nie. Heute war es so weit. Es gab ja auch wirklich etwas zu feiern. Nicht, dass schon ein formelles Geständnis von Norbert Roscher vorgelegen wäre. Aber die beiden Heiligen Josefs waren in Roschers Kellerabteil gefunden worden. Sie hatte noch immer keine Ahnung, was eigentlich sein Motiv für die Taten gewesen sein mochte, warum er mit seinen Verbrechen ein Vierteljahrhundert zugewartet hatte und was damals im Stiftsarchiv wirklich passiert war. Nach Spencers Meinung würde ihnen

Norbert Roscher beim Verhör keine Schwierigkeiten machen. Würde sie ja morgen sehen.

Walpurga, Spencers neue Flamme, hatte zu diesem Essen eingeladen. Ganz spontan, als er ihr erzählt hatte, dass der Täter gefasst worden war. Kurz davor hatte sie bei einem Spaziergang im Wald gleich sieben große Steinpilze gefunden. Die müssten dringend gegessen werden.

Spencer war zunächst von der Idee mit der Einladung gar nicht begeistert gewesen.

Aber Doris war natürlich neugierig auf Walpurga. Sie fand, dass es die perfekte Gelegenheit für ein Kennenlernen war. Schließlich konnte sie Spencer überzeugen, indem sie versprach, auch ihren Erich zum Abendessen mitzubringen. Insgeheim war ihr die Anwesenheit ihres Mannes sogar sehr recht. Weil er nicht nur von seiner Ausbildung her ein guter Menschenkenner war. Schließlich galt es, eminent wichtige Fragen zu beantworten, wie zum Beispiel: Passte Walpurga überhaupt zu ihrem Stellvertreter? Welchen Einfluss würde sie auf ihn haben?

Es war ein rundum gelungener und vergnüglicher Abend geworden. Steinpilze in einer dicken Rahmsauce auf Tagliatelle mit einem Hauch Pfeffer und Petersilie. Kaum zu übertreffen. Walpurga war allerdings nicht nur eine gute Köchin und eine umsichtige Gastgeberin. Doris fand, dass sie auch viel Herzenswärme ausstrahlte. In ihrer Gegenwart musste man sich einfach wohlfühlen. So wie sie Spencer ansah, war klar, dass er ihr warmes Herz vollends erobert hatte. Was Doris allerdings wirklich erstaunte, war, dass Spencer ebenfalls zu solchen liebenden Blicken fähig war. Die beiden waren richtig süß.

Zum Nachtisch gab es eine noch warme Topfentorte mit einem Boden aus geriebenem Zwieback. Doris beschloss beim ersten Bissen, nicht ohne das Rezept nach Hause zu gehen. Angesichts dieses Essens rechnete Doris damit, dass Spencer bald noch mehr Gewicht auf die Waage bringen würde, als er es ohnehin schon tat.

Kurz nach der Verabschiedung landete ihre Stimmung allerdings unversehens im Keller. Denn kaum saß sie mit ihrem Mann im Auto, da fragte sie ihn schon, was er von der neuen Partnerin ihres Stellvertreters halten würde. Das hätte sie besser nicht tun sollen.

Denn seine Antwort war niederschmetternd. Typisch ihr Ehemann. Mit einem sagenhaften Talent ausgestattet, ihr die Stimmung just zu dem Zeitpunkt, zu dem sie besonders gut war, gründlich zu verderben. Erich meinte, Spencer sei auf dem besten Weg, die wahren Freuden des Lebens zu entdecken. Deshalb möge sie sich darauf einstellen, sich bald einen neuen Stellvertreter suchen zu müssen. Spencer würde nämlich eher früher als später einen Pensionsantrag stellen.

Den ganzen restlichen Abend verbrachte sie damit zu grübeln, ob sie ihren treuen Vasallen am nächsten Tag darauf ansprechen sollte oder nicht. Sie kam allerdings zu keinem Ergebnis. Wohl deshalb, weil sie sich vor Spencers Antwort fürchtete.

Samstag, 9. Juli
9 Uhr 20

Als Spencer vor fünfzehn Minuten gemeinsam mit Norbert Roscher in den Verhörraum gekommen war, ertappte sie sich dabei, zuerst im Gesicht ihres Stellvertreters und dann erst in dem des Mörders zu lesen. Aber das Gesicht des Mörders war letztlich die ergiebigere Lektüre. Es zeigte, dass er recht froh zu sein schien, seine Geschichte erzählen zu können.

»Sie sind also in der Volksschule Klassenkamerad von Franziska Stritzek gewesen.«

»Ja, und damit hat das ganze Unglück begonnen. Ich hatte mich nämlich schon als Neunjähriger in sie verknallt. Sie hat schon damals mit mir gespielt und mich benützt, wann immer sie es gebraucht hat.«

»Können Sie uns dafür ein Beispiel nennen?«

»In der vierten Klasse Volksschule haben wir einen Ausflug auf die Burg Aggstein gemacht. Weil sie zu faul war, ihren Rucksack zu tragen, hat sie mir versprochen, mich später zu heiraten, wenn ich ihren zusätzlich zu meinem auf die Burg hinaufschleppe. Oben in der Kapelle hat sie dann sogar eine Kerze angezündet und auf den Altar gestellt. Sie hat sich mit mir gemeinsam auf den Betschemel gekniet, um das Versprechen vor Gott zu besiegeln. So hat sie es damals ausgedrückt. Weil ich in die Hauptschule gegangen bin und sie ins Gymnasium, haben wir uns danach aus den Augen verloren. Bis ich ihr dann in dem verdammten Stiftsarchiv, wo ich als Tischler an einem neuen Regal gearbeitet habe, wiederbegegnet bin. Da ist mir aus so einem alten Riesenschinken, wie sie dort zu Hunderten in den Regalen stehen, beim Umschichten eine uralte Zeichnung herausgefallen, die ich Franziska gezeigt habe. Sie hat dann gemeint, die Zeichnung sei wegen des Brandflecks wahrscheinlich nicht viel wert, aber sie könne jemanden fragen, der etwas davon versteht. Jedenfalls solle ich keiner Menschenseele etwas von dem Fund erzählen, der ohne mein Missgeschick ohnehin weitere Jahrhunderte unentdeckt geblieben wäre. Ein paar Tage später hat sie mir freudestrahlend ins Ohr geflüstert, dass die Zeichnung wahrscheinlich doch etwas wert ist. Weil ich die Zeichnung gefunden hätte, wollte sie mir den Löwenanteil vom Verkaufserlös geben und nur eine Provision dafür, dass sie sich um den Verkauf kümmert. Ich hab aber drauf bestanden, dass wir halbe-halbe machen. Zwei Wochen später hat sie mich dann mit meinem Anteil überrascht: dreißigtausend Schilling. Mit so viel hätte ich nie gerechnet. Davon konnte ich mir mein erstes Auto kaufen. Außerdem habe ich sie mit ihrem Apparat fotografieren dürfen. Damit ich etwas für schöne Stunden habe. Die Fotos selbst habe ich dann allerdings nicht zu Gesicht bekommen. Weil sie ihr dann doch zu freizügig waren, wie sie behauptet hat.«

Würde Doris ihm jetzt sagen, dass die Fotos bei einem jungen Mönch gelandet waren, so würde Norbert Roscher sein Verbrechen sicher noch weniger bereuen. Daher beschloss sie, auf die Fotogeschichte nicht weiter einzugehen.

»Und wann haben Sie entdeckt, dass die Zeichnung viel mehr wert gewesen ist?«

»Erst vor drei Monaten. Weil ich da genau dieselbe Zeichnung mit genau dem gleichen Brandfleck, an den ich mich gut erinnere, in einem Katalog gesehen habe, den Herr Haberl von einer Ausstellung in Florenz mitgebracht hat. Jedenfalls ist mir da erst klar geworden, dass mich Franziska wieder ausgetrickst hat.«

Die Chefinspektorin merkte, dass ihrem Stellvertreter eine Frage auf der Zunge lag, und nickte. Nur so weit, dass er den Wink verstand.

»Warum sind Sie nicht viel früher stutzig geworden? Frau Schremser ist ja schon vor mehr als zwanzig Jahren eine reiche Frau gewesen.«

»Ehrlich gesagt, Herr Malzacher, habe ich das überhaupt nicht mit der Zeichnung in Verbindung gebracht. Sondern mit Franziskas Cleverness und ihrer Fähigkeit, andere für sich arbeiten zu lassen.«

Würde jemand einen Mord begehen, weil er vor einem Vierteljahrhundert übers Ohr gehauen worden war? Unwahrscheinlich. »Das ist aber alles eine Ewigkeit her«, setzte Doris nach. »Auch wenn Sie erst vor drei Monaten entdeckt haben, dass Sie von Franziska Stritzek vor 25 Jahren betrogen worden sind, ist doch in der Zwischenzeit sehr viel Wasser die Donau hinuntergeronnen.«

Es kam ihr so vor, als würde Norbert Roscher lächeln. »Da haben Sie völlig recht. Erst, wenn Sie die ganze Geschichte kennen, werden Sie mich vielleicht verstehen. Dazu müssen Sie wissen, dass ich eine Tochter habe, die jetzt 24 ist, nach Amerika geheiratet und auch bald ein Kind bekommen hat. Mit einem schweren Herzfehler, der nur in einer sehr teuren Klinik hätte operiert werden können. Der Ehemann hat sich gleich vertschüsst, also hat sich meine Tochter an mich um Hilfe gewandt. Fünfzigtausend Dollar hätte sie gebraucht. Da habe ich mich an Franziska erinnert und sie gefragt, ob sie mir um der alten Zeiten willen helfen kann. Aber sie hat mich ganz kalt abblitzen lassen. Einen kleinen Auftrag hat sie mir gegeben mit dem Versprechen, als Entgegenkommen keinen Rabatt zu verlangen. Meine Enkelin, die ich nie zu Gesicht bekommen habe, ist vor zwei Jahren gestorben.«

Die Chefin der Mordkommission ertappte sich dabei, eine Spur von Mitgefühl für den vor ihr sitzenden Mann zu entwickeln.

»Und dann hat mir Herr Haberl erzählt, dass die Zeichnung mehrere Millionen Euro wert ist. Mir war schon klar, dass sie vor fünfundzwanzig Jahren lang nicht so teuer gewesen ist. Aber die dreißigtausend Schilling, mit denen sie mich abgespeist hat, sind sicher ein Witz gewesen. Typisch Franziska eben.«

Sie war froh, dass sich Spencer wieder einschaltete. So konnte sie ihre Gedanken ordnen.

»Und Sie haben Herrn Haberl verdächtigt, der Komplize von Frau Schremser gewesen zu sein?«

»Da war ich mir eben nicht sicher. Deshalb habe ich mich auch bei der Wirtschaftskammer erkundigt, wer die erfolgreichsten Antiquitätenhändler in der Gegend sind. Die hat mir den Herrn Kamper und den Herrn Doktor Haberl genannt. Ich habe zuerst sogar eher Herrn Kamper verdächtigt, weil Franziska in den Jahren, in denen ich für Herrn Haberl gearbeitet habe, bei ihm nie etwas gekauft hat. Ich bin dann bei beiden eingebrochen und habe Geschäftsunterlagen aus der fraglichen Zeit gestohlen. Um zu sehen, wer von den beiden plötzlich zu Geld gekommen ist. Den Unterlagen zufolge ist Herr Kamper schon damals gut im Geschäft gewesen, während Herr Haberl bis zu dem Zeitpunkt, an dem ich die Zeichnung gefunden hatte, ein armer Schlucker gewesen ist. Und plötzlich kauft er eine tolle Villa auf dem Wachtberg. Da war mir klar, dass er es gewesen sein muss, der kräftig mitgeschnitten hat. Eine Zeit lang habe ich auch geglaubt, dass Franziska mit einem jungen Mönch, der damals auch im Stiftsarchiv an etwas geschrieben hat, gemeinsame Sache gemacht hat. Weil sie mit ihm genau in der Zeit, in der ich die Zeichnung gefunden habe, immer so herumgetuschelt hat. Aber den muss sie auch irgendwie aufs Kreuz gelegt haben. Ist ein kleiner Musiklehrer geworden. Hat wahrscheinlich keinen Groschen kassiert.«

Eigentlich hatte sie nur noch eine einzige Frage. Aber die Antwort interessierte sie brennend. »Und warum haben Sie die Plastik und das Bild mit dem Heiligen Josef gestohlen?«

Norbert Roscher seufzte. »Tischler haben ja zu diesem Heiligen eine besondere Beziehung. Ich bin mir so sicher gewesen, dass Sie mich nie finden werden. Da hat mich einfach der Hafer gestochen. Ich wollte wenigstens eine kleine Spur legen. Damit Sie daran verzweifeln. Wenn Sie mir gestatten, habe ich auch eine Frage.«

»Wir haben nichts dagegen.«

»Hat Frau Haberl den Verdacht gehabt, dass der Tod Ihres Mannes und der von Franziska zusammenhängen?«

»Ganz sicher nicht. Wir haben allerdings vermutet, dass Sie das annehmen werden.«

Norbert Roscher starrte ins Leere, bevor er endlich etwas sagte. »Dann bin ich ja froh, dass sie noch am Leben ist. Eine sehr sympathische Frau.«

edition a
BERNHARD GÖRG
DÜRNSTEINER
PUPPENTANZ
Ein Wachau-
Krimi

Bernhard Görg

Dürnsteiner Puppentanz

Ein Wachau-Krimi

Eine treue Tochter der Kirche, die einen Mord meldet. Eine Chefinspektorin, der ein Kochkurs bei einem Meister seines Fachs keine Freude macht. Ein Polizeidirektor, der sich um eine große Hoffnung betrogen sieht. Ein Landeshauptmann, der eine Massenpanik verhindern möchte und einen Tobsuchtsanfall bekommt. Und drei Schaufensterpuppen, mit denen jemand ein teuflisches Spiel spielt. Doris Lenhart, die Chefin der Mordkommission, kämpft gegen einen raffinierten Mörder und gegen die brutalen Methoden der Politik in Niederösterreich.

400 Seiten, € 16,90

ISBN 978-3-99001-342-7

BERNHARD GÖRG
DÜRNSTEINER WÜRFELSPIEL
Ein Wachau-Krimi
SALOMON

Bernhard Görg
Dürnsteiner Würfelspiel
Ein Wachau-Krimi

Ein kleines Mädchen, das einen Hund begraben möchte und dabei auf ein Skelett und einen Würfel stößt. Eine Gemeinderätin, die Terroralarm auslöst. Ein Chirurg mit einer dunklen Vergangenheit. Damit muss sich Doris Lenhart, Leiterin der Mordkommission Niederösterreich, herumschlagen. Dabei bekommt sie auch noch einen neuen Chef, dem seine Karriere wichtiger als alles andere ist. Bernhard Görg steigert in seinem dritten Krimi die Spannung. In der scheinbar so heilen Welt der Wachau werden menschliche Schwächen zu Motiven für Intrigen und Gewalt.

336 Seiten, € 16,90
ISBN 978-3903200050